말
세
커
피

말세커피

★

김나은 장편소설

아작

★
차 례

프롤로그
서울은 점령당했다, 꽃들에게 — 7
복자 할머니 ——————— 10

1장 ——————————— 15
2장 ——————————— 34
3장 ——————————— 62
4장 ——————————— 86
5장 ——————————— 110
6장 ——————————— 140
7장 ——————————— 166
8장 ——————————— 189
9장 ——————————— 216
10장 —————————— 244
11장 —————————— 270
12장 —————————— 295

에필로그
차, 마실, 사람 ————— 340

작가의 말 365

프롤로그
서울은 점령당했다, 꽃들에게

    그 사달이 난 건, 13년 전 겨울의 끝자락이었다. 그 해도 어김없이 황사와 미세먼지가 잔잔하게 한반도 상공을 뒤덮었고, 먼지에 뒤섞인 꽃가루의 색깔이 조금 달랐다는 것 외에 특별히 눈에 띄는 변화는 없었다. 대통령 선거가 다가오면서 물가 상승, 얼어붙은 고용 시장, 암울한 부동산 전망 같은 문제를 해결하겠다는 대선 후보들의 쩌렁쩌렁한 목소리가 거리를 가득 채웠다. 출근하는 사람들과 일자리를 찾는 이들은 저녁에 뭘 먹을지, 통장에 남은 돈이 얼마인지 걱정하며 하루하루를 버텼다. 포털 사이트의 뉴스 헤드라인에는 '꽃가루 색 변화, 그 원인은 기후 변화?', '하루 5분 미세먼지 건강 상식' 같은 기사가 가끔 보였지만, 정작 신경 쓰는 사람은 거의 없었다. 그보다 중요하고 심각한 문제들이 도처에 널려 있었으니 당연한 일이었다.

정체불명의 자색 꽃가루는 먼지처럼 어딘가에 착실히 쌓여갔다. 창문 틈에, 환풍구 속에, 그리고 오천만 인구의 몸 안에도. 자색 꽃가루를 들이마시고 태양빛에 충분히 노출된 사람들은 며칠간 탈모와 함께 극도의 분노에 휩싸였다. 작은 자극에도 예민하게 반응하는 이 증상을 전문가들은 '간헐적 폭발 장애'라고 불렀다. 다수의 사람이 이 증상에 시달리며 공공기관을 테러하고 무차별적인 폭력을 행사하자, 경찰 인력이 부족해졌고 질병관리본부는 신종 분노 감염증에 대한 조사에 착수했다. 하지만 며칠 지나지 않아 분노에 휩싸였던 사람들이 고열에 시달리며 쓰러졌고, 테러 피해로 이미 혼잡했던 응급실은 마비되었으며, 의료 시스템은 붕괴 직전에 이르렀다.

그 와중에도 꽃가루는, 아니 정확히 말해 꽃가루 속 박테리아 군집은 집요하게 인간의 뇌를 노렸다. 천천히 전두엽을 잠식하고 골수를 양분 삼아 자라났으며, 두개골에 닿았을 때는 견고한 방패 같은 뼈를 분해했다. 마치 병아리가 알을 깨고 나오듯, 새싹은 마침내 두개골을 뚫고 밖으로 나와 찬란한 햇빛을 마주했다. 새싹이 자라난 자리에는 인간의 뇌가 거의 원시적인 부분만 남아 생명 유지 활동을 이어갔다. 그것이 인체를 위한 것인지, 아니면 머리에 자라난 식물체를 위한 것인지는 한참이 지나서야 밝혀졌지만.

생존자들은 이들을 '화괴(花怪)'라고 불렀다.

사람이었던 부분은 말 그대로 시체가 되고 그 위로 싱싱한 꽃이 피어났으니, 이 명칭은 더없이 정확했다. 화괴 떼는 해를 따라 움직였다. 마치 광합성을 하듯 멍하니 해를 바라보며 돌아다니다가, 사람을 발견하면 가차 없이 피와 살을 탐했다. 그 때문에 감염되지 않은 생존자들은 필사적으로 안전한 곳을 찾아야만 했다. 햇빛이 완벽하게 차단되고, 공기 청정 시스템이 잘 갖춰져 있으며, 화괴들이 접근하지 않는 곳. 촘촘하게 연결되어 서울 지하를 점령한 지하철역들은 마지막 요새가 되었다.

사령부 리더 중 유일하게 살아남은 수도방위사령관은 아비규환 속에서도 정규군을 재편성하여 지하 대피소 전역을 통제하고 관리했다. 점차 국가 시스템이 붕괴하며 대부분의 생존자들이 지하로 이동했고, 사령관은 실질적인 통치자가 되기에 이르렀다. 초반에 군인들은 주요 지하철역들을 지키며 화괴 떼와 싸웠지만, 시간이 지나면서 방어선은 한강 남쪽의 몇몇 역으로 좁혀졌다.

정규군이 철수한 역들은 땅따먹기 싸움의 무대가 되었으나, 그 또한 오래가지 못했다. 다른 이들을 짓밟고 역을 차지한 자들은 권력을 누리기도 전에 감염되었기 때문이다. 정확한 이유는 알 수 없었지만, 화를 잘 내고 공격적인 사람들일수록 하나같이 머리에서 꽃이 피어났다.

결국 끝까지 살아남은 건 우울하거나 지친 사람들이었다.

그들은 이 병을 '화병(花病)'이라 불렀다.

복자 할머니

"지랄 맞네, 지랄 맞어."

다 떨어진 천으로 입을 대충 가린 김복자 할머니는 녹슨 반달형 낫을 높이 들고 읊조렸다. 가까이서 '끙' 하는 소리가 났제, 똑띠 들었는데, 생각했다. 할머니는 구부정한 허리를 더 숙이고 낫으로 내리치려던 '화단'을 찬찬히 살폈다. 화단에는 이름 모를 커다란 꽃들만 가득 피어 있었다. 그 속을 자세히 들여다보면, 분해되다 만 육신의 흔적이 있을지도 모를 일이었다.

화단에 뭔들 없겠는가. 과거에는 사람이었으나, 자색 꽃가루에 감염되어 머리에 꽃을 피우고 좀비처럼 돌아다녔을 화괴의 육신이 분해되면 화단이 된다. 그것은 끈적한 밀가루 반죽처럼 아스팔트 바닥에 딱 붙어 기이한 꽃과 풀을 지탱하며 사람과 차가 다니던 길을 뒤덮었다. 지하인들은 아마도 그것이 인간이었음을 떠올리기에 꺼림칙해서 그냥 '화단'이라 명명했을 것이다. 할머니는 무성한 잡초를 손으로 쓱 훑고서 길게 자란 쑥 이파리 하나를 잡아 뜯었지만, 신음은커녕 바람 한 점 불지 않았다.

"암것도 없다, 마 기양 하던 일 하그라."

할머니는 누군가가 자신에게 해줄 말을 대신 하듯 중얼거리고는 낫을 시원하게 내리쩍었다. 질퍽하면서 단단한 감각이 낫을 타고 전해졌다. 흙에서 자란 봄나물이라면 낫으로 내리쩍을 필요가 없지만, 화단에서 자란 식물은 뿌리와 줄기가 단단하다. 그래서 낫으로 주변부에 흠집을 낸 후, 식물 줄기를 머리채 잡듯 움켜잡고 한 번에 베어내야 했다. 화단에서 식용 식물을 캐다가 잘못 걸려서 화단에 잡아먹히고 사라진 사람이 있다는 지하 괴담이 떠돌았지만, 경력 7년 차인 김복자 할머니에게는 전혀 씨알도 안 먹히는 소리였다. 그저 이 일은 죽지 않고 지금껏 살아남은 죄로 짊어져야 하는 짐짝 같은 것이기에, "화단이 날 잡아먹든 내가 화단을 잡든 다 지 팔자"라는 것이 김복자 할머니의 소견이었다. 다만 습관적으로 튀어나오는 혼잣말은 팔자를 등지고 떠난 동료들에 대한 미련 같은 것이었다.

'끄으, 으으…'

엄마야, 이게 뭐시고? 진짜로 뭐가 있는갑다. 의문의 소리를 다시 들은 순간 이제 죽을랑가, 반신반의하는 불안감이 김복자 할머니를 압도했다. 화단이 아직 덜 분해되어서 괴상한 소리를 내는 거라면 살아 돌아가기는 글렀다. 저승길 갈라믄 빨리 가자, 마지막 염원을 중얼거리던 그때 할머니는 무언가를 발견했다. 먼 발치에, 자색과 푸른색이 어우러진 수풀 사이에 덩어리 하나가 놓여 있었다.

수풀 사이에서 낙엽이 움직이는 줄 알았으나, 그것은 사람의 발이었다. 가까이 다가가 보니 확실했다. 지하 사람에게서는 볼 수 없는 그을린 피부와 앙상한 발목, 한껏 웅크려 구부러진 등…. 할머니는 지금까지 별의별 꼴을 다 봤지만, 어미를 잃은 새끼 짐승처럼 낑낑대는 화괴는 본 적이 없었다. 원래 화괴라 함은, 팔팔하게 뛰어다니며 생존자를 공격하다가 시간이 지나면서 서서히 분해되어 화단이 된다. 화단화가 진행 중인 화괴들은 보통 신체의 일부가 잘리거나 비쩍 말라 일어설 힘조차 없는 상태가 된다.

김복자 할머니는 본능적으로 알았다. 저것은 화괴가 아니다. 무릎 높이까지 자라난 잡초를 걷어내자, 축축한 화단 사이에서 식은땀을 뻘뻘 흘리며 끙끙대는 사람의 몰골이 드러났다.

"아이구… 가여운 것…."

할머니는 입고 있던 외투를 벗어 앙상한 소녀의 몸에 덮어주었다. 바들바들 떨고 있는 모습이 꼭 죽기 일보 직전의 사슴 같았다. 소녀의 목 옆에 새겨진 수상한 글씨가 보였지만, 그녀에게 검은 글씨 따위는 눈에 들어오지 않았다.

"누가 이래 멀쩡한 아를 이런 데다가…!"

김복자 할머니는 오랜만에 속이 상했다. 친구라 부를 수 있는 동료들은 죽거나 화괴가 되었고, 지하 사람들은 자신을 버러지 취급하니 더 상할 속도 없다 여겼지만, 이상하게 속이 상했다. 기껏해야 중학생 정도밖에 되어 보이지 않는 소녀의 몸에 누가 일부러 그려놓은 듯한 흉터가 가득했기에 더 그랬다.

할머니는 커다란 등산용 배낭에서 주섬주섬 보온병을 꺼냈다. 김이 모락모락 나는 달큰한 쑥차를 뚜껑에 따르고 후후 불어가며 누워 있는 소녀에게 조심스레 먹여주었다.

"내 줄 수 있는 기 이거뿐이라…."

꼴깍, 꼴깍, 꼴깍…. 사막의 선인장이 오랜만에 내린 비를 사랑하듯, 소녀는 쑥차를 간절히 흡수했다. 할머니는 보온병에 담긴 차가 바닥날 때까지 소녀의 목을 축여주었다.

소녀는 마침내 정신을 차렸다. 할머니는 눈에 생기가 돌기 시작한 소녀를 바라보며 이름이 무엇인지, 어디서 왔는지를 물었으나 소녀는 쉽게 대답하지 못했다. 그저, 어떻게 하면 이렇게 달콤한 쑥차를 끓일 수 있는지를 물어보았을 뿐이었다.

선인장에게

밥은 먹고 다녀?
괴롭히는 사람은 없고?
나는 그런 게 궁금해. 오늘은 굶지 않았는지, 잠은 잘 잤는지,
웃을 일은 있었는지, 울 일은 없었는지….
사소하지 않은 그런 걸 물어보고 싶은데,
물어볼 방법이 없어서 그게 좀….
뭐라고 해야 하나.
막막하다고 해야 하나.
내 짧은 말로는 다 표현하기가 어려워. 미안.
그래도, 너는 이런 못난 내 편지를 보고도 잘 썼다고 해주겠지.
네 칭찬이 거짓말이 되지 않도록 나도 열심히 연습해볼게.

어떤 책에서 그랬다며.
선인장은 사막이 좋아서 사막에서 사는 것이 아니라,
사막이 아직 선인장을 죽이지 않았기 때문에 거기서 사는 거라고.
그러니까 너도 네 사막에서 그저 살아만 있어줘.
힘든 일이 있어도 어떻게든 버텨줘.
이 모든 일이 끝나면, 너를 찾아갈 테니까.

1장

 터널의 어둠을 뚫고 빛 하나가 날아들었다. 길 잃은 반딧불이가 부드러운 곡선을 그리며 차갑고 막막한 지하를 유영하다 마침내 친구들 곁에 내려앉았다.
 깜박, 반짝.
 반딧불이 하나가 둘이 되고 셋이 되어 어둠을 몰아내며 차례로 빛을 발했다. 벽에 매달아둔 유리잔에 불이 켜졌다. 녹진한 이끼 향이 가득한 판잣집 안, 누군가가 기지개를 켜며 부스스 일어났다. 그러자 유리잔 안에 옹기종기 모여 있던 반딧불이들이 밝은 빛을 뿜내며 포르르 날아올랐다.
 '으, 눈부셔….'
 말세는 두 번째 기지개를 켜며 눈을 찌푸렸다. 말세는 다른 지하 생존자들과 달리 가끔 지상에 올라가 햇볕을 쬐곤 했지만,

동공은 여전히 지하의 어둠에 익숙했다. 그래서 아침을 대신 밝혀주는 반딧불이는 말 그대로 빛과 소금 같은 존재였다.

말세는 유리그릇을 조심스럽게 꺼내 그릇 안쪽에 깨끗한 물을 조금 부어두고, 허공에 분무기를 칙 뿌렸다. 푸쉬익- 시원한 물방울이 모두에게 고르게 흩뿌려졌다. 반딧불이들, 판자벽을 타고 자란 야광이끼, 그리고 말세의 얼굴까지. 눅눅한 이끼 향이 밴 물로 대충 고양이 세수를 했다. 무심하면서도 청량한 물이 피부에 닿자, 말세는 잠이 달아나고 목이 말랐다.

"오늘 아침엔 어떤 음료가 탄생하려나…."

재미있고 엉뚱한 음료를 만들겠다고 생각하지 않아도, 저절로 이상한 음료가 완성된다. 재료 통을 제대로 살펴보지 않고 잡히는 대로 아무거나 넣다 보니, 밍밍하거나 짜고 쓴 음료가 탄생하는 것이다. 가끔은 "이거 너무 맛있고 난리!"라는 소리가 절로 나오는 음료가 만들어지기도 하는데, 말세는 그런 순간을 기다리곤 했다. 맛이 없으면 없는 대로, 맛있으면 있는 대로 호로록 마시면 밤새 쌓였던 갈증이 해소되었다. 이 습관은 복자 할머니가 떠난 후 생긴 기벽이었다.

달그락… 부스럭… 부스럭….

부산스러운 소리가 잠잠하던 터널 안에 울려 퍼졌다.

13년 전, 이곳은 거대한 지하철이 매일같이 오갔던 통로였다. 하지만 직장인의 출퇴근을 책임지던 든든한 쇳덩어리들은 이제 모두 어디론가 사라지고, 현재는 육중한 쇳소리 대신 살아남은 사람들의 발소리와 말소리만이 빈 어둠을 채우고 있었다. 역과 역을 연결하던 거대한 터널은 '거리'가 되었고, 동시에 역으로 들어가는 가장 쉬운 길이 되었다. 지하 사람들은 선로에 초소나 방어벽을 세웠고, 역에 따라 개방된 공간을 활용하여 승강장 주변에 불을 피울 수 있는 아궁이를 만들거나, 아예 그 역에 들어오기를 꺼리도록 변소로 만들어버린 곳도 있었다.

3호선의 홍제역과 무악재역 사이에는 환기구와 연결된 '취사장'이 있다. 불을 뗄 수 있는 화로 두 개와 커다란 공용 가마솥이 구비되어 있어, 무악재역 사람들은 그곳에서 따뜻한 음식을 만들어 먹으며 지하의 추위를 견디곤 했다. 그 근처에 자리 잡은 말세의 간이 카페는 국밥집의 커피머신과 같은 존재였다. 따뜻한 음식을 먹고 마음이 훈훈해진 사람들이 입가심으로 커피 한 잔을 주문하게 만드는 마법의 위치였던 것이다.

말세가 자신을 구해준 복자 할머니와 함께 운영하던 리어카 카페, '말세커피'.

멀리서 보면 괴상한 이끼 괴물처럼 보이지만, 가까이 다가가면 고소한 냄새와 은은한 풀 향이 퍼져 나오는, 조금은 지저분해 보일지라도 이 세상에서 드물게 아늑한 공간이 모습을 드러낸다. 그 앞에 놓인 앙증맞은 커피 리어카는 작은 크기라 별거 없어 보이지만, 그 안에는 다양한 재료들이 나름대로의 규칙에 따라 정리되어 있었다. 뜨거운 물을 보관하는 커다란 스테인리스 보온통, 말린 풀과 커피 원재료를 담아둔 아기자기한 재료통, 커피를 내리기 위한 그라인더와 드리퍼 세트까지, 모든 것이 갖춰져 있었다. 커피차 아래 칸에는 재료를 채집하러 지상으로 나갈 때 필요한 도구들도 넣어두었다. 허술해 보일 수 있지만, 필요한 모든 것이 있는 이 커피차를 말세는 매일 아침 정돈하며, 장사 준비를 하는 동안, 만든 차가 우러나길 기다리곤 했다.

말세는 아무거나 대충 넣어 만든 아침 음료를 맛보았다.

스읍, 호로록!

거의 맹물이었다. 차가운 물에 아무 찻잎이나 넣었으니 그럴 수밖에. 말세는 앙증맞은 티스푼으로 불어난 찻잎을 꾹꾹 눌렀다. 감초 가루를 한 꼬집 톡톡 야무지게 털어 넣고, 다시 한 모금 맛보았다.

홀짝- 녹녹한 쑥의 푸른 향이 코를 스치며, 차가운 액체가 입 안으로 흘러들어 왔다. 쑥잎의 쌉쌀함이 혀끝에 잠시 머물다가, 미묘한 단맛을 남기며 사라졌다. 곧이어 민트 이끼의 상쾌한 맛이 입안을 가득 채우며, 마치 양치한 듯한 상쾌함을 선사했다. 갈증으로 꽉 막혔던 목이 시원하게 뚫리며 정신이 맑아지는 느낌이었다. 입안에 남은 기분 좋은 쌉쌀함이 찻잔을 다시 들게 만들었다. 푸릇푸릇 풀 향이 차분하게 갈증을 풀어주고, 민트 이끼의 시원한 향이 잠들어 있던 세포들을 예민하게 깨우는 것 같았다. 말세는 입꼬리를 살짝 올리며 기분 좋은 미소를 지었다.

말세는 매일 아침, 아무 차나 한잔 마시는 이 시간에 충실히 머물렀다. 이 시간만큼은 재료가 떨어지진 않을지, 까다로운 손님을 만나진 않을지, 자잘한 걱정을 잠시 미뤄두고 혀끝에만 온 신경을 집중했다. 그러다 보면 문득 복자 할머니가 그리워지곤 했지만 생경한 차 맛에 집중하면 그럭저럭 견딜 만했다. 쪼그려 앉은 자세로 반딧불이를 구경하며 차를 마시다 보면 어느새 마지막 모금만이 남았다. 그러면 비로소 하루를 시작할 준비가 됐다.

말세는 하루 장사를 위한 커피와 차의 재료를 확인하고, 간이 화로에 불을 피워 남은 물을 끓였다. 큰 쑥 이파리, 민들레 뿌리, 태운 보리, 감초 가루….

쑥 이파리가 애매하게 남았다. 곧 지하가 따뜻해지면 사람들은 더 이상 쑥차를 찾지 않을 텐데, 생각하며 말세는 달력을 확인했다. 몇 번이고 다시 앞으로 돌아가 처음부터 세기 시작해 너덜너덜해진, 그럼에도 여전히 비싸게 팔 수 있는 2025년 달력을. 햇수로 따지자면 13년 전이지만, 사람들은 더 이상 올해가 몇 년도인지 세지 않았다. 그러니 그 달력이 25년 달력이든 24년 달력이든 상관이 없었다. 중요한 건 그저 지하의 날씨가 언제쯤 훈훈해질지, 해가 언제 길어질지 같은 대략적인 계절 변화뿐이었다.

"벌써 4월이라고? 거짓말…."

4월. 지독했던 겨울이 물러가고 있다. 햇빛도, 제대로 된 난방도 없는 지하에서는 4월 정도가 되어야 겨울이 끝나간다고 할 수 있었다. 그럼에도 불구하고 각자의 천막 속은 여전히 추웠다. 겨우내 몸에 걸쳤던 꼬질꼬질한 담요를 다시 둘러봐도 뼛속까지 스며드는 한기가 쉽게 가시지 않는, 그래서 누군가의 온기가 더 절실해지는 그런 계절. 지하 사람들은 이 애매한 계절을 좋아하지 않았지만, 말세만은 달랐다.

"이럴 때 따듯한 음료만 한 게 없지. 재료를 더 구해둘 걸 그랬나?"

말세는 미리 풍족해진 기분으로 미소 지으며 남은 쑥 이파리를 모조리 잘게 썰어 재료통에 수북이 담았다. 기분이다, 오늘은 이 언니가 인심 팍팍 쓸게. 때마침 반딧불이들이 발광하며 날아들었고, 말세의 눈빛도 함께 반짝였다.

"무악재, 독립문… 오늘도 잘 부탁드립니다!"

떠다니는 빛을 향해 파이팅을 외치는 말세의 목소리에는 장난기가 담겨 있었지만, 눈빛만은 간절했다. 포기할 수 없는 무언가를 붙잡고 있는 사람처럼.

말세는 간이 화로에서 보글보글 끓인 물을 보온통에 담고, 반딧불이가 든 유리잔을 커피 리어카로 옮겨 달았다. 유리잔은 몇 번 깜박이더니 이내 환하게 주위를 밝혔다. 마치 까만 밤바다를 호령하는 등대처럼. 덜그럭, 타라락. 말세의 커피차가 공허한 터널의 어둠을 헤치고 나아갔다. 무악재역을 향해.

"으악!"

승강장 위에서 고개를 비죽 내밀고 밥을 기다리던 두 소년이 놀라 자지러졌다. 그러자 철로 아궁이 앞에 모여 아침 죽을 만들던 무악재역 주민들이 순간 미어캣처럼 일제히 고개를 들었다. 새파랗게 질린 소년들 너머로, 현란한 색감을 자랑하는 화괴… 아닌, 지하무당이 불쑥 모습을 드러냈다. 칙칙하고 낡은 옷들 사이에서 눈에 띄는 오색 빛깔의 색동저고리는 단번에 모두의 이목을 끌었다.

"선생님, 안녕히 주무셨습니까. 진지는 잡수셨습니까?"

무악재는 무당의 예언과 지략에 따라 움직이는 역인 만큼, 소년들은 화들짝 물러나 예를 갖췄다. 지하무당은 소년들의 인사에 대답을 하는 건지, 혼잣말을 하는 건지 모르게 철로 저편의 어둠을 응시하며 입을 열었다.

"못 보던 자가 문을 두드릴 것이다. 하지만 그자는 복이 아니라 화가 될 것이다. 문지기에게 일러라."

그 말을 새겨듣고 질겁한 소년 하나가 초소를 향해 화다닥 뛰어갔다. 지금껏 무당의 경고가 틀린 적이 없었기에, 무악재에는 그의 지시를 거스르는 자가 없었다. 그것은 누가 정한 것도 아닌, 모두가 자연스럽게 지켜온 무악의 오래된 관습이었다.

홍제역으로 이어지는 초소에 도착한 소년이 무당의 예언을 전하자, 아침 보초를 서던 출입관리대장 박 씨는 심각한 고민에 빠졌다. 지하무당의 말을 따르려면 오늘은 역 출입을 전면 차단해야 한다. 문제는 오늘이 커피 리어카가 지나가는 날이라는 점이었다. 사흘에 한 번, 달콤한 커피를 맛볼 수 있는 날이라 오전 근무를 자처한 박 씨 아주머니는 속이 타들어갔다. 눅눅한 지린내 가득한 공간에서 날 선 경계 근무를 계속 서는 이들에게 커피 한 잔은 그저 맹물과는 다른 특별한 경험이었다. 동료들과 삼삼오오 둘러앉아 말세의 구수한 입담을 들으며 무슨 음료를 고를지 고민하다가, 혀끝에 짜릿한 단맛을 일깨워주는 따스한 커피를 마시면 지하 생활의 혹독함이 한순간 사라지는 듯했다. 그때 느끼는 감초의 달콤한 감각은 하루를 버텨낼 힘을 주었고, 그 시간만큼은 유일하게 여유를 찾을 수 있었다. 그러나 출입 통로를 닫아버리면 그 '커피 타임'도 무산된다. 박 씨에게 역 봉쇄 결정은 절박한 문제였다.

"이걸 어쩌냐…."

물론 지하무당은 '못 보던 자'라고 언급했다지만, 소년이 제대로 전했을 가능성은 희박했다. 결국 모든 출입을 막으라는 뜻으로 받아들인 박 씨는 무전을 켜서 단호히 말했다.

"여기는 1초소. 금일, 전 구간 봉쇄. 다시 말한다. 금일 전 구간 봉쇄."

독립문역과 이어진 2초소에서 불만스러운 무전이 들려왔지만, 박 씨는 말을 바꾸지 않았다. 침을 삼키며 철로를 가로지르는 바리케이드를 단단히 세울 뿐이었다. 철로 바닥에 깊이 박혀 안쪽 자물쇠를 풀지 않는 한, 절대 열리지 않는 단단한 바리케이드였다.

노련한 문지기 박 씨는 여기저기 기우고 주머니를 덧댄 유틸리티 재킷 안쪽에서 비장의 무기를 꺼내 들었다. 은박지에 잘 싸둔, 두어 번 씹다 뱉은 껌이었다. 좌절된 커피 타임을 잠시 잊어보려 애쓰며 껌을 입에 넣었다. 이어 초소 안쪽 녹슨 무기함에서 K2 소총을 꺼내 장전한 뒤, 바리케이드 아래쪽에 뚫린 구멍에 총구를 위치시켰다. 앞에 깔린 요가 매트에 몸을 낮추고 검은 어둠 속을 응시하며, 역에서 유일한 첨단 기술이자 가장 밝은 빛이 나는 바리케이드 앞 모션 센서등이 켜질 그 순간을 기다렸다.

"커-피-차- 왔다고요! 커어-피이!"

무악재역 초소 앞 철벽 바리케이드에 가로막힌 말세의 목소리가 굴속에 쩌렁쩌렁 울려 퍼졌다. 1초소 앞 바리케이드 안쪽에서 "오늘은 안 돼. 돌아가!"라는 대답이 몇 번이나 들려왔지만, 말세는 포기하지 않고 문을 열어달라고 사정했다. 역을 순회하며 장사하는 리어카 커피차의 특성상 오늘 무악재를 지나가지 못하면 장사는 물 건너간 것이나 다름없다. 그렇다고 어제 갔던 홍제역으로 돌아갈 수도 없는 일이다. 이곳 지하 3호선에서는 돈 대신 물물교환으로 커피를 사는 방식이라, 각자의 식량이나 생필품을 조금씩 모아 교환해야 한다. 그렇기에 연이어 같은 역을 방문하면 구매할 사람은 없는데 파는 사람만 남아, 거의 구걸과 다름없는 상황이 벌어지는 셈이었다. 그래서 말세는 철옹성 같은 바리케이드 앞으로 바짝 다가가 더 간절하게 사정했다.

"아니, 원래 오늘 제가 오는 날이잖아요. 모르는 사람도 아니고 잘 아시는 단골들께서 대체 왜 이러실까. 네? 그럼 오늘은 무악재에서 장사 안 할 테니까, 제발 지나가게만 해주세요. 예?"

잠시 후, 바리케이드 반대편에서 얼마간의 무전 소리가 오갔다. 곧이어 떼쓰는 어린아이를 달래듯, 푸근하면서도 반가운 목소리가 들려왔다.

"말세야, 오늘은 그냥 돌아가라. 봉쇄령이 내려졌어. 열어주고 싶어도 못 열어줘."

"선생님! 박 씨 아주머니 맞죠? 지난번에 감초커피 맛있다고 하셔서 많이 챙겨왔는데요…."

박 씨는 사실 말세가 너무나 반가웠다. 단골손님들을 세심하게 챙기는 것은 물론이고, 재료도 딱 맞춰 준비해 오는 솜씨가 대단했다. 말세가 차를 내리며 들려주는 다른 역의 재미난 이야기를 듣는 것도 즐거웠다. 그래서 박 씨는 항상 동료들과 역 사람들을 이끌고 나와 그를 반겼다. 이 아이가 몇 년만 더 일찍 태어났더라면 제대로 된 세상에서 찬란한 청춘을 누릴 수 있었겠지, 하는 안쓰러운 마음도 컸다. 어떻게든 말세를 챙겨주려고 매번 동료들과 역 사람들을 우르르 이끌고 나타나는 큰손이 박 씨였지만, 지금만은 어쩔 수 없었다.

"미안해. 나도 어쩔 수가 없어."

박 씨의 진심 어린 사과에 말세는 순간 돌아갈까 망설였지만, 어차피 돌아가도 답은 없었다. '이왕 여기까지 온 김에 박 씨 아주머니와 대화나 하자'고 생각한 말세는, 혹시 봉쇄령이 취소될지 모른다는 막연한 기대도 품고 있었다.

"선생님, 이거라도 드시면서 하세요."

말세는 총구가 버젓이 보이는 초소 구멍으로 김이 모락모락 나는 진한 초록빛 차를 내밀었다. 그것은 구하기 쉬운 재료지만 어디에나 있는 것은 아닌, 서비스 차원에서 주기 적당한 '큰쑥차'였다. 일반 쑥이 아닌 커다란 쑥이라 붙은 이름이었다. 쑥이 왜 이렇게 비정상적으로 큰지에 대한 궁금증은 제쳐두고, 그 맛을 경험해보는 것만으로도 충분했다.

박 씨는 바리케이드 안쪽으로 들어온 캠핑용 철제 머그의 유혹을 뿌리치지 못했다. 머그를 잡은 말세의 앙상한 손가락이 신경 쓰이기도 했지만, 무엇보다 차분하게 퍼지는 쑥의 향이 콧속을 간지럽혔다. 모락모락 피어오르는 쑥차의 김은 지하의 차갑고 눅눅한 공기 속에서 따뜻하고 운치 있는 분위기를 만들어냈다. 옆에서 동료 한 씨가 싸늘한 표정으로 눈치를 주었지만, 박 씨는 아랑곳하지 않고 쑥차를 후후 불어 한 모금 들이켰다.

입안을 따스히 감싸는 적당한 온기와 삼삼한 싱그러움이 은은하게 머물며, 약간의 쌉쌀함과 희미한 달콤함이 함께 어우러졌다. 한 모금 꼴깍 삼키고 나면 혀 끝에 아쉬운 단 맛이 맴돌며 어쩐지 다시 마셔봐야 할 것만 같은 충동에 휩싸였다. 따스함이 위장을 통과하면 긴장했던 마음이 한결 편안해지며, 절로 만족스러운 미소가 지어졌다.

흐뭇하게 웃는 박 씨를 본 동료 한 씨가 "무슨 오뎅 국물인 줄 알겠네." 하며 궁금해했지만, 박 씨는 말세가 준 쑥차를 혼자만 즐기고 싶었다. '나만 먹고 싶은 맛'이라며 감추고 싶어 했다.

"맛 좋다, 야. 여기 뭐가 든 거냐? 그냥 쑥차가 아닌데?"

말세가 자랑스럽게 재료 설명을 하려던 순간, 2초소 쪽에서 단발의 총성이 터져 나왔다.

안쪽에서 요란한 소리가 나더니 철제 잔이 떨어지며 바리케이드 바깥으로 물기가 흘러나왔다. 놀란 말세는 커피차를 한쪽 구석으로 밀어두고 바리케이드 안쪽에 귀를 기울였다.

반대편에서 뭔가 나타난 게 분명했다. 박 씨는 재빨리 1초소를 나와서 있는 힘껏 2초소로 달려갔다.

"괴, 괴물이다. 괴무울!"

2초소를 지키던 신입은 총을 꼭 끌어안은 채 뒤로 나자빠졌다. 환한 센서등 아래에서 나타난 기이한 형상은 구질구질한 누더기 옷과 이불이 한데 엉켜 커다란 누에고치를 연상케 했다. 얼굴도, 손발도 보이지 않는 상태에서 움직이는 모습이 마치 이불 더미 속에 귀신이 들어간 것처럼 보였다. 박 씨는 당황하여 허공에 아까운 공포탄을 쏴버린 신입에게서 총을 빼앗아, 커다란 형체를 향해 정확히 총구를 겨누었다.

"당신, 뭐요? 이쪽으로는 지나갈 수 없소만."

느릿느릿 바리케이드 문을 향해 다가오는 누더기 괴물은 소총의 장전 소리에도 걸음을 멈추지 않았다. 마치 총에 맞아도 상관없다는 듯한 무심한 태도가 박 씨를 당혹스럽게 만들었다. 박 씨는 신입이 외친 대로 이게 진짜 괴물일까 고민했지만, 곧 그 생각을 접었다. 누더기 사이에서 상처투성이 손바닥이 나와 실탄 다섯 개를 내밀었다.

"불 옆에서 하루 묵을 수 있습니까?"

박 씨는 누더기 괴물이 내민 실탄을 단숨에 알아봤다. 자동권총에 쓰이는 탄알. 이 탄알을 가지고 있을 가능성은 두 가지였다. 지상을 떠돌다 우연히 죽은 군인을 발견하고 운 좋게 주웠거나, 2호선에 주둔하는 지하방위군 소속이거나. 어떤 경우든 이 사람은 정상적이지 않았다. 웬만해서 발견하기 어려운 군인 시체를 찾아낼 정도로 오랜 시간 지상에서 떠돌았거나, 희박한 확률로 탈영병일 가능성도 있었다.

박 씨의 뒷목에 식은땀이 흘렀다. 지하무당의 말이 맞았음을 본능적으로 느꼈다. 이 사람은 역 안으로 들여서는 안 된다.

"안 됩니다. 돌아가시오."

누더기 괴물은 아무런 말 없이 실탄을 내민 손을 거두었다. 그러고는 센서등이 감지하지 못하는 거리까지 멀어지더니, 그대로 철로에 주저앉았다. 아무런 의지도 없이, 몹시 지치고 피곤한 동작이었다.

초소 안은 그야말로 아수라장이었다. 신입이 "저걸 그냥 둬요? 당장 나가서 쫓아내야 하는 거 아닙니까?"라며 잠시도 쉬지 않고 떠들어대자 박 씨는 귀가 따가웠다. 누더기 괴물이 풍기는 분위기는 영락없는 굴거지였지만, 동일한 종류의 실탄 다섯 개를 내밀었다는 사실이 박 씨를 긴장하게 했다. 그가 총알에 맞는 무기를 지니고 있을지도 모른다는 생각 때문이었다. 최대한 멀리 유도해, 권총의 사정거리 밖으로 몰아내야 하는데…. 박 씨는 이 난처한 상황을 어떻게 헤쳐 나갈지 깊은 고민에 빠졌다.

"뭘 그리 고민하고 계세요. 제가 처리할 테니 나와보세요."

가까이에서 들리는 명랑한 목소리에, 박 씨가 고개를 번쩍 들었다. 이 심각한 상황 가운데 누가 들여보낸 건지, 말괄량이 말세의 얼굴이 보였다. 반가우면서도 당혹스러운 표정의 박 씨를 바라본 말세는 저만 믿으라는 듯 웃으며 손을 내저었다.

"한 선생님께 얘기 다 들었어요. 비켜보세요. 제가 저 멀리 끌고 가버릴 테니까."

말세를 들여보낸 건 1초소의 한 씨였다. 어차피 말세는 독립 문역으로 가야 하니, 그 과정에서 골칫덩어리를 처리하게 하면 모두에게 이득이라는 것이 한 씨의 설명이었다. 박 씨는 말세와 함께 2초소로 온 한 씨에게 나지막이 속삭였다.

"이게 무슨 말입니까. 저 어린것이 혼자 나가서 괴인을 상대하다 무슨 일이라도 생기면…."

"대장님, 지금 상황 판단이 안 되세요?"

위기 상황에서도 역을 위한 냉정한 판단을 내리기로 유명한 한 씨의 싸늘한 시선에 박 씨는 하려던 말을 멈추었다. 한 씨의 말이 맞았다. 누더기 괴물을 가까이 둔 채, 아무런 조치도 취하지 않는 것은 무악재의 안전을 위협하는 무책임한 행동이었고, 자칫 오십 명이 넘는 역의 사람들이 불안에 떨면서 뜬눈으로 밤을 지새울지도 모르는 심각한 사안이었다.

"…자, 이건 아까 쑥차값."

박 씨는 말세의 손에 종이로 싼 무언가를 쥐여주었다. 둥글고 묵직한, 아직 온기가 남아 있는 주먹밥이었다. 말세는 그 무게감으로도 박 씨 아주머니의 귀한 점심이란 걸 알 수 있었다.
"선생님, 아까 그건 서비스로 드린 거예요."
"그냥 받아 가. 오늘 우리 역에서 한 잔도 못 팔았잖냐."
"그럼, 다음에 커피 한 잔 공짜로 드릴게요. 잊으시면 안 돼요."
박 씨는 어색하게 웃어 보였다. 속으로는 말세가 부디 무사히 돌아오기만을 바라면서도, 새파랗고 순수한 아이를 위험으로 모는 자신의 위선이 역겨워서 제대로 웃을 수가 없었다.
말세는 열린 바리케이드 밖으로 커피차를 간신히 밀어내며 자신이 내뱉은 말을 후회했다.
"음, 어떡하지…."
몇 걸음 떨어진 곳, 센서등 불빛에 비친 거대한 누더기 괴물의 그림자가 말세를 뒤덮었다.

지하 굴에서 '괴인'을 맞닥뜨렸을 때의 대처법은 노선과 역마다 달랐다. 괴인이 말이 통하는 상태인지, 감염되었거나 기이한 신체 변형이 일어난 상태인지에 따라 대응법도 제각각이었지만, 괴인의 출신지를 먼저 파악하는 것은 기본 상식이었다.
말세는 커피차 손잡이를 꽉 부여잡고 괴인을 빠르게 관찰했다. 누더기와 이불들은 온통 그을려 있었지만, 혈흔이나 다른 수상한 흔적은 보이지 않았다. 그 외엔 얼굴도, 팔다리도 누더기에 가려져 있어 파악할 수 있는 정보가 거의 없었다. 말세는 긴장을 늦추지 않은 채 시선을 고정했다.
"안녕하… 지는 않으시겠죠?"

말세가 누더기 괴물을 향해 말했다. 주변의 긴장된 분위기와는 다른 유쾌한 인사에, 누더기 괴물은 꿈쩍 않던 고개를 잠시 들었지만 곧 흥미를 잃은 듯 고개를 떨구었다. 그러자 괴물의 얼굴이 이불 더미 속으로 완전히 파묻혔다. 그 순간 말세는 누더기 괴물의 얼굴을 얼핏 보았다. 모든 근육에 힘이 빠져 어떤 감정도 읽히지 않는, 그래서 오히려 더 섬뜩한 얼굴이었다.

말세는 순간 뒤통수가 서늘해졌지만, 아랑곳하지 않고 커피차를 끌고 누더기 괴물 곁으로 갔다. 어쨌든 무악재 단골들에게 한 약속을 프로답게 지켜야 했고, 다음 역까지 가는 길의 안전을 스스로 확보해야만 했기 때문이다. 말세는 빠르게 잔머리를 굴렸다.

다른 노선이나 역에서는 괴인이 위협적일 때 무력으로 대응하기도 하지만, 3호선 사람들은 대체로 힘을 덜 쓰는 쪽을 택했다. 복자 할머니는 항상 "누구든지 간에 춥고 배고프면 사납게 변한데이. 칼부터 끄내지 말고 차 한잔 끼리주라."며 굴에서 마주치는 이들에게 먼저 차부터 건네곤 했다. 처음에는 지하 물정 모르는 위험한 방식이라고 생각했지만, 의외로 결과는 늘 평화로웠다. 심지어 커피차를 털려던 잡도둑들조차 할머니의 차를 마신 뒤 "잘 먹었습니다." 하고선 그냥 돌아가기도 했다.

"달달한 차… 좋아하십니까?"

말세는 보이지도 않는 누더기 괴물의 얼굴을 쳐다보려 고개를 이리저리 돌리며 물었다. 반응이 없자 말세는 할 수 없지 하는 심정으로 말을 이었다.

"그럼, 쌉쌀한 커피를… 좀 드릴까요?"

그 순간, 누더기 괴물이 움찔거렸다. 커피라는 말에 반응한 게 분명하다. 그걸 본 말세는 '이 사람도 별수 없군.'이라고 생각하며 속으로 웃었다.

"잠깐만 기다려봐요."

말세는 커피차 안쪽에서 아담한 철제 상자를 꺼내 들었다. 구수한 향을 크게 한번 들이마신 뒤 까맣게 탄 곡물을 야무지게 한 줌 쥐어 그라인더에 소중히 부었다. 말세는 눈치채지 못했지만, 누더기 괴물은 솟구치는 호기심을 애써 억누르고 있었다. 보통 자신을 향해 욕하거나 이유 없이 두려워하는 사람들만 겪어왔기에, 누군가가 자신을 위해 눈을 반짝이며 무언가를 만들어주는 것은 상상조차 할 수 없었다.

그런데 지금, 그 일이 눈앞에서 벌어지고 있었다. '커피'를 주겠다니. 실없어서 웃음이 나올 지경이었다.

드륵, 드르륵, 드르륵, 드르르륵.

말세의 그라인더가 빠른 속도로 돌아갔다. 곱게 갈린 가루를 깔때기 위에 놓인 천 위로 쏟아붓고, 커다란 보온 물통에서 더운 물을 받았다. 앙증맞은 간이 주전자에서 나온 물줄기가 잘 갈린 검은 가루 위로 부어지자, 가루는 고소한 향을 물에 담아 내렸다. 깔때기 아래에 위치한 커피 서버에 뿌연 김이 서리며 졸졸졸 갈색 물줄기가 차곡차곡 고여갔다. 마법처럼 퍼진 고소한 향이 차가운 지하의 공기를 가득 채웠다.

흐읍… 쿵쿵….

누더기 괴물은 자신도 모르게 코를 쿵쿵대며 냄새를 탐하고 있었다. 말세는 그의 분위기가 달라졌음을 직감했다. 그 누구보다도 간절히 커피를 원하고 있다는 것을.

"제가 독립문역으로 가는 길이거든요. 동행해주시는 조건으로 이 커피를 드릴게요."

말세가 흔쾌히 제안했다. 누더기 괴물은 잠시 머뭇거리더니, 대답 대신 총알 두 개를 내밀었다. 그러자 말세는 총알은 받지 않는다며, 먹을 거나 생필품, 혹은 용역으로만 거래한다고 단호하게 말했다.

"그럼 됐습니다."

부드럽지만 묵직하게 가라앉은 목소리가 벽을 세웠다. 순간, 말세는 그가 괴인이 아니라 다만 쉽지 않은 사람임을 직감했다.

"커피 정말 맛있는데. 안 마셔도 괜찮아요?"

"…괜찮습니다."

"에이. 아저씨, 아까 솔깃해하는 거 제가 다 봤거든요. 커피도 마시고, 산책도 하고, 나쁘지 않잖아요?"

누더기 괴물은 말세를 곁눈질하며 쓱 쳐다보았다. 그저 무시하고 넘길까 싶었지만, 그리 간단히 포기할 사람이 아닌 것 같았다. 말세는 커피잔을 그의 코앞에 슬쩍 가져가서는 손부채질까지 하며 유혹했다. 누더기 괴물의 콧속으로 참을 수 없는 고소함이 밀려들었다.

"왜 이러는 겁니까?"

별다른 감정이 들어가지 않은 밋밋한 어조의 목소리에 말세는 당황했다. 그가 화가 난 건지, 진짜 이유를 묻는 건지 모를 정도였다. 다른 방법이 떠오르지 않은 말세는 다짜고짜 사정을 해보기로 했다.

"저 좀 살려주시죠. 제가 지금 무악재역 장사를 못 하게 됐는데요, 손님들 부탁이라도 들어드리려고…."

"그건 그쪽 사정 아닌가."

누더기 괴물은 말세의 말을 가볍게 잘라냈다. 하지만 말세는 이에 굴하지 않고 팔짱을 딱 끼고 괴물의 앞에 서서 비켜설 생각이 없었다. 누더기에 파묻혀 보이지도 않는 괴물의 표정을 어떻게든 읽으려 안간힘을 쓰는 중이었다.

"아저씨, 지금 부끄러워서 그러시는 거죠?"

말세의 장난기 어린 말에 누더기 괴물은 기가 막혔다. 무시하려고 해도 무시되지 않는 무시무시한 사람이다. 말세가 불편해진 괴물은 천천히 몸을 일으켰다. 그의 거대한 풍채가 솟아올랐다. 말세는 그 틈을 놓치지 않고 말을 이었다.

"어, 일어났다. 커피 마시고 싶다. 그죠? 여기 이거 받아요."

말세는 그가 제안을 받아들였다고 착각하곤 미소를 지으며 커피를 내밀었다. 누더기 괴물은 예상치 못한 말세의 행동에 몸을 틀었고, 그와 동시에 커피잔이 말세의 손에서 미끄러져 바닥으로 떨어졌다.

"아…."

순간, 정적이 흘렀다. 귀한 커피가 바닥에 다 쏟아지고 말았다. 말세의 얼굴에 실망감이 스쳤다. 누더기 괴물은 일부러 그런 것이 아니라고 말하고 싶었지만, 입이 떨어지지 않았다. 말세는 철제 컵을 주워 슥슥 닦고는 말없이 커피차에 넣었다.

"추울 때는 말이에요, 그렇게 꽁꽁 싸매는 것보다 따뜻한 차 한잔 마시는 게 훨씬 나아요."

무심한 듯 다정한 말에 누더기 괴물은 왜인지 당황했다. 말세는 그를 대충 살피곤, "혹시 커피 말고 다른 차가 좋으신가요?" 하며 재료통을 뒤적였다. 포기할 생각이 없는 여자를 보며, 누더기 괴물은 지친 듯 천천히 발걸음을 뗐다. 성가신 여자의 얼굴을 계속 보고 앉아 있을 자신이 없었다.

"마신 걸로 치겠습니다."

말세는 종종걸음으로 커피차를 끌며 그의 뒤를 따랐다. 옷자락을 살짝 잡아보려 했지만, 그의 누더기 옷만 따라 튀어나왔을 뿐 그는 흔들림 없이 앞으로 걸어갔다. 커다란 그림자, 작은 그림자, 네모난 커피차 그림자가 독립문역을 향해 나란히 움직였다.

2장

　김복자 할머니는 '심마니'였다. 흙투성이 배낭을 메고 한 손에는 곡괭이, 다른 손에는 낫을 부여잡고 지상으로 나가 먹을 수 있는 식물을 찾아 헤매곤 했다. 물론 할머니가 원해서 선택한 일은 아니었다. 대부분의 노선에서 노인에게는 식량 배급을 받을 수 있는 제대로 된 직업을 주지 않았기에 어쩔 수 없이 하게 된 업일 뿐이었다. 복자 할머니는 화병이 창궐하던 초기부터 배급을 받지 못해, 동료 노인들과 함께 화단에서 자라나는 이상 식물을 채집해서 먹어야 했다. 다른 노선 사람들은 화단에서 나는 식물을 꺼려 했지만, 모든 물자가 부족한 3호선에서는 일상적인 일이었다. 그저 어디서도 환영받지 못한 노인을 받아준 것만으로도 고마울 따름이었다.

　사령관은 4호선에 군인 병력을 대대적으로 투입해 역 주변

공원을 경작지로 만들어 벼와 보리, 감자를 심었다. 1호선은 인천 앞바다의 염전을 관리하며 소금을 생산했고, 지하방위군이 주둔하는 2호선은 주요 역에 전기를 공급할 수 있도록 화력 발전을 담당했다. 우월한 유전자를 가진 이들만 거주하는 5호선을 제외하고는, 빛과 소금, 식량을 자급자족하지 못한 다른 노선들은 각자의 방식으로 생존 방법을 찾아야 했다. 3호선 역시 예외는 아니었다. 노인의 비율이 높아 자연스레 가난한 노선으로 전락했지만 나름의 질서를 만들어 그 규칙을 지켜나갔다.

  자신을 구해준 할머니에게 조금이라도 도움이 되고 싶었던 말세는 복자 할머니를 따라 심마니 일을 배웠다. 해가 뉘엿뉘엿 넘어가기 시작하면 그들은 지상으로 이어지는 하수관을 탔다. 일몰 때는 화괴와 화단이 가장 잠잠해지는 동시에 충분히 밝아서, 조명 없이 지상 위를 나돌아다닐 수 있는 유일한 시간이었다. 지상으로 이어지는 여러 지하 통로 중에서 굳이 하수관을 타는 것은 심마니들만의 노하우였다. 출입대장을 통과해 매번 소지품 검사와 감염 검사를 받아야 하는 번거로운 지하철 출구보다 심마니들의 표시가 있는 하수관을 통하는 것이 훨씬 간편하고 빨랐기 때문이다. 또 식용 식물이 위치한 지점까지 안전하게 도달하기 위해서는 지상 노출 시간을 최대한 줄여야 했기에 하수관은 필수적인 경로였다.

  할머니가 먼저 지상으로 올라가면, 말세가 그 뒤를 따랐다. 처음에 할머니는 말세에게 망원경과 채집 배낭만 맡겼는데, 말세는 그것이 항상 불만이었다. 천 마스크를 야무지게 머리 위까지 동여맨 채 말세가 곡괭이로 꿈틀대는 화단을 때리고 있으면 복자 할머니는 꼭 "아이고, 말세야! 기양 안경이나 들고 따라온나. 니 곡깨이를 그래 암만 새빠지게 휘둘러도 안 된데이!"라며 핀잔을 주곤 했다.

말세는 할머니가 자신의 마음을 몰라주는 것 같아서 서운했지만, 곧 그 이유를 알게 되었다. 할머니가 자신에게 채집 배낭만 쥐여준 것은 만일의 사태가 벌어지면 가장 빠르게 도망가라는 뜻이었다. 그 후로는 채집 배낭을 볼 때마다 할머니가 떠올랐다.

말세가 비죽비죽 알록달록 위협적으로 솟은 화단 사이를 망원경으로 열심히 살피고 있노라면, 어느새 익숙한 할머니의 고함이 들려왔다.

"엄마야! 심봤다! 여다, 여!"

복자 할머니의 고함은 주변에 화괴가 있었다면 위험했겠지만, 화병이 창궐한 이후 수년이 흐르면서 대부분의 화괴 떼는 눈과 귀가 어두워져 멀리서 나는 인기척에는 잘 반응하지 않고 햇빛이나 피 냄새에만 예민하게 반응했다. 말세가 위험한 화단을 피해 할머니를 가까스로 따라잡으면, 할머니는 구부정한 허리를 더 굽히며 화단에 예를 갖추었다.

"감사합니다. 편히 가이소."

침입자를 감지한 화단이 움찔하는 순간, 할머니는 그 틈을 놓치지 않고 줄기 사이의 질퍽하고 연약한 부분을 곡괭이로 힘껏 내리찍었다. 화단의 기세가 조금 꺾이면, 식물의 밑동을 낫으로 빠르게 쳐내고, 화단이 치명적인 늪지대로 변하거나 붉은 꽃가루를 내뿜는 등의 방어 전략을 시도하기 전에 빠르게 후퇴했다.

화단에 난 대부분의 이상 식물은 치고 빠지는 방식이 통했지만, 당근같이 뿌리를 캐야 하는 채소는 골칫거리였다. 뿌리가 깊이 박혀 있어 채집 시간이 길어지고, 방심하면 화단의 늪 같은 구덩이에 빠져 발이 묶일 수 있어 위험하다. 특히 억센 덩굴이 발목을 칭칭 감아버리는 경우가 잦아, 복자 할머니처럼 숙련된 심마니가 아니고서는 뿌리 식물 채집은 엄두도 내지 못했다.

복자 할머니와 말세는 봄이면 각종 나물을, 여름이면 보리를, 가을엔 콩과 배추를, 운이 좋으면 고구마도 찾을 수 있었다. 그 외에도 일조량이 좋은 양지바른 화단에서는 계절을 가리지 않고 식용 식물이 자라나곤 했다. 화단에서 자란 식물들은 보통 흙에서 나는 식물들과 크기나 맛이 달랐지만, 복자 할머니는 그 차이를 대수롭지 않게 여겼다.

"다른 노선 아들이 우습게 봐도 말세 니는 눈 하나 깜짝하지 마래이. 다 자연이 주신 거인데 그카면 못쓴다."

"그래도… 할머니는 한 번도 찝찝하다 생각해본 적 없어요?"

"읍다. 내 어릴 적에는 밭에다 무덤도 하고 캤는데 뒈지믄 다 땅으로 돌아가는 기 매한가지 아이가."

"맞다. 우리 할매 말이 다 맞다!"

말세는 그런 할머니가 곁에 있어 든든했다. 자긍심을 갖고 밥상에 올라갈 채소와 나물, 콩과 밥을 위해 묵묵히 그리고 험악하게 싸우는 강인한 어른이 있기에 감사했다. 지상에 나갔다 온 날이면 할머니는 늘 커피와 차에 들어갈 재료를 손질한 후 말세에게 커피를 내리게 했다. 갓 내린 커피를 두 손에 감싸 들고 노곤노곤하게 옛날 이야기를 들려주는 것이 복자 할머니의 소소한 행복이었다. 할머니의 이야기는 대개 동료들과 나눈 시시한 지하 농담으로 시작해 김복자의 꿈 이야기로 끝나곤 했다.

"옛날에, 나이 육십 먹었을 적에, 우리 동네에 한 노인네가 까페를 했어. 그기 그래 부럽데. 내도 마 하루 종일 커피 냄새 맡으면서 돈이 벌고 싶은 기야. 근데 우째. 까페 차릴라 카문 모아놓은 돈이 있어야 되잖아. 자식들한테 다 쓰고 아무것도 없는데 우짜겠노. 그래 마 기양 어찌어찌 살았는데. 참 세상 모르는 일이다이. 그걸 지금 해볼 줄은 몰랐제, 우리 말세 덕에. 김복자는 운도 좋지, 멀쩡히 살아가 꿈도 이루고."

말세는 성한 곳이 없는 몸을 이끌고서 불평 한마디 없이 꿈을 이뤘다 말하는 복자 할머니를 존경했다. 스스로 먹을 걸 구하고 그걸로 차와 커피를 끓여내는 할머니가 가슴 벅차게 멋있다고 생각했다. 어렴풋한 동경을 품은 말세의 실력도 차츰 성장했다. 말세는 다른 초짜 심마니들과 다르게 피해야 할 화단을 정확히 알아맞혔다. 한 번도 틀린 적 없는 말세의 '감'은 복자 할머니조차 신기하게 여겼고 "우째 그래 하냐?" 묻곤 했다. 사실 말세 자신도 그 이유는 설명할 수 없어, 일종의 '영업비밀'처럼 남겨두고 있었다. 말세는 위험을 예감할 때면 습관적으로 뒤통수를 만지작거리곤 했다.

말세가 이제 제 한 몸 건사할 수 있을 정도로 성장하자, 할머니는 말세에게 더 많은 것을 가르쳐주었다. 독성 화단 속에서 식용 식물을 가려내는 법, 곡괭이로 화단을 잠재우는 법, 낫으로 앙칼지게 식물을 베어내는 법까지.

아마도 그즈음이었을 것이다.

복자 할머니를 따라 평범한 하루를 보내고 있었던 말세는, 어느 날 '전설의 바리스타'를 눈앞에서 목도하게 되었다.

전설의 바리스타.

그는 화병이 창궐하기 전 시대의 문화를 되살린 인물, 바로 '커피 타임'의 부활을 이끈 전설의 바리스타였다. 수년 전, 한정된 식량과 무기를 두고 환승역을 중점으로 크고 작은 분쟁이 일어났고, 지하방위군조차 노선 간의 중재를 포기했다. 식량을 둘러싼 싸움은 점차 종교와 신념의 이름으로 이어지며 지하를 좀먹듯 파고들었고, 때로는 노선 하나가 완전히 무너질 때까지 진행되기도 했다. 이 혼란을 해결하고자 회담이 열리기도 했으나, 지하 곳곳의 회담은 피비린내 나는 학살로 끝나는 일이 잦았다.

모두가 지쳐 가던 어느 날, 전설의 바리스타는 낡은 커피차를 이끌고 환승역에 나타났다. 바리스타가 다녀간 역에서는 더 이상 총성도 비명도 들리지 않았다. 따뜻한 차와 맛있는 간식 앞에서 사람들은 심각한 고함 대신 재밌는 이야기를 나눴고, 머무는 노선 번호는 달라도 들려오는 웃음소리는 같았다. 사람들은 환승역에 장이 열릴 때면 종군 기자처럼 분쟁 역을 돌아다니며 따뜻함을 나누어준 바리스타를 기다렸다. 하지만 점차 분란이 사라지자 그는 발길을 끊었다. 그 후 바리스타는 지하와 지상을 오가며 위험에 처한 사람들을 구하는 의인으로 남았다는 전설로만 남았다.

지하의 풍문에 따르면 여의도 벙커에서 그를 모셔갔다는 말도 있었고, 전설의 바리스타가 사실은 사람이 아니라 구천을 떠도는 귀신이라 주장하는 사람도 나타났다. 하지만 말세는 그 어떤 소문도 믿지 않았다. 왜냐하면 말세가 그를 직접 목격했기 때문이었다.

그는 훅 스치기만 해도 커피향이 진동했고, 허름한 복장에 화단을 자유자재로 다루는 노련함과 치밀함, 거기에 더해 '진짜 커피'의 기막힌 맛까지 낼 줄 아는 인물이었다. 괴인들과 시비에 휘말려 위험에 처했던 복자 할머니를 구해주었고, 전설대로 커피 한 잔으로 싸움을 종식시켰다. 말세는 그날의 사건을 뚜렷하게 기억하진 못했지만, 전설의 바리스타가 괴인들에게 커피를 건네며 했던 말을 달력에 적어두었다.

"끼니만 겨우 때워가며 죽지 않으면, 그게 사는 건가요?"
"따뜻한 차를 나눠 마시며 함께 호박씨도 까고, 다시 힘내서 내일을 기대하고 싶지 않나요?"
"그러니, 우리 커피를 포기하진 맙시다."

전설의 바리스타는 모든 이에게 커피를 나눠주었다. 단 커피를 좋아하는 사람에게는 바닐라 사탕을 넣어주었고, 라떼를 원하는 사람에게는 무엇으로 만든 것인지 모를 거품물을 얹어주었다. 말세는 그날 처음이자 마지막으로 진짜 커피나무를 보았고, 진짜 원두로 내린 커피를 맛보았다. 바리스타는 말세에게 남은 사탕이 이것밖에 없다며 누룽지 사탕을 깨부숴 검은 물에 녹여주었다. 달고 쓴, 고소하고 신 풍미가 입안을 가득 메웠다.

그 일은 말세의 마음에 하나의 점을 찍었다. 검은 물 위에 떠 있던 누룽지 사탕 조각처럼, 혹은 검은 하늘에 반짝이는 작은 별처럼, 그 점은 말세에게 처음으로 소망이라는 감정을 일깨워주었다. 언젠가는 저 전설의 바리스타의 제자가 되겠다는 소망을.

그 뒤로 그를 다시 만날 기회는 없었지만 말세는 개의치 않았다. 커피향과 맛, 바리스타의 친절이 남긴 추억은 말세의 소망에 불씨가 되어 매일 타올랐다. 커피꽃을 찾다 보면 언젠가 그를 다시 만날 날이 오겠지, 하는 막연하고 대책 없는 기대와 함께.

덜거덕, 타륵. 질… 질….

궤도차를 운영할 여력이 없는 노선의 생존자들은 철로 위에 판자나 철판을 깔아 철로의 굴곡을 최소화했지만, 커피 리어카를 끌고 다니기에는 여전히 좋지 않은 길이었다. 판자의 이음새마다 콩, 짜랑짜랑, 팅- 하며 커피차에 실린 병과 통이 덜컹거리며 오케스트라가 연주하듯 소리를 냈다. 평소라면 이에 맞춰 콧노래라도 흥얼거렸을 말세지만, 오늘은 그럴 여유가 없었다. 온 신경이 누더기 괴물의 '누더기'에 쏠려 있었기 때문이다. 누더기 더미 끝부분에 매달린 후드티가 땅바닥에 끌렸지만, 거대한 옷더미는 정상 속도로 걸어도 흐트러짐 하나 없었다. 도대체 이 사람은 왜 이렇게까지 옷과 이불을 둘둘 감고 있는 걸까? 어떻게 이불을 쌓아야 거대한 눈사람 형상이 되지? 걷다 보면 흔들려서 이불 더미가 무너져야 되는 거 아닌가? 말세는 궁금해서 견딜 수가 없는 지경에 이르렀다.

"저, 죄송하지만 뭐 하나만 물어봐도 될까요?"

"뭡니까?"

누더기 괴물은 자신의 목소리에 내심 놀랐다. 평소라면 들은 체도 하지 않았을 테지만, 말세의 말투에서 느껴지는 친절함과 예의 바름이 너무도 생경해서 자연스럽게 대답하게 되었다.

"다름이 아니라… 어떻게 만드셨어요?"

다짜고짜 어떻게 만들었냐니, 누더기 괴물은 한참을 곱씹었다. 뭘 만들었냐는 거지?

"아, 곤란하면 대답 안 하셔도 돼요. 저는 그저 이불 탑 쌓는 방법이 궁금해서… 아, 아니다, 신경 쓰지 마세요!"

누더기 괴물은 터져 나오려는 웃음을 억지로 꾹꾹 눌러 참았다. 이 상황에서 고작 이불 탑이 궁금하다니. 누더기 괴물은 고개를 돌려 조금 풀죽은 말세의 뒷모습을 바라보았다. 여태껏 만나온 사람들은 누더기 괴물의 정체를 궁금해하거나, 감염자나 괴인은 아닌지를 알고 싶어 했다. 한데 눈 앞의 이 사람은 어떠한 정보를 얻기 위해 떠본 게 아니라, 진심으로 궁금했던 거다.

잔잔한 호수 같던 누더기 괴물의 마음에 자그마한 조약돌 하나가 던져졌다. 그러고 보면 이상한 게 한둘이 아니었다. 위험한 터널에서 혼자 커피차를 끌고 다니는 것, 신원이 확인되지 않은 타인에게 등을 보이며 동행하는 것, 그리고 그 긴장된 상황 속에서 순수한 호기심이 생길 수 있다는 것까지. 진짜 이상한 사람은 이 사람이다.

"그게 왜 궁금한 겁니까?"

그 말에 말세는 휙 돌아서더니 눈을 빛내며 누더기 괴물을 바라보았다.

"그게요, 자세히 보니 아무렇게나 마구 쌓은 게 아닌 것 같아서요. 뭔가 촘촘하고 쫀쫀한 게 그대로 누우면 침대로 쓸 수도 있을 것 같고, 웬만해선 춥지도 않겠고, 또 천장에서 물이 떨어져도 끄떡없겠고… 대단하잖아요?"

이 사람, 제정신인가? 누더기 괴물은 순간 호기심이 불쑥 튀어 올랐다가 덜컥 무서워졌다. 눈까지 반짝이며 이불 탑 쌓는 방법에 대해 진심으로 궁금해하고 있는 이 여자에 대해 본인도 알고 싶어져서. 어디서 어떻게 살아남아 이곳까지 왔는지, 잊지 못할 상처나 트라우마가 있어서 정신이 망가진 것은 아닌지. 지극히 사적이고 말하기 어려운 인생사가 궁금해지고 말았다.

그 순간, 괴물의 마음속에 단단히 자리 잡고 있던 제어장치가 발동했다. 누더기 괴물은 걸음을 멈추고 이끼와 먼지가 어우러진 터널 벽에 바짝 붙어 섰다. 뒤따르던 발소리가 들리지 않자 말세는 괴물의 의중을 살피려는 듯 가까이 다가왔다.

"어차피 양쪽 역 초소에서 보이지 않는 곳이면 됩니다."

"네?"

말세는 한참을 무슨 뜻인지 이해하지 못했다. 누더기 괴물은 귀찮은 내색은 없으나 무미건조한 목소리로 설명을 덧붙였다.

"초소에서 보이지 않으면 역 사람들이 경계를 서지 않을 테고, 그럼 아무런 문제가 없습니다."

"그래서… 여기 계속 있겠다고요?"

"그렇습니다. 갈 길 가십시오."

말세는 누더기 괴물의 논리에서 오점을 찾지 못했다. 괴물이 초소에서 보이지 않게 해달라는 것이 무악재 사람들이 부탁한 일이었고, 독립문역의 상황도 별반 다르지 않을 것 같았다. 그런데도 괜히 신경이 쓰이는 건 누더기 괴물이 중요한 질문에 대답을 해주지 않아서 그런 거다. 하긴, 저런 노하우는 물어본다고 쉽게 말해줄 수 있는 게 아니겠지, 말세는 마음속으로 그렇게 생각했다.

"어… 그럼 좋은 여행 되세요, 아저씨."

누더기 괴물은 밝게 인사하며 돌아서는 말세에게 무언가를 전하려고 입을 열었지만, 입술만 파르르 떨렸을 뿐이었다. 아까 건넨 커피를 쏟아서 미안하다고, 부디 그쪽이 안녕하길 바란다는 낯 뜨거운 진심을 전하는 방법을 괴물은 알지 못했다.

말세는 물먹은 솜처럼 무거워진 발걸음을 힘차게 떼며 독립문역으로 이어지는 불빛을 따라갔다.

독립문역과 인접한 환기구의 먼지를 뚫고, 검은 실루엣 두 개가 이물감 가득한 바닥을 쓸며 기어갔다. 덩치 큰 실루엣 하나와 마른 실루엣 하나. 그들이 푹 눌러쓴 검은 비니와 눈 바로 밑까지 가린 마스크에 작은 가루 입자가 가득했다. 앞서 기어가던 마른 실루엣은 더러운 환기구의 끝에 도달하자 등에 멘 둥근 보따리를 환기구 바닥에 내려놓고 덮개에 귀를 댔다.

"하나… 둘… 하나? 아닌가, 둘인가…."

굴의 벽을 타고 울리는 바퀴 소리, 둔탁한 신발 소리, 말소리. 그 모든 정보를 분석하며 기회의 냄새를 맡았다. 그는 지하철 터널로 이어지는 덮개를 조심스럽게 떼어냈다. 그들은 차례로 관 밖으로 빠져나와 차갑고 눅눅한 이끼 향이 나는 공기를 들이마셨다. 힘겹게 뒤따르던 덩치는 목을 태우는 강렬한 갈증을 이겨내기 위해 모아둔 침을 삼켰다. 이제 조금만 있으면 깨끗한 물로 목을 축일 수 있다. 모여든 유출지하수를 정수해 물장사를 하는 독립문역이라면 마음껏 샤워를 할 수도 있을 것이다. 물론 독립문역을 지키는 위수단의 경비를 뚫고 어떻게든 물탱크까지 도달

할 수 있다면 말이다.

 마른 불청객은 하수관에서 들었던 소리의 정체를 확인했다. 터널 다른 쪽에서 한 여자가 혼자 리어카를 끌며 독립문역 쪽으로 오고 있었다. 그는 덩치를 툭툭 치며 칼을 꺼내 들었다. 리어카가 있는 쪽에서는 그들이 보이지 않을 것이다. 덩치는 답답한 마스크를 벗어 던지고 자세를 잡았다. 계획은 이러했다. 리어카가 근처를 지나갈 때 덩치가 여자를 한 번에 제압할 것이다. 그러면 마른 동료가 여자의 목에 칼을 들이대며 협박할 것이다. 그 과정에서 저항한다면 죽이면 되고. 어쨌든 저 여자에게서 리어카를 빼앗고, 상인인 척 독립문역 안으로 들어간다. 완벽한 즉흥 계획이다. 리어카를 빼앗을 계획은 없었지만, 초소를 지키는 사람들을 상대하는 것보다 쉬운 일임은 분명했다.

 '그냥 다 사라져, 멍청한 3호선 인간들….'

 마른 사람은 양쪽 눈썹 끝에서 이마 전체에 커다랗게 새겨진 치욕스러운 화살표 문신이 쓰라렸다. 상처는 아물었지만, 산처럼 솟아 위를 가리키는 문신이 이따금씩 쓰릴 때면 불쑥 화가 났다. 누구에게라도 그 화를 풀어야겠다는 충동이 일었다. 그는 어둠 속에서 조용히 숨을 참으며 커다란 공이 든 주머니를 서서히 펼쳤다.

 커피차를 잠시 세운 말세는 한 손으로 뒤통수를 확인했다. 작은 벌레 한 마리가 간질간질 뒷목을 타고 기어오르는 감각이 지나가자, 뒤통수에 난 짧은 머리칼이 빳빳해졌다. 말세는 길게 자란 머리 사이에 난, 고슴도치 가시 같은 머리카락을 애써 쓰다듬었지만 머리칼은 더 단단하게 일어섰다.

분명 이곳에 무언가 있다.

말세는 커피차 옆에 달린 주머니에서 채집용 낫을 꺼내 들고 한 손으로 태연하게 커피차를 밀었다. 어둠 속에 누군가가 있다. 잔뜩 긴장한 채 천천히 걸음을 옮기는데,

"에-엣-추! 취, 취, 에취!"

연이은 재채기 소리에 긴장감이 순식간에 산산조각 났다. 말세는 무슨 이유에서인지 격렬하게 재채기를 하기 시작했다. 마구 침을 튀겨가며 속절없이 재채기하던 말세는 순간 중요한 단서를 포착했다. 어둠 속에 숨은 이들은 지상에서 왔다. 온몸에 보라색 꽃가루를 잔뜩 묻히고 내려온 것이 틀림없다.

생각이 거기까지 닿았을 때, 커피차의 희미한 불빛 앞에 기괴한 털뭉치가 눈처럼 흩날렸다. 털뭉치는 말세의 손에 닿아 끔찍한 화학 작용을 일으켰다. 말세는 본능적으로 커피차에서 손을 떼고 뒤로 물러났다. 손이 화상을 입은 것처럼 욱신거렸다. 말세는 한눈에 눈송이 같은 털뭉치의 정체를 파악했다. 민들레 화괴의 씨앗이다.

"움직이지 않는 게 좋아."

귀 옆으로 착 가라앉은 목소리가 위협해 왔다. 말세는 턱 아래에서 차가운 금속성을 감지했다. 맞은편에서 나타난 덩치가 커피차 앞부분을 확 잡아채 끌어당기자 커피차 위에 놓인 재료통이 죄다 쏟아졌다. 무수한 손질을 거쳐 차로 탄생하기만을 기다리던 건조한 풀들이 차가운 철로 위로 떨어졌다. 말세는 온몸의 감각이 날카로워지는 것을 느끼며 조심스럽게 입을 열었다.

"…움, 움직이지 않을게요. 앞으로도 움직일 생각 없어요."

이것 봐라? 마른 불청객은 예상외로 침착해 보이는 말세의 반응이 아니꼬웠다. 벌벌 떨면서 두 손 싹싹 빌어도 모자랄 판에, 꼬박꼬박 말대꾸하는 당당한 태도가 싫었다. 불청객은 이 괘씸한 것을 살려두지 않기로 마음먹었다. 지상에서 살아남은 이들에게 공포를 느끼지 않는 것은 오만이자 그들에 대한 모욕이었다.

칼날이 말세가 두르고 있던 얇은 스카프를 뚫고 경동맥 부근에 아슬아슬하게 가닿았다. 그 상태에서 날이 빠르게 움직이면 분수 쇼가 펼쳐질 것이었다. 그렇게 되면 뿜어져 나오는 피를 막을 새도 없이 몇 초 안에 생을 마감할 것이다. 말세는 달달 떨려 오는 손을 간신히 움켜쥐었다. 본능적으로 이들이 자신을 살려두지 않으리란 걸 알았다.

나, 이렇게 죽는 걸까.

후회 가득한 순간들이 말세의 눈앞에 펼쳐졌다. 비 맞고 감기에 걸려 고열에 시달리던 복자 할머니가 돌아가시기 전에 감사하고 사랑한다고 한 번 더 말할걸. 박 씨 아주머니와 무악재역 사람들에게 고맙다고 더 자주 말할걸. 희미한 기억 속의 엄마, 아빠에게 짜증 내지 말걸. 얼굴이 기억나지 않는 병원복 입은 친구의 눈물을 닦아줄걸.

"죽이실 거면요… 부탁 하나만 드려도 될까요?"

"뭐?"

마른 불청객은 적잖이 당황했다. 부탁을 들어달라는 말이 단순히 시간을 벌기 위한 꼼수가 아니라, 모든 것을 체념하고 사람대 사람으로서 부탁하는 태도였기 때문이다.

"저를 죽이신 후에요, 보리커피는 무악재 출입대장 박지선 선생님께 좀 가져다주시면 감사하겠습니다."

"뭐…?"

죽음을 앞둔 채 하는 부탁이 고작 커피 배달이었어? 어처구니가 없어서 칼을 든 불청객의 손에서 힘이 탁 빠졌다. 본인이 비록 날강도이기는 하나 삶에 대한 진지한 체념 앞에서 굳이 열과 성을 다해 살생을 저질러야 할 명분이 사라졌기 때문이었다. 죽음을 앞둔 이들의 소원은, 배낭에 있는 음식을 먹고 싶다거나, 아껴뒀던 담배 조각을 피우겠다거나, 가족사진을 한 번만 더 보게 해달라는 등 하나같이 애절했다. 그런 상황인데, 뭐? 나를 죽인 후에 커피 배달 좀 해달라고? 아니, 본인이 진짜 죽을 리 없을 거라고 생각하나? 그래서 전혀 심각하지 않은 건가?

"내가 널 진짜로 죽일 거라 생각하지 않는군."

"아뇨. 제가 그렇게 생각했다면 차 대접을 했을 테지요."

"그럼, 이 상황에서 커피 배달을 시킨 게 진심이라고?"

"그 정도는 해주실 분들로 보여요. 아닌가요?"

마른 불청객의 얼굴이 붉어졌다. 네까짓 게 뭔데 사람을 판단해? 상대방의 의도를 간파했다는 듯 행동하는 오만함과, 죽기 직전임에도 불구하고 어떻게든 살아보려 하지 않는 당당함이 그를 철저히 뭉개버렸다. 여기서 이 여자를 진짜 죽인다면, 여자의 말이 옳게 된다. 그렇다고 죽이지 않는다면, 교묘하게 설득당한 게 되어버린다. 이러지도 저러지도 못하는 진퇴양난에 빠졌다는 걸 깨달은 마른 불청객은 강한 수치심을 느꼈다. 그것은 곧 분노의 해일이 되어 그를 지배했다. 칼을 쥔 손의 힘을 통제할 수 없어질 만큼.

불청객은 앙상한 팔을 치켜들었다.

"사람 잘못 봤어."

날카로운 칼날이 말세의 목을 향해 돌진하던 순간, 섬광처럼 날아온 검은 물체가 불청객의 얼굴을 가격했다. 불청객은 욕설을 내뱉으며 자신의 얼굴에 맞은 물건을 황급히 주워 확인했다. 고무줄 바지였다.

놀란 덩치가 커피차에 달린 손전등을 뽑아 뒤쪽으로 황급히 비췄다. 그 틈을 타 말세는 재빠르게 몸을 돌려 불청객에게서 벗어났다. 거산의 형상을 한 누더기 괴물의 그림자가 검게 드리워졌다. 곧이어 마른 불청객의 욕설이 들려오고, 누더기로 칭칭 감은 팔이 말세의 눈 앞으로 뻗어 들며 날아오는 칼날을 막아냈다. 순식간에 벌어진 일에 얼어버린 말세는 이어지는 형형색색의 타격을 눈앞에서 감상했다.

마른 불청객의 칼날이 다시금 높은 궤적을 그리자, 누더기 괴물이 방패처럼 칼날을 쳐냈다. 그 순간 누더기 속에서 커다란 손이 튀어나와 불청객의 팔을 낚아채더니, 휘릭 바닥에 메다꽂았다. 마른 불청객은 아무 소리도 내지 못하고 차가운 철로 위에 쓰러졌다.

덩치가 "어어!" 소리를 내며 달려오자, 누더기 밖으로 기다란 다리가 등장하며 누더기 더미가 와르르 무너졌다. 누더기 허물 사이에서 장대한 나무처럼 곧게 뻗은 육체가 모습을 드러냈다. 보랏빛 위장복을 입은 남자였다. 그는 덩치의 주먹을 가볍게 피하며 얼굴을 가격했다. 남자는 덩치가 제자리로 돌아오기 전에 무너진 어깨를 밀어내며 복사뼈를 후려 찼다. 덩치의 육중한 몸통이 무게중심을 완전히 잃고 허공에 떠올랐다.

쿵!

덩치는 "으억!" 소리를 내며 딱딱한 철로에 패대기쳐졌다. 넘어진 와중에도 누더기 괴물의 발목을 잡아채려 버둥거렸지만, 누더기 괴물은 재빠르게 피하며 덩치의 모자를 벗겼다.

털 하나 없는, 조금 함몰된 정수리가 드러났다. 이마에 넓게 자리 잡은 화살표 표식까지. 이들은 화괴가 되어가는 감염자들이었다.

알록달록한 위장복 남자는 일어나려는 덩치의 턱을 가볍게 쳐 넘기며 한 번에 기절시켰다. 그리고 일어나려 꿈틀거리는 마른 불청객의 의지를 꺾으며 목의 급소를 가격해 제대로 기절시켰다.

말세는 입이 떡 벌어진 채 남자의 번개 같은 움직임을 관전했다. 저 위인은 지하의 흔한 잡도둑이나 소매치기와는 완전히 다른 존재였다. 어설픈 무장을 하고 곤봉을 주로 쓰는 2호선 군인과도 비교할 수 없었다. 타격 한 방에 사람을 기절시키는 훈련을 받은 범상치 않은 '괴물'이었다.

"누더기 괴물…."

누더기 괴물은 두 불청객이 기절한 것을 확인하고는 아무 말 없이 커피차를 수습했다. 그의 행동을 바라보고만 있던 말세도 서둘러 누더기 더미에서 옷 하나를 주워 커피차 여기저기를 닦았다. 민들레 화괴의 씨앗이 붙어 있으면 위험하다. 피부에 닿으면 화상을 입을 수 있으며, 잘못 들이마시면 호흡 곤란을 겪을 위험이 있다. 말세는 누더기를 벗어 던진 괴물이 괜찮은지를 살피며 조심스럽게 말을 걸었다.

"저… 괜찮으세요?"

남자의 얼굴은 아무렇게나 자란 머리카락으로 뒤덮이고 곳곳에 살벌한 흉터가 남아 있었지만, 붉은 화상 흔적은 보이지 않았다. 그리고 그의 뒷목에는 복잡한 표식이 새겨져 있었다. 위장복 옷깃에 가려져 잘 보이진 않았으나 말세는 그 표식을 보고 기시감에 휩싸였다. 분명 저 비슷한 표식을 어디선가 본 것 같은데…. 말세가 그를 뚫어져라 쳐다보자, 그는 어색하게 주변을 살폈다. 고개를 돌린 그의 목 옆에는 숫자 세 개가 새겨져 있었다.

'526'.

일반적인 생존자라면 자신이 속한 역의 번호를 목 옆에 타투로 새겨 넣어야 한다. 하지만 말세의 목에는 역 번호 대신 이상한 글자들이 새겨져 있었고, 저 사람은 달랐다. 남자의 목 옆에 새겨진 번호를 본 순간, 말세의 심장이 내려앉았다. 그 번호는 3호선에서는 잘 볼 수 없는, 그래서 더욱 신기하고 두려운 번호였다. 길고 긴 사정이 있지 않고서는, 저런 번호를 가진 사람이 이곳에 있을 이유가 없었다.

누더기 괴물은 5호선 출신이다.
왜 이런 곳에 있는 거지?
5호선은 다들 가고 싶어 하는 곳 아닌가?
5호선 어딘가에 진짜 카페가 있다는 게 사실일까?

나는 왜 구해준 거지?

말세의 마음속에 기대와 함께 자잘한 의문이 피어나 참을 수 없을 만큼 부풀어 올랐다. 그런 말세의 마음을 모르는 남자는 불청객이 소지하고 있던 공 모양의 주머니를 뚫어져라 쳐다보았다. 주머니의 표면에는 민들레 씨앗이 붙어 있었다. 그렇다면 주머니 안에는 씨앗의 근원이 들어 있겠지, 남자는 생각했다.

"이름이 뭐예요?"

갑작스러운 말세의 질문에 남자는 적잖이 당황했다.

"예?"

"살려줘서 감사하다, 뭐 그런 인사를 하려면 이름을 알아야 하잖아요."

남자는 자신의 이름이 무엇인지를 애써 떠올려야 했다. 몇 년 동안 아무도 그의 이름을 궁금해하지 않았고, 이름으로 부른 사람도 없었다. 대부분은 '반 대위님', 혹은 '반 대위'라고 불렀으며, 이름을 부르는 것이 금지라는 규칙은 없었지만, 누구도 굳이 서로의 이름을 부르지 않았다. 이름을 부른다는 것은 그 사람이 죽어도 기억하겠다는 암묵적인 친밀함의 표시였고, 그것은 누가 언제 죽을지 모르는 세상에서 불안감을 더욱 증폭시키는 불필요한 행위로 여겨졌다.

"원…."

"뭐라고요?"

남자는 자기도 모르게 튀어나온 혼잣말을 주워 담을 길이 없었다. 말세가 눈썹을 치켜세우고 꼭 듣고 말겠다는 표정으로 가까이 다가왔기 때문이다.

"반원이요."

남자는 자신의 이름을 내뱉은 순간 머리가 지끈거렸다. 그 이름으로 불렸던 기억의 조각들이 한꺼번에 몰려오고 있었다. 애써 묻어뒀던 과거의 잔해가, 이제는 감정이 사라졌다고 믿었던 기억들이 되살아나고 있었다.

"반원 아저씨, 고맙습니다. 진심이에요."

말세가 인사하자, 원은 머쓱하게 팔짱을 꼈다. 이 여자는 왜 아까부터 나를 아저씨라고 부르는 거야, 생각하며.

"몇 살입니까?"

"저요?"

말세는 심각한 얼굴로 손가락을 세었다. 복자 할머니가 돌아가신 게 작년이고, 할머니와 함께한 5년의 기억은 분명하지만, 그 이전의 기억은 가물가물해서 정확히 말할 수 없었다. 말세는 체감상 자신이 노인이 되어버린 것 같다는 말을 하려다가 진지한 원의 표정을 보고는 입을 닫았다.

"됐습니다. 진짜 대답하라는 뜻은 아니었습니다."

해의 움직임을 볼 수 없는 지하에서 시간의 흐름을 놓치는 것은 너무나 당연한 일이었다. 역에 따라 설날이나 추석을 챙기는 곳도 있지만, 대부분은 화병이 창궐한 이후에 몇 년이 흘렀는지, 자신이 몇 살인지 알지 못했다. 누군가는 험하게 살아남아 폭삭 늙어버린 반면, 또 누군가는 물자가 풍부한 역에서 규칙적인 생활을 하며 지낸 덕에 제 나이로 보일 수도 있었다. 몇 살로 보이든, 원은 자신이 몇 해를 살아왔는지 정신을 바짝 차리고 세어온 사람과 아닌 사람의 마음가짐은 천지 차이라 배웠다. 그러니 말세가 진짜 정신 나간 사람일지도 모른다는 원의 의심은 더 확고해질 수밖에 없었다.

'이제 된 거겠지.'

원은 잠시 뭐에 홀렸나 하는 생각이 들었다. 자신의 목에 칼이 들어와도 살 궁리는커녕 누군가에게 전달할 커피를 걱정한다는 게, 이유는 모르지만 화가 났다. 어처구니없는 말세의 말과 행동이 원의 기억 속 누군가와 너무 닮아 있어서, 최소한 자신의 눈앞에서 말세가 죽지 않았으면 했다. 그뿐이었다.

다시 누더기 괴물로 돌아가.

원의 마음속에 자리 잡은 커다란 돌덩이가 명령했다. 원은 지금까지 그래왔듯 착실하게 그 명령에 따를 것이다. 하지만 문제가 있었다. 말세가 떨어진 누더기 더미에서 옷을 주워다 그에게 대보고 있었기 때문이다.

"이게 맞나…. 아닌가, 좀 큰가."

말세는 허둥지둥거리며 원의 체격에 맞는 옷을 찾고 있었다.

"지금 뭐 하는 겁니까?"

"그 옷, 가리는 게 좋지 않을까요. 곧 위수단 애들이 올지도 몰라요."

말세는 제일 넉넉해 보이는 후드티를 원에게 건넨 뒤, 바지를 찾아 누더기를 계속 뒤졌다. 원은 얼떨결에 말세가 건넨 옷을 받아 들고는 그제야 더러운 위장복을 내려다봤다. 이걸 아직도 입고 있었음을 깨닫자 피식, 웃음이 났다.

'도대체 얼마나 오랫동안 옷을 갈아입지도, 씻지도 않은 거야.'

원은 자신이 누더기 더미의 악취에 익숙해져 모든 것을 포기하고 숨만 쉬었다는 사실을 새삼 깨달았다.

말세가 그나마 깨끗하지만 우스꽝스러운 캐릭터가 그려진 잠옷 바지를 건네주고는 "사이즈 맞는 게 이런 것밖에 없네요."라며 손을 탁탁 털었다. 원은 옷을 왜 입어야 하나 잠깐 고민했지만, 위장복 때문에 이상한 오해를 사는 것보다는 낫겠다는 말세의 말에 윗옷과 바지를 대충 위장복 위에 걸쳐 입었다. 더럽고 구멍 난 후드티에 귀여운 캐릭터가 그려진 잠옷 바지를 입은 원은 마치 막 자다 깬 사람 같기도 하고, 자러 가려는 사람 같기도 한 피곤하고 우스운 인상을 풍겼다. 자신을 보며 웃음을 참는 말세에게 원이 한마디 하려던 순간, 수상한 발걸음 소리가 울려 퍼졌다.

뚜벅, 뚜벅, 뚜벅, 뚜벅….

일정한 발소리와 침착한 불빛이 그들을 향해 다가오고 있었다.

조금 전, 독립문역 위수단 초소에서 경계 근무를 서던 '하신(河臣)' 한 명이 붉은 신호등을 잡았다. '물줄기를 섬기는 신하'라는 직위 명칭에 걸맞게 푸른 제복을 갖춰 입은 막내 하신은 선배에게 배운 대로 반대편 초소를 향해 신호등을 켜고 끄기를 반복했다. 전방에 수상한 소리가 났으니 문을 단단히 잠그라는 그들만의 신호를 전하고는 선배 하신의 명령을 기다렸다. 초소 밖에서 눈을 감은 채 굴 저편에서 나는 소리에 귀를 기울이던 선배 하신은 결단을 내렸다.

"이 정도면 확인하고 와야 할 것 같다."

그들은 먼지 쌓인 무기함을 열었다. 독립문역 승강장과 몇 미터 떨어진 곳에 설치된 위수단 초소에는 3호선의 그 어느 역보다 효과적인 무기가 가득했다. 독립문역에는 지하유출수를 끌어다 식수로 만드는 간이 정화조가 있으며, '위수단(衛水團)'은 무슨 일이 있어도 이것을 지켜야 했다.

아직 총기를 다루지 못하는 막내 하신은 투구처럼 생긴 헤드램프를 끼고 삼지창 같은 긴 쇠스랑을 들었다. 선배 하신은 어깨에 휴대용 랜턴이 달린 보호구를 착용하고 산탄총을 장전했다. 쓸 일은 없겠지만, 이왕 쓸 거라면 근거리 파괴력이 좋은 무기가 제격일 테니.

"맞다, 선배. 오늘 말세 누나가 오는 날이지 않습니까? 혹시 누나한테 무슨 일이 있는 건 아니겠죠?"

"재수 없는 소리 할 거면 오지 마."

선배 하신은 막내의 말에 정색했다. 정수한 물을 구수하고 달달한 커피로 바꿔주는 마법 같은 일을 하는 말세에게 무슨 일이 생긴다는 것은 상상조차 하기 싫었다. 구겨진 얼굴로 잔뜩 경계하던 선배는 막내에게 멈추라는 수신호를 보냈다. 벽 쪽으로 밀려난 말세의 커피차가 보였다. 막내 하신이 앞으로 뛰쳐나가려는 걸 선배가 막았다. 웃긴 옷을 입고 있으나 절대 만만하지 않은 체격의 장신의 남자가 말세의 옆에 서 있었다. 그리고 그 주변에는 정신을 잃은 듯 보이는 두 사람이 쓰러져 있었다.

"선배, 저거 그냥 굴거지 아닐까요?"

막내가 속삭였다. 하지만 선배는 동요 없이 총의 개머리판을 어깨에 바짝 붙이고 가까이 다가갔다. 말세가 그들을 향해 반갑게 손을 흔들었지만 선배 하신의 미간은 좀처럼 풀리지 않았다.

"말세 옆에서 떨어져."

하신의 묵직한 명령이 원의 귓가를 간지럽혔다. 위수단을 공격할 생각은 없었지만, 원은 총을 그다지 좋아하지 않았다. 그는 반사적으로 방어 루트를 계산하기 시작했다. 상대는 둘. 그들의 반응을 봐서는 적어도 말세를 공격하진 않을 것이다. 만약 유혈 사태가 벌어진다면, 커피차 뒤로 빠져서 그들에게 접근한다. 산탄총을 먼저 뺏어서 저 삼지창 같은 무기를 든 놈을….

"하신아, 총 내려. 나 죽을 뻔했는데 이분이 구해줬어."

말세가 말했다. 원은 시뮬레이션을 멈췄다. 그사이 막내가 쓰러진 침입자의 이마에 새겨진 표식을 확인하고 선배에게 사인을 보냈다. 그제야 선배 하신은 총구를 거두고 원과 말세에게 멀리 떨어지라 명령한 다음, 쓰러진 침입자 둘의 사지를 묶기 시작했다. 막내는 말세가 괜찮은지를 거듭 확인하며, 원에게 다가가려다 멈추기를 반복했다. 원은 그것이 아마도 자신의 몸에서 나는 악취 때문일 거라 짐작했다.

"선배, 굴거지 맞는 것 같습니다. 냄새가… 어후."

막내가 조용히 속삭였다. 선배 하신은 여전히 그 말을 믿지 않았지만, 적어도 괴인은 아닌 것 같다는 판단을 내렸다.

"실례지만 어디서 오셨습니까? 평범한 굴거지 같진 않아서."

선배 하신이 원을 쳐다보지도 않은 채 퉁명스럽게 물었다. 그 순간, 말세의 등에 식은땀이 흘러내렸다. 위수단 앞에서 말실수를 하면 안 된다. 식수를 지키는 것은 수많은 이들의 목숨을 직접적으로 책임지는 일이기에, 그들은 대개 자비를 베풀지 않았다. 독립문역의 '물'을 위협하는 존재라 판단하면, 그것이 노인이든 아이든 상관없이 제거했다. 잡초의 뿌리를 뽑듯이 확실하게. 그것이 물을 지키는 위수단의 존재 이유이자 그들의 사명이었다. 수년 전 노선 간 분쟁이 일어났을 때도 그러했고, 분쟁이 끝난 후에도 그러했다. 그들의 힘은 식수의 공급을 독립문역에 의지하는 3호선 사람들이 부여한 것이니, 위수단을 거스르는 것은 거의 불가능한 일이었다.

"여의도에서 왔습니다."

말세가 뾰족한 수를 떠올리기도 전에, 원이 일을 저질러버렸다. 두 하신이 믿을 수 없다는 듯 서로를 쳐다보는 사이, 말세의 머리가 팽팽 돌아갔다. 어떻게 해야 이들에게 아무런 의심도 받지 않고 무사히 빠져나갈 수 있을까, 그 정도는 이 사람에게 목숨을 빚진 내가 해야 할 일이 아닌가.

"여의도요? 무슨 말도 안 되는 소리를…."

선배 하신이 코웃음 치자 원은 푹 쓰고 있던 후드를 벗고 고개를 돌렸다. 하신이 든 빛에 '526' 타투가 선명하게 드러났다. 말세는 속으로 '이 바보 멍청이 같으니라고!'라고 욕을 하며 어떻게든 원을 말리고 싶었지만, 이미 늦어버렸다. 두 하신은 누군가 정지 버튼을 누른 것처럼 멈춰 서서 멍하니 원의 목 옆에 새겨진 숫자를 읊조렸다.

"오… 이… 육…."

선배 하신은 어떻게 반응해야 할지 감이 오지 않았다. '5'로 시작하는 표식을 처음 본 탓도 있었지만, 그보다 모든 상황이 들어맞지 않았다. 각 분야 최고의 인재들만 모아둔 여의도 벙커에서 온 사람이 왜 이곳에서 거지꼴을 하고 있으며, 저 감염자 둘은 도대체 무슨 상황인가. 프로토콜을 따르자면 하신은 3호선 거주인이 아닌 세 사람을 모두 구금해야 한다. 하지만 만약 저 사람이 정말 여의도에서 왔다면, 그래도 되는 건가? 이런 건 프로토콜에 없었는데. 그가 고민하는 사이, 교육받은 지 얼마 되지 않은 막내 하신은 실습한 내용을 충실히 따랐다.

"원칙상 환승역이 아닌 역을 다니려면 통행증이 필요합니다. 있습니까?"

"없는데요."

"그럼 주머니에 있는 거 다 꺼내고 두 손 들고 뒤돌아주십쇼."

선배 하신은 정신을 차리고 산탄총을 들었다. 다른 선에 들어왔으면 그 호선의 규칙을 따르는 게 맞으니 상관없겠지, 원은 생각했다. 원은 그들의 명령에 군말 없이 따랐다. 막내는 원이 딱히 가진 것이 없다는 것을 확인하고, 원의 근처에 떨어진 둥근 주머니를 집어 들었다.

"안 돼! 열지 마!"

말세의 비명이 울리자 원은 뒤돌아 막내를 밀어내고 위험한 둥근 주머니를 품에 안고 넘어졌다. 그 순간, 선배 하신의 산탄총에서 폭발음이 터졌고, 어둠 속에서 무언가 깨지며 둔탁한 쇳소리가 났다.

순간적인 정적. 보랏빛 살기를 품은 민들레 씨앗이 느긋하게 공중에 흩날렸다. 그것을 본 막내가 "마스크! 마스크!"를 외치며 급하게 방독면을 찾았고, 말세는 원의 어깨를 붙들었다. 원의 어깨가 미세하게 떨리고 있었다.

"아저씨! 아저씨, 괜찮아요? 일어나봐요!"

 말세의 다급한 목소리가 들렸지만, 원은 조심스럽게 몸을 일으키며 주머니를 단단히 묶었다. 그러고는 위험한 민들레 씨앗들이 붙은 후드를 벗어 주머니에 꽉 감쌌다. 그사이 원의 얼굴과 목, 손이 화상 입은 것처럼 붉게 변해 있었다. 원은 침착하게 씨앗이 날리지 않은 안전한 쪽으로 조용히 이동한 후, 참았던 숨을 길게 내쉬었다.

"저기 든 거, 설마 화괴 머리입니까?"

 상황을 완전히 파악한 선배 하신이 입을 틀어막으며 겁에 질렸다. 원이 고개를 끄덕이자, 막내는 프로토콜대로 가슴 안주머니에서 휴대용 사이렌을 꺼내 들고 버튼을 꽉 눌렀다. 곧이어 귓속을 파고드는 경보음이 굴을 뒤덮으며 모든 말소리를 집어삼켰다.

선인장에게

나, 실은 그곳에서 도망친 후에 죽기만을 기다렸어.
햇빛이 나를 심판할 거라며.
따가운 볕 아래서 하루가 지나고 이틀이 지나고 몇 주가 지나도
목만 마르고 아무 일도 일어나지 않았어.
해가 지면 달이 뜨고, 달이 지면 또다시 해가 떴어.
심판을 기다리는 것도 지겨워지더라.
물을 좀 마시고 싶어서 일어났는데
보랏빛 꽃가루 묻은 이파리가 햇빛에 어떻게 반짝이는지,
참새는 어떤 열매를 좋아하는지,
나무의 생김새가 얼마나 제각각인지 자꾸 그런 것들만 보였어.
모든 게 사라졌다고 생각했는데.
참새도, 애벌레도, 빗방울도….
그저 고요하게 저마다의 꽃잎에 내려앉아 살아갈 뿐이었어.
그러다 보니,
우리를 괴롭혔던 우주복 입은 사람들, 미워하던 그들 모두가
점점 기억나지 않게 됐어.
망한 거지. 복수하려고 했는데.

대신 네 웃음소리는 자꾸만 듣고 싶어졌어.
네가 깔깔 웃었던가, 히히 웃었던가.
어떻게 웃었더라.

3장

 원은 마치 피부 같았던 위장복을 새우 껍질 까듯 벗었다. 민들레 화괴 머리에서 흐트러진 솜털 같은 씨앗이 닿은 자리가 얼얼하게 쓰라렸다. 한때 떠올랐던 도망치겠다는 생각은 어느새 사라졌다. 욕실은 독립문역 깊숙이, 정수 시설 가까이, 위수단 단원들이 바글거리는 곳 한복판에 자리 잡고 있었다. 욕실이라고 해봐야 크기가 다른 빨간 대야 여러 개와 플라스틱 의자, 작은 바가지가 전부였지만 깨끗한 물로 씻을 수 있다는 것 자체가 특권이었다. 단원 둘의 목숨을 구해준 대가라는 거겠지. 원은 깨끗한 물 속에 비친 자신의 얼굴을 들여다보았다.
 괴물.
 마지막으로 거울을 본 게 언제인지 기억도 나지 않았다. 얼굴은 자잘한 흉터투성이에, 여기저기 붉은 화상 자국으로 덧나 있어서 형편없었다. 목이며 손, 가슴팍까지 퍼진 사악한 솜털 씨앗의 자국으로 인해 온몸에 마치 열꽃이 핀 듯했다. 제대로 먹지 못해 비쩍 말라버린 몸에서 나는 악취는 또 어떤가. 원은 자신의 몸에서 나는 참기 힘든 악취를 인지하고는 얼굴이 붉어졌다. 본인은 누더기 속에 파묻혀 지내며 어느새 익숙해져 버린 냄새지만, 그 여자는 참기 힘들었을 텐데. 이런 냄새를 계속 맡으면서도 얼굴 한번 찌푸리지 않았다. 원은 속에서 울컥 치밀어 오르는 감정의 정체를 알지 못했지만, 그 감정이 자신을 움직이게 하는 힘이라는 것만은 알 수 있었다.

원은 욕조 크기의 커다란 대야 안으로 들어가, 그 안에 담긴 깨끗한 물이 가득 찬 작은 대야를 들여다보았다. 작은 대야의 물을 바가지로 떠 씨앗이 닿은 부위들을 구석구석 씻었다. 붉게 달아오른 피부가 따끔거렸지만, 통증은 무시하면 곧 익숙해진다. 고인 물을 다시 퍼서 닦아내자, 물은 급속도로 더러워졌다. 이제는 약간 식어버린 물이 불쾌한 감각을 씻어냈다. 원은 아주 잠시, 개운함이 주는 희열을 맛보았다.

네가 씻을 자격이 있다고 생각해?

이내 머릿속의 돌덩이가 어김없이 그 희열을 짓눌렀다. 그것은 조금의 행복도, 여유도 허락하지 않았다. 원은 위수단이 준 천으로 몸을 대충 닦고, 그들이 준 옷을 집어 들었다. 위수단 단복이었다. 물을 연상시키는 푸른 천이 덧대어진 윗옷 주머니에는 심지어 원의 이름이 새겨져 있었다.

"하, 참…. 진심인가."

실소가 새어 나왔다. 조금 전, 자신을 이곳으로 데려온 위수단 단장이 했던 말이 머릿속에서 떠나지 않았다.

"당신이 절대 거절하지 못할 제안을 하나 하겠습니다."

위수단 단장, '하백(河伯)'은 민들레 화괴의 머리를 넣고 밀폐한 유리 상자를 원의 앞에 내려놓았다. 투명한 유리 상자 안에는 벌어진 두개골 밖으로 보랏빛 민들레 씨앗들이 솜털처럼 흩날리고 있었다. 화괴는 눈을 깜박이지도, 숨을 쉬지도 않았지만 이따금씩 눈알을 굴리곤 했다. 그 눈은 마치 단장실 벽장에 늘어선 까만 숯덩이를 구경하는 듯했다.

원은 하백이라는 여자가 유리 상자에 저런 끔찍한 것을 일부러 왜 넣어두었는지 짐작할 수 있었다. 자신의 힘을 과시하는 동시에 은근히 협박하려는 것일 테다.

"아, 이건 협박이 아닙니다. 어차피 당신에겐 통할 것 같지도 않고요."

하백은 마치 원의 마음을 읽기라도 한 듯 말을 덧붙이며 눈웃음을 지었다. 얼굴 반쪽을 뒤덮은 붉은 화상 자국이 지금껏 견뎌온 고난을 증명하듯 시원하게 휘어졌다. 그러자 그리 크지 않은 체구에서 느껴지던 예사로움이 사라졌다. 하백의 눈은 잔잔히 타오르는 숯처럼 집요하게 원을 꿰뚫어 보는 것만 같았다.

"폭탄 같은 화괴의 머리를 보자마자 몸을 던져 막는 건… 아무나 할 수 없죠. 보통 사람이라면 씨앗이 호흡기로 들어가 이미 죽었을 겁니다. 당신은 화괴가 내뿜는 화학 물질에 대해 정확한 지식을 가지고 있을 뿐만 아니라, 실전에 익숙한 베테랑 군인이 겠군요. 게다가 여의도를 지키는 사령관의 사냥개라니."

원은 별다른 대꾸를 하지 않았다. 여자의 의도를 안다고 생각했기 때문이다. 상대는 아는 척, 친근한 척하면서 결국 본인의 사리사욕을 채우기 위해 원을 이용하려 할 것이다. 여느 지도자들과 다를 바 없으리라.

"신분을 드러내는 위장복을 갈아입을 생각조차 하지 않은 걸 보니 탈영병은 아닌 듯하고, 그렇다면 높은 위치에 있던 '자원'이라 차마 처형할 수 없어서 여의도 밖으로 방출된 거겠죠. 힘없고 가난한 3호선까지 일부러 찾아올 사람도 없으니 여기까지 온 걸 테고요."

원의 속마음은 하백의 추리를 부정했지만, 겉으로는 내색하지 않았다. 그저 뒤쪽 벽장에 가득한 숯덩이만 바라보았을 뿐이었다.

"아마 더 이상 임무를 수행할 수 없는 지경까지 이르렀겠죠. 외견상으로는 멀쩡하니, 아마 여기에 문제가 있었을 거고."

하백은 무심하게 자신의 머리를 가리켰다. 하백의 행동은 비꼬거나 무시하는 대신 객관적인 설명을 전하려는 조심스러운 몸짓이었다. 원은 그제야 하백의 눈을 제대로 마주하며 물었다.

"이런 얘기를 하는 이유가 뭡니까?"

하백은 희끗한 머리를 쓸어 넘기더니 원을 가만히 살폈다. 귀중한 사령관의 '자원'이 무엇 때문에 지금껏 살아서 여기까지 올 수 있었는지를 추론하며 많은 것을 헤아렸다.

돈으로 모든 걸 살 수 없게 되자, 사람들은 누구에게 사고파는지에 따라 다르게 가치를 매겼다. 그런 상황에서 '신의'는 직접적인 가치가 되었고, 이는 비단 물물교환뿐만이 아니라 사람을 살리고 죽이는 결정을 내려야 하는 군인의 세계에서도 마찬가지였다. 하백은 원의 눈을 들여다보며 이 사람이 높은 위치에 오른 이유가 단순히 화괴를 많이 죽여서만은 아닐 것이라 확신했다.

"아까 말세가 저에게 해준 이야기가 있어요."

하백은 말세를 떠올리며 미소 지었다. 헉헉거리며 다급히 뛰어오더니 땀을 뻘뻘 흘리며 철로에서 겪은 일들을 하나하나 전하던 모습이 떠올랐다.

"단장님, 저 커다란 사람을 절대 오해하시면 안 돼요. 저 사람이 절 구해줬어요. 원래 굴거지로 여기저기 떠돌던 사람인데, 제가 도와달라고, 같이 일하자고 한 거예요. 다른 노선에서 왔지만 침입자가 아니라 저랑 같이 일하는 동료니까 꼭 선처 부탁드립니다!"

하백은 말세가 거짓말을 하고 있다는 것을 눈치챘지만, 굳이 캐묻지는 않았다. 위험한 민들레 화괴로부터 단원들을 구한 건 사실이었고, '굴거지'였다는 말세의 설명에도 일리가 있었기 때문이다. 원래라면 어떤 노선에서 왔든 감금해서 침입의 목적을 밝혔겠지만, 하백의 날카로운 통찰력은 그보다 더 나은 방법이 있음을 보여줬다.

"당신이 같이 일하는 동료라던데?"

원은 적잖이 당황했다. '동료'라는 단어가 낯설고도 묘한 위안을 주었다. 오늘 처음 본 사이인데, 왜 그런 말을 했을까.

"…잘 모르는 사람입니다."

"지하에선 넘어진 사람에게 손 내밀기만 해도 친구가 된다고 하죠. 말세를 크게 도와줬다 들었습니다. 같이 일하기로 했다면, 제대로 해줬으면 합니다."

"예?"

"내가 밀어주겠다고. 위수단 이름으로."

"뭘 말입니까?"

"3호선에도 카페를 만들 겁니다. 진짜 커피 파는 곳을요."

원은 하백이 장난을 치는 건가 싶어 얼굴을 살폈지만, 단장의 표정은 진지했다. 하백은 호화로운 여의도 생활을 경험한 사람에게 '기호식품'이 이곳에서 어떤 의미를 갖는지를 설명해야 하는지 고민했다. 3호선은 특출난 생산물이 있는 것도 아니었고, 2호선처럼 무력을 갖춘 것도 아니었으며, 심지어 잡일을 맡아줄 인력조차 부족했다. 그나마 남아 있던 건장한 젊은이들은 다른 노선으로 떠날 준비를 하고 있었다. 떠날 수 없는 사람들은 고된 노동 속에서 서서히 의욕을 잃어갔다. 단장은 이 악순환을 끊을 방법을 고심했지만, 이미 굳어진 피라미드 구조를 뒤집기는 거의 불가능했다.

부유한 5호선은 노선 간 분쟁이 끝난 이후 더욱 견고해졌고, 사령관에게 반하는 노선은 소리 없이 자멸했다. 고민 속에서 지칠 대로 지친 하백의 눈에, 어느 날 말세의 커피차가 들어왔다. 전설적인 바리스타를 찾겠다는 엉뚱한 꿈을 품고, 정성스럽게 가짜 커피를 내리는 말세의 모습에서 사라진 줄 알았던 욕망이 다시 피어났다.

사람들은 말세의 커피차가 오기를 기다린다. 말세가 무슨 메뉴를 가져올까 기대하고, 뭘 마실까 치열하게 고민한다. 하백은 커피차를 통해 기호식품이 주는 실질적인 힘을 깨달았다. 동시에, 왜 사령관이 커피 원두를 독점하여 5호선에만 공급하는지도 이해했다. 화병이 창궐하기 전에는 커피가 누구나 쉽게 접할 수 있는 음료였을 테지만, 이제는 목숨을 걸고 얻어야 하는 특별한 것이 되었고, 권력의 상징으로 자리 잡았다. 하백은 이 현실이 역겹다고 느끼면서도 받아들였다. 사슴이 사자에게 잡아먹히는 것이 당연하듯, '보호받아야 마땅한' 5호선 거주자들만이 커피를 마실 자격이 있는 세상, 3호선 거주자들은 그것을 누리지 못하는 것이 당연한 세상이 된 것이다.

말세의 커피차는 그 당연한 질서를 보란 듯이 유쾌하게 깨뜨렸다. 그 후로 하백은 뒤에서 조용히 말세를 도왔다. 특이한 표식을 가진 탓에 사람들에게 배척당하던 말세와 힘없는 복자 할머니가 3호선 터널 어딘가에 자리잡을 수 있도록 몰래 손썼고, 말세가 역과 역을 오가며 장사할 수 있도록 여론을 조성하고 물자를 지원했다. 모든 일은 형평성을 해치지 않으면서 조용히 처리하려 했기에 골치 아픈 일도 많았지만, 사실 기대만큼 큰 효과는 없었다.

확실한 변화를 만들어줄 '진짜 원두'가 필요했다. 커피나무에서 딴 커피콩으로 진짜 커피를 내린다면, 모든 것이 달라질 것이었다. 다른 노선의 사람들은 5호선에 비해 접근성이 좋은 3호선 카페에 와보고 싶어 할 것이고, 그렇게 소문이 퍼지면서 사람들의 기대 역시 커질 것이다. 3호선의 위상은 지금과는 전혀 달라질 것이다. 사람들이 많이 모이면 자연스럽게 물물교환이 활발해지고 물자가 풍부하게 유입될 것이다. 선순환 고리가 만들어지면, 3호선은 더 이상 가난한 낙오자들이 모인 노선이 아니라 '커피를 마시는' 귀족선이 될 수 있다. 그래서 하백에게 커피콩은 단순한 기호식품이 아니라 3호선의 생존을 위한 '게임 체인저'인 것이다.

"5호선에만 카페가 있으란 법은 없잖아요?"

가볍게 웃으며 내뱉은 단장의 말에 담긴 무게를 원은 짐작할 수 있었다. 그것은 3호선 사람들의 삶의 질을 끌어올리겠다는 선전이자, 사령관에 대한 조용한 반란이었다.

"그러니 말세를 도와주세요. 당신이라면 가능합니다. 아니, 당신이어야 합니다."

뭐가 거절하지 못할 제안이라는 거야. 원은 천으로 젖은 머리를 털었다. 머리카락이 언제 이렇게 많이 자랐지? 덥수룩하게 양 볼을 덮는 머리카락을 매만지다, 다 잘라버리고 싶다는 충동이 스쳤다. 지하 위생 관리의 첫 번째 수칙은 짧은 머리카락이 아닌가. 당장이라도 녹슨 가위를 든 병사가 문을 두드리고 얇은 천을 목에 두를 것만 같았다. 여의도를 떠난 지 수개월이 지났지만, 습관은 여전히 원을 괴롭혔다.

똑똑. 똑똑똑.

나오라는 소리겠지. 원은 한숨을 푹 내쉬며 위수단 단복의 단추를 채우고, 주머니가 많이 달린 조끼를 대충 걸쳤다. 보기엔 허술해 보였지만 막상 입어보니 만듦새가 나쁘지 않은 제복이었다.

말세는 푸른 제복을 입고 등장한 원을 보고는 순간 문을 잘못 두드린 줄 알았다. 제멋대로 자란 머리카락 때문에 잘 보이지 않던 얼굴이 훤히 드러나고, 멀끔한 제복까지 갖추어 입으니 그는 전혀 다른 사람이었다. 한마디로 '우월한 유전자'를 가진, 5호선에 있을 자격이 있는 그런 사람. 말세는 달라진 원의 모습을 보며 자신이 오지랖을 부렸다는 것을 깨달았다. 저 사람은 굳이 내가 거짓말을 하지 않았어도 3호선에서 환영받았을 사람이구나. 나와는 다르다. 말세는 괜히 목 옆이 간지러운 느낌이 들어, 꽉 매고 있던 스카프를 조금 풀었다. 원은 자신의 앞에서 어색하게 웃고 있는 말세의 눈빛을 피하다가, 낡은 스카프에 가려져 있던 표식을 발견했다.

'MA/CE'

어색하게 웃는 말세의 목 옆에는 정체 모를 글자들이 선명하게 새겨져 있었다. 일반적인 표식과는 완전히 다른 종류의 것이었다. 원은 그 순간 많은 것들을 한꺼번에 깨달았다. 여자의 본명은 '말세'가 아니라 누군가가 저 타투를 잘못 읽어 생긴 놀림거리 비슷한 별명이라는 것을. 또한, 저 표식으로 인해 한두 번쯤 심한 봉변을 당했을 것이며, 타의에 의해 어느 역에도 속하지 못하는 떠돌이 생활을 했을 거라는 것도.

"아저씨 이제 위수단 단원이 된 건가요? 이게 바로 말로만 듣던 낙하산?"

말세는 기분 좋은 일이 있는 사람처럼 배시시 웃었다. 원은 장난기 어린 말세의 표정이 싫지 않았지만, 그렇다고 대꾸할 말이 있는 것도 아니었다.

"들었어요. 커피나무 찾는 걸 도와주신다고. 자세한 이야기는 차차 나누기로 하고, 축하 먼저 해도 될까요?"

 말세가 들뜬 목소리로 말했다. 원은 다시금 기가 막혔다. 하백의 제안에 대답을 한 기억이 없는데, 제복에 이런 헛소문까지. 원이 실소를 터뜨리며 어떻게 해야 할지 생각하는 동안, 말세는 커피차에서 유치한 캐릭터가 그려진 플라스틱 머그 두 개를 조심스레 꺼냈다.

 "제가 생각을 좀 해봤는데요, 사실은 애기 입맛이죠? 그래서 쓴 커피 싫어하는 거고."

 이 여자가 대체 뭐라고 하는 거지? 원은 말세를 똑바로 쳐다보았다. 말세는 컵에 더운물을 붓고 단내 나는 갈색빛 가루를 휘휘 저어 잘 녹였다. 어딘가 익숙한 단내가 솔솔 풍겨왔다. 그러더니 커피차 안쪽에서 깨끗한 손수건에 싸둔 귀한 백설기를 작게 뜯어 진한 갈색빛 물에 퐁당 넣어주었다.

 "자요. 나는 커피, 아저씨는 핫초코."

 원은 말세가 건넨 머그를 얼떨결에 받았다. 그의 눈동자가 불안정하게 흔들렸다.

 "원이 형, 사실은 커피 싫어하지? 그러니까 매번 사약처럼 원샷하는 거잖아."

 "아닌데."

 "형 초딩 입맛인 거 다 들켰어. 자, 그러지 말고 이거나 마셔."

 "너 이거 어디서 났어?"

 "중사님 방에서 하나 슬쩍했지. 혼자만 핫초코 드시더라. 치사하게."

"야! 너…."

강시우. 하필 그 녀석이 떠올랐다. 원은 말세의 얼굴에 자꾸만 시우가 겹쳐 보이는 것이 싫었다. 그 녀석은 매일같이 누군가가 죽어 나가는 곳에서 사소한 것들을 챙기는 오지랖 넓은 군인이었다. 누가 커피를 좋아하든 핫초코를 좋아하든, 무슨 상관인데. 대체 그딴 걸 왜 신경 쓰냐고. 원은 그를 이해할 수 없었다.

"흠흠, 그럼 잘해보자는 의미로 짠- 할까요?"

말세는 잔뜩 신난 표정으로 귀여운 컵을 들어 올렸다. 짠! 원은 누가 말세를 좀 말려줬으면 좋겠다고 생각했지만, 손은 이미 컵을 들고 높이 치켜올려 있었다. 사실은 도와준다고 대답한 적이 없다는 말을 어떻게, 어느 시점에 해야 할지 감이 오질 않았다.

저 여자가 불쌍하다고 생각하는 거지?

그러니까 그 우스운 옷까지 입고 장단 맞춰주는 거잖아.

네 주제에 꼴값을 떠는구나.

동정은 더 나은 사람이 더 못한 사람에게 하는 거야. 너 따위가 할 수 있는 게 아니고.

돌덩이가 자꾸만 원을 짓눌렀다. 컵에서 전해지는 온기가 가슴 시리게 불편했다. 원은 핫초코를 마시려던 손을 멈추고 말세에게 컵을 돌려주었다.

"어, 이게 진짜 초코가 아니긴 하지만 그래도 아주 맛이 없진 않은데…."

당황한 말세가 원을 붙잡기 전에, 그는 보일 듯 말 듯한 인사를 하고 그 자리를 벗어났다. 멀어지는 원의 뒷모습을 보며 말세는 묘한 서운함을 삼켰다.

'내가 잘못 전해 들은 건가.'

여러 역을 다니는 커피차의 특성상 많은 사람을 만나고 헤어지는 것은 일상이었지만, 이번에는 조금 달랐다. 헛된 기대를 해서일까. '이 사람과 함께라면 환승을 할 수 있겠다. 환승해서 진짜 카페가 있는 역에 가볼 수 있겠다….'라는 달콤한 가능성이 말세를 괴롭게 했다. 혼자라면 꿈도 꾸지 못할 일들이기에.

꾸욱. 꼬르륵.

배가 고파왔다. 사치스러운 감정에 머물 시간이 없었다. 커피를 팔아야 뭐라도 먹을 수 있다. 말세는 어딘지 허전한 느낌이 배가 고파서 그런 거라고 생각했다. 얼렁뚱땅 마음을 다잡고, 바지런하게 장사 준비를 시작했다.

독립문역에는 식수를 구하러 온 다른 역 사람들이 잠시 쉬어 갈 수 있는 간이 식당가가 있어서 커피를 팔기 좋은 곳이다. 식당이라고 해봤자 죽을 파는 작은 가게 하나뿐이었지만, 방문하는 사람들은 대개 여기에 들러 끼니를 때우곤 했다. 말세는 위수단 단원들이 집중적으로 지키는 정수 구역을 빠져나와 커피차를 끌고 취식 구역으로 향했다. 좁은 공간이지만, 낡은 테이블과 나무 의자가 배치된 이곳은 마치 레트로 카페를 연상시키는 분위기였다. 식수를 구하러 온 사람들이 옹기종기 앉아 정체 모를 음식을 떠먹고 있었고, 구석에는 커다란 냄비와 더러운 식기가 쌓여 있었다. 출구 근처에 마련된 취사장은 비교적 한산해 보였다.

'설마, 점심 장사가 벌써 끝난 건 아니겠지.'

점심을 먹은 사람들이 역을 떠나기 전에 커피를 팔아야 했다. 말세는 커다란 보온 물통을 열어 물의 양을 확인하고는 취사 구역으로 달려갔다. 커피를 끓이려면 뜨거운 물이 필요했다. 그것도 넉넉히 말이다. 불 앞에 앉아 있던 취사장 사장님은 달려오는 말세를 보더니 혀를 차며 차가운 바닥에 놓인 커다란 냄비를 가리켰다.

"너무 늦게 왔어. 아까 다 끓여놨는디."

"에이, 사장님! 저 한 번만 봐줘요. 늦게 와서 죄송하지만, 제가 일이 생기는 바람에."

"안 돼. 한참 걸려."

말세는 차가운 바닥 위에서 서서히 식어버린 냄비를 만지며 온도를 확인하곤 다시 사정했다.

"사장님, 제발요. 아, 제가 서비스 드릴게요. 달달한 커피로 두 잔! 두 잔 드릴게요! 사장님, 하루 이틀도 아닌데 사정 좀 봐주세요, 네?"

묽은 죽을 휘휘 저으며 못 들은 척하던 사장님은 끝내 코를 찡그리며 말세의 등짝을 철썩 때렸다.

"아이! 알았으니까 비켜봐."

말세는 배슬배슬 웃으며 사장님에게 윙크를 날렸다. 사장님은 깨끗한 물이 든 냄비를 아궁이에 올리고 불씨를 만졌다. 조금 지나자 김이 모락모락 올라오며 물이 끓기 시작했고, 말세는 뜨거운 물이 식을세라 재빠르게 보온 물통에 퍼다 담았다.

"우리 사장님 멋쟁이! 이따 커피 받으러 오세요. 꼭이요!"

말세는 커피차를 끌고 점심을 마친 사람들이 지나가는 길목에 자리를 잡았다. 빠른 손놀림으로 남은 재료를 확인하니, 터널에서 재료 상자를 떨어뜨렸던 탓에 빠진 재료가 많았다. 쑥과 말린 민트 이끼, 미리 만들어둔 핫초코 가루는 하루 장사분 정도 있었지만, 가장 중요한 커피 재료인 태운 보리와 민들레 뿌리는 바닥을 보였다. 단맛과 감칠맛을 더해줄 감초 가루도 얼마 남지 않았다. 기껏해야 아홉 잔 정도나 나올까.

어쩔 수 없지. 상황을 빠르게 파악한 말세는 거침없이 메뉴판을 고쳐 커피차 앞에 내걸었다.

아침이고 싶을 땐 **말세커피** 한정 수량!
* '달게' '안 달게' 선택 가능 *
양치하고 싶을 땐 **민트커피** 한정 수량!
오들오들 추위가 찾아올 땐 **감초쑥차**
반짝 시즌 메뉴 **핫초코**

점심을 먹은 사람들이 하나둘 식당가를 빠져나가고 있었다. 말세는 태운 보리가 담긴 통을 열어 여기저기 흔들었다. 구수한 냄새를 퍼트려 누구라도 그냥 지나치지 못하게 하려는 것이었다. 그러고는 그물망에 민들레 뿌리를 한 움큼 집어넣고 우리기 시작했다. 얼마 지나지 않아 커피차 앞에 호기심 어린 손님이 나타났다.

"어서 오세요! 뭐 드릴까요?"

허름한 옷차림에 커다란 배낭과 물통을 들고 있던 손님은 메뉴판에서 눈을 떼지 않았다. 메뉴가 몇 개 없지만, 매일 만날 수 있는 것이 아니었기에 말세커피의 메뉴판 앞에서는 누구나 한참을 고민하곤 했다.

"말세커피 한 잔이랑 핫초코 하나 주세요."

"달게 드릴까요, 아니면 담백하게 드릴까요?"

"달게요."

손님은 가방에서 비닐 뭉치를 꺼내 말세에게 건넸다. 말세가 비닐을 열어 내용물을 확인하니, 식용 이끼 한 묶음이 들어 있었다. 이 정도 양이면 이끼주먹밥 두 개는 만들 수 있다. 말세는 갈아둔 보리를 드리퍼에 넣고 더운물을 부었다. 구수한 내음이 지하의 삭막한 공기 속을 타고 퍼지자, 밥을 먹고 일어서던 사람들이 삼삼오오 더 모여들었다.

민트커피 한 잔 주십쇼. 왜 이렇게 늦게 왔어, 기다리느라 목빠질 뻔했네. 커피 세 개 타봐. 핫초코랑 말세커피 안 달게 하나요. 와, 진짜 맛있어요! 민트커피 단맛도 되나요? 안 되면 그냥 말세커피로 하나 주실래요? 아, 가진 게 이것밖에 없는데 교환 가능할까요? 고마워요. 거 쑥차 달게 안 되나. 되면 해줘. 민트커피가 뭐여? 하나 줘봐봐. 에이, 이게 뭣이여. 나 이거 쑥차로 바꿔줘. 저는 음, 그, 말세커피 하나 주세요.

말세는 정신없이 주문을 받으며, 한 사람 한 사람을 위한 음료를 정성스럽게 만들었다. 시간이 얼마나 지났을까, 말세는 난감한 표정으로 텅 빈 재료통을 확인했다.

"손님들, 죄송하지만 방금 커피 재료가 똑 떨어졌네요. 쑥차랑 핫초코는 주문이 가능합니다. 맛있어요!"

말세는 텅 빈 재료통을 커피차 깊숙이 밀어 넣었다. 커피의 주재료인 태운 보리가 완전히 바닥난 것이다. 한쪽에 서 있던 사람이 놀란 듯이 불평을 내뱉었다.

"아니, 오늘 장사 벌써 접는겨? 나 아까부터 기다렸는디!"

말세는 연신 고개를 숙이며 "다른 메뉴는 주문이 가능합니다!"를 반복했지만, 커피가 다 떨어졌다는 말에 미어캣처럼 몰려들어 구경하던 사람들은 발걸음을 돌렸다.

이제 슬슬 마무리를 해야겠다. 말세가 커피차를 정리하려던 찰나, 저 멀리서 막내 하신이 급히 뛰어왔다.

"말세 누나, 빨리 와봐요. 빨리!"

조금 전, 선배 하신은 보란 듯이 위수단 단복을 입고 나타난 원이 못마땅했다. 눈 앞의 멀대는 단번에 단복을 받아내더니, 말세와 함께하는 특수 임무까지 맡은 모양이었다. 자신은 푸른 제복을 입기 위해 온갖 오물을 퍼 올려 배수관을 뚫고, 정화조를 만들기 위해 목숨 걸고 지상으로 나가 숯이 될 나무와 깨끗한 모래를 구해와야 했다. 그런데 저 허우대만 멀쩡한 자식은 너무도 편안하게 제복을 받아 입다니, 부아가 치밀었다. 그러나 무작정 화를 내거나 소리를 질러선 안 된다. 화를 조절하지 못하면 감염자로 오해받기 쉽기에 신중해야 한다.

하신은 여유롭게 웃으며 원에게 말했다.

"귀하신 몸이 이런 누추한 곳에 무슨 일로 오셨을까?"

"……."

"설마 쫓겨난 건 아니겠지?"

"맞습니다."

원의 무심한 대답에 하신은 꼴좋다는 듯 비웃음을 터뜨렸다.

"푭, 크하하하!"

하신의 웃음소리가 잠잠하던 초소에 울려 퍼졌다. 원은 조용히 초소를 지나 누더기가 있던 터널로 돌아가려고 했다. 입을 수 있는 다른 옷을 찾으면 제복을 돌려줄 생각이었다.

"멀쩡히 생긴 걸 보니 명예로운 제대는 아닐 거고, 대가리가 단단히 맛이 갔나 보네. 부끄러운 줄 알아, 새끼야. 다들 버티고 사는데, 꼭 편하게 누릴 거 다 누리면서 사는 새끼들이 힘들다고 찡찡대더라."

하신의 말에 원의 마음속에서 가라앉아 있던 돌덩이가 요동쳤다. 마치 공명을 찾은 듯한 돌덩이는 점점 강하게 고동쳤다. 원은 무덤덤하게 대꾸했다.

"그렇게 말하면 기분이 나아집니까?"

"뭐?"

"정말 궁금해서요. 그렇게 말하면 실제로 기분이 나아지는지."

"이 새끼가!"

선배 하신은 떨리는 손을 꽉 쥐었다. 당장이라도 한 대 치고 싶었지만, 같은 제복을 입은 사람끼리는 다투지 않는 것이 위수단의 철칙이었다. 하지만 과연 이자를 위수단 사람으로 봐야 할까, 하신은 속으로 고민하다 결국 아니라고 결론 내렸다.

"너 같은 애들을 잘 알아. 뭐든 쉽게 얻었겠지. 멋진 척, 명예로운 척하다가 뭐 하나 틀어지면 무너져버리는 거잖아. 혼자만 사연 있다는 듯이."

원은 아무런 대꾸도 하지 않았다. 원의 일관된 표정을 보니 하신은 더욱 속이 뒤틀렸다.

"말도 못 하는 거 보니 맞나 보네. 그런 표식 가지고도 무너지는 거, 그게 진짜 약한 거야. 진짜 강한 사람은, 개 같은 표식을 달고 시궁창 같은 상황에서도 웃을 수 있는 사람이지. 말세처럼. 하긴, 타투로 무임승차나 해온 너 같은 새끼가 뭘 알겠냐. 그냥 제발 위수단에서 꺼지길 바란다."

하신의 길고 지루한 말속에서 원은 묻고 싶은 게 있었다.

"그 여자는 왜 웃는 겁니까?"

"뭐라는 거야?"

"시궁창 같은 상황에도 웃는다면서요. 웃는 이유가 뭐냐고요."

"와, 나… 이 새끼 갑자기 헛소리를 하네."

하신은 급기야 옆에 놓여 있던 삼지창을 집어 들었다. 그가 휘두르면 금방이라도 원에게 닿을 듯했다.

"야, 옷 벗어. 너 같은 놈은 그 옷을 입고 있을 자격이 없다."

원은 작게 한숨을 내쉬고는 돌아섰다. 화가 난 사람 곁에 있어봤자 괜히 귀찮은 일들만 생길 게 뻔했다. 하지만 돌아서는 원을 향해 하신은 분노에 찬 목소리로 외쳤다.

"그 옷 벗으라고!"

이때쯤, 하신의 옆에서 조용히 눈치 보며 서 있던 막내가 참다못해 말세를 찾아 뛰어갔다.

말세가 커피차를 두고 초소로 달려갔을 때는 이미 상황이 종료된 후였다. 막내 하신은 볼을 부여잡은 채 초소 벽에 걸터앉아 있는 선배에게 뛰어갔고, 말세는 터널 저편으로 걸어가고 있는 원을 붙잡기 위해 전력 질주했다. 숨이 턱 끝까지 차올랐을 즈음, 말세는 드디어 원을 멈춰 세울 수 있었다.

"헉… 헉… 괜찮아요?"

원의 어깨에서 피가 흘러내리고 있었다. 쇠스랑에 스치면서 옷이 찢기고 살갗이 심하게 긁혔다. 피를 보자마자 말세는 주머니에서 여분의 천을 꺼내 북북 찢어 원의 상처 부위에 가져다 댔다.

"이러고 그냥 가려고 했어요?"

"아."

말세가 자신의 어깨에 흐르는 피를 닦아내는 것을 보고서야 원은 자신이 다쳤다는 사실을 깨달았다. 상대를 다치게 하지 않으면서 흉기를 피하는 것에는 익숙하지 않았기에 되레 본인이 상처 입었음을 알아차리지 못한 것이다. 원은 자꾸만 말세의 눈길을 피했다. 말세의 얼굴을 다시 마주 보면, 어쩌면 진심으로 하백의 제안을 받아들이고 싶어질 것 같았기 때문이다.

역시, 멈추지 말았어야 했나.

원은 돌아오는 길에 잠시 발걸음을 멈춘 것을 후회했다. 말세가 장사하는 모습을 멀리서 지켜보며 의문을 품었다. 저 여자는 도대체 왜 밑지며 장사를 하는 걸까. 왜 자신을 차별하고 배척한 사람들에게 친절을 베푸는 걸까. 왜 저렇게 바보같이 웃는 걸까. 의문 따위 품지 말고, 그길로 더러운 옷더미가 있는 곳으로 돌아가 다시 누더기 괴물이 되었더라면 이런 복잡한 감정을 느끼지 않아도 되었을 텐데.

"도와주는 게 어렵다면, 말세를 살려두기만 하면 됩니다."

하백이 의미심장하게 말했다.

"그게 무슨….."
"커피나무를 찾겠다고 지상을 나다니는 게 얼마나 위험한지는 이미 알고 있을 테고."

하백은 말을 멈추고 원의 표정을 살폈다. 헛소리하지 말라는 듯한 표정이었지만, 여전히 하백의 말을 듣고 있었다. 생각이 있다는 뜻일까.

"말세 목에 있는 그 표식. 그런 타투를 갖고 다른 노선으로 가면, 어떻게 되는지는 알아요?"

원은 누구보다 잘 알고 있었다. 비정상적인 표식을 가진 자들이 어떤 취급을 받는지.

"알고 있습니다."

"난 말세가 다른 노선으로 환승할 수 있도록 도울 겁니다. 그 이후엔… 말세의 안전이 내 손을 떠나겠죠."

원은 묘한 불쾌감에 휩싸였다. 하백이 그를 협박하는 것도 아닌데, 협박받는 느낌이 드는 것은 왜일까.

"그래서요?"

"당신은 그 표식 덕분에 어디든 안전하게 갈 수 있지 않습니까. 이제 내 말뜻을 이해했으리라 생각합니다."

"제가 얻는 게 뭡니까?"

원은 곧 이 대화에 말려들었다는 걸 깨달았지만, 이왕 시작한 대화의 끝을 보고 싶었다.

"당신이 그토록 찾던 걸 얻게 되겠죠."

"그게 뭔데요?"

"죽지 않고 살아갈 이유요. 죽지 못해 사는 게 아니라, 살기 위해 숨 쉴 이유 말입니다."

하백이 원의 속내를 꿰뚫어 보고 있음을 깨닫자, 원은 할 말을 잃었다. 제복을 입고 있었지만 마치 하백 앞에 배를 갈라 내장까지 드러내 보인 듯한 기분이었다. 애써 감추려 했던 진실을, 표면이 벗겨질 정도로 만지작거렸던 그 총알의 목적을 하백은 단 몇 마디로 간파한 것이다. 하백의 말은 거대한 파도가 되어 원을 덮쳤고, 그의 마음은 그 파도에 꼼짝없이 휩쓸렸다. 원은 더 이상 하백의 말에 흔들리지 않으려 애써 말을 끊었다.

"무슨 말씀을 하시는 건지 모르겠습니다."

하백은 자리를 박차고 나가는 원을 잡지 않았다. 스스로 설득되지 않으면 움직이지 않는 사람이라는 것을 알았다. 원은 하백의 말을 머릿속에서 지우려 애썼지만, 멀리서 커피 장사 중인 말세를 보는 순간 어떤 부정도 허사라는 걸 깨달았다.

저 사람과 함께라면 숨이 좀 쉬어질 것 같다, 원은 생각했다. 그러자 마음속 시끄러운 돌덩이가 또다시 그를 부정하며 악담을 퍼부었다.

네 곁에 있으면 저 여자도 그 애처럼 비참하게… 그렇게 되는 꼴을 본 후라면, 용기 내어 죽을 수 있겠어?

원은 말세가 장사하는 모습을 보며 흔들리다가도 모든 것을 부정하며 간신히 터널로 돌아가고 있었다. 그때 하필 선배 하신과 시비가 붙으면서 말세의 얼굴을 다시 마주하게 된 것이다.

"가요. 상처를 소독해야 할 것 같아요. 위수단 애들에게 약이 있을 거예요."

말세가 원의 상처를 지혈하며 말했다. 그러나 원은 자신의 상처는 아랑곳하지 않고 입을 열었다.

"실은… 핫초코 좋아합니다."

말세는 원이 이 상황에서 왜 뜬금없이 핫초코 이야기를 하는지 잠깐 생각하다가, 웃음을 터뜨렸다.

"거봐, 그럴 줄 알았어요. 내 말이 맞죠?"

"혹시 아직 남아 있습니까?"

원이 작은 목소리로 중얼거렸으나 말세는 놓치지 않았다. 아까 그냥 가버린 것이 신경 쓰였던 터라, 이 기회가 더욱 기분 좋게 다가왔다. 말세는 원이 마음을 연 것 같아 더욱 반가웠다.

"당연하죠. 근데 이제 와서 핫초코가 먹고 싶은 거예요? 지금 이 꼴을 하고서?"

"뭐, 축하하려면 짠이라도 해야 하는 것 아닙니까."

원은 고개를 푹 숙인 채 웅얼거리듯 말했다. 말세는 원이 도대체 뭘 말하고 싶은 건지 잠깐 생각에 잠겼다. 핫초코를 타달라는 얘기인가? 그 말을 왜 이렇게 어렵게 하는 거지?

"일단 이 상처부터 치료하고 핫초코 만들어줄게요."

말세는 원을 부축하려 다가섰다. 원은 말세가 갑자기 다가오는 바람에 놀라서 말세의 팔목을 덥석 잡아버렸다.

"단장이 한 말, 사실입니다."

잠깐의 정적이 흘렀다. 원은 말세의 동그란 눈이 자신을 뚫어져라 쳐다보는 걸 보고는 고개를 돌려버렸다.

"나를… 정말 도와준다는 거예요?"

원은 무미건조하게 고개를 끄덕였다. 자신이 뭘 도와줘야 하는지, 말세가 왜 커피나무를 찾으려는지 잘 알지 못하지만, 적어도 누군가를 지켜주는 것 정도는 자신 있었다. 말세는 씰룩씰룩 자꾸만 올라가는 입꼬리를 억누르며 목소리를 가다듬고 손을 내밀었다.

"그럼 잘 부탁합니다, 반원 하신!"

"하신은 빼주십시오."

"그럼 뭐라고 부를까요? 선생님? 반원 씨?"

원은 말세의 물음에 대답하지 못했다. 계속해서 까치발을 들고 자신의 어깨를 꾹 누르며 지혈해주는 말세의 손길이 자꾸 신경 쓰여서 어떻게 하면 몸을 낮추어 걸을 수 있는지를 고민하느라 정신이 없었기 때문이다.

말세는 원을 쇠스랑으로 찍어버린 선배 하신에게 사과와 함께 소독약을 받아냈고, 막내 하신은 원에게 새 제복을 건네며 "언젠가 저와도 대련해주시면 좋겠네요. 또 오실 거죠?" 하고 친근하게 인사를 건넸다.

다음 역으로 떠나기 전, 말세는 원과 위수단 단원들에게 남은 쑥차와 핫초코를 만들어주었다. 바짝 구운 팥을 부수어 가루를 내고, 말린 대추를 잘게 썰어 골고루 섞어 만든 '핫초코' 가루를 넣고 뜨거운 물을 부어 녹인다. 가루가 덩어리지지 않게 휘저은 다음, 백설기나 몰캉하게 익힌 지하 버섯 조각을 띄워주면 완성이다.

원은 말세가 신난 얼굴로 핫초코를 만드는 과정을 멀찍이 서서 지켜보았다. 장사로 얻은 식용 이끼를 감초 가루와 함께 동그랗게 뭉쳐 디저트까지 만드는 말세를 보며, 원은 얼마 남지도 않은 재료를 왜 무료로 나눠주는지 따져 묻고 싶었지만 꾹 참았다. 위수단 단원들이 진심으로 말세가 떠나는 것을 아쉬워했기 때문이다.

"말세 누나, 잘 먹을게요!"

막내 하신이 들뜬 목소리로 외쳤다. 원은 위수단 단원들 사이에서 어색하게 잔을 들었다. 그러고는 말세가 타준 핫초코를 한 모금 마셨다. 구수한 팥 내음과 잘 익은 대추의 달콤함이 입안을 휘감았다. 어울리지 않을 것 같던 팥과 대추의 조화가 미각을 자극하고, 따스한 차의 온도가 빈속을 다독였다. 두 모금째에는 하얀 버섯도 함께 먹어보았다. 몰랑몰랑하고 쫄깃한 버섯에서 단물이 배어 나와 오감을 감싸 안았다. 동글동글 식용 이끼 디저트까지 하나 집어 먹자 푸릇하면서도 촉촉한 맛이 또 다른 즐거움을 주었다.

원은 말없이 컵을 비우고, 디저트까지 싹 비웠다. 그 모습을 본 말세는 조용히 미소 지었다. 맛있게 먹어서 다행이라고 생각하며.

하백은 위수단 단원들 사이에서 어색하게 차를 마시는 원을 보며 그가 마침내 자신의 제안을 받아들였음을 깨달았다. 근엄한 얼굴을 유지하면서도 속으로는 미소 지으며, 역 간 통신을 담당하는 하신을 불렀다.

"하신아, 1호선 소금상을 불러야겠다. 오랜만에 재미 좀 보자."

4장

독립문역 통신기기실은 원래 각종 통신 장비로 가득한 곳이었으나, 지금은 외부의 귀빈을 맞이하거나 껄끄러운 일을 처리하는 접근 금지 구역으로 바뀌었다. 궤도차도 없이 먼 길을 걸어온 '백산'은 기름진 이마에 흐르는 땀을 명품 손수건으로 닦으며, 퀴퀴한 냄새가 배어 있는 귀빈실을 둘러보았다. 벽 한쪽에는 검붉은 핏자국이 얼룩져 있었고, 탁자 하나 없이 낡은 의자만 덩그러니 놓여 있는 방은 귀빈실이 아닌 고문실에 가까워 보였다. 백산은 울컥 치미는 짜증을 억누르며, 마주 앉은 하백이 입을 열기만을 기다렸다. 1호선 소금상이자 중간 관리자인 자신이 왜 이런 취급을 받아야 하는지 이해할 수 없었지만, 하백의 목 옆에 선명히 빛나는 우두머리 표식은 백산의 입을 다물게 할 만큼 강렬한 위압감을 주기에 충분했다.

"이게 벽지가 뭔가 예술적이란 말이야. 3호선에서 유행하는 벽 스타일인가요? 어허허."

백신은 혼잣말인지 농담인지 모를 말을 던지며 침묵을 깨보려 했지만, 하백은 물론 문을 지키고 서 있는 중무장한 위수단 단원들조차 미동 하나 없이 무표정으로 서 있었다. 백산의 등골에는 식은땀이 다시 흐르기 시작했다. 이쯤에서 부하들을 호출해 돌아갈까 하는 생각이 들 무렵, 누군가가 문을 두드렸다.

"깨어났습니다. 들여보내겠습니다."

하백이 고개를 끄덕이자, 단원 두 사람이 얼굴이 피떡이 된 사람 하나를 질질 끌고 들어와 빈 의자에 앉혔다. 백산은 상황이 심상치 않음을 직감했다. 비쩍 마른 이 사람의 얼굴은 누군지 알아볼 수 없을 만큼 부어올라 있었고, 이마에는 화살표가 그려져 있었다.

"보이십니까, 표식 두 개가?"

하백의 말에 백산의 몸이 굳었다. 하나는 이마의 화살표를 가리키는 것임이 분명했고, 다른 하나는… 백산의 얼굴이 곧 사색이 되었다. 흘러내린 피 때문에 잘 보이지 않았지만, 분명 목 옆에 '131'이라는 숫자가 새겨져 있었다. 이 감염자는 1호선 종각역 출신이며, 이렇게 된 데에는 단 한 가지 이유밖에 없었다.

"며칠 전, 저희 역으로 오는 길목에서 발견된 감염자입니다. 1호선 소속이며, 누군가를 살해할 목적으로 침입했다고 실토했습니다. 이런 걸 들고서 말이죠."

하백이 말을 이으며 손짓하자, 단원 하나가 끔찍한 유리 상자 하나를 들고 왔다. 백산은 보라색 솜털이 뒤덮인 유리함 속에서 뻐끔거리는 눈알을 보고 질겁했지만, 내색하지 않으려 애썼다. 이들이 자신을 엿 먹일 생각이었다면 굳이 위험한 민들레 화괴의 머리를, 그것도 위수단 단원의 목숨을 걸고 가져올 이유가 없었을 것이다. 백산은 머리를 굴리기 시작했다. 1호선 감염자의 침입이 사실일 가능성이 높았지만, 이를 인정하는 것은 다른 문제였다. 그는 땀을 닦으며 말을 꺼냈다.

"단장님, 뭔가 착오가 있었던 것 같은데요. 감염자는 저희 1호선 소속이라고 보기 어렵고, 또 저는 염전 관리부 소속인지라…."

"책임을 지지 않겠다는 뜻으로 이해하면 될지요?"

평소 1호선의 모든 역을 제집처럼 드나들며 위풍당당했던 백산도, 매서운 불의 흔적을 지닌 하백 앞에서는 한없이 작은, 변명밖에 할 줄 모르는 아이가 되었다.

"아이구, 아니요, 그럴 리가요. 책임은 져야 맞지요. 맞긴 한데, 사실 이 감염자도 저희의 소중한 인력인지라 손해를 본 셈도 되지 않겠습니까? 아, 물론 통제를 못 한 건 저희 책임이지만, 멀쩡한 인력을 이렇게 만드시면 곤란합니다."

"1호선 소속임을 인정하시네요?"

횡설수설하던 백산은 그제야 자신이 말실수했다는 것을 깨달았다.

"뭐, 명목상으로는 그렇습니다만… 이게 사실 복잡하게 얽힌 문제라…."

"1호선 소속이, 3호선 거주민을 살해할 목적으로 침입했다는 건 맞군요?"

백산은 더 이상 아무 말도 할 수 없었다. 가난한 3호선이 사령관의 통제를 벗어나 독립적으로 존재할 수 있는 유일한 이유는 바로 위수단 덕분이었다. 그런 위수단과 척을 지게 되면, 1호선 중간 관리자로서 자신의 위치 또한 위태로울 것이 분명했다. 길고 지루한 노선 간 분쟁이 끝난 후, 각 노선의 대표자는 암묵적인 불가침 조약에 동의했고, 다른 노선으로의 이동은 환승역을 통해서만 가능하다는 규칙을 정했다. 그러니 환승역이 아닌 독립문역에 통행증도 없이 나타난 1호선 사람은 명백한 위협으로 간주될 수 있었으며, 잘못하면 분쟁으로까지 번질 수 있는 심각한 사안이었다. 백산은 하백의 발 앞에 납작 엎드렸다.

"하백이시여, 이번 일은 1호선의 의도가 아님을 분명히 밝힙니다. 감염자 하나 통제하지 못한 저희의 불찰이며 심심한 사, 사과를 드립니다."

백산의 목소리가 떨렸다. 하얀 소금산처럼 쌓여 있던 그의 자존심은 바닥으로 추락하여 산산조각이 났다. 그의 능력은 정글 같은 1호선의 거칠고 험난한 환경에서 생존해온 본능 같은 것이었다. 마치 사자의 사냥감을 노리다가도 막상 황금빛 갈기 앞에 서면 물러서는 하이에나의 본능처럼 말이다.

"3호선은 일이 커지길 바라지 않습니다. 다만, 명백한 침입죄에 대한 대가는 치러야 합니다."

"저희가… 아니, 제가 뭘 해드리면 될까요?"

"거래 허가증 두 개. 소금상 이름으로."

백산은 콧등을 찡그렸다. 그제야 이 여자가 왜 중간 관리자인 자신을 이곳까지 부른 것인지 알 것 같았다. 일반적인 환승역 통행증이 아니라, 물건이나 서비스를 거래할 수 있는 '거래 허가증'

을 요구하는 것이었다. 거래 허가증은 신원이 확실하고, 각 노선에서 중요한 위치에 있는 사람에게만 부여되며, 문제가 발생할 시 발급한 쪽이 전적으로 책임을 져야 하는 까다로운 조건이 붙어 있었다. 여의도 출신이 아니면 상인이나 보안관리관, 응급치료사 정도만 자격을 인정받는 허가증이었다.

"실례가 안 된다면… 용도를 여쭤봐도 될까요? 아무래도 소금상 명의로 허가증을 발급하게 되면 자칫 의심을 살 수 있어서…."

"커피차입니다. 커피나 차를 파는 상인이니 자격이 있다고 봅니다."

기가 막힐 노릇이었다. 만물상도 아니고 커피차라니. 소금 상단의 위상이 땅에 추락하는 소리가 백산의 귀에 생생히 울려 퍼졌다.

"커, 커피차요. 아… 그런데 그것이, 소금과는 관련이 전혀 없는 거라, 이게 또…."

"가끔 소금커피를 팝니다."

백산은 두 귀를 의심하며 멍하니 땅을 바라보다, "어, 어허허, 허허허허." 하고 어색하게 너털웃음을 터트렸다. 하백은 그를 따라 웃지 않고 쳐다보았다. 백산은 고개를 숙이고 속으로 오만 가지 욕을 내뱉으며 이를 갈다가 결국 고개를 들어 하백을 마주 보았다.

"전서견을 불러주십쇼."

곧이어 1호선 호위대원을 따라 하얗고 늠름한 진돗개 한 마리가 등장했다. 백산은 누런 천에 그들만 아는 코드를 휘갈겨 쓰고 지장을 찍은 뒤, 강아지의 등에 달린 주머니에 신중히 넣었다. 하백은 흐뭇한 기색을 감춘 채 백산에게 손을 내밀었다. 백산은 악물었던 이를 풀며 어색하고 뒤틀린 웃음을 지었다.

"…소금커피를 파는 편이 좋을 겁니다."

하백은 파란 띠를 두르고 으르렁대는 진돗개의 등을 쓰다듬으며 "아이, 착하다." 하고 속삭였다. 이어 소금상을 냉정한 눈빛으로 돌아보며 쐐기를 박았다.

"저 감염자는 허가증이 발급되면 넘겨드리죠. 그전까지는 우리 쪽에 구금할 겁니다."

경복궁역으로 이어지는 터널 벽을 따라 붙은 야광이끼가 은은하게 빛을 발하며 커피차가 지나갈 길을 비추었다. 원은 조금 앞서 걸으며 혹여 수상한 소리가 들릴까 귀를 기울였지만, 말세의 자잘한 웃음소리와 들뜬 목소리만이 황량하고 차가운 지하 공기를 가로질렀다.

"일단, 환승에 성공하면 '지하 카페'를 찾아갈 거예요. 카페엔 원두도 있고, 바리스타도 있을 테니까요."

말세는 커피차를 밀며 원에게 계획을 설명했다. 5호선으로 환승할 수 있는 종로3가역에서 환승 게이트를 통과한 후, 5호선 어딘가에 존재하는 카페를 찾으면 원두와 커피나무의 출처를 알 수 있을 거라고 했다. 그리고 커피나무를 찾으면 전설의 바리스타를 만날 수 있을 거라고 덧붙였다.

"전설의 바리스타와 커피나무가 무슨 관련이 있습니까?"

원이 물었다. 그러자 말세는 의아한 듯 고개를 갸웃거리며 답했다.

"커피꽃은 주인을 알아본다, 몰라요?"

원의 의심 어린 눈빛을 보며 말세는 뿌듯함을 느꼈다. 더 이상 공허한 누더기 괴물의 눈이 아니었다.

"아니, 한 번도 못 들어봤어요? 여태 무슨 말을 쓰면서 살았나 몰라."

원의 표정이 재미있어진 말세는 지하에서 흔히 쓰는 격언과 속담을 총동원했다.

"그럼 이것도 몰라요? 미운 놈 커피 한 잔 더 준다."

"커피요?"

"작은 화단이 맵다."

"화단이 왜 나옵니까?"

"살고자 하면 먹힐 것이고 죽고자 하면 먹을 것이다."

"그게 맞습니까?"

말세는 이마를 짚고 고개를 절레절레 저었다. 이 사람이 얼마나 폐쇄적인 환경에서 지내왔던 건지, 5호선 사람들은 어떤 이야기를 나누며 사는지 궁금해질 지경이었다.

"이걸 설명해야 하다니. 커피꽃이 피는 곳엔 당연히 전설의 바리스타가 나타난다, 뭐 그런 뜻이거든요."

말세는 농담으로 변형된 명언을 진짜라고 여기는 듯했다. 아마도 말세가 속담을 배울 기회도 없을 만큼 어린 시절에 화병이 창궐했을 것이다. 거기까지 생각이 미치자 원의 마음속에 여러 감정이 일렁였다. 자신은 적어도 대학 생활이라도 해봤지만, 말세는 커피도 마음대로 못 마시는 어린 나이에 부모님을 잃고 지하에서 생존해야 했던 게 분명했다. 원은 그 생각이 어쭙잖은 동정이 되지 않도록 마음을 다잡고 묵묵히 터널을 걸었다.

"어, 벌써 도착했네요."

그들은 침묵 속에서 걷다가 얼마 지나지 않아 경복궁역 초소 앞에 도착했다. 초소를 지키던 위수단 단원은 같은 제복을 입은 원을 보고 목례한 후 문을 열어주었고, 덕분에 그들은 쉽게 승강장 안으로 들어갈 수 있었다. 승강장에 들어가자 구수한 곡물 향기가 풍겨왔다. 말세는 그 향을 실컷 맡으며 커피차 안 깊숙이 넣어둔 침낭을 꺼내고 말했다.

"여기서 눈 좀 붙이죠. 좀 있으면 방앗간 문이 열릴 테니 보리를 구할 수 있을 거예요."

커피의 주재료인 태운 보리를 이곳에서 구하는 거였군. 원은 승강장 한쪽에 쌓인 보릿대와 볏단을 한 움큼 집어 바닥에 깔았다. 말세는 그런 원을 보고 웃으며 저쪽에 사용할 수 있는 이불이 있다고 알려주었다. 그러곤 익숙하게 방문객 구역에 침낭을 펴고 누웠다.

원은 이불을 펴고도 한참을 앉아 주변을 경계했다. 초소에 단원들이 있긴 했지만, 언제 어디에서 누가 나타날지 모르는 트인 구역에서 잠을 청하는 것은 쉬운 일이 아니었다. 하지만 눕자마자 잠이 든 태평한 말세를 보며 원은 걱정이 되었다. 이곳은 잠들어도 괜찮은 역이라고 판단한 거겠지. 하지만 도둑과 마주쳤을 때 저 사람이 얼마나 허술했는데…. 꼿꼿이 앉아 있던 원의 머리가 스르르 기울어졌다.

"형, 형… 저것 봐. 저-기, 우리가 쓸었던 곳 아니야? 무슨 밭이 되어 있냐…."

 처음으로 화단을 발견한 사람은 강시우 병장이었다. 화병이 창궐한 지 3년쯤 되던 어느 날이었던가. 날마다 끊임없이 몰려드는 화괴 무리를 처리하며 생존을 이어가던 원의 부대는 큰 사상자 없이 소모적인 임무를 반복하고 있었다. 박격포를 사용하지 않고 농약과 불도저만으로 화괴 무리를 무력화시키는 작전에 성공한 후로, 지하방위군은 그 전술을 계속 고수해왔다. 군에서 특수 제조한 제초제를 다량으로 분사해 화괴 떼를 일시적으로 마비시킨 후, 개조된 불도저로 화괴 무리의 선두를 밀어 넘어뜨렸다. 햇볕이 드는 쪽으로 몰려가는 성질이 있는 화괴 떼는 연이어 쓰러졌고, 그사이 삽을 든 보병들이 빠르게 침투하여 화괴의 머리에 핀 꽃과 육신을 분리하는 작업을 진행했다. 일부 분대는 화괴를 태우는 방법을 썼으나, 죽지 않은 화괴가 각성해 끔찍한 비명을 지르며 붉은 꽃가루를 뿜어내 다른 화괴 떼를 불러들이는 참사가 발생한 이후, 이 방법은 금지되었다.

 이 작전을 처음 고안한 수색대 중대장 안 대위는 빠르게 진급했고, 그의 부하였던 반원 중사 역시 뒤따라 승진했다. 원의 부대는 자살이나 타살 같은 불미스러운 사건 없이 깔끔하게 화괴 떼만을 처리해온 덕분에 안 대위의 신임을 얻었고, 그 전우애는 어느 분대보다 끈끈했다.

 하지만 무력화시킨 줄만 알았던 화괴 떼는 어느새 새로운 형태로 변이했다. 화괴의 뇌에서 자라난 기이한 식물들이 화단 속에서 번성하며, 여전히 치명적인 자색 꽃가루를 뿜어냈다. 화괴를 마비시키는 데 사용되던 제초제는 더 이상 효과가 없었고, 전

차나 불도저로 밀어도 그 자리에 또 다른 식물이 자라났다. 불로 태우고 독가스를 살포해도 그저 새로운 식물들만 생겨났을 뿐, 화단 자체는 사라지지 않았다. 흙과 완전히 분리된 단단한 시멘트 바닥에서는 화학 작용이 일어나지 않았다.

결국, 얼마 지나지 않아 사령관은 화단에 대한 군사 작전을 철수했다. 뾰족한 수가 없기도 했지만, 그보다 더 시급한 문제들이 생겼기 때문이었다. 대다수의 군인은 지하철 노선 간의 분쟁을 진압하는 데 투입되었고, 무기를 소지한 군인들은 권력을 탐한 지하 세력들의 표적이 되었다. 군인들이 지하에서 목숨을 잃어가는 동안, 화단은 무럭무럭 자라 지금껏 본 적 없는 다양한 종들로 넘쳐났다.

원은 붉게 얼룩진 화단을 볼 때마다 시우의 얼굴이 떠올랐다. 위장 크림을 바르고 소총을 든 얼굴이 아니라, 화단 속에 평온하게 파묻혀 있던 얼굴이었다. 특히 신생 화단을 지날 때면 원은 의식적으로 아래를 보지 않으려 애썼다. 식물 사이에 분해된 인체 기관이 얼핏 보이면, 원은 무의식적으로 그 속에서 시우의 얼굴을 찾았다. 그것이 끔찍한 습관이라는 것을 알았지만, 마치 무릎을 치면 다리가 반사적으로 들리는 것처럼 멈추기 어려웠다. 발 디딜 자리에 불쾌한 무언가가 있을까 봐 유심히 아래를 내려다보면, 이상 식물의 이파리에 가려져 있던 얼굴이 하회탈처럼 불쑥 나타났다.

얼굴만 남은 하회탈의 입꼬리가 스르륵 올라갔다.

원이 형, 잘 지냈어?

"일어나요, 반원 씨!"

따악!

원은 급히 몸을 일으키다 그만 말세의 이마와 부딪치고 말았다. 원이 악몽에서 벗어나 가까스로 정신을 차리자, 이마를 문지르며 주저앉아 있는 말세가 눈에 들어왔다. 그는 나지막이 "미안합니다."라고 중얼거리며 이마에 끈적하게 흐르는 땀을 훔치고는 자리를 정리했다. 말세는 원이 끙끙거리며 거칠게 숨을 몰아쉬던 모습이 걱정됐지만, 무슨 꿈을 꾸었는지 대놓고 묻지는 못했다. 누구에게나 말하고 싶지 않은 기억이 하나쯤은 있기 마련이니까.

"저는 올라가서 방앗간 일을 할 생각인데, 반원 씨는 할 수 있는 게 있으려나…."

말세는 얼빠진 원의 표정을 힐끗 살피더니 목장갑을 끼고 씩씩하게 위층으로 올라갔다. 밤에는 초소를 지키는 위수단 단원들만 지나다녔던 승강장으로 어느새 생경한 차림의 사람들이 하나둘 모여들었다. 커다란 바구니를 멘 사람, 날개처럼 생긴 키와 나무 방망이를 든 사람, 솥뚜껑에 국자를 동여매고 온 사람까지 승강장은 화려한 작업복에 조선시대를 연상시키는 각양각색의 도구를 갖춘 이들로 활기를 띠었다. 출근 중인 이들은 푸른 제복을 입은 원에게 딱히 신경을 쓰지 않았지만, 원은 처음 보는 광경에 그들 하나하나를 유심히 관찰했다. 저런 도구들이면 자칫 무기로도 쓸 수 있을 텐데. 솥뚜껑이며 야구방망이처럼 생긴 나뭇가지를 버젓이 들고 다녀도 되는 건가. 여의도였다면 금지되었을 것들이었다. 지나다니는 사람들을 멍하니 구경하던 원에게 푸른 제복의 단원이 다가왔다.

"수고가 많으십니다. 어, 신입? 처음 보는데."

원은 본능적으로 목을 움츠렸다. 표식을 대놓고 드러내어 좋을 건 없다. 종이 여러 장이 끼워진 낡은 파일을 들고 돋보기를 낀 단원은 파일을 슥 넘기더니 신입이 온다는 말은 없었다며 인상을 찌푸렸다. 원은 특수 임무 중이라고 건조하게 답하고는 부랴부랴 위층으로 올라갔다. 어떻게든 말세 옆에 붙어 있는 게 좋겠다 판단하며.

타닥, 탁, 쿵덕- 쿵덕. 왁자지껄한 소음이 위층에서 흘러나왔다. 탑승 게이트를 지나자 고궁의 오래된 돌벽과 빛바랜 기둥이 원을 맞이했다. 한쪽 기둥 사이로는 길게 나무절구가 설치되어 있어 장년층 몇몇이 쿵덕쿵덕 힘차게 내리찍고 있었다. 다른 기둥 쪽에는 뾰족한 창 모양의 홀태가 놓여 있었고, 그 앞에 얼굴을 천으로 칭칭 감은 사람들이 쪼그려 앉아 볏단과 보릿단을 홀태에 끼워 쇼르르 촤르르 곡식 낟알을 털어내고 있었다. 낟알이 떨어질 때마다 보라색 꽃가루도 공중에 풀풀 흩날렸다. 원은 그것들이 화단에서 수확한 곡식이라고 짐작했다.

더 안쪽으로 들어가자 기다란 판자들이 층층이 쌓인 공간이 나타났다. 층마다 깔린 멍석 위에는 털어낸 곡식알이 널려 있었다. 일이 어떤 순서로 진행되는지는 몰랐지만, 수확한 곡물이 먹을 수 있는 형태로 변해가는 과정이 신기하고 재미있었다. 모든 작업이 전기 없이 오직 수작업으로 이루어진다는 점도 흥미로웠다. 비록 고된 노동이 반복되는 현장이었지만, 이상하게도 삭막한 기운은 느껴지지 않았다. 서로의 땀방울을 마주하며 일하는 것이 오히려 위로가 되는 걸까.

원은 저마다의 리듬을 갖고 분주히 움직이는 사람들 사이를 조심스럽게 지나며 말세를 찾았지만, 어디에서도 보이지 않았다. 한 층 더 올라가자 매캐한 연기가 자욱한 공간이 나타났다. 바깥으로 이어지는 계단 아래 놓인 아궁이가 붉게 타오르고 있었고, 그 열기가 커다란 솥을 뜨겁게 달구었다. 구수한 밥 짓는 냄새가 원의 콧속을 깊이 파고들었다.

"불 들어옵니다! 비키세요!"

낭랑한 목소리와 함께 뜨겁게 달아오른 숯덩이를 담은 철통이 원의 앞을 지나갔다. 천으로 온 얼굴을 가린 말세는 아슬아슬하게 숯덩이를 집어 반대쪽 아궁이에 밀어 넣었다. 그러자 곁에 있던 노인이 솥뚜껑을 뒤집고 그 위에 쭉정이 가득한 보리를 와르르 쏟아부었다. 말세는 기다란 나뭇가지로 장작 사이를 벌려 불길을 조정한 후, 노인에게 "잘 태워주세요!"라고 부탁하며 싱긋 웃어 보였다. 그러고는 원을 향해 반갑게 손을 흔들며 옆에 놓인 도끼를 집어 들었다.

"어서 와요. 이 일이 쉽지는 않을 텐데, 괜찮겠어요?"

말세의 태도가 핫초코 사건 이후 계속 원을 어린애 취급하는 것 같아 약이 올랐지만, 원은 그저 눈썹을 조금 올렸을 뿐 내색하지 않았다.

말세는 원을 아궁이 옆 통나무가 쌓인 곳으로 데려가더니 도끼를 들며 "이런 거 해본 적 있으려나." 하고 걱정스럽게 말했다. 하지만 곧 장난기 어린 표정으로 시범을 보였다. 말세의 도끼는 위에서 아래로 유연하게 내려와 통나무의 가장자리를 날렵하게 파고들었다. 따악, 쩍- 소리가 반복되며 나뭇조각들이 흩어졌다. 예상외로 노련한 말세의 도끼질을 보자 원은 은근히 웃음이 났다. 작은 체구에서 저런 에너지가 나온다니, 기특하기도 하고 어쩌면 나보다 더 잘할지도 모르겠다는 생각이 들었다.

"해보고 힘들면 쉬엄쉬엄해요. 남은 건 제가 하면 되니까! 알겠죠?"

말세는 장난기 섞인 손길로 원의 어깨를 툭툭 두드린 뒤 자리를 떴다. 원은 삽질과 도끼질이 일상이었던 나날을 떠올렸다. 도끼질은 오랜만이었지만, 그리 어렵지 않을 것 같았다. 다만, 나무가 잔뜩 쌓인 공간에서 도끼를 든 사람은 자신뿐이었다. 오늘 처음 이곳에 온 사람이 할 일이라면, 아마 힘쓰는 일뿐일 것이다. 원은 말세가 이 일을 부탁한 것이 당연하다고 여겼다. 그는 쌓인 통나무를 바라보며 씩 웃고는 도끼를 집어 들었다. 도끼는 묵직하게 허공을 가르며 나무의 결연함을 시원하게 갈라냈다.

후욱, 빡!

쩌억, 턱! 데구루루….

얼마 지나지 않아 땀방울이 얼굴을 간지럽혔지만, 원은 아랑곳하지 않고 계속 도끼를 휘둘렀다. 나무가 쩌억 갈라지며 속살을 내보일 때마다 묘한 쾌감이 혈관을 타고 흘렀다. 무기를 들고 살생하지 않아도 유의미한 노동을 할 수 있다는 사실이 신선하게 다가왔다.

반복되는 도끼질은 리듬을 타기 시작했고, 통나무는 생각보다 빠르게 줄어들었다. 안쪽에 있는 통나무를 꺼내기 위해 몸을 돌린 순간, 뒤쪽에서 미세한 바람이 느껴졌다. 이내 나뭇조각이 타르륵 굴러가는 소리가 들렸다.

뭐지?

싸한 기운에 재빨리 뒤를 돌아봤지만, 쥐새끼 한 마리 보이지 않았다. 원은 통나무가 켜켜이 쌓인 곳을 바라봤다. 공간이 너무 좁아 사람이 숨을 자리도 없어 보였다. 그래, 여긴 곡물을 취급하는 곳이니 쥐가 있을 수밖에 없지. 일부러 쥐 고기를 얻으려고 곡물을 덫으로 쓰는 역도 있으니. 이 역 사람들도 그런가 보군, 넘겨짚은 원은 경계를 풀고 다시 도끼질에 집중했다.

멀찍이서 원의 도끼가 춤추는 것을 지켜보던 말세는 조금 혼란스러웠다. 원이 화난 건지, 아니면 즐기고 있는 건지 알 수가 없었다. 그래도 일은 잘 진행되는 것 같네. 말세는 원의 옆에 점점 쌓여가는 땔감을 보고 안심한 후, 검게 달궈진 솥뚜껑 위에서 따닥따닥 잘 타고 있는 보리를 확인했다. 가마솥 영감은 말없이 보리가 골고루 탈 수 있도록 낱알을 뒤집고 섞기를 반복했다. 커피 특유의 진한 색감과 구수한 맛을 내려면 보리를 바짝 태우는 것이 중요하다. 말세는 영감에게 공손히 인사한 후, 까맣게 잘 탄 보리를 한 김 식히기 위해 철판 위에 널어두었다. 보리가 식어 수분이 날아가면 통에 차곡차곡 담을 생각이었다.

말세는 보리가 식기를 기다리며 커피차를 세워둔 곳으로 돌아갔다. 방앗간 영감님과 아주머니들께 대접할 특별한 차를 타기 위해 남은 감초를 싹싹 긁어모았다. 방앗간에서 구해온 보리는 넉넉하니 다음 역에서는 감초와 민들레 뿌리를 구해야겠다고 생각하며, 온기가 남아 있는 물에 감초 가루를 녹였다. 매일같이 곡물을 정제하고 밥을 지어 인근 역에 공급하는 고된 노동을 자처한 이들에게 돌아오는 몫은 정작 얼마 되지 않았다. 냄새만 맡고 먹지 못하는 날이 많아서 그들은 늘 속이 쓰렸다. 그래서 말세는 항상 그들을 위한 감초를 따로 챙기곤 했다. 복자 할머니도 감초가 속에 좋다고 늘 말씀하셨지.

말세는 방앗간 어르신들이 모아둔 쌀뜨물을 조금 퍼다가 감초 녹인 물에 부었다. 그 위에 말린 쑥 이파리를 운치 있게 동동 띄우니 방앗간 어르신들을 위한 '백차'가 완성되었다.

"차 드시고 하세요!"

말세의 외침에 쌀을 씻고 아궁이 불을 때던 노인이 벼 이삭처럼 굽은 등을 천천히 폈다. 아래에서 절구를 찧고 볏짚을 정리하던 아주머니와 아저씨들에게 조금씩 나눠주고, 딱 한 잔이 남았다. 홀짝, 홀짝, 구수한 곡물의 향기가 입안 가득 퍼지며, 단맛이 혀와 식도를 지나 붉게 상처 난 위까지 전해졌다. 부드러운 질감이 혀끝에 감돌고, 그사이 후루룩 꿀떡꿀떡 목구멍을 넘어가는 단물이 갈증을 달랬다. 그 와중에 쑥 이파리는 뽀얀 차를 성급히 넘기지 않도록 물 위에서 흔들렸다. 그것이 백차가 땀 흘리며 고생한 이들에게 위로를 전하는 방식이었다.

노인은 만족스럽게 입을 닦으며 잘 마셨다고 진심 어린 인사를 전하곤, 열을 식히기 위해 펼쳐둔 까만 보리를 돌아보았다.

"벌써 담은겨? 더 식히지 않구."

말세의 심장이 철렁 내려앉았다. 보리를 담은 적이 없는데, 혼잣말을 하며 황급히 눈을 굴렸다. 태운 보리를 담아둔 쟁반 하나가 사라진 것이다. 앞으로의 여정에 밥값을 책임질 소중한 커피 원재료의 절반이 증발했다.

"어, 어? 이거 어디 갔어요?"

당황한 말세는 주변을 꼼꼼히 살폈다. 누군가가 들고 가지 않는 한, 쟁반이 통째로 사라질 리가 없었다. 귀가 어두운 노인이라 해도 주변에서 들리는 소리를 못 들었을 리는 없었다. 게다가 알 거 다 아는 사람들이 말세의 보리를 훔쳐 갈 이유 또한 없었다. 말세는 누군가가 자신을 놀리려는 것인지, 아니면 실수로 가져간 것인지 확인하기 위해 아래층을 왔다 갔다 하며 한참을 허둥거렸다.

왜 저러는 거지?

원은 다급히 아래층으로 내려간 말세를 따라가려다 수상한 소리를 듣고 걸음을 멈췄다.

바스락, 와그작….

원은 몸을 한껏 낮추고, 장작을 쌓아둔 공간 뒤쪽으로 살금살금 발을 옮겼다. 와사삭거리는 소리는 마치 작은 동물이 바삭한 무언가를 맛있게 먹는 소리처럼 들렸다. 원이 중간에 낀 장작 하나를 조심스럽게 빼자, 똘망똘망한 눈동자가 화들짝 커졌다. 좁은 장작더미 틈에 쪼그려 앉아 태운 보리를 맛있게 먹고 있는 작은 꼬마를, 원은 보고야 말았다.

아이는 원과 눈이 마주치자 옆구리에 끼고 있던 자그마한 상어 인형을 꼭 끌어안았다. 머리와 볼에는 꽃가루가 묻어 있고, 피와 오물이 말라붙은 더러운 옷을 입은 채, 태운 보리를 집어먹어 까맣게 변한 두 손을 꽉 쥐고 있었다. 손 안에 든 보리는 줄 수 없다는 듯이. 해를 보지 못해 창백한 지하 아이들과 달리, 이 아이는 까무잡잡하고 생기 있는 얼굴에 장난기가 가득했다. 원은 이 아이가 지상에서 왔다는 것을 한눈에 알아보았다.

"아저씨도 먹고 싶어요?"

쭈뼛쭈뼛 망설이던 아이는 꼭 쥐고 있던 주먹을 슬쩍 펴 내밀었다. 꼬질꼬질한 아이의 손에 태운 보리 한 줌이 넘칠락 말락 쥐어져 있다. 원은 아이를 누군가에게 들키지 않도록 본능적으로 검지를 펴서 '쉿' 모양을 만들었다. 그때, 흥분한 말세의 발소리가 점점 가까워졌다.

"헉, 헉… 거기서 뭐 해요? 지금 곤란한 일이 생겼는데."

원은 자신도 모르게 손을 뻗어 말세의 입을 막았다. 따뜻하고 커다란 손이 얼굴을 덮자 당황한 말세는 잠시 말을 멈추었다.

"잠시만. 잠시만 가만히 있어봐요."

그것도 잠시, 말세는 원의 손을 뿌리치며 큰일이 생겼다고 말하려 입을 열었다. 원은 이쪽으로 쏠리는 사람들의 시선을 피하기 위해 말세의 입을 다시 막고 휙 돌아섰다. 푸른 장신에 의해 말세가 완전히 가려졌고, 원은 말세의 뒤에서 말세의 입을 막은 채 천천히 앞으로 데려갔다. 곧이어 그들은 장작더미 뒤에서 볼록한 양 볼을 부여잡고 겁에 질려 웅크린 아이의 눈을 마주했다. 말세는 자신의 귀에 속삭이는 낮은 목소리를 듣고 충격에 빠졌다.

"이 아이, 표식이 없습니다."

"모든 지하 거주자는 신분증을 생성하시기 바랍니다!"

"신분이 확인되지 않은 생존자의 출입, 근로, 배급은 제한됩니다!"

화괴와의 전쟁이 끝나자, 지하방위군은 새로운 신분 제도를 도입했다. 생존자를 통제하고 질서를 유지하기 위해 빠르고 직관적인 방법을 선택했는데, 그것은 바로 몸에 검은 잉크로 역 번호를 새기는 것이었다. 물론 생존자가 스스로 거짓 표식을 새기는 일을 방지하기 위해, 개별적인 암호 같은 표식을 만들어 장부로 관리했다. 거짓으로 역 번호를 새기더라도, 장부에 기록된 표식과 다르면 아무 소용이 없도록 한 것이다. 일부 노선에서는 동그라미나 엑스 같은 단순한 기호로 개별 표식을 만들었고, 다른 노선에서는 복잡한 동물 그림을 그려 개별 표식으로 삼았다. 노선의 대표자를 비롯한 역장의 경우 우두머리 표식을 따로 새기기도 했으며, 감염되거나 중범죄를 저지른 사람은 지하에서 쫓겨나 지상에 속한다는 의미로 이마에 눈썹과 연결된 커다란 화살표를 강제로 새기기도 했다. 타투로 인한 피부 염증이 가라앉을 즈음, 누군가를 판단하는 데 있어 표식은 전부가 되었다. 비정상적인 표식을 가진 생존자는 완전한 이방인 취급을 받았고, 그런 문화는 사령관의 계산대로 분명한 계급사회를 형성해 갔다.

'버러지', '외계인', '대가리 터질 년' 같은 모욕적인 단어에 익숙해진 말세는, 자신의 편을 들어주던 복자 할머니까지 봉변당하는 모습을 보며 표식을 영원히 지워지지 않는 저주처럼 여겼다. 자신의 목에 그려진 표식이 언제 어떻게 생겼는지 정확히 기억하지 못했기에 그 표식이 더욱 괴로웠다. 비 오는 날 돌연 벼락을 맞은 듯, 그저 운명이라 받아들일 수밖에 없었다. 다행히도 말세는 모난 말에 깎이고, 비난하는 손에 으스러지면서도 다시 일어나며 적응할 방법을 찾았다. "제 이름은 말세예요. 여기 보이시죠?" 하며 능청스럽게 대놓고 목을 보여주면, 공격적으로 경계하던 상대방의 마음이 조금씩 풀어지곤 했던 것이다.

그 모든 고난을 힘겹게 견뎌낸 사람이라면, 또 다른 비정상 표식을 마주했을 때 공포를 느낄 것이다. 그 사람이 겪을 수모와 그로 인한 물리적, 정신적 상처도 예상되지만, 무엇보다 비정상 표식이 곁에 있을 때 자신이 받을 피해까지 염려되기 때문이다. 하지만 표식이 없는 아이를 보았을 때, 말세의 마음속엔 미묘한 부러움이 움텄다. 하얀 도화지처럼 깨끗한 목에는 어떤 표식이든 새길 수 있고, 무엇이든 될 수 있기 때문에, 다른 표식을 가진 이들을 똑같이 대할 수 있을 것 같았다. 그것은 무한한 가능성일 뿐만 아니라, 지키고 싶은 순수함이기도 했다.

"저 애가 자기 발로 여기까지 들어왔지만 어디서 왔는지는 모른다, 이 말씀입니까?"

가마솥 노인은 도구 보관함을 굳게 닫고 말없이 고개만 끄덕였다. 원은 날카로운 목소리로 계속해서 상황을 정리했다.

"당연히 경복궁역에서 맡을 수는 없고 누군가가 집까지 데려다줘야 하는데, 그게 저희를 말씀하시는 거고요?"

노인은 표식 없는 아이를 숨긴 보관함을 쓰다듬으며 다시금 고개를 끄덕였다. 원은 "어린애가 자기 발로 여기까지 들어왔다는 게 말이 된다고 생각하십니까?"라고 반문했고, 그가 말을 더 잇기 전에 말세가 앞을 막아섰다. 어릴 적 말세의 손을 꼭 움켜쥐고 "이 어린아가 무슨 죄가 있노!"라고 외쳤던 복자 할머니의 온기가 말세를 움직이게 했다.

"그렇게 할게요."

"제정신입니까? 저 꼬마는 지상에서 왔을 겁니다. 그러면 어떻게 되는지 알고 그런 말을…."

원은 말을 이어가다 멈칫하고는 고개를 떨구었다. 비정상 표식을 가진 외부인이 어떻게 되는지 가장 잘 아는 사람은 말세일 것이라는 생각 때문이었다. 말세는 단호하게 고개를 저었다.

"이 아이, 여기 있으면 위수단에게 끌려갈 거예요. 그렇게 둘 수는 없어요."

말세는 완고했다. 외지인에 민감한 위수단이라면 무표식에다 지상에서 온 것으로 보이는 아이를 절대 그냥 돌려보내지 않을 것이다. 아이의 출신지가 밝혀질 때까지 배고픈 아이를 추궁할 것이며, 만약 근처에 아이의 보호자가 있다면 그를 잡아들일 것이다. 지상에서 살아남은 사람은 언제 감염자가 될지 모른다는 이유로 철저히 격리되고 차별당한다. 아이는 결국 보호자를 잃고 지상으로 쫓겨나 아사하거나 굴거지로 살아가야 할 것이다. 말세는 커피 재료를 보관하는 통을 열며 가마솥 노인에게 부탁했다.

"대신 아이가 먹은 양만큼 채워주세요. 제가 영감님 위험 부담을 대신 지는 거니까요."

"그건 힘들지…."

가마솥 노인은 말세에게 태운 보리를 더 주기 위해서는 방앗간 식량 창고를 담당하는 위수단원에게 그 사유를 소상히 밝혀야 하기 때문에 안 된다고 덧붙였다. 말세는 그럴 줄 알았다는 표정으로 원의 눈치를 살폈다. 원은 말세의 빛나는 눈을 보고 한숨을 내쉬었다. 결국 이 여자는 고집을 꺾지 않을 거라는 체념이 들었다.

"감초 한 통이면 되겠어요?"

영감은 말세에게 손을 내밀었고, 두 사람은 흡족하게 웃으며 악수를 나누었다. 오직 원만이 그 사이에서 미간을 찡그렸다. 말세는 심각하게 고민하는 원에게 "표정 찌푸리면 주름 생겨요."라며 장난스럽게 말했고, 원은 어이가 없어 실소를 터뜨렸다.

교환할 감초가 없는데도 저런 말을 했다는 건, 지상으로 나가 감초를 캐서 주겠다는 뜻이라는 걸 원은 알았다. 게다가 표식도 없는 아이를 데리고 다닌다는 말도 안 되는 짓까지 덤으로 하겠다고 하니, 말세가 도무지 이해되지 않았다. 저 여자는 왜 위험천만한 일을 자처하는 걸까? 전설의 바리스타를 찾겠다더니, 이번엔 자신과 상관없는 일을 하려는 걸까? 나는 왜 이런 것들이 궁금한 걸까? 원은 혼자 속으로 따지고 있는 상황 자체가 어색했다. 임무가 주어지면 의심 없이 그것을 수행하기만 하면 되는 곳에 오랫동안 있었던 탓이다. 말세는 그런 원의 마음을 눈치챈 듯, 친절하게 설명했다.

"어차피 다른 커피 재료를 구하러 지상으로 나가야 하잖아요. 겸사겸사 꼬마 집도 찾아주고 하면 모두가 좋은 일이니까!"

"사방에 위수단원이 깔려 있는데 저 애를 데리고 어떻게 나가겠다는 겁니까?"

말세는 원의 말이 재미있다는 듯 씨익 웃으며 속삭였다.

"여기도. 위수단원. 있잖아요."

원은 자신이 푸른 제복을 입고 있다는 사실을 다시금 떠올렸다. 왜인지 모르게 약이 올라 원은 퉁명스러운 목소리로 "그게 어떻게 도움이 됩니까?"라고 물었고, 말세는 더 밝게 싱긋 웃으며 원의 옆구리를 쿡 찔렀다.

"터널이 무너져도 솟아날 구멍은 있다. 몰라요?"

선인장에게

사람들은 해를 무서워하지만
사실 그들에게 가장 필요한 것은 햇빛인걸.
해는 여전히 똑같이 뜨고 지는데, 지하엔 아침이 사라진 거잖아.
깜깜하고 답답한 게 언젠가 사라질 거라는 기대가 없으면
그러니까, 언젠가 해가 뜰 거라는 상상을 하지 못하면
누구나 힘든 거잖아. 그런 건 적응이 잘 안되나 봐.
내가 본 사람들은 그랬어.
그들 가까이에 갔을 때 내가 느낀 건 오로지
실망, 슬픔, 분노… 그런 거였거든.
그리고 그중에서도 가장 고약했던 건 허무였어.
웃기지. 무색무취일 것 같은 느낌이 실은 제일 고약하다는 게.
그때 문득 사람들이 잘 지냈으면 좋겠다고 생각했어.
원래는 관심도 없었는데.
이게 다 미역 머리 때문이야. 미역 머리 때문에 그걸 훔쳐야 했어.

너는 날 이해할 수 있을까.
너는 미역 머리 따위 없어도 내가 어떤 마음인지 곧잘 알았으니까.
너한테는 모든 걸 말해줄게. 언젠가.
내가 왜 사령관의 땅에서 그것을 가져와야 했는지.
어쩌면 너는, 아니 너만이 나를 온전히 이해할 수 있을 거야.
또 보자. 네가 한 말은 꼭 지켜줘.

5장

역과 역 사이에서 편지를 배달하는 개, '전서견' 남구는 혀를 내밀고 철로를 따라 쏜살같이 내달렸다. 익숙하지 않은 3호선의 냄새에서 얼른 벗어나 주인님이 있는 곳으로 가고 싶었다. 어두운 터널에 드문드문 떠다니는 반딧불이 떼가 보였지만, 남구는 속도를 늦추지 않았다. 1호선에는 반딧불이가 없지만 다른 어떤 동물이 나타난다 해도 남구를 멈추게 할 수는 없을 것이다. 남구가 제일 좋아하는 주인님에게 철저한 훈련을 받은 덕이었다.

그러다 멈칫, 남구는 아무것도 없어 보이는 터널 한가운데에서 멈춰 코를 킁킁댔다. 어두운 터널에는 남구만이 아는 지름길이 있었다. 주인님이 알려준 좁은 통로를 따라가면 빠르게 환승역에 도착할 것이다. 어디선가 구수한 곡물의 향기가 남구의 후각을 잠시 지배했지만, 남구는 코에 침을 바르고 다시 달렸다.

주인님께 닿으면 더 큰 보상이 기다리고 있음을 알기에.

다시 거대한 터널로 나온 남구는 뛰어난 후각을 따라 질주했다. 달릴 때마다 등에 멘 편지 주머니가 남구의 등을 토닥였다.

조금만 더 가면, 조금만 더 가면….

그때, 낯선 듯 친숙한 냄새가 남구를 멈칫하게 했다. 킁킁, 냄새의 근원을 찾으려 어둠 속으로 신중히 걸음을 옮겼다. 터널 벽 쪽에서 나는 발효된 듯한 짭조름한 냄새에 주인님의 체취가 어우러져 남구를 부르는 듯했다. 그와 함께 짭짤한 가공육 냄새가 남구의 침샘을 마구 자극했다. 남구는 황홀한 후각에 이끌려 눈을 감고 냄새 속으로 빠져들었다. 그러자 어둠 속에서 남구가 가장 좋아하는 말린 쥐 고기가 튀어나왔다.

냠.

냠냠냠냠냠.

남구는 정신없이 가공육을 물고 뜯고 맛보고 즐겼다. 주인님의 냄새가 점점 더 가까워지더니, 어둠 속에서 창백한 손이 뻗어나와 남구를 쓰다듬었다. 흠칫 놀란 남구는 고개를 움찔했지만, 너무도 익숙한 냄새에 곧 경계를 풀었다. 창백한 손은 능숙하고 빠르게 남구가 등에 멘 편지 주머니를 슬쩍 열어 편지를 꺼내 들었다. 검은 도포 속 누군가가 누런 치아를 드러내며 쓰러진 그믐달 같은 미소를 지었다.

'환승역 거래 허가증 발급… 2건… 소금커피?'

창백한 손은 미소를 거두고, 편지를 접힌 모양 그대로 다시 접어 편지 주머니에 조심스럽게 넣었다. 남구가 입안의 고기 조각을 다 씹고 고개를 들었지만, 창백한 손은 이미 사라지고 없었다.

주인님? 주인님이 어디로 갔지?

주인님의 냄새 대신 남구가 싫어하는 시큼한 냄새만이 허공을 맴돌았다. 킁킁, 남구는 어둠 속에서 주인님의 흔적을 찾아 다시 방향을 잡았다.

사람들이 바글바글 모여 있는 곳.

남구는 길게 늘어선 줄을 피해 문 앞으로 달려갔다.

늠름한 진돗개가 불쑥 나타나자 사람들이 길을 내주었다. 등에 달린 편지 주머니를 절대 빼앗기지 않도록 훈련받은 전서견 남구는 귀여운 강아지가 아닌 위험한 군견에 가까웠다.

"전서견입니다! 비키세요! 나오라고!"

종로3가역으로 이어지는 거대한 문을 지키는 인간이 남구에게 어서 가라는 듯 손짓했다. 남구는 익숙하게 고고한 자세로 환승 게이트를 통과했다. 게이트를 지나자 수많은 냄새가 혼란스러울 정도로 얽혀들었지만, 남구는 이내 주인님의 흔적을 찾았다.

은은하고 퀴퀴한 가죽 냄새… 주인님이다!

환승역 대합실 한구석, 자물쇠 여러 개가 달린 문 앞에 선 남구는 발로 문을 탁탁 건드리고 힘차게 짖었다. 곧 새하얀 옷에 살벌한 연장이 꽂힌 벨트를 찬 사람이 문을 열어젖혔다.

주인님!

남구는 신이 나서 펄쩍 뛰어 안겼다. 주인님은 조심스럽게 문을 걸어 닫더니 씩 웃으며 남구를 쓰다듬어 칭찬해주었다. 그러곤 잠시 남구의 상태를 확인한 뒤, 등에 멘 편지 주머니를 열어보았다. 남구는 주인님이 편지 주머니를 왜 또 열어보는지 궁금하진 않았지만, 평소와는 뭔가 조금 다르다고 생각했다. 하지만 주인님이 곧 육포를 물려주었기에 그 생각은 오래가지 않았다.

냠.

어쩐지 아까 먹었던 육포가 더 맛있다. 남구의 육포 먹는 속도가 눈에 띄게 느려졌지만, 주인님은 남구가 가져온 편지에 온 신경을 빼앗겨 눈치채지 못했다.

"소금커피를 파는 상인이라?"

환승 게이트 수문장인 '철문'은 소금상의 요구가 수상쩍다고 느꼈다. 환승역 출입을 가능하게 하는 증표인 통행증을 발급하는 것은 어렵지 않았지만, 거래 허가증은 사정이 달랐다. 각 노선마다 허가증 수가 한정되어 있어, 도움이 될 상인들에게만 신중하게 발급하는 것이 관례였다. 이 허가증은 환승역의 브로커들을 통해 다른 노선으로 이주할 수 있는 기회나 다름없기 때문이다.

철문은 눈썹을 살짝 올리며 요청사항을 장부에 기록했다. 짠돌이 소금상이 환승역 거래 허가증을 요청하는 일은 드문데, 도대체 어떤 상인이기에 이런 희한한 물품을 적어둔 걸까? 철문은 소금커피를 판다는 이 상인이 환승역에 발을 들이는 즉시 그 진위를 확인해보기로 마음먹었다.

요행을 바라며 다른 노선으로 이주하려는 놈이라면, 끝까지 방해해주마.

철문은 속으로 결연한 다짐을 하며 허리춤에서 쇠도장을 조심스럽게 꺼냈다. 그러곤 사무실 구석에 놓인 프레스를 가져와 도장을 끼우고, 매끈한 가죽 조각 위로 손잡이를 힘차게 잡아당겼다. 꾸욱. 쇠도장의 형태가 가죽에 선명하게 각인되었다. 철문은 깔끔하게 만들어진 가죽 증표를 뿌듯한 손길로 탁탁 털며 남구를 불렀다.

"남구야, 심부름 한 번 더 해라."

말세는 수확한 곡물을 옮길 때 쓰는 커다란 볏짚 바구니를 구해왔다. 방앗간에 놓인 바구니들 중에 아이가 들어갈 만한 크기를 겨우 찾아냈다는 말과 함께. 원은 한숨을 내쉬곤 말없이 바구니를 어깨에 멨다. 말세는 고개를 갸웃거리는 아이에게 "집에 데려다 줄 거야."라고 속삭이고는 조심스럽게 안아 들어 바구니 안으로 넣었다. 의심을 피하기 위해 보릿단으로 위를 덮으며 원에게 신신당부했다.

"누가 물어보면 심마니 보조라고 하세요. 위수단 애들이 꼬치꼬치 캐물어도 다 대답하지 말고요."

"그게 끝입니까?"

원은 의심스러웠지만, 말세의 제안은 효과적이었다. 방앗간을 나와 철로로 돌아가는 길, 단원들이 커다란 바구니를 보고 궁금해했으나, 원은 무표정한 얼굴로 짧게 답했다.

"심마니 보조 중입니다. 건드리지 마십쇼."

단원들은 원의 굳은 얼굴을 바라보더니 "고생 좀 하겠네."라는 무심한 말을 남기며 그 자리를 피했다. 원과 함께 있다가는 자신들까지 궂은일에 휘말릴까 봐 두려웠기 때문이다. 말세는 원의 어깨를 가볍게 두드리며 "잘했어요."라고 칭찬했고, 원은 그 말이 싫지 않았다.

사람들이 모두 지나가고 나자, 꼬마는 보릿단 사이로 얼굴을 빼꼼히 내밀었다. 그러다 말세와 눈이 마주치자 기다렸다는 듯 말을 걸었다.

"근데 아줌마는 누구세요?"

"나는 말세라고 해. 너는 이름이 뭐야?"

"말세? 그런 이름도 있어요?"

"어? 으응. 네 이름은 뭔데?"

꼬마의 천진난만한 목소리에 원의 얼굴에도 미소가 스쳤다. 꼬마는 바구니 위로 눈만 내밀어 말세를 빤히 쳐다봤을 뿐, 대답은 하지 않았다.

원은 바구니에서 꼬마를 조심스럽게 안아 꺼낸 뒤, 열 살도 안 되어 보이는 아이가 혹시 화병에 감염되지는 않았는지 몸 여기저기를 살폈다. 다행히 고열, 탈모, 분노와 같은 감염 증상은 보이지 않았다. 여기저기 긁힌 상처가 많고, 씻은 지 오래되어 보인다는 것과 겁먹은 상태라는 것 외에 특별한 이상은 없었다.

말세는 독립문역에서 위수단 애들에게 핫초코 가루를 다 나눠준 것을 후회하며 커피차 여기저기를 뒤졌다. 혹시 아이가 좋아할 만한 게 남아 있지 않을까 했지만, 있는 것이라고는 태운 보리뿐이었다. 어쩔 수 없지. 이제 진짜 위로 올라가서 재료를 구해야 한다. 말세는 먹을 것으로 아이를 달래려던 걸 포기하고 아이에게 가장 중요할 질문을 던졌다.

"꼬마 집은 어디에 있어? 어디서 온 거야?"

아이의 표정이 어두워졌다. 말세가 손으로 위쪽을 가리키며 "바깥에서 왔어?"라고 물었지만, 아이는 말세를 슬쩍 쳐다보다 고개를 숙이고 상어 인형만 꼭 껴안았다. 원은 걱정스러운 표정의 말세를 바라보며 말세가 진심이라는 것을 다시금 깨달았다. 이 여자는 어떻게든 꼬마의 집을 찾아줄 작정이며, 절대 포기하지 않을 듯했다.

"이 아이는 지상에서 왔을 겁니다. 지하에서 태어났다면 분명히 표식을 새겼을 테니까요."

원이 보다 못해 말했다. 말세는 고개를 끄덕이며 천 마스크를 꺼내 자신의 입에 두르고, 꼬마에게도 씌워주었다. 보라색 꽃가루가 호흡기로 들어가는 것을 막으려면 군용 방독면이 최고지만, 천 마스크로도 대부분의 꽃가루 입자를 걸러낼 수 있다. 말세는 복자 할머니에게 배운 특수한 매듭으로 마스크를 고정해 격렬히 움직여도 벗겨지지 않게 했다. 원은 야무지게 눈만 내놓고 나갈 준비를 하는 말세를 멈춰 세웠다.

"이 아이의 집이 어딘지도 모르면서 무작정 나가려는 겁니까?"

"만약 꼬마의 보호자가 있다면, 근처에 있을지도 모르잖아요. 우리가 어디로 가는지는 알려줄게요."

말세는 채집 배낭에서 낡은 지도를 꺼냈다. 빛바랜 지하철 노선도에는 심마니의 경로와 식용 식물의 위치가 표시되어 있었다. 말세는 안국역 주변을 가리키며 감초와 민들레 뿌리를 채집할 거라고 설명했다. 원은 여전히 대책이 없다고 생각했지만, 심마니로서의 말세가 화단에서 어떻게 식물을 채집할지 궁금했다.

"이왕 나가기로 한 거, 저도 무기를 들겠습니다."

말세는 커피차 아래 칸에서 낫과 곡괭이, 그물망과 채집 배낭을 확인하곤 비장한 표정으로 원에게 쇠스랑을 건넸다. 원은 어색하게 무기의 손잡이를 쥐어보고는 단복 주머니에 들어 있던 푸른 천을 꺼내 입과 코를 대충 막았다. 말세는 원에게 가까이 다가오라는 듯 손짓했다. 그렇게 매서는 다 벗겨진다는 잔소리와 함께.

말세는 붕대처럼 긴 천을 반으로 접어 느슨하게 입과 귀를 두르고, 코와 턱은 꽉 조이도록 맸다. 천의 끄트머리를 귀밑에서 만나도록 조절하여 절대 풀리지 않는 매듭을 만들고, 남은 부분은 천 안으로 집어넣어 걸리지 않게 했다. 말세의 꼼꼼하고 다정한 손길에 원의 귀가 살짝 붉어졌지만 마스크에 가려 보이지 않았다. 말세는 꼬마의 어깨를 잡고 친절히 설명했다.

"꼬마야, 지상으로 나가면 위험하니까 이제부터는 바구니 안에서 나오면 안 돼. 알았지?"

그들은 안국역으로 향하는 터널 중간에 있는 수상한 문을 열었다. 오래전 터널 공사 중에 만들어둔 통로가 나타났다. 말세는 그 안쪽 어딘가에 커피차를 숨겨두고, 원과 꼬마를 살폈다. 준비되었냐 묻는 눈빛이었다. 원은 지상 작전을 수없이 해왔기에 말세가 왜 자신을 걱정하는지 의아해했지만, 곧 그 이유를 알게 되었다. 말로 표현하기 어려울 정도로 고약한 악취가 풍기는 하수관 안으로 들어갔기 때문이다. 예상과 달리 꼬마는 말세를 따라 차분하게 걸었고, 원만이 숨을 참으며 이따금 올라오는 헛구역질을 꾹 참아야 했다.

얼마나 걸었을까. 말세는 사다리 위를 올라가 하수관 뚜껑 대신 덮어둔 철판을 밀었다. 그러곤 실눈을 뜨고서 동공이 빛에 적응하길 기다렸다. 위험한 보랏빛 꽃가루가 지는 해의 마지막 빛을 받으며 찬란하게 흩날렸다. 말세는 지상의 신선한 공기를 깊이 들이마셨다. 곰팡내 하나 없는 상쾌한 공기가 정신을 맑게 했다. 원은 하수관을 지나느라 접어두었던 바구니를 다시 펼쳐서 아이가 들어올 수 있도록 준비했다. 그런 다음 아이가 든 바구니를 배낭처럼 단단히 짊어지고, 심마니의 길이 그들을 어디로 이끌었는지 마주했다.

을씨년스러운 덩굴줄기가 뒤덮은 고궁의 담벼락 위로 저녁 해가 쏟아지고 있었다. 오랜 역사를 품고 목적을 잃어버린 고궁은 보랏빛 꽃가루가 만든 생태계에 완전히 잠식되어, 마치 거대한 괴수 같은 모습이 되었다. 나팔꽃 화괴의 잔해가 고개를 떨어뜨린 나팔수처럼 붉은 기둥을 감쌌고, 왕조의 품격을 자랑하던 기와는 화분 매개자가 된 까마귀 떼의 흔적으로 현란하게 얼룩져 있었다. 인간이 사라진 도시에 남아 떠돌던 까마귀 떼는 화괴의 뇌를 파먹고 온몸에 꽃가루를 묻힌 채 날아다니며 꽃가루 비를 만들었고, 꽃가루를 다 털어낸 후엔 기왓장에 앉아 황폐한 도시를 구경했다. 반듯하게 자리한 궁궐 사이사이에는 각양각색의 화단이 저마다 자태를 뽐내며 가지런하게 자라나고 있었다. 화단이 이토록 무성하다는 것은 그만큼 양분이 잘 공급된다는 의미였고, 여기서는 물과 햇빛뿐 아니라 담벼락에 갇혀버린 생존자들의 육신도 중요한 자양분이 되었다는 뜻이었다. 그렇기에 고궁 지대는 웬만한 지하 생존자들이 엄두조차 내지 못하는 위험 지대로 변해버렸다.

기어이, 여기를 들어가겠다는 건가.

원은 말세가 이처럼 위험한 곳에서 심마니 일을 해왔다는 사실이 믿기지 않았다. 벼나 보리가 자라는 화단은 작물을 수확할 수 있는 얌전한 화단에 속했다. 생존자가 발을 들이면 고개를 숙이며, 연중 내내 자라는 곡식들을 순순히 내주기 때문이다. 하지만 대부분의 화단은 그렇지 않았다. 특히 고궁 안은 도망칠 곳조차 없었다. 원은 삼지창을 닮은 쇠스랑을 손에 꼭 쥐었다. 전차에 총검은 물론 박격포까지 대동해 작전에 나섰던 때와는 달리, 지금 원의 손엔 허술한 농기구 하나가 전부였다.

"궁 안으로 들어가면, 절대 한 화단에 오래 머무르면 안 돼요. 꼭 마른 땅을 밟아요."

말세는 허리춤에 찬 그물이 잘 펴지는지 확인한 후 한 손에는 낫을, 다른 한 손에는 망원경을 들었다. 그러더니 무언가 생각났다는 듯 메고 있던 채집 배낭을 원에게 넘겨주었다. 복자 할머니가 자신에게 그랬듯이, 유사시에는 모든 것을 버리고 이 배낭만 챙겨 역으로 돌아가라는 경고와 함께. 원은 자신이 말세의 제자가 된 듯한 상황에 기분이 묘했다. 화괴와 화단을 더 많이 처치해온 건 자신이었으니까.

"자, 감초를 찾으러 갑시다."

말세의 선언과 함께 일행은 장엄한 붉은 대문 안으로 발을 옮겼다. 말세는 이곳 어딘가에 감초가 있을 거라 확신했다. 복자 할머니와 가끔 와서 감초를 채집했던 장소가 바로 이곳이었다. 길게 자란 화단 사이를 잘 찾아보면 분명히 있을 것이다. 말세는 곡괭이를 낮게 들고 망원경을 들여다보았다. 다양한 식물이 섞여 있는 화단일수록 더욱 집중해야 했다. 키가 큰 식물들 사이에서 솔방울 모양으로 모여 피어난 꽃이 보일 것이다.

'하늘은 스스로 먹는 자를 먹인다.'

말세는 복자 할머니가 가르쳐준 문장을 속으로 되뇌었다. 기와지붕에 앉아 있던 까마귀 몇 마리가 동시에 날아올랐다. 우산처럼 커다란 잎들 사이에 솔방울을 닮은 작은 꽃들이 보였다. 저기다! 말세는 망원경을 원에게 넘겨주고 앞으로 뛰쳐나가 이상 식물이 자라난 화단 한가운데로 들어서더니, 곡괭이로 식물의 뿌리를 힘껏 내리쳤다. 큰 잎 하나가 비틀리며 옆에 웅크리고 있던 감초의 밑동이 드러났다. 솔방울을 닮은 꽃들이 파도타기 하듯 흔들리며 요동쳤다. 말세는 곡괭이를 주변에 두어 번 더 내리쳐 화단의 신경줄을 끊어냈다. 그러고는 가볍게 화단 밖으로 뛰어나왔다.

원은 이리저리 펄쩍 뛰며 곡괭이질 하는 말세의 사냥을 지켜보았다. 언제, 무엇을, 어떻게 도와줘야 할지 감이 오지 않았다. 원이 당황하는 사이, 말세는 요동치던 화단이 잦아들길 기다리며 그물망을 펼쳤다. 감초 옆 커다란 잎에 까만 그물을 던지고, 그물 가장자리를 곡괭이로 박아 고정하자 햇빛이 차단되며 방해하던 잎들이 잠잠해졌다.

"지금, 지금이요!"

원은 어정쩡하게 달려가 쇠스랑을 감초 근처에 내리쳤다. 씰룩거리던 뿌리의 일부가 잘리자, 옆의 뿌리가 쇠스랑을 휘감아 꽉 움켜쥐었다. 원은 안간힘을 다해 화단에 박힌 쇠스랑을 잡아당겼지만 좀처럼 떨어지지 않았다. 말세가 곡괭이로 주변을 더 내리치자 잡혀 있던 쇠스랑이 조금 느슨해졌고, 원은 그 틈을 타 쇠스랑을 힘껏 잡아당겼다. 그러자 처녀 귀신 머리카락 같은 뿌리가 속절없이 당겨 나왔다. 스스스, 감초 뿌리가 뽑힌 자리에서 붉은 가루가 흩날렸다. 말세는 성난 화단이 다시 반응하기 전에 감초 뿌리를 빠르게 뽑아내어 화단 밖으로 나왔다.

"반원 씨, 생각보다 소질이 있네요!"

원은 말세를 따라 화단 밖으로 나오며 숨을 골랐다. 별로 한 일도 없는데 괜히 숨이 찼다. 원에게 화단은 그저 든든한 장갑차로 밀어버리는 대상에 불과했으니 그럴 만도 했다. 총칼로 뻔한 공격이 가능한 화괴와 달리 화단은 예측 불가능한 생동감이 있었다. 말세는 감초에 묻은 불순물을 툭툭 털어내고 돌돌 말아 채집 배낭에 넣었다. 화단에서 자라는 이상 식물은 흙에서 자라는 일반 식물에 비해 크기가 훨씬 커서, 몇 줄기만 뽑아도 배낭이 두둑해졌다.

"안쪽으로 더 들어가보죠. 그래도 될 것 같아요."

말세는 궁 안으로 더 들어가면 민들레를 비롯한 신기한 독성 식물들이 많을 거라며 해맑게 덧붙였다. 원은 등에 짊어진 바구니가 꿀렁거리는 것을 느끼며, 말세가 건네준 망원경으로 주위를 살폈다. 담 너머로 매혹적인 빛깔의 솜털들이 흩날렸다. 민들레 씨앗일까? 바구니 안에서 꼬물거리던 꼬마가 조심스레 고개를 내밀고 주변을 둘러보았다. 말세는 꼬마에게 "답답해도 조금만 참아줘."라고 달래며, 독성 물질이 바구니 안으로 들어가지 않도록 바구니 입구를 여분의 천으로 묶었다.

중문을 넘어서자, 작은 구름 모양으로 뭉게뭉게 피어난 화단이 나타났다. 주먹만 한 민들레가 자라난 화단은 동명의 화괴와는 전혀 다르게 평온한 자태를 뽐내고 있었다. 말세는 원에게 민는다 눈짓하며 그의 어깨를 톡톡 두드렸다. 안타깝게도 알아듣지 못한 원이 눈짓의 의미를 물으려는 찰나, 말세가 빠르게 앞으로 뛰어갔다.

솜털 같은 구름이 무리 지어 흔들렸다. 그 사이로 번개처럼 날카로운 낫이 솜털을 가르며 뻗어나갔다. 순간, 솜털이 한꺼번에 허공에 흩날리며 시야를 가렸다. 말세는 덩어리진 솜털 사이를 재빠르게 피해 다니며 연약해진 민들레 줄기를 낚아챘다. 민들레 화단은 모든 힘을 씨앗에 집중하는 특성 때문에 줄기가 가장 약하다는 점을 일찌감치 파악한 심마니만의 비법이었다. 말세가 잡은 줄기가 순식간에 휘어지며 말세를 공격하려는 듯 움직였다.

원은 바람을 타고 날아드는 솜털을 피하며 말세에게 다가갔다. 그는 긴 팔을 뻗어 민들레 줄기를 쇠스랑으로 눌러 방향을 바꿨다. 쇠스랑에 저항하던 줄기 더미는 결국 힘에 짓눌려 반대편으로 쓰러졌다. 말세는 그 틈을 놓치지 않고 빠르게 낫을 휘둘렀다. 따닥. 따닥. 줄기가 잘린 민들레는 항복이라도 하듯 뿌리를 뱉어냈다. 말세가 바닥에 붙은 뿌리를 재빨리 뽑아내자 그 자리에서 붉은 가루가 파스스 흩날렸다.

민들레 뿌리를 이렇게 쉽게 캐다니.

말세는 뒤쪽에서 원이 쇠스랑으로 눌러둔 줄기를 바라보며 조금 더 채집하고자 욕심을 냈다. 이 속도라면 조금 더 모을 수 있겠어. 말세는 낮게 눌린 줄기를 향해 하나, 둘, 셋, 연달아 낫을 휘둘렀다. 줄기는 쉽게 갈라졌고, 화단 바닥에 붙어 있던 뿌리는 결연한 붉은 가루를 흩뿌리며 속절없이 나동그라졌.

말세는 눈을 빛내며 항복한 뿌리들을 정신없이 뽑았다. 원은 배낭을 열고 말세가 던져주는 뿌리 덩이를 받아 넣었다. 둘의 손발이 제법 잘 맞아가자 원은 뿌듯함을 느꼈지만 그만큼 주의력이 조금씩 흐려지고 있었다.

붉은 가루는 바람을 타고 담을 넘어 고궁 깊숙이 날아갔다. 잠자고 있던 존재들은 아군의 구조 신호를 무시하지 않았다. 궁을 지키는 새 주인이라면 모름지기 담 안에서 숨 쉬는 아군을 보호해야 할 터. 그들은 붉은 가루의 진원지를 찾아 은밀하고 결연하게 중문을 넘고 있었다.

말세와 원은 이미 불룩해진 채집 배낭에 풍성한 민들레 뿌리를 간신히 욱여넣었다. 마침내 정신을 차리고 주변을 둘러보았을 때, 말세는 심마니의 철칙을 어겼다는 것을 깨달았다.

필요 이상으로 취하지 말 것. 순리를 어긴 자는 기필코 대가를 치를지니.

고궁에 남아 있던 궁녀의 영혼이라도 되는 듯 장옷으로 얼굴을 가린 채 수줍게 다가오는 존재들이 보였다. 이들은 머리에 난 꽃잎을 땅으로 우아하게 드리운 '천사의 나팔꽃'을 닮은 화괴 떼였다. 그들 뒤로는 투구를 쓴 전사 같은 문지기들이 중문을 지키고 섰다.

"투구꽃 화괴인가…."

원은 낮게 읊조렸다. 독성 식물들이 많을 거라더니, 이 정도로 위험한 화괴 떼가 있을 줄 알았다면 결코 발을 들이지 않았을 것이다. 말세는 원의 앞을 가로막으며 주변을 살폈다.

"와, 녀석들 그새 식구가 늘었네. 대가족을 만들었어…."

말세는 탈출할 틈을 찾으려 두리번거렸지만, 천사의 나팔꽃 화괴들이 촘촘하게 길을 막고 있었다. 원은 등에 멘 바구니를 바닥에 조심스레 내려놓고 쇠스랑을 검 잡듯이 잡았다. 그리고 다짐하듯 중얼거렸다. 빠르게 한 줄로 화괴를 처리해 길을 뚫어야 한다. 절대, 투구꽃 화괴에 닿지 말아야 한다.

"신호 보내기 전까지, 움직이지 말아요."

숨을 크게 들이마신 원은 말세가 대답하기도 전에 앞으로 돌진했다. 꽃잎을 활짝 펼치며 다가오는 궁녀의 이파리를 피해 몸을 숙이고, 벌어진 꽃잎 틈새로 쇠스랑을 찍어 내렸다. 날카로운 철이 썩어가는 뇌를 헤집으며 뿌리를 와해시켰다. 방향성을 상실한 궁녀 하나가 쓰러지자 원은 궁녀가 다시 각성하지 못하게 뿌리를 완전히 분해했다. 퍽, 쩌억, 와드득- 번개처럼 빠르게 움직이며 화괴를 피하고 쇠스랑으로 찍고 돌려서 꽃잎을 낚아챘다. 화괴의 중심이 무너지면 다리 부분을 가격하고 빠져나가며 쓰러트렸다. 달려들던 화괴 몇이 도미노 쓰러지듯 무너졌다. 조금만 더, 조금만 더 가면 퇴로가 열릴 것이다. 원은 휘두르고, 찍고, 쓰러트리고, 찍어 누르기를 끊임없이 반복했다.

그사이 말세는 뒤쪽에서 다가오는 궁녀를 교묘히 피했다. 침착하게 까만 그물망을 꺼내, 심마니만의 손목 스냅으로 촤라락 던져 올렸다. 까만 그물망은 궁녀들의 이파리 위로 펼쳐지며 밤을 선사했다. 빛이 차단되자 궁녀들은 혼란에 빠졌다. 하나가 넘어지자, 다른 궁녀들도 와르르 쓰러졌다. 꼬이고 꼬여 아수라장이 될 때까지.

말세가 원을 돌아봤다. 길이 뚫리고 있어, 지금 도망가야 해. 말세는 꼬마가 있는 바구니로 달려갔다. 하지만 바구니만 옆으로 넘어져 있을 뿐, 아이는 어디에도 없었다.

조금 전, 아이는 상어 인형을 꼭 끌어안은 채 바구니 밖으로 빠져나왔다. 원의 삼지창에 의해 속절없이 으스러지는 꽃잎이 꼬마의 동공에 비쳤다. 폭발하듯 튀는 꽃가루와 검붉은 액체, 꽃이 분해되는 광경이 꼬마를 압도했다. 자신의 곁에 오싹한 그림자가 드리우는지 모를 만큼.

살벌한 투구를 쓴 문지기는 작은 먹잇감을 발견하고 사냥을 시작했다. 말세의 가시가 찌릿찌릿했다. 두리번거리던 말세는 꼬마의 곁으로 다가가는 투구꽃을 포착했다. 어떡하지, 어떡해야 하지. 찰나의 순간, 발이 땅에 붙은 듯 움직이지 않았다. 절대 이길 수 없는 상대를 마주할 때 오는 공포감이 말세를 얼어붙게 했다.

'저것들도 다 우리랑 같다 아이가. 목소리 큰 놈이 이긴다 이기야.'

순간 말세는 복자 할머니의 목소리가 귓가에 들리는 것만 같았다.

"으아아아아!! 비켜어어!!!"

말세는 있는 힘껏 괴성을 내지르며 뛰어가 곡괭이를 투구의 정중앙에 강하게 휘둘렀다. 팍!! 투구처럼 생긴 꽃잎이 움푹 들어갔다. 왜 더 들어가지 않는 거지? 물러터진 화단을 떠올리며 다시금 내리친 곡괭이가 손에서 튕겨 나갔다. 서슬 퍼런 꽃잎은 왕조를 호위하던 무사의 투구처럼 견고했다. 곡괭이를 놓친 말세는 본능적으로 아이의 몸을 감싸 안았다.

"안 돼! 이쪽으로 와요!"

간신히 퇴로를 확보한 원이 말세를 향해 외쳤지만, 말세는 거대한 투구꽃 덩치에 가려져 보이지 않았다. 투구꽃 사이로 독을 품은 검은 가루가 파스스 삐져나와 말세의 뒤통수에 닿자 뒤통수에 난 가시가 그 어느 때보다 격렬하게 반응했다.

말세의 눈 앞이 흐려지며 기이한 감각이 번져왔다. 누군가가 힘겨운 표정을 지을 때, 슬프고 괴로웠던 일들이 목까지 차오르지만 전할 수 없을 때, 죽고 싶었던 순간을 떠올릴 때의 감정이 소용돌이처럼 몰아쳤다. 감정의 주인이 너인지, 나인지는 상관없었다. 그저 눈물이 고일 만큼의 슬픔과 가슴이 꽉 막힐 정도의 한, 그 뒤를 이은 무감각이 한데 뒤엉켜 커다란 절망이 되었다.

"이봐요!"

원이 쓰러진 말세의 곁으로 달려갔다. 그의 삼지창이 투구꽃의 척추를 장악한 줄기를 움켜잡았다. 줄기와 연결된 부채 같은 이파리가 순식간에 뻗어나가고, 원은 몸을 낮추어 그것을 피하며 육중한 문지기의 발목을 걷어찼다. 휘청. 하지만 문지기는 쉽사리 넘어지지 않았다. 투구꽃이 원을 향해 독기 어린 입김을 뿜어내며 꽃잎을 벌렸다. 틈이다. 원은 벌어진 꽃잎 양쪽을 두 손으로 잡아 비틀었다. 가루가 나오는 구멍이 막히자 투구꽃은 재채기하듯 울렁이며 몸부림쳤다.

"헉, 헉…"

원은 눈에 묻은 끈적한 액체를 닦아내고 참았던 숨을 몰아쉬었다. 잠깐 눈 앞이 흐려졌다가 돌아왔다. 이대로는 위험해. 여기서 더 버티다간 환각 물질이 마스크 안으로 완전히 침투해 빠져나갈 수 없어질 거야. 원은 쓰러진 말세와 그 곁에서 어쩔 줄 몰라 하는 꼬마를 돌아보았다. 그 순간, 투구꽃의 억센 줄기가 뻗어져 나와 원의 목을 칭칭 감았다.

"컥! 커억…."

원의 얼굴이 새파랗게 질렸다. 어떻게든 줄기를 풀어보려 안간힘을 썼지만 팔에 힘이 들어가지 않았다. 이렇게 죽는 건가…. 저 여자를 어떻게든 살려야 하는데….

시야가 뿌옇게 흐려지던 찰나, 갈색빛의 가루가 원의 눈 앞에 흩날리며 작은 중얼거림이 귓가에 닿았다.

"꽃의 신께, 화난 꽃밭이 화가 풀리게…."

꼬막손이 상어 인형 속에서 갈색빛 가루를 꺼내 바람에 실어 보냈다. 가루를 맞은 투구꽃이 주춤대더니 줄기가 느슨해졌다. 목을 꽉 조이던 힘이 풀어지자 원이 재빨리 줄기를 잡아뺐다. 아이는 계속해서 중얼거리며 가루를 흩뿌렸다. 갈색 가루를 맞은 나팔꽃 화괴가 꾸륵대며 몸을 떨더니, 그들을 피하려는 듯 주춤거렸다. 마치 가루를 싫어하는 것처럼. 화한 솔잎 향기가 원의 정신을 깨웠다. 가까스로 정신을 차린 원은 저 멀리 중문을 바라보았다.

"꼬마야, 잘 따라와라."

원은 말세를 안아 들고 중문을 향해 뛰기 시작했다. 꼬마도 가루를 바람에 날려 보내며 원을 따라 뛰었다. 곧이어 그들의 머리 위로 까마귀가 하나둘 날아들었다. 쓰러진 화괴 떼를 향해 무리 지어 날아들면 치명적인 꽃가루 비가 내릴 것이다.

원과 꼬마는 주변이 까만 깃털로 뒤덮이기 전에 고궁 지대를 벗어났다.

"…죽음은 어둠이라, 검은 밤에도 별은 뜨고? 아, 이게 아닌데. 뭐였지. 몰라, 다시 다시. 세상 모든 꽃의 신이시여, 말세 누나가 아프지 않고 힘내서 일어나게 해주세요. 이렇게 죽으면 좀 그래요…."

귀엽고 나지막한 목소리가 조곤조곤 말세의 귓가에 흘러들었다. 작은 손이 말세의 손을 꼭 쥐고 있었다. 말세가 손을 움찔거리고 눈을 뜨자, 누워 있는 말세의 눈 앞에 아이의 얼굴이 나타났다.

"어, 일어났다! 내가 보여요?"

말세는 뻣뻣한 고개를 애써 끄덕였다. 아이는 말세의 이마를 짚어보곤 "괜찮은 건가?"라고 혼잣말을 하더니 쪼르르 밖으로 나갔다. 말세는 얼굴을 더듬어보았다. 깨끗했다. 마스크도, 끈적하게 묻은 꽃가루도 없이, 누군가가 얼굴을 닦아준 것처럼 개운했다. 지끈거리는 무거운 고개를 돌려 실내를 둘러보았다. 박살 난 가구 조각, 찢어진 옷가지, 더러운 플라스틱 식기와 녹슨 깡통 몇 개. 오래전에 누군가가 머물렀던 흔적일 것이다. 깨지지 않은 멀쩡한 통유리창 밖에는 까만 밤을 배경으로 환한 불빛이 타오르고 있었다.

누군가가 삭정이를 불쏘시개 삼아 모닥불을 피웠다. 그러다 고개를 돌려 통유리창 안의 말세를 쳐다보았다. 말세는 흠칫 놀라 자리에서 벌떡 일어났다. 위장 크림을 바른 듯 검붉은 피로 뒤덮인 얼굴에는 깊은 눈만이 매섭게 빛나고 있었다. 노란 모닥불은 푸른 단복 전체에 흩뿌려진 검붉은 물감의 존재감을 더욱 부각시켰다. 말세는 더러운 유리창 밖에 서 있는 장신의 모습에 일순간 겁을 집어먹었다. 어렴풋한 잔상이 스쳤다. 말세는 저런 사람들을 본 적이 있었다.

화괴를 두려워하지 않으며, 감염자 처형 임무를 밥 먹듯이 수행하는, 자발적으로 감정을 지우고 피라미드의 꼭대기에 올라선 사령관의 친위대, '낙화(落花)'. 그들이 지나간 자리에는 화괴가 떨어진 벚꽃잎처럼 분해되어 있다고 해서 붙여진 별명이었다. 정식 명칭은 아무도 알지 못했으며, 그 흔적만이 지하를 떠도는 지박령처럼 사람들의 입을 통해 전해졌다. 대부분이 군인으로 구성된 2호선 출신이었지만, 그중에서도 특출난 이들을 사령관이 직접 선출하여 혹독하게 훈련시켰다. 누더기에 파묻혀 텅 빈 눈을 보일 때는 몰랐던 그의 진짜 모습을, 말세는 직시했다. 반원은 '낙화' 출신이었다.

말세는 원이 처음에 입고 있었던 위장복의 패턴을 떠올렸다. 같은 옷을 입은 사람들이 있었지. 언젠가, 말세는 저것과 똑같은 위장복을 입은 군인들이 호위하는 군용 트럭에 태워져 어디론가 향했다. 그 후 다른 사람들과 함께 끔찍한 어둠 속에 갇혔다. 아비규환 속에서 살려달라는 말세의 외침에, 같은 위장복을 입은 군인이 말세의 손을 잡아당겼다. 말세는 그 군인의 손을 잡고 드디어 빛을 보았다.

그 군인의 얼굴이, 얼굴이… 말세의 혈관에 저릿한 감각이 흘렀다. 그가 선사한 해방감에 이어 처참한 잔상이 떠올랐다. 복자 할머니를 만나기 전에 있었던 일인데… 정확히 언제였는지, 어디에서부터 그렇게 된 것인지는 기억나지 않았다. 앞뒤 맥락이 없는 잔상만이 말세의 머릿속을 떠돌았다. 말세는 자신의 증상이 햇빛과 잠이 부족한 지하 사람이라면 겪을 수 있는 흔한 기억상실이라고 여겼다. 특히 복자 할머니를 만나기 전에 자신이 어디에 있었고 누구와 함께 살아남았는지 뚜렷하게 기억나지 않는 이유는, 그저 너무 배고프고 힘들게 그 시간을 견뎌냈기 때문일 거라 믿었다. 지하 치료사들도 힘들었던 시간을 기억에서 싹 지워버리는 사람들이 있다고 했으니.

설마, 아니겠지. 말세는 피범벅이 된 원의 얼굴을 보며, 설마 저 사람이 나를 구해줬던 그 군인일까 싶었다. 아니야, 아닐 거야. 그럴 리가 없어. 우연의 가능성에 대해 생각하고 부정하기를 반복했다.

말세가 혼란에 빠져 있는 사이, 안으로 들어온 아이가 컵을 내밀었다.

"아저씨가 마시래요."

아이의 또랑또랑하고 안정된 목소리가 말세를 진정시켰다. 말세는 아이를 찬찬히 살피며 다친 곳이 없는지 물었고, 아이는 눈썹을 추켜올리며 팔짱을 꼈다.

"지금 아픈 사람은 말세 누나밖에 없어요."

말세는 볼을 부풀리곤 "누나나 걱정하라" 말하는 아이가 귀여워서 웃었다. 그러자 아이의 표정이 조금 풀어지더니 다짜고짜 자신의 이름을 말했다.

"저는 하다예요. 장하다."

"이름이 참 예쁘네, 하다야."

"엄마가 지어줬어요."

말세는 '엄마'라는 단어를 내뱉은 아이의 표정이 어떻게 변하는지 살폈다. 보통의 3호선 아이라면, 운이 아주 좋은 경우가 아니고서야 그 단어를 거부했다. 얼굴을 일그러뜨리고 울거나 화를 내는 게 일반적인 반응이었다. 하지만 하다의 표정에는 변화가 없었다. 여전히 밝고 장난스러운 얼굴이다. 높은 확률로 하다의 부모님이 살아 있을 것이라 판단한 말세는 용기 내어 말을 이었다.

"하다야, 엄마랑 아빠가 어디에 있는지 알아?"

"…알긴 알아요."

"그럼 누나에게 말해줄 수 있어?"

정적이 흘렀다. 아이는 말세와 창밖에 있는 원의 얼굴을 한 번씩 쳐다보며 눈치를 살폈다.

"괜찮아, 하다야. 우리가 엄마, 아빠에게 데려다줄게. 그러니 말해도 돼."

"엄마가 사람은 쉽게 믿는 게 아니랬어요."

말세는 경계심 많은 아이의 손을 꼭 잡아주며 일렀다.

"하다 어머니는 참 현명하시구나. 그럼 하다야, 마음이 내킬 때 말해도 돼."

하다의 표정은 역시나 밝았지만, 입을 꾹 다문 채 상어 인형만 만지작거렸다.

원은 유리창 안의 말세와 하다의 모습을 바라보며 지끈거리는 관자놀이를 눌렀다. 몇 시간 전, 쓰러진 말세를 내려놓고 죽지 않았음을 확인했을 때 원은 아주 잠시 동안 마음속 돌덩이가 사라진 듯한 안도감을 느꼈다. 하지만 이내 코까지 골며 잠든 말세를 보고 무언가 단단히 잘못되었음을 깨달았다. 자신과 같이 특수 화생방 훈련을 받은 특전사가 아니라면, 보통의 경우 투구꽃 화괴 떼의 근처만 가도 심정지가 오거나 호흡 곤란에 빠지게 된다. 하지만 말세는 호흡 곤란은커녕, 대자로 뻗어 편안한 표정으로 잠들었다는 것이 기가 막혔다. 심마니들만의 방법이 있는 걸까. 단순하게 생각하려 애썼지만, 원은 말세의 눈앞에서 투구꽃 화괴의 독 가루가 뿜어져 나오는 것을 목격했다. 그 정도의 거리라면 나라도 어떻게 됐을지 몰라. 저 사람은 대체 뭐지. 원은 고뇌에 빠졌다.

원의 시선을 느낀 말세는 하다를 데리고 밖으로 나가 모닥불 곁으로 다가갔다. 만신창이가 된 원의 얼굴을 가까이에서 보자 미안함이 밀려왔다.
"…구해줘서 고맙습니다."
원은 아무 말 하지 않았다. 모닥불에 비친 얼굴은 아까와 다르게 조금 굳어 있었다. 당황한 말세의 입에서 아무 말이 튀어나왔다.
"그 화괴 떼를 처음 본 건 아닌데, 수가 많아졌더라고요. 제가 어이없이 기절하고 그러는 초짜 심마니는 아니거든요. 괜히 욕심을 부리는 바람에…."
"하다가 없었으면, 우리는 죽었을 겁니다."
하다가 뿌듯하단 표정을 짓더니, 상어 인형의 배에 달린 지퍼를 내려 안에 담긴 갈색빛 가루를 보여주었다.
"소나무가 지켜준 거예요. 다른 꽃들은 소나무를 무서워하거든요."

원은 그것이 떨어진 솔잎을 갈아 만든 가루라는 설명을 덧붙였다. 소나무의 잎과 뿌리에서 나오는 화학 물질은 다른 식물의 성장을 억제하는 타감 작용을 하며, 화괴에게도 부정적인 영향을 끼친다. 한마디로 대부분의 화괴는 솔잎 가루를 싫어하며, 자연스럽게 피한다는 것이다.

"그런 건 처음 알았네. 하다야, 고마워. 덕분에 살았어."

말세는 하다가 범상치 않은 집단에서 왔음을 직감했다. 원은 말세가 정말 괜찮은지, 다친 곳은 없는지, 숨 쉬는 데 어려움은 없는지 묻고 싶었지만 목이 꽉 막힌 듯 말이 나오지 않았다. 말세가 원을 뚫어져라 쳐다보며 질문을 쏟아내기 시작했기 때문이었다.

"그 많은 화괴를 혼자 처리한 거예요? 몸은 괜찮아요? 어지럽지는 않고요?"

말세는 원의 팔을 들었다 내렸다가, 몸 뒤로 가서 등을 확인했다가, 다시 앞으로 와서 얼굴을 바라보며 상처 난 곳은 없는지 꼼꼼히 살폈다. 원은 마음속 간지러운 감정을 참지 못하고 내내 생각하고 있던 말을 뱉어냈다.

"내가 묻고픈 말입니다. 그쪽이 죽은 줄 알았으니까요."

말세는 일시 정지 버튼이라도 누른 듯 그대로 멈춰버렸다. 걱정과 의구심이 섞인 원의 표정을 정확히 읽었기 때문이었다. 화괴의 꽃가루를 조금 마시는 것 정도는 심마니에게 아무렇지 않은 일이고, 더한 상황에서도 줄곧 살아남았다는 것을 어떻게든 설명하고 싶었다. 원이 걱정하지 않도록.

"심마니들은 특별 교육을 받는다고요."

"환각을 일으키는 천사의 나팔꽃이라면 모르겠는데, 치사량의 독을 뿜는 투구꽃은 차원이 다릅니다. 방독면 쓴 군인도 그것만은 피할 겁니다."

말세는 오늘의 일을 포함해 이따금 자신에게 일어나던 일들을 원에게 말하려다 그만두었다. 화괴나 화단에서 나오는 특정 꽃가루를 마시고 탈이 난 적은 없으며, 오히려 꽃가루가 자신의 뒤통수에 난 가시 같은 머리카락에 닿으면 감정의 소용돌이를 겪는다는 것, 그 기이한 감각을 어떻게 설명해야 할지 감이 오지 않았다. 아무튼 자신은 이번 역시 살아남았으니 됐다. 말세는 원의 관심을 돌리려 채집 배낭을 뒤졌다.

"심마니 교육이 얼마나 특별한지 보여드릴게요. 당연히, 다들 배고프죠?"

말세는 "민들레 뿌리로 만든 수프 먹어봤어요?"라고 말하며 기다란 민들레 뿌리 하나를 꺼내 빠르게 손질했다. 호기심을 이기지 못한 하다가 말세 옆에 찰싹 붙었다. 심각한 상황에서도 장난스러운 말세의 표정에 말문이 막힌 원은 더 이상 묻지 않고 모닥불의 화력을 조절했다. 더 커지지 않게, 요리하기 적당한 불길이 되도록.

말랑말랑 해독 수프 만드는 법

1· 민들레 줄기와 뿌리를 분리하고, 뿌리에 묻은 불순물을 긁어낸다.
단, 가는 뿌리는 끊어질 수 있으니 주의한다.

2· 뿌리를 먹기 좋은 크기로 손질한 후, 팔팔 끓는 물에 넣어 익힌다.

3 • 뿌리가 말랑해지면 위쪽에 붙은 민들레 줄기를 잘게 찢어 넣는다.
4 • 취향에 따라 짠맛이나 단맛을 내는 식물을 추가로 넣는다. 심마니의 생필품인 소금열매를 추천한다.
5 • 민들레 줄기가 갈색으로 변하면 맛있게 먹는다.

　말세는 옷 안쪽에서 향신료 주머니를 꺼내서 하얀 가루가 맺힌 작은 열매를 조금 넣었다. 수프가 팔팔 끓어오르자, 철제 컵 세 개를 차가운 땅에 내려두고 식혔다. 잘 익은 민들레 뿌리가 떡국떡처럼 뽀얗게 동동 떴다. 하다는 밥상 앞의 강아지처럼 킁킁거리며 한참 냄새를 맡았다. 말세는 원에게 컵을 쥐여주고, 하다에게는 민들레 뿌리를 하나 떠서 입에 넣어주었다.
　"말랑한 뿌리를 호호 불어서 먼저 먹어봐."
　하다는 말세의 말대로 뿌리를 먼저 먹은 후 수프를 조금씩 떠서 마저 먹었다. 하다는 연신 "이런 건 처음 먹어봐요."라고 감탄하며 호로록 냠냠 맛있게도 먹었다. 원은 수프를 조심스럽게 한 모금 마셔보더니 이내 벌컥벌컥 들이켜고는 남은 건더기마저 한 입에 털어 넣었다. 민들레가 이런 맛이 났었나. 화단에서 자란 식용 식물을 처음 먹어본 사람이 느끼는 경이로움을, 원은 이제야 경험했다.
　구수하고 짭짤한 국물이 갈증을 해소하고, 말랑하게 익은 민들레 뿌리가 입안에서 사르르 녹았다. 처음엔 아무 맛도 나지 않나 싶다가, 점차 쏩쓸한 맛과 함께 은은한 단맛이 입안에 감돌았다. 잘 익은 민들레 줄기는 알싸한 허브 향으로 풍미를 더하며, 아삭한 듯 물컹하게 씹는 맛을 채워주었다.

말세는 원과 하다를 뿌듯하게 바라보며 웃었다.

"잘 먹었습니다아."

하다는 컵을 내려놓고는 쭈뼛거리더니 무언가 중요한 말을 하려는 듯 말세에게 바짝 붙어 귓속말을 했다.

"…있잖아요, 누나는 믿을 수 있을 것 같아요."

"그래? 그거 영광인데."

"저 아저씨한테는 말하지 마세요. 저 아저씨는 꽃을 막 죽여서 나중에 벌 받을 거예요."

말세의 눈이 커졌다. 하다의 말이 너무 생경해서 뒤통수가 간지러웠기 때문이다. 원이 화괴를 죽이는 모습을 보고 이런 말을 하는 걸까? 하다의 보호자는 어떤 사람들일까?

"사실 우리 엄마… 어딨는지 알아요."

"그게 어디야?"

"보라 선에서 기다린다고, 찾아오라고 했어요, 엄마가."

보라 선은 5호선을 의미하는 거겠지. 말세는 자신도 모르게 원을 바라보았고, 원 역시도 영문도 모른 채 말세와 눈을 마주쳤다. 하다는 조금 주저하다 다시 귓속말을 이어갔다.

"그, 그러니까, 저를 보라 선까지만 데려다주시면 안 돼요?"

"그렇게 할게. 거기까지 가려면 우선 잘 자야 해. 알겠지?"

하다는 그제야 안심한 듯 고개를 끄덕이며 미소 지었다. 원은 둘이 무슨 귓속말을 주고받았는지 궁금해서 괜스레 하늘만 쳐다보았다. 진한 군청빛 하늘이 조금 밝아진 듯 아닌 듯 아리송했다.

"곧 해가 뜰 것 같으니, 조금만 더 기다렸다 돌아가죠."

원은 건조하게 말하고는 모닥불을 꺼서 불의 흔적을 없앴다.

말세는 하다가 춥지 않게 안으로 들어가 자신의 겉옷을 덮어주었다.

해가 뜨기를 기다리는 사이, 하다는 곤히 잠들었다. 원은 아이의 고른 숨소리를 확인하며 말세에게 작은 목소리로 말했다.

"이 아이, 어디서 왔는지 알 것 같습니다."

말세의 눈이 휘둥그레졌다. 원은 성난 태풍처럼 휘몰아쳐 밀려오는 기억을 애써 억눌렀다. 마음속에서 돌덩이가 소용돌이치며 감정을 휘젓는 듯했지만, 겉으로는 평온한 표정을 유지했다.

"아마 화신교 아이일 겁니다."

화신교. 세상 모든 꽃을 다스리는 '화신'을 믿는 사람들. 말세의 머릿속에서 떠돌던 퍼즐 조각이 맞춰졌다. 하다의 언어가 어디서 비롯되었는지 알 수 있었다. 하지만 그들이 어떤 사람들인지는 여전히 의문이었다. 대부분의 노선에서는 '화신교'라는 단어가 금기어처럼 여겨졌기 때문이다. 노선 간 분쟁의 끝에 화신교 신도들이 6호선에 숨어들었다는 흉흉한 소문만이 돌았을 뿐, 그들에 대해 정확히 아는 사람은 없었다. 말세는 원이 해독 수프를 먹을 때부터 어딘지 모르게 화가 나고 동시에 슬퍼 보인다고 느꼈다.

"그럼 왜 그렇게 말했을까…."

"뭐가 말입니까?"

"아! 하다가 비밀로 하랬는데… 어쩌죠?"

둘만의 비밀이 생겼다 이건가. 이내 씩 웃음 짓는 말세를 보며 원은 안도했다. 장난칠 만큼 몸 상태가 회복된 거군.

"어쨌든, 하다는 6호선 어딘가에서 왔을 거라는 말이죠?"

번쩍!

단어 하나가 갑자기 원의 기억 속 깊은 곳에 잠들어 있던 악몽을 깨웠다.

꽃으로 만든 가면을 쓴 사람들이 몰려든다.

그들은 하나의 목소리로 중얼거리며 가면을 든다.

그들 아래에 붉은 강이 흐른다.

그 앞에서 얼어버린 것은 자신, 원이었다.

두꺼운 방탄조끼와 방독면으로 무장하고도, 그들을 마주한 순간 느꼈던 공포.

대가를 치러야지.

지금까지 그걸 기다렸던 거잖아?

마음속 깊은 곳에서 돌덩이가 속삭였다. 원은 어디론가 빠르게 추락하는 듯한 느낌을 견뎠고, 이어 묘한 평온이 찾아왔다. 말세는 하얗게 질린 원을 살피다가 괜찮아진 듯하자 말을 이었다.

"그런데 하다는 왜 5호선으로 데려다달라고 했을까요? 그곳에서 엄마가 기다리겠다고 했대요."

"5호선이요?"

원의 표정이 구겨졌다. 말세는 하다와의 대화를 원에게 말해주었고, 그 이야기를 통해 이곳까지 어떻게 오게 되었는지 추측했다. 비록 외모는 조금 초라해 보였지만, 건강한 상태로 보아 화신교에서 잘 돌보던 아이일 것이다. 그런 그들이 표식도 없는 아이를 3호선 역 근처에 버렸을 리는 없다. 아마 하다는 화신교 사람들과 함께 지상을 돌아다니던 중, 엄마를 찾겠다고 혼자서 무리를 빠져나왔을 가능성이 컸다.

"한마디로 가출한 꼬마네요."

말세의 표정이 어두워졌다. 얼마나 엄마가 보고 싶었으면 혼자 여기까지 왔을까. 지하가 어떤 곳인지 아무것도 몰랐을 텐데. 원은 말세가 어딘가 쓸쓸해 보인다고 생각했다.

"우리가 데려다주는 게 어때요? 지하 카페를 찾아가는 길에, 겸사겸사."

"왜 그렇게 겸사겸사를 좋아하는 겁니까?"

"음…."

말세는 잠시 생각에 빠졌다. 원은 놀리려던 말에 진지하게 반응하는 말세를 보고는 머쓱해졌다.

"그 마음을 알 것 같아서요. 누군가를 꼭 찾아야만 하는 간절한 마음."

원은 말세가 전설의 바리스타를 찾는 마음이 꼭 그런 마음인지 묻고 싶었지만, 왠지 그럴 수 없었다. 너무도 개인적인 기억을 건드리는 듯한 느낌이 들었기 때문이다.

"어, 그러고 보니 같은 처지네요? 반원 씨도, 하다도 둘 다 가출한 꼬마잖아!"

말세는 재밌다는 듯 눈을 반짝이며 웃었다.

6장

 주르륵. 말세의 볼에 검은 물이 흘러내렸다. 몽글몽글 하얗고 끈적한 것이 머리에 달라붙더니, 후두둑 어깨 위로 떨어졌다. 얼굴이 화끈거렸다. 뒤통수도 화끈거렸다. 작은 가시들이 파르르 떨리는 것만 같았다.
 "어디서, 이걸, 이딴 걸⋯."
 화가 머리끝까지 차오른 누군가가 급기야 컵을 바닥에 던졌다. 컵이 구르는 소리에 말세의 심장이 철렁 내려앉았다. 그는 고여 있던 울분과 짜증을 토해냈다. 뒤에 있던 아이가 흠칫 놀라는 것이 느껴졌다. 말세는 팔을 뒤로 뻗어 등 뒤에 숨은 하다의 어깨를 꽉 잡아주었다. 하다는 상어 인형을 꼭 끌어안았다.

*

 몇 시간 전, 새벽 어스름에 콘크리트 위에서 잠자던 화괴와 화단이 꿈틀대기 시작할 즈음, 말세와 일행은 안국역 입구로 무사히 들어왔다. 하다는 바구니 안에서 웅크린 채 잠들어 있었는데, 무슨 꿈을 꾸는지 이따금 움찔거렸다. 원과 말세는 커피차를 세워둔 곳으로 돌아와 재료 손질 준비를 했다. 경복궁역 가마솥 영감에게 줄 감초가 우선이었다.
 "그러고 보니 채집 배낭은 언제 챙겼대."
 말세가 말했다. 그러자 원은 대수롭지 않다는 듯, "그냥, 뭐, 도망치기 전에 보이길래."라고 대꾸했다.
 "딱 심마니 체질인데 말이죠. 소질이 있단 말이야."
 말세는 씩 웃으며 원의 등을 탁 두드렸다. 원은 아까까지만 해도 죽을 뻔했던 말세가 여유를 부리는 것이 적응이 안 되었다. 표정으로 드러나진 않았지만, 원의 발걸음은 조금씩 가벼워졌다. 누더기를 끌고 다녔던 때와는 확연히 다른, 경쾌한 발걸음. 원은 그것이 누더기의 무게 때문만이 아니라는 것을 알았다. 목적지도 없이 어둑한 철로를 억지로 걷던 때는 느끼지 못했던 은근한 유쾌함이 주위에 맴도는 것만 같았다.
 "우하하! 뭘 그렇게 얼었어요. 일 시킬까 봐 그래요?"
 말세의 자잘한 웃음소리. 장난스러운 표정. 은근히 느껴지는 다정한 마음. 그것들 덕분이구나. 원은 비로소 깨달았다. 누군가의 존재가 발걸음에 미치는 영향을.
 "그런 거 아니거든요."

"이제야 표정이 좀 풀리셨네. 나랑 좀 친해진 것 같죠? 그쵸?"

말세는 채집 배낭에서 감초 뿌리 하나를 꺼내 원의 어깨를 톡톡 건드렸다. 원이 그 뿌리를 단숨에 잡아챘지만, 말세는 "오, 재료 손질 도와주게요?" 하며 끝까지 장난을 쳤다. 원은 말세가 조그마한 과도를 손에 쥐여줄 때까지 별다른 대응 없이 당하기만 했다. 말세의 익살스러운 표정과 짓궂은 장난에 원은 어떤 반응을 해야 할지 몰라서 그냥 재료 손질이나 하기로 마음먹었다.

말세는 안국역과 경복궁역 사이 터널 한구석, 야광이끼가 가장 많이 분포한 밝은 곳에 자리를 잡았다. 꽃가루를 마시지 않도록 천으로 얼굴을 가린 뒤, 채집 배낭에서 재료를 꺼내 하나씩 늘어놓았다. 먼저 식물 줄기나 이파리에 묻은 꽃가루를 조심히 털어내고, 과도로 겉면을 슥슥 긁어냈다. 뿌리와 줄기를 분리하고, 말려서 쓸 재료는 커피차 앞에 달린 망에 걸어두었다. 원은 커다란 손으로 어정쩡하게 과도를 쥐고 말세를 따라 했다. 잘한다. 어, 아니, 그러면 너무 껍질이 많이 벗겨지죠. 오, 그렇게! 역시 소질이 있다니까…. 원은 재료 손질이란 그야말로 손길이 많이 필요한 작업이라고 생각했다.

한참 민들레 뿌리의 껍질을 긁어내고 있는데, 바구니 안에서 자던 하다가 고개를 내밀었다.

"…나도 그거 할래요."

"하다, 잘 잤어?"

말세가 웃으며 말했다. 원은 졸린 눈을 비비며 돕겠다 나서는 하다가 귀여웠지만 굳이 표현하진 않았다. 하다는 원이 들고 있던 과도를 뺏어 말세 옆에 딱 붙어 앉았다. 말세는 위험하다며 하다를 말렸지만, 하다는 계속 고집을 부렸다.

"저도 시켜주세요. 도와줄래요."

"위험해. 내가 하는 게 빨라."

보다 못한 원이 한마디 하자, 하다는 입을 뾰로통하게 내밀며 원에게 소리쳤다.

"아저씨는 나빠! 꽃도 다 죽이고, 나빴어!"

원은 하다가 잘 자고 일어나서 왜 이러는지 의아해했다. 말세는 원에게 슬쩍 다가가 "하다한테 사과해요. 화괴를 죽여서 미안하다고."라고 속삭였지만, 원은 아이가 잘못된 생각을 하는 걸 두고 볼 수 없었다. 언젠가 아이의 목숨과 직결될 수 있는 중요한 일이기에.

"괴물한테 당하는 게 나쁜 거 아닐까."

"괴물? 꽃은 괴물이 아닌데요?"

"화괴는 이미 죽은 사람이지. 정확히는…."

"다 같은 꽃이에요. 죽은 게 아니에요!"

"화괴의 꽃은 유전적으로 달라. 이건 연구원들이 밝혀낸…."

"아저씨는 혼날 거예요. 꽃의 신이 화가 나면 꽃가루 폭풍을 내린댔어요. 무서운 까마귀들이…."

말세는 차분한 말로 둘을 진정시키려 했으나 헛수고였다. 하다와 원 모두 고집을 꺾을 생각이 없었다. 원은 하다의 생각을 바꾸기 위해 찬찬히 설명했지만, 감정적으로 흥분한 하다는 더 고집을 부렸다. 모든 꽃을 존중하라 배웠으니, 그렇게 해야 맞는 거라고. 어쩌면 당연한 거겠지, 말세는 생각했다. 줄곧 다른 믿음을 가진 사람들 손에서 자랐으니, 하다는 자신의 견고한 세계를 지키려 할 거다. 원 또한 화괴로부터 생존자들을 구해야 했기에, 하다의 말에 민감하게 반응하는 것이 당연하고. 오히려 서로에게 자신의 의견을 강하게 전달하려는 게 보기 좋은걸. 말세는 티격태격하는 둘의 모습을 보며 흐뭇해했다. 원도, 하다도 이렇게 길게 말하는 모습을 본 적이 있었던가? 처음 아닌가?

"잠깐. 둘 다 조금 쉬었다 말합시다. 소리가 너무 울리잖아요."

둘의 언쟁이 도돌이표처럼 이어지려 하자, 말세가 끼어들었다. 하다의 목소리가 계속해서 굴에 울려 퍼지는 것이 신경 쓰였다. 말세가 저지하자 원은 주변을 살폈다. 격앙된 말소리가 사라지자, 멀리서 발소리가 작게 들려왔다. 원이 고개를 돌리자, 터널 벽이 조금 울렁이며 묘하게 야광이끼의 밀도가 달라진 것만 같았다. 방금 뭘 본 거지.

"누가 있는 건가."

말세는 주위를 두리번거렸다. 어둠에 집중하자 뒤통수가 간지러웠다. 말세는 뒤통수가 무엇에 반응했는지를 알기 위해 계속해서 주변을 살폈고, 원도 곡괭이를 꺼내 들고 경계 태세에 들어갔다. 하지만 아무것도 눈에 띄지 않았다. 둘은 서둘러 아이가 볏짚 바구니 안에 몸을 숨길 수 있도록 도와주었다. 그들이 하다를 꼼꼼하게 숨기는 사이, 말세의 가시는 더욱 강렬하게 반응했다.

컹!

짧지만 우렁찬 포효가 터널 안을 메아리치며 울려 퍼졌다. 말세 앞을 막아선 원은 소리의 정체를 파악했다. 늠름한 그림자 하나가 서서히 그들 곁으로 달려왔다. 혀를 내밀고 꼬리를 흔들며.

말세는 "남구야!"라고 외치며 전서견을 반갑게 맞아주었고, 남구는 말세의 손을 신나게 핥으며 급기야 배를 보이고 벌렁 드러누웠다. 전서견과는 어울리지 않게 애교를 부리는 진돗개가 나타나자, 원은 멋쩍어하며 곡괭이를 집어넣었다. 전서견이 이렇게 행동해도 되는 건가? 원은 주인이 아닌 대상에게 이토록 친근한 전서견을 지금껏 본 적이 없었다.

"헉, 헉… 남구야… 천천히 가…."

남구를 따라 위수단 단원 하나가 헐레벌떡 뛰어왔다. 그는 말세를 보자 "마침 잘 만났네!" 하며 반갑게 인사를 건넸다. 그러고는 남구의 등에 고정된 주머니에서 가죽 조각 하나를 꺼내 말세에게 건넸다. 가죽에는 종로3가역 번호 아래에 거래 허가를 의미하는 밥그릇 그림이 새겨져 있었다. 말세는 가죽 배지를 뚫어져라 쳐다보았다.

"소금상이 발행한 허가증이야. 이제 환승역에서 커피를 팔 수 있어."

"이걸 어떻게…."

"하백께서 특별히 신경 써주셨어. 다음에 다시 만나면 커피 한잔하자고 꼭 전해달라셨고."

말세는 하백의 의도를 떠올리며 살짝 미소를 지었다. 아마도 진짜 원두로 내린 커피를 함께 맛보자는 의미일 테지. 말세는 하백의 전폭적인 지지에 놀라면서도 가슴 한편이 뿌듯했다. 아무도 인정해주지 않은 일을, 권위자가 공식적으로 승인해준 것이다. 진짜 바리스타가 되어 돌아올게요, 꼭. 말세는 가죽 배지를 가슴에 품고서 다짐했다.

원은 단원의 행색을 보고 그가 통신원임을 짐작했다. 전서견과의 소통을 위해 만들어진 특별한 냄새가 나는 팔찌와 각종 통행증, 지하 무전을 사용하는 간이 라디오 등 여러 장비가 제복에 주렁주렁 달려 있었다. 냉철한 인상의 통신원은 원을 힐끗 바라보더니 말을 건넸다.

"무슨 임무인진 모르지만 성공하길 바란다, 신참. 필요한 훈련은 복귀 후에 받으라 하셨으니 그렇게 알도록."

원은 뭐라 대답해야 할지 몰라 습관적으로 거수경례를 했다. 그러자 통신원은 웃으며 "우린 그런 거 안 해."라고 말하곤 작은 수첩을 꺼내 무언가 확인했다.

"맞다. 이것도 전달해야지. 하백께서 그, '소금커피'를 팔아야 한다고 하셨어."

"소금커피요? 그게 무슨…."

"자세한 건 잘 모르겠고, 메뉴판에 그 메뉴가 있기만 하면 된다 하시더라고."

통신원은 다른 불필요한 말은 삼갔다. 짧은 인사를 나누고 떠나려던 참에 남구가 갑자기 그를 붙잡았다.

쿵, 쿵쿵, 끼잉….

남구는 원이 메고 있는 볏짚 바구니의 주변을 맴돌며 냄새를 맡기 시작했다. 원은 몸을 돌리며 남구와 거리를 두려 애썼지만, 남구는 계속해서 볏짚 바구니를 쫓았다. 말세는 진땀을 흘리며 최대한 의심을 사지 않으려고 "남구야, 그거 누나가 캔 식물이야."라고 말했다. 그때, 통신원이 남구를 말리려다 멈칫했다.

"잠깐. 바구니가 방금 움직였나?"

통신원은 날카로운 눈빛으로 볏짚 바구니를 주시했고, 말세는 그럴 리가 있냐며 어색하게 웃었다. 하지만 그는 원에게 바구니를 내려보라고 지시했다. 원이 못 들은 척 딴 곳만 바라보자, 통신원은 더욱 단호한 목소리로 명령했다.

"그 바구니. 내려."

"화단에서 캔 커피 재료입니다."

"내려보라고 했다."

원이 얼어붙은 말세를 향해 눈짓을 보냈다. 여차하면 통신원을 제압하고 환승역으로 도망쳐야 한다는 신호였다. 그러나 말세는 원의 신호를 알아듣지 못하고 어깨를 으쓱하며 눈을 돌렸다. 상황은 점점 긴박해졌다. 통신원의 몸이 바구니 쪽으로 기울었다.

"대체 뭐가 들었기에 남구가…."

멍!

갑자기 남구가 짧게 짖더니 반대편으로 쏜살같이 달려갔다. 통신원은 잠시 주저하다가 수고하라는 말만 남기고 남구를 부르며 급히 뛰어갔다. 말세는 참았던 숨을 깊이 내쉬었다.

"휴, 살았다."

그들 머리 위 어둠 속, 한 그림자가 그 광경을 지켜보며 얕은 미소를 지었다. 후각에 예민한 강아지의 주의를 돌리는 것쯤은 아무것도 아니라는 듯이. 창백한 손이 강한 향기를 내뿜는 물건을 조심스럽게 밀봉하고 주머니에 넣었다. 여느 때처럼 소리 없이, 치밀하고 정확한 움직임으로.

사흘에 한 번 큰 장이 서는 종로3가역에는 다섯 개의 환승 게이트가 세워져 있다. 이를 총괄하는 수문장 '철문'은 자신의 역할이 다른 노선으로의 이동을 통제하여 질서를 유지하는 데 막중한 책임을 맡고 있다고 믿었다. 종로3가역과 연결된 1호선, 3호선, 5호선에서 온 지하 거주자들은 각자의 사연을 안고 환승 게이트를 지나갔다. 어떤 이들은 쉽게, 또 어떤 이들은 어려운 기준을 통과해야 했다.

숫자 5로 시작하는 표식을 가진 5호선 출신 거주자는 3호선이든 1호선이든 관계없이 쉽게 통과할 수 있는 반면, 3호선이나 1호선에서 온 상인들은 통행증과 무기, 소지품 검사를 거쳐야만 통과할 수 있었다. 그뿐만 아니라 환승역을 돌아다니는 5호선 출신 감시자들에게 밉보이지 않도록 해야 했다. 철문은 그들 중에 이주를 돕는 환승 브로커가 있다는 것을 알고 있었지만, 그가 취할 수 있는 조치는 없었다. 법은 이미 사라진 지 오래였으며, 노선 간의 조약이나 규칙도 결국 5호선 권력자의 입김 한 번에 쉽게 무너질 수 있었다. 그럼에도 불구하고 철문은 환승을 시도하는 이들을 막으려 애썼다. 어쩌면 그것은 아무리 개같이 일해도, 아무리 체격이 좋더라도, 5호선으로 환승할 수 없는 자신의 처지에 대한 원망과 열등감에서 비롯된 것이었다.

"그, 소금커피상인가 뭔가, 아직 안 왔지?"

망부석처럼 게이트 저편을 바라보고 선 철문이 부하 문지기에게 물었다.

"예. 1호선 소금상 애들도 모르는 눈치였습니다."

"그래?"

철문은 소금커피상의 얼굴이 궁금했다. 그 이름에서부터 말도 안 되는 물건을 팔며 다른 노선으로의 이주를 노리는 기회주의자의 냄새가 강하게 났기 때문이다. 철문은 게이트 옆으로 가서 자리를 잡고는 팔짱을 낀 채 석상처럼 서 있었다.

종로3가역으로 가는 철로 위에서, 원은 미묘한 이질감을 느꼈다. 터널 벽에 붙은 야광이끼의 밀도가 높아진 탓인지, 등에 짊어진 볏짚 바구니가 자꾸만 꿈틀거린 탓인지는 알 수 없었다.

말세는 조금 전 경복궁역 가마솥 노인에게 감초를 주고 교환한 태운 보리를 확인했다. 고소한 보리 냄새를 맡고 있자니 마음이 두둥실 떠오를 것만 같았다. 드디어, 환승역에서 커피 장사를 할 수 있게 됐다!

다른 노선에서 온 사람들도 내가 만든 커피를 좋아할까? 말세는 콧노래를 부르며 머릿속으로 희망 회로를 돌렸다. 사람들이 말세커피를 마셔보고 감탄하고, 말세는 입소문을 타고 전설의 바리스타의 귀에 들어가며, 마침내 전설의 바리스타가 취업 제안을 하는, 최고의 시나리오를 상상했다.

"누나, 우리 소금커피 만들어요? 그게 뭐예요?"

하다가 바구니 위로 얼굴을 빼꼼 내밀고 물었다. 원은 말세의 신난 표정을 보며 말세가 어떤 대책을 세웠을지, 멋진 대답을 기대했다.

"글쎄, 커피에 단맛 대신 짠맛을 추가한 거겠지?"

원은 미간을 찡그렸다. 말세는 소금커피가 무엇인지 전혀 모른다. 도대체 이 사람은 왜 이렇게 낙관적일까, 허탈한 웃음이

나왔다. 하백은 도대체 무엇을 믿고 소금커피를 만들라고 했을까. 원은 하백이 준 가죽 배지를 다시 들여다보았다. 1호선 표식이 뒤쪽에 찍혀 있었다. 소금상이 발급한 거니까, 소금이 들어간 무언가를 팔아야 한다는 얘기겠지.

"소금커피는 그게 아니고요…."

머쓱하게 웃는 말세에게 원은 소금커피에 관해 설명해주었다. 씁쓸한 커피 위에 달콤한 크림이 얹히고, 그 위에 소금이 뿌려져 단짠단짠 맛의 조화를 이루는 멋진 메뉴였다. 원은 크림이 커피와 바로 섞이지 않을 만큼 빽빽하고, 크림이 지나치게 달다는 점, 그리고 크림 아래 커피의 농도가 생각보다 진하다는 점까지, 자신이 기억하고 있는 모든 걸 세세하게 알려주었다. 말세는 고개를 끄덕이며 입맛을 다셨다. 표정은 마치 '나도 먹어보고 싶다.'는 듯했다.

"반원 씨는 옛날에 진짜 소금커피 마셔봤어요?"

"…무슨 맛인지는 알아요."

소금커피를 먹고 싶다고 한 사람이 있었지. 원은 소금커피를 마시고 싶어 했던 '시우'에 대한 이야기는 하지 않았다. 소금커피를 만들어 먹기 위해 밤에 몰래 취사병에게 조르고 졸라 두유를 만들었다는 일화도. 원은 그저 무미건조하게 "원래는 우유로 크림을 만들어야 하는데, 우유 대신 두유를 쓰면 되죠."라고만 덧붙였다. 그런데 크림 같은 질감은 어떻게 만들지? 원은 고민에 빠졌다. 말세가 만든 커피에 소금을 넣어서 대충 팔 수도 있겠지만, 그건 좋은 방법이 아니었다. 환승역에서 계속 장사하려면 평판이 중요했다.

"하하, 그럼 두유를 구해서 크림을 만들면 된다는 거죠? 해볼 게요!"

 가죽 배지 덕분에 무한 긍정에 빠진 말세의 눈이 반짝였다. 일단 들어가서 재료를 찾는 게 우선일 것이다. 원의 머리가 지끈 거리기 시작했다. 소금커피뿐만 아니라, 하다를 어떻게 통과시 킬지도 고민이었다. 게이트 문지기들이 소지품 검사를 하면 하 다를 더 이상 숨길 수 없을 것이다. 그렇다면 사전에 하다를 지 하 아이로 위장시키는 편이 낫겠다. 햇볕에 탄 피부와 장난기 어 린 눈을 다 가리진 못하겠지만, 적어도 이목을 끌지 않게 만들 수는 있을 것이다.

 원은 무언가 생각났다는 듯 메고 있던 볏짚 바구니를 바닥에 내려놓았다. 바구니 속에서 웅크려 있던 하다를 안아서 꺼내주 고, 제복 주머니에서 여분의 위수단 마스크를 꺼내 아무런 표식 이 없는 하다의 목에 둘렀다. 하다는 원의 손길에 입을 내밀었지 만, 그저 얌전히 기다렸다.

 "환승 게이트를 지나야 해. 위수단 마크를 드러내면 의심을 피할 수 있을 거야."

 일행은 몇 분을 더 걸어 환승 게이트 앞에 도착했다. 말세는 굴의 천장까지 뻗은 거대한 환승 게이트를 올려다보며 입을 쩍 벌렸다. 감옥을 연상시키는 격자무늬의 철골 사이에 두꺼운 나 무문이 굴의 주인임을 알리듯 굳게 닫혀 있었다. 환승역으로 진 입하려는 3호선 거주자들은 삼삼오오 모여 작은 줄을 이루고 소지품 검사를 준비했다. 낯선 환경에 주눅이 든 하다는 원의 곁 으로 가 슬쩍 그의 손을 잡았다. 원은 아이의 작고 축축한 손을 든든하게 잡아주었다.

"통행증."

탁! 단단한 곤봉 끄트머리가 커피차를 멈춰 세웠다. 작고 다부진 문지기가 위압적인 표정으로 손을 내밀었다. 말세는 떨리는 손을 진정시키며 가죽 배지를 내밀었다. 문지기는 인상을 찌푸리다가 원의 표식을 보고는 말세의 배지를 재빨리 돌려주었다. 그 후, 커피차와 볏짚 바구니를 곤봉으로 탁탁 건드리며 말했다.

"이건 다 뭐요? 무기 있으면 지금 꺼내시오."

원은 커피차에 든 낫과 곡괭이를 생각하지 못했다는 사실을 깨닫고, 말세가 도구를 꺼내려는 것을 급히 막았다. 말세의 도구들을 모두 몰수당할 수는 없었다.

"심마니입니다. 장사하려면 필요한 것들이에요."

"예외 없소. 다 꺼내시오."

말세는 원에게 괜찮다고 말한 뒤, 낫과 곡괭이, 쇠스랑을 모두 반납했다. 원은 매서운 눈빛으로 문지기를 노려봤고, 문지기는 어색하게 헛기침하며 그들을 통과시켰다. 그사이, 게이트 안쪽에서 석상처럼 굳건히 서 있던 철문이 말세의 커피차를 보고야 말았다.

'저 커피차는… 참 끈질긴 녀석이군.'

철문은 말세를 단번에 알아보았다. 오래전부터 환승역에서 장사하게 해달라며 철문을 귀찮게 했던 여자였다. 한 노인과 함께 몇 날 며칠을 게이트 앞에서 시위를 벌이질 않나, 남구에게 자신의 밥을 뇌물로 주며 친해지질 않나…. 말세는 여러모로 끈질기게 찾아와 철문을 곤란하게 만들었다. 철문은 포기를 모르는 그 모습을 보며, 말세에게서 조금의 위안과 안타까움을 느꼈다. 열심히 노력해도 문 하나를 넘지 못하는 처지가 꼭 자신과 비슷하다고 여겨졌다. 그래서 말세가 게이트를 통과하며 신기해하는 모습을 보자, 철문 역시 통쾌함을 느낄 수밖에 없었다.

그렇게 노력하더니, 드디어 해냈구나. 동시에 그는 말세와 함께 게이트를 통과한 아이를 유심히 바라보다 곧 다른 곳으로 시선을 돌렸다. 평소 같았으면 처음 보는 아이의 목을 확인했겠지만, 어쩐지 오늘은 말세를 멈춰 세우고 싶지 않았다. 별 일이야 있겠어, 철문은 생각했다.

같은 시각, 수문장이 부재한 1호선 환승 게이트에서는 작은 소동이 일었다. 악명 높은 소금상 백산이 문지기에게 갖은 협박을 한 탓이었다. 백산은 이마에 화살표가 새겨진 감염자를 '소금광부'라 소개하며 1호선으로 넘어가야 한다고 강하게 주장했다. 환승역에 진입하려는 3호선 쪽 게이트에서는 아무런 문제가 없었지만, 1호선으로 넘어가는 구역에서 문제가 발생한 것이다. 원래라면 백산의 얼굴만 보고 문을 열어줘야 했다. 그만큼 그는 환승역을 제집 드나들듯 익숙하게 출입하는 소금상이었다.

하지만 문지기는 백산의 침 세례를 참아가며 "감염자는 절대 통과시킬 수 없습니다."는 말만 반복했다. 백산이 감염자를 부려 먹는다는 소문은 들었지만, 지금까지 그가 감염자를 데리고 환승역에 온 적은 없었다. 환승역이 아닌 평범한 1호선 역이라면 그것은 1호선의 문제일 수 있지만, 환승역은 달랐다. 특히 5호선이 지나가는 환승역이라면 더더욱 그랬다.

"이것들이 오늘따라 왜 이래. 나 백산이야. 내가 뭘 들고 들어가든, 자네가 무슨 상관인가!"

백산이 따지자, 문지기는 여전히 강경하게 그를 막았다.

"감염자는 물건이 아닙니다. 1호선 구역은 소금이 취급되는지라, 더 철저하게…."

팍! 백산은 별안간 감염자의 머리를 쳤다. 화들짝 놀란 문지기는 말을 멈추었다.

"그러니까. 네가 1호선 출신이 아니니까, 나한테 개기는 거잖아. 하찮은 문지기 주제에. 너 1호선 출신이었으면 내 앞에 얼씬도 못 했어. 분위기 파악도 못 하는 애송이 새끼가…."

문지기는 붉어진 얼굴로 대꾸 없이 버티고 서 있었다. 백산은 그의 앞에 침을 찍 뱉고, 감염자를 끌고 다시 환승역 안으로 들어갔다. 3호선 하백의 부당한 요구를 들어준 것도 모자라, 이젠 문지기까지 자신을 무시한다는 생각에 백산은 화가 치밀었다. 이것들은 꼭, 당해야 정신을 차리지. 백산은 분주히 장사 준비를 시작한 상인들에게서 멀리 떨어진 구역으로 감염자를 데려갔다. 네놈이 개념 없이 3호선에 기어들어 가지만 않았어도. 퍼억! 기둥 뒤에서 살갗과 살갗이 부딪히는 소리가 들렸으나, 차가운 폭력의 소음은 곧 분주한 상인들의 움직임 소리에 묻혔다. 그 어떤 저항도 포기한 얼굴에서 피가 튈 때쯤, 백산은 주먹을 거두었다.

"피 닦아. 저 문지기 교대할 때쯤 다시 가자고."

"…예."

"아직 정신 붙어 있지? 그 뭐냐, 커피 좀 사 와봐. 소금커피인 가 뭔가."

 환승 게이트를 무사히 지난 말세와 원, 하다는 다 같이 커피 차를 밀며 위층 대합실로 입장했다. 낯설고 부산스러운 소리, 풍부한 향신료가 어우러진 음식 냄새, 더워지는 공기. 그 모든 것들이 감각을 일깨웠다. 자연히 미소가 지어졌다.
 대합실로 올라가자, 활기찬 지하 시장이 그들을 맞이했다. 깽그랑, 깽그랑, 빈 깡통 두드리며 넉살 좋은 농담을 던지는 생필품 상인, 때깔 좋은 천을 두른 의복 상인, 뭐로 만들었는지 모를 알록달록한 과자와 간식을 파는 상인, 오밀조밀 설치된 가판대에 말린 식물을 늘어놓으며 개업 준비를 하는 채소상까지. 눈이 휘둥그레지는 광경에 말세와 하다는 넋을 놓고 시장 구경을 했다. 이 물건들은 다 어디에서 온 걸까, 신기하고 재미있었다.
 원은 늘어선 가게 사이에 위치한 사각지대에 멈춰 섰다.
 "이제 찢어져서 각자 할 일을 하죠. 저는 환승 브로커를 찾아보겠습니다."
 말세는 하다와 함께 소금커피 재료를 준비하기로 했다. 원은 말세의 커피차를 적당한 장소에 세워주고 브로커를 찾으러 5호선 방향으로 향했다. 자신을 알아보는 사람이 있을까 봐 잠깐 걱정했지만, 별 볼 일 없는 환승역에 여의도 사람이 오지는 않을 것이라 결론 내렸다.
 말세는 커피차 안쪽에서 다듬어둔 재료들을 꺼내 정리했다. 짠맛을 위한 소금열매와 커피의 고소한 맛과 색을 결정할 태운 보리, 약간 쓴맛으로 보리의 아쉬운 맛을 보강해줄 민들레 뿌리까지. 말세는 소금열매를 꺼내 그라인더에 넣고 바사삭 갈며, 맛을 궁금해하는 하다에게 조금 먹여주었다. 하다는 "으엑, 짜고 시다."라며 눈썹을 찌푸리더니 이내 그라인더를 돌리고 싶다며 말세의 허락을 구했다.

"좋아. 하다야, 잠깐 이거 돌리고 있어. 두유를 구해올게."

말세는 하다에게 커피차를 맡기고, 역 안쪽으로 들어가 콩과 맷돌을 취급할 만한 식당을 찾아다녔다. 가지각색의 간이 테이블과 의자가 놓인 식당가를 지나 조금 걸어가자, 허름한 '손두부' 간판이 눈에 들어왔다. 같은 노선이 아닌 사람과 거래할 수 있을까, 걱정하던 말세는 상인의 표식을 보고 활짝 웃었다. 다행히 두부를 만드는 사장은 3호선 사람이었다.

"어머! 사장님, 그동안 안녕하셨어요? 그새 얼굴이 더 좋아지신 것 같아요."

환승도 성공했겠다, 신메뉴의 재료를 파는 집도 찾았겠다, '할 수 있다'는 자신감으로 충만해진 말세는 폭발적인 친화력을 발휘했다. 달큰한 민들레차를 얻어 마신 순두부 사장은 '오늘만'임을 당부하며 두부를 만들고 남은 비지를 나눠주었다.

야무지게 맷돌까지 빌려온 말세는 커피차로 돌아가 하다와 함께 맷돌을 돌리기 시작했다. 도록 도로록, 하다는 그라인더로 소금열매와 탄 보리를 갈았고, 말세는 맷돌로 걸쭉한 비지를 더욱 곱게 갈았다. 부드러운 질감이 완성될 때까지, 팔이 떨어지기 일보 직전까지 열심히 갈았다. 얼마를 갈았을까, 두유처럼 묽어진 비지를 보며 말세는 고개를 갸웃거렸다. 이게 맞나?

"이렇게 해서 뭐 넣어요?"

"음, 빡빡하고 단맛이 나는 크림을 만들어야 하니까…."

"어! 그거, 순두부처럼요? 순두부도 콩으로 만들잖아요."

"맞아. 콩이 빽빽하게 되려면 신맛! 신맛이 필요해."

말세의 눈에 소금열매 가루가 들어왔다. 복자 할머니는 두부를 만들 때 가끔 소금열매를 넣곤 했었다. 콩물을 가열하면서 소금열매를 넣으면 굳기 시작하던 기억이 떠올랐다. 말세는 무언가 결심한 듯 곱게 갈아낸 비지를 보온 물통 위에 얹었다. 경복궁역에서 가져온 뜨거운 물 덕분에 아직 열기가 남아 있었다. 이 정도면 되겠지. 말세는 묽은 비지에 소금열매 가루를 조금 넣고 저었다. 두유 크림이 완성되면 감초 가루를 넣어 단맛을 더하면 될 것이다. 조금씩 뻑뻑해지는 비지를 보며, 말세는 메뉴판에 '소금커피'를 추가했다.

"소금커피 팝니다! 소금커피요!"

말세커피가 문을 열었다. 커피 주전자 아래에 민들레 뿌리를 넣고, 주전자 위에 깔때기를 얹어 그 위에 거름 천을 깔았다. 그 위에 곱게 갈린 보리를 털어 넣고 커피를 우린다. 진하게 태운 보리의 고소함이 뜨거운 물에 이끌려 주전자로 떨어지고, 온기를 만난 민들레 뿌리가 개성을 드러내며 검은 물에 스며든다. 묵직한 바디감이 진한 커피향을 입힌다. 그 위로 얹힌 비지 크림은 검은 물과 섞이기를 잠시 거부하며, 먹는 이에게 부드럽고 몽글한 식감을 선사한다. 그 안에서 잠자던 소금열매의 잔해는 목 넘김의 마지막에 짭짤하고 신맛을 은은하게 남기며 메뉴의 정체성을 완성한다.

이것은 소금커피다.

말세의 커피차에 사람들이 몰려들기까지 그리 오랜 시간이 걸리지 않았다. 호기심에 이끌려온 첫 손님이 "와, 소금커피를 판다고요?"라고 호들갑만 떨어주면 된다. '신상'은 언제나 사람들의 호기심을 자극시키기에, 분주하게 커피를 내리는 말세의 커피차는 그 자체로 신기한 구경거리가 되었다. 금세 바빠진 말세는 하다에게 주문과 계산을 맡겼고, 하다는 아무도 가르쳐주지 않았는데 똑 부러지게 주문을 받고 흥정했다. 팍팍하고 갈라진 목소리가 대부분인 장터에서 귀여운 아이 목소리는 사람들의 인심이 후하게 만들었다.

"다음요! 삼촌은 뭐로 드려?"

말세는 하다의 말투가 어째서 갈수록 구수해지는 건지 신기해하며 그라인더를 빠르게 돌렸다.

한편, 원은 종로3가역의 분주한 장터 구간을 지나 비밀스러운 구역에 들어섰다. 대부분의 환승역에는 5호선 출신의 감시자들이 평범한 모습으로 돌아다니고 있었지만, 원은 그들의 진짜 목적을 잘 알고 있었다. 감시자 중 절반은 질서를 담당하고 나머지 절반은 순환을 담당했다. 환승역 장터는 다른 노선의 최신 동향을 가장 효율적으로 파악할 수 있는 곳이며, 5호선에 위협이 될 수 있는 상황을 바로잡을 수 있는 곳이기도 했다. 순환을 담당하는 감시자들은 5호선에 필요한 인력을 물색하여 환승을 도와주거나 진귀한 물자를 들여오는 일을 하며, 사람들은 이들을 '환승 브로커'라 불렀다. 하지만 실상 이들은 브로커라기보다 인사 담당자에 가까웠다. 원은 다른 노선 사람처럼 보이는 감시자들이 가진 공통점을 떠올렸다. 그들은 더러운 복장과는 대조적으로 깨끗한 손을 가졌고, 가까이 가도 냄새가 나지 않으며, 허리춤이 어색하게 불룩한 특징이 있었다.

'저 사람인가….'

환승 브로커로 의심되는 사람이 원의 곁을 지나갔다. 더러운 벙거지에 다 떨어진 카디건을 입은, 눈에 띄게 왜소하고 창백한 여자였다. 눅눅한 곰팡내가 코끝을 스쳤다. 원은 그가 진짜 브로커인지 확신하지 못했다. 브로커라기엔 너무 어리고, 어디를 봐도 총과 같은 무기의 흔적이 보이지 않았다. 옷 안에 숨겼다고 하기엔 너무 얇은 카디건을 입고 있었다. 요즘 브로커들은 다른가? 원은 멀찍이 서서 그 여자를 관찰하려 뒤를 돌았지만, 벙거지는 이미 사라지고 없었다.

수문장 철문은 교대 시간에 맞춰 말세의 커피차를 구경하러 가던 길에 불길한 웅성거림을 포착했다. 사람들이 와글와글 몰려 있는 구간에 다가가자, 와장창 소리와 아이의 고함 소리가 들려왔다.

"죄송합니다. 맛없으시다면 다시 만들어드릴…."

촤르륵. 잔 속의 커피가 말세의 머리 위에 쏟아졌다. 주르륵. 말세의 볼에 검은 물이 흘러내렸다. 몽글몽글 하얗고 끈적한 것이 머리에 달라붙더니, 후두둑 어깨 위로 떨어졌다. 얼굴이 화끈거렸다. 뒤통수도 화끈거렸다. 작은 가시들이 파르르 떨리는 것만 같았다.

"이거, 완전 사기꾼 아냐. 어디서, 이걸, 이딴 걸… 커피라고…."

화가 머리끝까지 차오른 손님이 급기야 컵을 바닥에 던졌다. 컵이 구르는 소리에 말세의 마음도 철렁 내려앉았다. 그는 고여 있던 울분과 짜증을 토해냈다.

"아, 어쩐지, 처음 봤을 때, 여, 역겨웠어. 부, 부끄럽지도 않나."

커피차 앞에 선 민머리 손님이 바들바들 떨며 문장을 겨우 완성했다. 푹 눌러쓴 모자 아래 눈썹이 이상하게 보였다. 양쪽 눈썹 끄트머리가 꺾인 모양이었다. 마치 화살표 표식의 끝부분처럼. 말세는 붉게 충혈된 눈을 마주 보고 나서야 그를 기억해 냈다. 바로 독립문역 가는 길에서 말세에게 칼을 들이대며 위협했던, 원이 제압했던 그 감염자였다. 그는 백산이 심부름시킨 커피를 찾아 돌아다니던 중 하다가 목에 맨 위수단 마스크를 보고 형용할 수 없는 감정에 휩싸였던 것이다.

"정말 죄송합니다. 이거 금방 다른 메뉴로 만들어드릴게요."

퉤! 냄새나는 침이 말세의 얼굴에 튀었다. 말세가 움찔하자 뒤에 있던 하다가 흠칫 놀라는 게 느껴졌다. 말세는 팔을 뒤로 뻗어 등 뒤에 숨은 하다의 어깨를 꽉 잡아주었다. 하다는 상어 인형을 꼭 끌어안았다.

"가, 가짜 커피, 팔면서, 잘도 커피라고 말해, 지가 무, 무슨 그, 전설, 그 바, 바리스타인 줄 알아."

그의 문장이 말세의 심장에 내리꽂혔다. 말세는 몸속이 뒤틀리는 느낌을 받으며 새파랗게 질렸다. 감염자는 상기된 얼굴을 일그러트리며 비웃더니, 퉁퉁 부은 손가락으로 툭, 툭 말세의 얼굴을 기분 나쁘게 건드렸다.

"이봐. 당신, 감염자야?"

인파를 뚫고 다가온 철문이 감염자의 손가락을 움켜잡았다. 그러자 손님은 얼굴을 숙이며 나직이 읊조렸다.
"왜, 왜, 잘못한 건 저 여잔데, 내가, 나한테, 왜…."
그는 더 심하게 몸을 떨었다. 분노가 서서히 끓어오르며 용암처럼 부글부글 끓기 시작했다. 엄청난 양의 아드레날린이 그의 뇌혈관으로 쏟아져 들어갔다. 뇌의 잔주름 안에서 점차 싹트던 씨앗이 폭발적인 에너지를 받아 언어를 담당하는 영역을 움켜잡았다. 지금까지 억눌러온 폭력과 착취, 그로 인한 모멸감이 한꺼번에 터져 나왔다.
"가짜 커피를 만든 게 잘못이지, 내가 감염된 게 죄야? 여기 있는 사람들 다 나랑 똑같아. 어차피 평생 해도 못 보고 뒤질 거라고. 그거 좀 편하게 살아보겠다고, 어? 5호선으로 가서 그래도 제대로 살아보겠다고 개같이 일한 내가 잘못이라고? 뻔뻔하게 가짜 커피나 파는 건 괜찮고! 대답해봐. 누구라도 대답해보라고!"
그 상황을 지켜보던 구경꾼들이 슬슬 뒷걸음질 쳤다. 이유 없이 다른 이에게 전이된 분노는 두려움을 불러일으킨다. 가까이 가선 안 된다. 감염자는 의미 없는 문장들을 읊조리더니 머리를 꽉 부여잡고 발작하듯 몸을 떨었다.
"이거 잡아! 감염자, 감염자 경보!"
철문은 말세를 향해 다가가는 감염자의 몸뚱이를 제지하며 문지기들을 호출했다. 감염자의 뇌혈관에 흘러든 다량의 호르몬이 몸속에 잠재된 무언가를 깨웠다. 그러자 그의 뇌 속에 잠자고 있던 씨앗이 그토록 갈망하던 빛을 향해 최초의 도약을 시도했다.

똑, 똑. 이제 나는 피어날 거야.

"으아아악!!"

"어어! 감염자가 개화한다!!"

감염자를 붙잡아 제지하던 문지기가 그를 밀쳐내며 소리쳤다. 감염자는 괴성을 내지르며 쓰러졌다. 정수리가 함몰되더니, 그 안에서 어떤 존재가 숨을 쉬듯 울렁였다. 주변은 순식간에 아수라장이 됐다. 소리 지르며 도망가는 사람들 사이에 원의 모습이 얼핏 보인 듯했지만, 말세의 정신은 개화하는 꽃에 집중됐다. 가시가 요동쳤다.

「살려줘, 죽고 싶지 않아.

살려줘, 너무 무서워.

살려줘, 제발.」

파지직. 이름 모를 꽃봉오리가 절규하는 이의 머리뼈를 뚫고 탄생했다. 마침내, 꽃이 개화했다. 사람이라 불렸던 존재는 화괴가 되었다. 오직, 그 존재의 눈빛만이 스러져가는 자아를 붙잡고 있었다.

그의 뇌리에 차곡차곡 쌓여 있던 오랜 절망이 조금씩, 닫힌 꽃잎 사이로 스멀스멀 빠져나왔다. 영롱한 보랏빛 꽃가루의 모습으로. 말세는 무언가에 씐 듯 꽃잎 가까이 다가갔다. 그러자 뒤통수의 가시가 더 강렬하게 반응했다. 생의 끝에 다다른 인간이 느끼는 회한과 체념, 먹먹한 슬픔에 이어 성큼 다가온 죽음에 대한 막연한 공포까지. 그 모든 것들이 말세 안으로 한꺼번에 몰아쳤다. 그가 어떤 삶을 살아왔든, 그의 기억과 그의 감정, 그를 구성한 모든 것들이 서서히 스러져갔다. 그것은 화괴의 곁에서 느꼈던 감정의 소용돌이와는 전혀 다른 것이었다. 환한 빛이 일순간 찬란하게 빛났다가 암전되듯, 아무것도 존재하지 않는 무의 상태로 회귀하는 허무의 소용돌이였다.

「…당신의 마지막에 평온이 있기를.」

말세가 의도를 전달했다. 눈물 한 방울이 볼을 타고 흘렀다. 말세는 계속해서 파르르 떨리는 뒤통수의 가시들을 손으로 잡았다. 다급히 달려온 문지기들이 막 개화한 화괴를 제압하며 머리에 천을 씌우는 모습도, 패닉에 빠진 사람들이 서로를 밀치고 넘어뜨리며 도망가는 상황도, 원이 사람들을 뚫고 달려와 바닥에 몸을 날리는 모습까지도 마치 현실이 아닌 것처럼 기이하게 느껴졌다.

원이 다급히 하다를 챙기며 말세에게 괜찮은지 재차 물었지만, 말세는 고개만 끄덕일 뿐이었다. 무언가와 연결된 느낌이 계속해서 말세를 압도하고 있었다. 말세는 원의 손에 이끌려 간신히 난장판을 벗어났다.

그들이 떠난 자리, 아수라장이 된 커피차를 누군가가 주시했다. 얇은 카디건에 벙거지를 쓴 '창백한 손'이었다.

선인장에게

너의 사막을 찾았어.
네가 잘 지내고 있는 것 같아서 마음이….
어떻게 설명해야 할지 모르겠어.
그냥 벅찼다기엔 숨이 멎을 것 같았고 다행이라기엔
그 할머니한테 질투가 났고 마구 감사한 마음이 들었달까.
겁이 나. 네가 날 알아볼 수 있을까?
도망친 후에 내 머리에서 미역 같은 게 자랐거든.
너를 만나면 이 이야기를 해주고 싶은데, 할 수 있을까?

머리에 미역 같은 머리카락이 나기 시작했을 땐 온몸이 가려웠어.
진짜 가려운 건 아니고, 지금까지 느껴보지 못한 것들이
한꺼번에 느껴졌다고 해야 하나.
갑자기 슬퍼지기도 하고, 신나기도 했다가,
죽을 것같이 느껴지기도 했어. 정말 이상했지.
단순히 모든 감정이 증폭된 게 아니라, 그러니까 음….
화괴 곁을 지나갈 땐 격한 분노와 절망이 느껴지고,
길고양이와 놀 땐 내가 몰랐던
간질간질하고 신기한 무언가가 느껴졌어.
마음속으로 어렴풋이 깨달았는데,
그 감정들은 내 것이 아니었거든.
한동안은 내가 드디어 미쳐버린 건 줄 알았어.
그러다 까마귀 한 마리가 미역 같은 내 머리에 앉아버렸는데,

녀석의 날개에 금빛 가루가 묻은 거야.
내 착각일지도 모르지만,
녀석은 내가 무슨 생각을 하는지 아는 눈치였어.
말로 어떻게 설명할지 모르겠네.
서로를 그저 이해하게 되었다고
녀석도 나도 알게 된 것 같아.

써놓고 보니 그냥 미친 사람 같다.
그렇지만 너는 나를 이해하겠지?
아니다, 안 될 것 같아. 말로는 못 할 것 같아.
언젠가 내 편지를 읽어줘.

7장

환승역이 아수라장이 되기 전, 감시자 사일은 무언가를 발견했다. 3호선에서 5호선으로 넘어가는 구역, 줄줄이 늘어선 기둥 사이로 사자 표식을 본 것이었다. 처음엔 그저 기둥에 남은 낙서겠거니 했다. 뭘 잘못 본 거겠지. 우중충한 색감의 페인트가 낙서를 가리지 못해서 그런 거라고, 사일은 넘겨짚었다.
"그쪽한테 용건이 있는데."
기둥 뒤에서 푸른 장벽 같은 사람이 불쑥 튀어나왔다. 그 바람에 사일은 반사적으로 칼날이 달린 부메랑을 득달같이 꺼내 들었다. 고된 훈련 덕에 몸이 자동으로 반응한 것이었으나 사일은 곧 부끄러워졌다. 푸른 단복을 입은 사람의 뒷목에 새겨진 사자 표식을 확인했기 때문이다. 그 사람은 자신과 같은 5호선 생도 출신의 선배 군인이었다.

"충성. 전혀 몰라뵀습니다."

사일의 진한 눈썹이 곧게 풀어졌다. 여유라고는 전혀 찾아볼 수 없는 사일의 얼굴이 딱딱하게 굳었다. 원은 순간 흠칫했다. 그저 평범한 감시자인 줄 알았는데, 아니었나. 여기저기 찢어져 너덜너덜한 바람막이의 안주머니에서 칼날이 달린 부메랑을 꺼내질 않나, 표식을 알아보고 5호선 생도처럼 인사하질 않나.

"저, 저는… 아, 좀 조용한 곳으로 가서, 말입니다."

사일은 관등성명을 하려다 말고 주위를 두리번거리더니, 원에게 조심스럽게 손짓했다. 원은 애써 침착한 표정을 유지하며 여자를 따라갔다. 이곳에 5호선 생도가 있을 줄은 몰랐는데. 뒷모습을 자세히 보니 여자의 뒷목에 사자 표식이 있었다. 원의 것과는 조금 달랐지만, 분명 5호선 생도의 표식이었다. 허름한 바람막이에 가려지지 않는 다부진 기세와 상관에게 복종하는 자세까지. 여자는 잘 훈련된 사령관의 개였다. 원은 관자놀이를 문질렀다. 골치가 아파왔다. 무슨 근거로 일이 쉽게 풀릴 거라고 생각했지. 환승 브로커를 찾아 말세와 하다를 5호선으로 보내겠다는 계획을 너무 쉽게 생각한 걸까. 환승 브로커로 활동하는 감시자는 5호선 직업군 중에서도 보수가 낮은 편이라, 당연히 여의도 출신은 아닐 거라 생각했다. 만약 이 사람이 자신을 알아보고 다른 조치를 취한다면… 그때는 어떻게 해야 할까. 원은 수많은 가능성을 계산하며 여자의 뒤를 따랐다.

사일은 접근 금지 표시가 붙은 수상한 문을 열고 들어가 불을 켰다. 은은한 주황빛 전구가 방 안을 환하게 비추었다. 방 한쪽에는 자물쇠가 달린 철제 캐비닛이, 한쪽에는 간이침대 여러 개가 놓여 있었다. 사일은 어쩔 줄 몰라 하며 원의 눈치를 보더니, 큰 소리로 외쳤다.

"충성! 을지로 광역수호대 특수임무반 소속 최사일!"

원은 머리가 더욱 지끈거리는 것을 느끼며 손을 내저었다. 5호선 광역수호대는 얼마 남지 않은 경찰 인력을 모아 만든 경찰 조직이었다. 군 조직에 적응하지 못한 낙오자나 막 훈련을 마친 신입들이 발령받는 곳이자, 5호선 생도들이 가장 가기 싫어하는 조직이기도 했다. 게다가 여자의 모든 행동은 강렬하게 "나 신입이오."라고 외치는 듯했다. 원은 여자가 자신을 알아볼 만큼 높은 계급이 아님을 깨닫고는 경계할 필요도 없겠다고 생각했다. 그뿐만 아니라, 잘만 설득하면 5호선 통행증을 얻어낼 수 있겠다는 것도.

"그런데 수호자가 왜 환승역에 있지? 그것도 감시자 같은 복장을 하고 말야."

원은 가볍게 말을 건넸으나, 사일은 전혀 그렇게 느끼지 않았다. 푸른 장벽 같은 선배가 팔짱을 끼고 어색하게 한쪽 입꼬리만 올린 모습은 사일에게 꽤 위압감을 주었다. 사일은 자신이 받은 임무를 이 선배에게 말해야 할지 고민스러웠다.

"그, 그게, 제가 지금 어떤 수색 임무를 받고, 그러니까…."

"감시자인 척 위장 중이라는 거지?"

원이 우물쭈물하는 사일의 말을 대신 정리하자, 사일은 당황해서 말을 잇지 못했다. 중요한 임무를 위해 잠복 중이었다는 사실을 이렇게 들켜도 괜찮을까. 원은 혼란스러움이 고스란히 드러난 사일의 잔뜩 찌푸려진 굵은 눈썹을 보며 이 상황을 역이용해 보기로 했다. 이 여자가 위장 근무 중이라면, 위수단 복장을 한 자신 또한 위장 중이면 된다.

"서로 돕는 게 어때. 피차일반인 것 같으니."

여기까지는 순조로웠다. 압도적인 계급 차에서 오는 정보 격차와 상명하복 문화를 자연스럽게 이용하면 되는 문제였다. 사일에게서 통행증을 받아내고 플라스틱으로 된 5호선 게이트를 지날 때까지도, 원은 모든 것이 물 흐르듯 순조롭다고 느꼈다. 이런 느낌은 정말이지 오랜만이었다.

"으아아악!!"

"감염자가 개화한다!"

화병이 창궐한 이후, 지하인들에게 비상 상황이란 단순한 생존의 문제였다. 눈앞의 장애물을 뛰어넘고, 밀치고, 밟아가며 오직 단 하나의 목표에 도달하는 것. '안전'. 이는 지하인들이 숱한 도망과 은신 끝에 본능적으로 체득한 생존 방식이었다. 그러니 말세의 커피차가 뒤집히고, 온갖 재료통이 와르르 쏟아지는 소동은 약과였으며, 주저앉은 말세의 등이 걷어차이고, 손과 발이 밟힌 것쯤도 지하인의 기준에서 보면 큰일이 아니었다. 하지만 하다에게는 달랐다. 말세를 붙잡고 어쩔 줄 몰라 하던 하다는 결국 두려움을 이기지 못하고 울음을 터뜨렸다. 눈물이 넘쳐 시야가 흐려지는 사이, 경고도 없이 달려드는 사람들 틈에서 하다는 휘청거렸다. 이리저리 부딪치고 결국 크게 넘어져 발에 짓밟힐 위기에 처하고 말았다.

"비켜!"

화괴 떼 사이를 누비며 살아남은 처형자답게, 원은 패닉 상태의 사람들 틈을 재빠르게 헤치고 나아가 간신히 아이에게 닿았다. 정확히는 몸을 날려 하다를 끌어안았고, 아이 대신 원의 몸이 사람들의 발에 짓밟혔다.

으윽! 커다란 도장이 허리를 찍어 내린 것 같은 통증이 스쳤지만, 원은 한가하게 허리를 붙잡고 아파할 겨를이 없었다. 혼란 속에서 최대한 빨리 5호선 게이트를 넘어야만 했다.

"괜찮아요? 괜찮은 거 맞아요?"

원이 주저앉아 있는 말세에게 다급히 물었다. 하지만 말세의 표정은 넋이 나간 듯 공허했다. 단순히 놀란 반응이 아니라는 것을 본능적으로 느낀 원은 말세를 재촉해 일으켰다. 몸과 정신이 분리된 사람처럼, 말세는 원을 따라 달렸다. 여전히 눈에는 초점이 없었다.

그대로 5호선 환승 게이트를 통과했더라면 아무 문제 없이 끝났을 것이다. 하지만 환승 게이트로 향한 것은 원과 일행뿐만이 아니었다. 혼란을 틈타 상인의 물건을 훔치거나, 게이트를 무단으로 넘으려는 기회주의자들이 몰려든 것이다.

곧 수문장 철문과 문지기들은 공포탄을 쏴댔고, 소리에 놀란 사람들은 더 큰 혼란에 빠졌다. 그러자 군중 속 감시자들은 한순간에 실탄이 든 총을 꺼내 들었다. 그들 가운데 한 감시자가 확성기를 꺼내 들고 외쳤다.

"다들 진정하십시오! 무단으로 게이트를 넘거나 물건을 훔치는 일은 결코 용납하지 않겠습니다. 다 같이 살자고 이러는 겁니다. 다시 한번 경고합니다! 무단으로 게이트를 넘거나…."

군중은 서서히 소란을 멈추며 하나둘씩 몸을 낮추어 제자리에 앉았다. 그들의 침묵은 총구의 위협 때문만은 아니었다. 강력한 무기를 든 이들이 혼란을 바로잡고 질서를 되찾아주자, 더는 공포에 떨 필요가 없다고 느꼈기 때문에 입을 다문 것이었다.

몸을 낮춘 사람들 사이에서, 사일은 장신의 푸른 제복을 보았다.

'통행증을 달라고 하시더니, 왜 저기… 어!'

문제는 그 옆에 있던 말세와 하다였다. 그들의 머리카락에 화괴가 내뿜은 보랏빛 꽃가루가 잔뜩 묻어 있었다. 더군다나 그냥 꽃가루도 아닌, 막 개화한 화괴가 내뿜은 치명적인 꽃가루였다.

"저 사람들, 격리실로 데리고 가!"

사일의 명령이 날카롭게 울려 퍼졌다.

파란 불과 노란 불. 작은 곰팡이가 하나, 둘, 큰 녀석이 셋, 넷. 먼지 낀 환기구, 빠진 나사 하나. 불규칙적으로 들리는 부스럭 소리.

원은 환기구를 주시했다. 저 안에 뭐가 있는 걸까? 아무것도 없나? 아니면 단순히 신경 쓰이는 소리일 뿐인가? 그는 고개를 돌려 격리실 안을 찬찬히 둘러보았다. 몇 시간째 좁디좁은 방 안에 갇혀 아무것도 할 수 없는 무료함은 불필요할 정도의 관찰력을 안겨주었다. 이제 원의 관심은 하나로 집중됐다. 이곳을 빠져나가는 방법.

방 안에는 냄새나는 매트리스 외에 아무것도 없었다. 누군가가 문을 열어줄 때를 기다려 도망칠까? 아니면 아까 사일이라는 그 친구를 이용할까? 하지만 가장 중요한 것은 감시자들이 말세의 표식을 발견하지 못하게 하는 것이었다. 그들은 비정상 표식에 더 민감하게 반응할 테니, 말세에게 좋을 게 없었다.

"아저씨… 우리 언제까지 여기 있어야 돼요?"

하다는 시간이 갈수록 점점 더 불안해했다. 크고 강한 어른이 한 공간에서 움직이지 못하는 상황은 아이에게 온갖 상상을 불러일으킬 수 있었다.

"제가, 아까 거기서요, 잘못했어요. 그 무서운 어른들한테 잘못했다고 하면 돼요? 진짜 잘못했어요…."

하다는 뉘우치고 반성하면 상황을 바로잡을 수 있을 거라고 믿었다. 원이 하다에게 잘못한 것이 없다고 거듭 말해주자, 원의 곁에 꼭 붙어 앉아 그와 똑같은 자세로 말세를 바라보았다.

"근데 누나는 왜 아무 말도 안 해요?"

말세는 다리를 끌어안고 몸을 웅크린 채 계속해서 입을 다물고 있었다. 원이 질문을 하면 고개를 끄덕이거나 흔들었을 뿐, 자신이 어떤 상태인지에 대해서는 제대로 말해주지 않았다. 진지하고 장난기 없는 말세의 모습은 원에게 낯설게 느껴졌다. 그게 그렇게 충격적이었을까? 감염자가 개화하는 것을 많이 봤을 텐데. 아니면 다른 이유가 있는 건가.

"어! 날파리다, 날파리!"

하다가 말세의 머리카락을 가리키며 외쳤다. 말세의 머리엔 아직도 몽글몽글 하얀 비지크림이 군데군데 달라붙어 있었다. 격리실에 갇히기 전, 일행은 문지기에게 물 묻은 천 조각을 받았다. 꽃가루를 닦아내라는 것이었다. 하지만 말세는 천 조각이 바짝 마를 때까지도 머리를 털어내지 않았다. 원은 말세에게 천 조각을 내밀며 상태를 물어보려 했지만, 말세가 먼저 "저는 괜찮아요. 신경 쓰지 마세요."라고 선을 그어버렸다. 보다 못한 하다가 말세에게 다가가 조심스레 말을 건넸다.

"누나, 날파리 잡아먹기 게임 알아요?"

하다는 화병 시대에 자란 아이답게 훌륭한 동체 시력을 자랑했다. 작은 날벌레 한 마리가 말세의 머리카락 위에 앉으면, 하다는 사냥감을 발견한 고양이처럼 조심스럽게 다가가 숫자를 센다. 하나, 둘, 셋! 말세가 고개를 움직이는 순간 날벌레가 날아오르면, 손 하나와 입만을 사용해 벌레를 먼저 먹는 사람이 이긴다.

"헙!"

입을 벌리고 폴짝 뛰던 하다가 순식간에 입을 다물자, 날아다니던 벌레가 사라졌다. 하다는 입을 다문 채 고개를 획획 돌리며 날벌레가 없는지 살폈다. 내가 먹었다! 볼을 빵빵하게 부풀려 입을 가리켰다.

"크흡…."

말세는 무심코 하다를 바라보다 웃음이 터졌다. 먹었다고 자랑하는 게 바보같이 귀여웠다. 언제 나갈 수 있냐며 칭얼대던 것도 금세 잊고, 날벌레 먹기 놀이를 하는 모습이 참 천진난만했다. 다행히 하다는 괜찮아 보이네. 말세는 생각했다. 쩝쩝 입맛을 다시며 "아무 맛도 안 나네. 누나는 왜 이렇게 못해요?"라고 묻는 하다를 보고 있자니, 그동안 무겁게 느껴지던 것들이 조금씩 가벼워지는 느낌이 들었다. 하지만 손끝의 감각은 여전히 둔

한 채였다.

 그 사람이 화괴로 피어나기 직전의 감각. 그것은 지금껏 말세가 알지 못했던 감정이었다. 복자 할머니와 열심히 식물을 캐고 역으로 돌아오던 길에서 봤던 아름다운 노을, 할머니와 함께 판잣집을 완성했을 때, 혹은 커피가 맛있다는 칭찬을 처음 받아봤을 때 느꼈던 감정과는 정반대의 것. 공기가 반짝반짝 빛나는 듯한 느낌과 편안한 미소가 자연스럽게 떠오르며, 잔잔하게 벅차오르는 감정의 반대편에 있는 것. 결국 아무런 의미도 없다는 깨달음이 훅하고 밀려 들어왔다. 모든 생각과 감정을 무력화시키고, 한번 빠지면 빠져나오기 힘든 그것. 그것은 공허였다.

 말세의 가시는 화괴가 된 감염자의 공허감을 온전히 받아들였다. 그가 어떤 삶을 살았는지는 알 수 없었지만, 마지막 순간의 감정은 너무도 생생하게 전해졌다. 단순히 눈으로 본 게 아니라, 뒤통수에 난 가시가 떨리며 낯선 감각이 전해졌다. 갑자기 차가운 빗물이 피부에 닿은 것처럼, 무언가가 '감지'되었다. 화괴떼 근처에서 겪었던 감정의 소용돌이와 비슷한 느낌이었다. 그 후, 말세는 마음속에서 무언가 사라진 것 같은 허전함을 느꼈다. 팽팽하게 당겨졌던 줄이 끊어진 것처럼, 온몸이 힘없이 축 늘어졌다.

 "말세 누나, 날파리는 눈으로 못 잡아요."

 하다가 고개를 갸웃거리며 말했다. 말세가 무심코 날파리를 보고만 있었나 보다. 그 말을 들은 말세는 또다시 웃음을 터뜨렸다. 원은 말세가 억지로 웃고 있다는 걸 알았지만, 그 이유를 묻는 대신 말세의 손에 천 조각을 쥐여주었다. 그러자 말세는 아무

말 없이 머리를 슥슥 닦았다. 눈빛도, 표정도 여전히 어딘가 이상했다. 원은 진지하게 말세를 걱정하기 시작했다. 무슨 말을 해줘야 할까, 내 말이 도움이나 되려나, 하고. 고민 끝에 원은 뾰족한 수를 생각해냈다.

"이런 말이 있죠, 터널이 무너져도 솟아날 구멍은 있다."

"솟아날 구멍이 없으면 꼼짝없이 갇힌 거네요…."

말세의 표정이 밝아지기는커녕, 오히려 더 혼란스러워 보였다. 원은 말세의 표정을 살피며 다시 입을 열었다.

"그럼 이건요? 심마니 커피상은 최고로 멋지다."

말세의 눈이 동그래졌다. 원은 얼굴이 화끈거려 고개를 돌릴 수밖에 없었다. 이게 뭐야. 내가 위로를 이렇게 못하는 사람이었나. 원의 돌덩이가 비웃음을 날리려던 때, 말세의 입꼬리가 살짝 올라갔다.

"엥. 그런 말은 없는 것 같은데요."

조용히 듣고 있던 하다가 팔짱을 끼며 원에게 말했다. 말세는 그제야 "하다 똑똑하네." 말하며 소리 내 웃었다.

원이 말세의 풀어진 표정을 보곤 다행이라며 마음을 놓으려던 찰나, 문 쪽에서 발소리가 들렸다. 찰칵, 자물쇠를 건드리는 소리와 함께 문이 벌컥 열렸다. 너절한 옷을 입은 중년의 감시자가 들어왔다. 그는 원에게만 깍듯이 인사한 뒤, 말세와 하다에게 다가갔다.

"간단한 인적 사항 조사 좀 하겠습니다."

한편, 철문은 간이 플라스틱 탁자의 건너편에 앉은 진한 눈썹 여자를 불만스럽게 응시했다. 우스꽝스러울 정도로 진한 눈썹이 꿈틀거렸다. 사건의 경위를 조사한다면서, 정작 감염자를 들여보낸 사람은 왜 추궁하지 않는 건지. 어처구니가 없었다. 백산이 누군가를 반 주검이 될 때까지 폭행하거나 문지기에게 시비를 거는 일은 비일비재했기에, 그런 일들을 감시자들이 신경 쓰지 않는 것에는 어느 정도 이해가 갔다. 하지만 이건 경우가 다르지 않나. 환승역 게이트에 중증 감염자를 데려왔고, 그뿐만 아니라 문지기를 협박했으며, 자신이 데려온 감염자가 화괴로 피어날 때에도 백산은 손을 놓고 있었다. 그런데 왜, 백산은 이 자리에 없는 걸까?

"그러니까, 수문장이 일을 제대로 못한 게 맞다는 거죠? 인정하십니까?"

사일이 눈썹을 치켜올리며 말했다. 사일의 표정은 아까와는 전혀 다르게 침착하고 무섭도록 싸늘한 기운을 풍겼다. 철문은 한없이 어려 보이기만 했던 감시자가 한순간에 변하는 것을 보고 소름이 끼쳤다.

"소금상이 제 부하를 협박해서 게이트를 넘은 겁니다. 애초에 감염자를 데려온 게 말이 안 됩니다. 이 자리에 있어야 할 건 백산 그놈 아닙니까?"

철문은 홧김에 튀어나온 말을 주워 담고 싶었다. 이런 식으로 말해봤자 득이 될 게 없다는 걸 잘 알았기 때문이다.

"협박한다고, 그 협박에 넘어가면 되나요? 그러라고 당신들을 그 자리에 앉힌 게 아닐 텐데요."

사일의 눈이 매섭게 번뜩였다. 정석대로라면 취조는 질서를 담당하는 감시자들이 해야 할 일이지만, 그들은 엉망진창이 된 환승역을 되돌리느라 진땀을 빼고 있었다. 철문은 감시자에게 머리를 조아릴지, 아니면 끝까지 논리를 밀어붙일지 고민했다.

"소금상은 무작정 막기가 어렵습니다. 백산이 강경하게 나오면 그 어린애들이…."

"제가 7호선에서 온 수문장 변명이나 들으려고 여기 온 것 같습니까?"

사일이 큰 소리로 내뱉자, 철문은 적잖이 당황했다. 사일의 다부진 몸과 차가운 시선에서 뿜어져 나오는 기세에 짓눌리는 기분이 들었다. 철문은 솟아오르는 짜증을 차분하게 누르며, 평정심을 되찾으려 애썼다.

"까놓고 말할게요, 수문장님. 환승역에서 잘만 하면 5호선으로 이주할 수 있다고 생각했나 본데, 포기하는 게 좋을 겁니다."

"이 일이 심각한 사안이라는 건 알지만, 저는…."

철문의 목소리가 떨리기 시작했다. 하지만 사일은 철문의 사정에 아랑곳하지 않고 말을 이어갔다.

"왜 백산이 아니라 수문장 당신이 잘못한 게 되냐면, 이런 세상에서는 일 못하는 게 민폐가 됩니다. 소금상은 소금만 신경 쓰면 되고, 수문장은 문만 잘 지키면 됩니다. 그게 안 되면 생존이고 뭐고 없어요. 수문장이 쓸모를 증명하지 못하면, 여기 있을 이유가 없죠. 잘 알 텐데요?"

철문은 할 말을 잃었다. 사일의 말에 동의해서가 아니라, 그 것이 곧 사령관의 논리였기 때문이다. 그 논리는 무슨 일이든 통하고, 온갖 부조리를 합리화할 수 있는 절대적인 법칙이었다. 개

개인의 유전적 우월성과 쓸모에 따라 가치를 매기고, 그 가치에 따라 직업과 보상을 차등 배분하는 '시스템'의 논리. 그 시스템은 5호선을 가장 부유한 선으로 만들었고, 5호선은 모든 지하인의 꿈과 희망이 되었다. 철문도 예외는 아니었다. 사령관의 시스템에 동의하지 않는다고 해서, 5호선에 가고 싶지 않은 건 아니었다. 철문은 5호선으로 이주하기 위해 누구보다 최선을 다해온 사람이었다.

"…잘 압니다. 죄송하게 됐습니다."

철문은 고개를 숙였다. 억울함이 목 끝까지 차올라 다른 말을 하고 싶었지만, 그 순간 다른 감시자가 나타났다.

"수호자님, 그 격리자들 인적 사항을… 아, 취조 중이셨군요."

"수문장은 나가보십시오. 징계는 적당히 무거운 걸로 드리겠습니다."

사일이 철문에게 나가라는 듯이 고개를 까딱하며 말했다. 적당히 무거운 징계라. 징계를 받으면 철문은 5호선으로 갈 수 없게 된다. 몇 년간의 노력이 상급자의 말 한마디에 사라지게 될 것이다. 아니, 애초에 어떤 방법을 써도 5호선 게이트는 넘을 수 없는 거였을까. 철문은 마음속의 차가운 불씨가 서서히 커지는 것을 느꼈다. 지금껏 흘린 땀과 받아온 수모가 뒤섞여 차가운 불의 땔감이 되었다. 뜨거운 불처럼 활활 타오르는 대신, 차가운 불은 아무도 모르게 커져갈 것이다. 결국, 무언가를 변화시킬 때까지.

"말씀하신 대로 감염 검사는 생략하고 인적 사항만 조사하려 했지만, 그분께서 막아서 별 내용은 듣지 못했습니다. 예전에 특이 표식을 보면 말해달라고 하셨죠. 그 커피 상인의 표식이… 제대로 못 봤으나, 형태가 일반적이지 않았습니다."

철문은 한동안 닫힌 문 앞에 서 있었다. 감시자들은 커피상에 대해 진지하게 이야기를 나누는 듯했다. 철문은 그들이 왜 보잘것없는 커피상에 대해 그토록 심각하게 이야기를 나누는지 알지 못했지만, 말세를 그냥 두지 않으려는 것 정도는 파악할 수 있었다. 철문의 눈빛이 차갑게 번득였다.

그들이 누군가의 노력을 또다시 짓밟도록 내버려둘 수는 없다. 그러면 안 되는 거다.

'창백한 손'은 연체동물처럼 유연하게 접힌 몸을 살살 움직여 환기구 안을 돌아다녔다. 환기 시설은 꽃가루 청소부였던 창백한 손에게 집처럼 편안한 공간이었다. 꽃가루를 거르고, 산소를 공급하며 공기의 순환을 돕는 환기 시설은 지하 세계의 혈관과 다름없었다. 매일같이 환기구의 꽃가루 필터를 청소해야 했던 창백한 손은 위험천만한 일에 떠밀리면서 지하에 숨겨진 통로들을 속속들이 알게 되었다. 결국 그 일을 때려치우고 도망쳐 '그림자'가 되긴 했지만.

지하인들은 그들을 '버러지' 혹은 '쥐새끼' 등 다양한 이름으로 불렀다. 그들은 터널이나 환기구, 변소 등 지하 세계의 사각지대에서 숨어 살며, 특정 노선에 섞이는 것을 거부했다. 구걸을 하거나 무언가를 거래하는 일도 없었다. 그저 사람들의 눈에 띄지 않는 곳에서 조용히 숨만 쉬며 살 뿐이었다. 그들이 무엇을 먹고 사는지, 왜 그렇게 살아가는지를 아는 지하인은 거의 없었다. 다만 바퀴벌레나 쥐처럼 가끔 모습을 들킬 때가 있어서, 그들은 자연스레 혐오의 대상이 되었다. 누군가는 그들이 지상에서 온 침입자들이라며 보이는 족족 죽여야 한다고 주장했고, 또 누군가는 그들이 비밀 지하 조직의 일원이라며 잘 보여야 한다고 주장했다.

창백한 손은 그러한 지하 루머들을 은근히 즐겼는데, 그 루머들이 사실과는 전혀 달랐기 때문이었다. 그림자들에게는 리더도, 체계도 없다. 그림자라는 이름조차 자신들이 소소하게 붙인 별명에 불과했다. 그들은 거창한 목표를 위해 살아가는 게 아니라, 그저 평생을 고독하게 살아남기로 마음먹은 사람들이었다. 이따금씩 서로를 알아보고 은근한 도움을 주거나 어디가 위험한지에 대한 최소한의 정보를 교환하긴 했지만, 그들은 근본적으로 타인을 피해 다녔다.

창백한 손은 자신의 행동이 평소와 다르다는 것을 알았지만, 한번 시작한 추적을 멈출 생각은 없었다. 어쩌면 그것은 자신만이 할 수 있는 일이었고, 그렇기에 특별한 일이었다. 아무도 모르는 보물 지도를 찾은 사람이 짊어져야만 하는, 그런 특별한 일.

끼리릭, 끼리릭, 달각.

금고가 열리는 소리. 창백한 손은 환기구 덮개의 틈 사이로 수상한 일을 벌이고 있는 철문을 지켜보았다. 철문은 금고 안에서 열쇠 꾸러미를 조심스럽게 꺼내 들고 주섬주섬 짐을 싸기 시작했다. 잠시 후, 남구가 주인님을 찾아 들어오자, 철문은 남구에게 신신당부했다.

"남구야… 나 다음으로 우리 남구를 잘 챙겨줄 사람은 그 아이밖에 없어. 나가서도 말세 언니 말 잘 듣고, 밥 잘 받아먹고 그래야 한다…."

 창백한 손은 강아지에게 작별 인사를 하는 철문의 모습을 가만히 바라보았다. 저 문지기는 대체 무슨 꿍꿍이지? 그러다 창백한 손은 무언가 생각났다는 듯 소리 없는 웃음을 터트렸다. 내가 좀 도와줘볼까?

 왔던 길을 돌아가면 여러 개의 관이 갈라지는 구간이 나온다. 그곳에는 한 번 걸러진 공기를 두 번 걸러주는 꽃가루 거름망이 있고, 그 앞에는 공기의 순환을 돕는 팬이 달려 있을 것이다. 5호선 외의 역에서는 수동 시스템으로 팬이 돌아가며, 담당자가 하루에 두세 번 여러 개의 팬과 연결된 레버를 죽어라 돌리거나 자전거처럼 휠을 밟는 고된 노동을 해야 한다. 만약 그때 팬에 문제가 생긴다면, 감시자들은 문제를 해결하느라 바빠 문지기 하나가 무슨 일을 벌이고 있는지는 전혀 신경 쓸 틈도 없을 것이다.

 창백한 손은 쓰고 있던 벙거지를 접어 멈춰 있는 팬 날개의 아래쪽에 꽉 끼워 넣었다. 힘으로 팬을 돌리면 모자가 찢어져 날개 사이에 엉켜버릴 것이다. 그러면 팬을 돌리는 사람이 알아채고 경고등을 켜겠지. 창백한 손은 꽉 끼워진 벙거지를 보고 뿌듯하게 웃었다. 그러고는 문어처럼 환기구를 빠져나와 편안한 어둠 속으로 사라졌다.

 사일은 평소답지 않게 심각한 고뇌에 빠졌다. 안 쓰던 머리를 쓰려니 두통이 몰려왔다. 푸른 단복을 입은 상관의 정체를 떠올리지 못했더라면 차라리 나았을 것이다. 그랬다면 아무것도 신경 쓰지 않고 임무에만 충실했을 텐데. 하지만 안타깝게도, 사일은 그가 반원 대위라는 것을 기억해냈다. 영등포 훈련소에서 있을 때, 한 번 마주쳤던 그 사람이었다. 사일의 치부를 목격했던, 하필 그 이름이 반원이라 짜증 났었던 그 사람. 하지만 정작 반 대위는 사일을 기억하지 못하는 것 같았다.

울컥, 짜증이 목까지 차올랐다. 지옥 같았던 훈련소에서의 기억이 다시 사일을 괴롭혔다.

화괴 사살 훈련. 그때 사일은 '네까짓 게 뭘 하겠냐'고 무시하는 동기들 앞에서 어쩔 수 없이 센 척을 해야 했다. 또래 아이들보다 빠르게 자란 열다섯 살 소녀는, 화괴가 아무리 징그럽고 무서워도 화괴를 죽여야 했다. 누구보다 많이, 누구보다 잔인하게. 사일은 선배들이 쓰는 방법으로 삽을 들고 화괴를 제압했다. 다시는 그 누구도 자신을 무시하지 않게끔, 있는 힘껏 화괴의 두개골을 망가트렸다. 온몸에 불순물이 튀고, 이상 식물의 진액이 눈에 들어가 눈을 뜰 수 없을 지경이 되었을 때야 사일은 겨우 삽을 내려놓았다. 아무도 사일에게 말을 걸지 않았다. 자신을 두려운 눈으로 바라보는 동기들을 지나 혼자 얼굴을 씻으러 갔을 때, 사일은 참았던 토를 내뱉었다. 한참을 소리 없이 흐느끼며, 먹은 것을 모두 뱉어냈다. 인간의 두개골 안이 어떻게 생겼는지, 머리를 맞은 화괴가 어떤 표정을 지었는지, 화괴 머리에 난 이상 식물이 갑자기 시들어버릴 때 어떤 모양이 되는지는 그 누구도 가르쳐주지 않았기 때문이다. 그런 사일에게 손을 내밀었던 건 다름 아닌 반 대위였다. 훈련소에 무슨 일로 들렀는지는 몰라도, 그는 사일에게 아무도 해주지 않았던 말을 건넸다.

"이병, 네가 뛰어난 건 화괴를 저런 식으로 처리할 줄 알아서가 아니야."

"예? 시정하겠습니다."

"뭘 시정해. 너는 화괴를 죽이고 슬퍼할 수 있는 사람이라 뛰어난 거다."

그의 말에 사일은 아무런 대꾸도 하지 못했다. 그 말의 뜻을, 한참을 곱씹은 후에야 겨우 이해할 수 있었기 때문이었다.

"근데 너, 다치지 않고 공격하는 법부터 배워야겠다."

반 대위는 사일에게 천 조각을 내밀고는 사라졌다.

사일은 그날의 일을 기억하며 훈련소 생활을 견뎠다. 처음에는 반 대위의 말이 무슨 뜻인지 이해하고 싶었고, 나중에는 그렇게 말한 반 대위가 짜증 나서 그 일을 떠올렸다. 당신이 그렇게 여유롭게 말할 수 있는 건 01번이기 때문이라고, 사일은 생각했다. 아무리 죽어라 노력해도 41번을 부여받고 이름이 '사일'이 되어버린 나로서는 남에게 그런 듣기 좋은 말 따위 할 수 없는 거라고. 그들에게 주어지는 이름이자 '코드'는 그만큼 잔인한 것이었다. 모든 능력 평가에서 1등을 한 특급 전사 반원은, 죽을 위기를 넘겨가며 겨우 41등을 한 사일을 절대 이해할 수 없을 것이다. 처음부터 우월하게 태어난 사람에게 동정이나 받는 꼴이라니. 원의 말을 떠올릴 때마다 사일은 한없이 작아졌다. 그래서 반원이 싫었다.

하필이면 이렇게 마주치다니.

사일은 열심히 머리를 굴렸다. 그 커피 상인이 정말 특이한 표식을 가졌다면 놓쳐선 안 된다. 하지만 '같은 처지'라던 반 대위도 작전을 수행 중이라면…. 혹시 그 커피 상인이 반 대위의 타깃인 걸까. 만약 타깃이 겹친다면 그때는 내가 포기해야 하나? 아니, 포기하기 싫다면? 상관의 타깃을 가로챌 수 있을까? 그랬다가는 무슨 징계를 받으려고….

 사일의 머리로는 감히 상상도 할 수 없는 일이다. 아무리 반 원 대위가 싫어도 그건 할 수 없다. 억울하지만 그게 현실이다. 사일은 주어진 현실을 묵묵히 받아들였다. 그렇다면 할 수 있는 일을 하자. 최소한 그 커피 상인이 어떤 표식을 갖고 있는지 확인이라도 하자.

 사일은 더러운 위장용 바람막이를 벗고 묵묵히 방역복을 갖춰 입었다.

"우리 언제 나가요?"

하다가 원과 말세를 번갈아 쳐다보며 말했다. 아이의 인내심이 바닥나고 있었다. 조금 전 어떤 아저씨가 들어와서 말세 누나에게 질문을 하고 간 뒤로 두 사람 모두 말이 없었다. 하다는 점점 불안해졌다. 빨리 이곳에서 나가고 싶다는 마음에 문 앞에서 서성이다가, 원과 말세에게 폴짝폴짝 뛰어와 질문하고, 문에 귀를 대고 문밖에서 나는 소리에 귀를 기울였다.

"어? 누가 여기로…."

하다의 말이 끝나기도 전에 문이 벌컥 열렸다. 하다가 문에 이마를 부딪치며 뒤로 나자빠졌다. 말세는 반사적으로 아이에게 달려갔다. 하다는 부딪힌 이마가 아파 눈물을 머금었고, 말세는 따뜻한 손으로 하다의 이마를 부드럽게 문질러주었다.
"어, 꼬마야, 미안."
방역복을 입은 사일이 어정쩡하게 사과하며 아이에게 다가가려 했다. 그 순간 원이 사일의 앞을 막아섰다.
"이제 내보내줄 때도 된 것 같은데."
"대위님, 그건 제 소관이 아닙니다. 저는 뭐 하나만 확인하고…."
사일은 원의 따가운 시선을 느꼈다. 원은 사일이 자신을 '대위님'이라고 불렀다는 것이 상당히 거슬렸다. 내가 누군지 밝힌 기억이 전혀 없는데, 나를 처음부터 알고 있었던 건가? 잠잠하던 돌덩이가 원을 두드렸다.

큭, 그러니까 저 여자는 네가 누군지는 알지만, 쫓겨난 건 모르나 보네?

꼴에 운은 좋다?

머릿속에 들려오는 비웃음을 애써 무시하며 원은 표정을 다잡았다. 사일이 자신의 계급을 알고 있다면 그것을 최대한 이용해야 한다. 위수단 단복을 입은 반원 대위는 지금 엄연히 잠복근무 중이다. 원은 스스로를 세뇌하며 사일에게 가까이 다가갔다.
"내가 누군지 알면서, 지금 내가 수행 중인 작전을 방해하고 싶은 건가?"
사일은 찌푸려진 원의 미간을 보고 그 자리에 얼어버렸다. 자신조차 제어할 수 없는 조건 반사적인 반응이었다.
"아닙니다! 절대, 절대 그런 거 아니지 말입니다."
"그럼? 내 일행이 계속 이곳에 남아야 할 다른 이유가 있나?"
"어, 어어… 없습니다."

사일이 우물쭈물 입을 떼며 말을 더듬었다. 사일의 시선이 반원 대위의 얼굴에 난 흉터로 자꾸만 돌아갔다. 그 흉터는 그의 위치와 명예를 드러내는 훈장과도 같았다. 위험천만한 작전을 수행하고도 살아남은, 운명의 선택을 받은 자들만이 가질 수 있는 상징 말이다. 사일은 자신 앞을 가로막은 푸른 장벽, 반원 대위를 넘어서려는 생각을 포기했다. 그깟 표식 하나 확인하는 게 뭐라고. 커피 상인의 목에 두른 스카프를 걷어내기만 하면 되는 건데. 그거 하나 못 해서 타깃일지도 모르는 사람을 그냥 보내줘야 한다니. 사일은 억울함에 목이 멨다. 여기까지 오려고 무슨 짓을 했는데, 이렇게 허무하게 포기해야 하다니…. 사일의 짙은 눈썹이 점차 구겨졌다.

"문 열어."

원이 단호하게 명령했다. 사일은 손을 파르르 떨며 문고리를 잡았다. 문을 열면 그들은 떠날 것이다. 그렇게 되면 영영 타깃을 놓치고 말 것이다. 조급함과 억울함이 뒤섞이며 사일의 이성을 서서히 잠식했다. 사일은 원의 옆에 선 말세를 흘끔거리며 필사적으로 머리를 굴렸다. 어떻게든 표식을 확인할 방법을 찾아야 했다. 순식간에 칼로 저 스카프를 찢어버릴까? 아니면 모르는 척 손을 뻗어 스카프를 잡아 내리면….

컹! 컹컹!

그때, 문밖에서 강아지 짖는 소리가 들렸다. 갑작스러운 소리에 긴장이 깨졌다. 곧이어 누군가가 문을 쾅쾅 두드리며 외쳤다.

"비상입니다! 환기 시설에 침입자가 발생했습니다! 감시자님, 빨리 나오십시오!"

문밖에서는 여러 사람의 발소리가 들려왔다. 사일은 당황한 표정으로 말세와 원을 번갈아 쳐다봤다. 하필이면 지금, 이런 비상 상황이 벌어지다니. 운마저 내 편이 아니다. 사일은 아무것도 알아내지 못했다는 좌절감에 휩싸였다. 단념한 사일은 원에게 짧게 거수경례를 한 후 고개를 푹 숙이고 밖으로 나갔다.

잠시 후, 사일이 떠난 것을 확인한 철문이 안으로 들어왔다. 말세와 원은 무슨 상황인지 몰라 혼란스러운 표정을 지었으나, 철문의 얼굴에는 단호한 결의가 서려 있었다.

"당신들, 여기서 빨리 나가시오. 감시자 놈들, 무슨 꿍꿍이가 있는 게 분명하니."

철문이 다급히 말했다. 말세는 철문이 진심임을 직감했다. 상황을 파악한 원은 하다를 번쩍 안아 들고 나갈 채비를 했다.

"잠깐만요. 이러면 수문장님이 곤란해지지 않나요?"

말세가 걱정스레 묻자, 철문은 결연히 웃어 보였다. 그간 환승역에 들어오지 못하게 막아서 미안했다고 말하는 듯한 웃음이었다.

"환기 시설을 손보려면 시간이 좀 걸릴 테니 빨리 움직이시오. 터널에 감시자가 있을지도 모르니, 다음 역까지는 지상으로 가야 할 거요."

철문이 재촉하자, 말세는 무언가 단단히 다짐한 듯 고개를 끄덕였다. 철문은 말세의 어깨를 두드려주고, 옆에 있던 하다를 잠시 바라보았다. 그는 어쩌면 이 아이도 말세와 같은 처지일지 모르겠다 짐작하고, 원에게 당부했다.

"나가는 길은 남구가 알려줄 거요. 그리고 지상으로 간 김에

이 둘은 꼭 '명필'에게 데려가시오."

철문은 원에게 약도가 그려진 쪽지 하나를 건넸다. 원은 고맙습니다, 인사하며 조심스럽게 문밖으로 나갔다. 남구가 헥헥거리며 일행을 기다리고 있었다. 늠름한 전서견을 본 순간, 원은 철문이 진심으로 말세의 안녕을 바란다는 것을 깨달았다. 훈련된 강아지와의 동행은 지상에서 생존 확률을 높이는 길이었다. 말세는 어리둥절해하며 철문을 돌아봤다.

"남구는 너를 잘 따르니 괜찮을 거다. 부디 안녕하길."

철문은 자신도 곧 이곳을 떠나 7호선으로 돌아갈지도 모르니, 이것이 마지막 인사가 될 수도 있다는 말은 굳이 하지 않았다. 남구는 꼬리를 흔들며 말세의 주위를 빙빙 돌았다.

"꼭 돌아올게요. 고맙습니다, 수문장님."

말세는 철문에게 인사한 후 발걸음을 옮겼다.

명랑한 진돗개와 씩씩한 꼬마, 그리고 장신의 푸른 제복과 함께.

8장

남구는 강렬한 하수구 냄새와 짙어지는 풀 향 속에서 길을 찾아갔다. 가던 길을 멈추고 뒤를 돌아보며 말세 일행이 잘 따라오는지 확인하기를 반복했다. 평소 주인님과 함께 지나던 길이었지만, 오늘은 어딘가 달랐다. 고기 썩은 냄새와 함께 눅눅하고 서늘한 흙냄새가 섞여 있었다.

"비가 오나."

저 멀리 뚫린 공간을 바라보던 원이 혼잣말을 했다. 청계천으로 이어지는 널따란 하수 터널의 끝자락에서 희미한 빛이 보였다. 우중충한 낮이었다. 어렴풋하게 빗소리가 났다. 비가 오면 낮이라도 지상으로 다닐 수 있을 것이다. 햇빛이 약해지면 화괴의 이동성이 둔화되고, 물을 맞으면 화단이든 화괴든 덜 공격적이 되었다. 그것은 마치 배부른 동물이 사냥을 멈추는 것과 같은 이치였다. 더군다나 보라색 꽃가루도 빗물에 휩쓸려 공기가 맑아지는 최적의 타이밍이었다. 그럼에도 말세는 하다의 마스크를 꼼꼼히 점검했다. 비가 올수록 방심하면 안 되는 것이 꽃가루니까.

"우리 이제 어디 가요?"

하다가 말세의 눈치를 보며 물었다. 말세는 "어, 음…." 얼버무리다가 곧 입을 닫았다. 그 질문에 쉽게 답할 수 없었다. 원은 하다를 바라보며 잠시 고민했다. 이걸 어떻게 설명해야 할까. '명필'이라 불리는 추방된 타투이스트를 찾아가 목에 그럴듯한 표식을 새긴 후 5호선에 잠입하겠다는 계획을. 설명한다 한들, 과연 하다가 이해할까?

"몸에 글씨 써주는 사람한테 갈 거야."

"왜요?"

하다가 눈을 빛내며 물었다. 원은 아이의 머리카락에 묻은 먼지를 떼어주며 대답했다.

"다 같이 보라 선에 들어가서 하다 엄마를 찾을 거니까."

"진짜 거기 갈 수 있어요?"

"아마도."

하다가 다짜고짜 원에게 악수하듯 손을 내밀었다. 마치 고맙다고 말하는 듯이. 그 모습이 하도 야무져서 원은 작은 손을 잡고 흔들었다.

"또 지하 카페도 갈 수 있겠죠."

원의 말에 말세는 미동도 하지 않았다. 괜찮아진 줄 알았는데, 말세의 표정이 묘하게 슬퍼 보였다. 그런 모습이 참을 수 없이 답답해진 원은 말세를 멈춰 세웠다.

"무슨 생각해요?"

원이 묻자, 말세는 그의 눈을 피하며 허공을 응시했다. 말세는 대답할 생각이 없어 보였지만, 원은 대답할 틈도 주지 않고 쏟아내기 시작했다. 그 감염자가 개화한 게 본인의 탓이라고 생각하는 건 아닌지, 그 감염자가 개화하기 전에 뭐라 말한 걸 떠올리고 있는 건 아닌지, 감염자의 뇌는 제 기능을 못 하니 그딴 말에 의미를 부여하지 말라는 말도. 말세는 한동안 원을 빤히 바라보다가 제 뒤통수를 만지작거렸다.

솔직하게 말하고 싶었다.

뒤통수에 가시가 났다는 거, 감정의 소용돌이를 겪는다는 거, 그 감염자가 개화할 때 일어난 일까지, 전부 다.

말해도 될까?

아니야. 날 괴인이라 생각하고 떠나면 어떡해.

지하 사람들은 이해할 수 없는 존재를 '괴인'이라 불렀다. 괴인은 화괴나 화단과는 달리 분명한 인간이었다. 다만 신체가 기형적으로 변하거나 정신이 이상해진 사람들이었다. 그들에게 어떤 문제가 있는지 정확히 알 수는 없으나, 그들은 공통적으로 지하인의 예측을 벗어나는 행동을 하곤 했다. 그러니 말세는 자신도 어쩌면 괴인이 아닐까, 어렴풋이 생각했다. 하지만 원이 그 사실을 알게 되는 것은 두려웠다. 목에 새겨진 이상한 표식은 그렇다 쳐도, 뒤통수에 난 가시는 어디에서도 들어본 적 없는 이야기였다. 그야말로 괴인 목격담에나 나올 법한 일이다. 말세는 그 사실을 원에게 털어놓는 순간, 그가 어떤 표정을 지을까, 상상해 보았다. 끔찍했다. 원은 떠나버릴 것이다.

"그, 뭐, 눈앞에서 사람 머리에 꽃이 피었으니까… 충격받았나 봐요. 너무 오랜만에 봐서."

말세가 어색하게 둘러댔다. 원은 그 대답이 석연하지 않다 생각했지만 더 이상 캐묻지 않았다. 말하고 싶으면 언젠가 말하겠지.

너 같은 걸 믿을 수 있어야 말을 하지!

침묵을 틈타 나타난 돌덩이가 비웃었지만 원은 흔들리지 않았다. 애초에 누군가에게 믿음직한 존재가 된다는 건 상상조차 해 본 적 없으니까. 원은 괜한 걱정을 접었다. 이것도 오지랖일 뿐이라고 스스로를 다독였다.

말세는 어색하게 눈을 굴리다 주제를 돌렸다.

"철문 아저씨가 준 거요, 그거 약도 맞죠?"

원은 철문이 준 쪽지를 꺼내 빛이 있는 방향으로 펼쳐 들었다. 쪽지에는 을지로의 복잡한 골목길 어딘가를 표시한 대략적인 약도가 그려져 있었다. 별표가 찍힌 곳은 위조 표식의 대가, '명필'이 있다는 자리였다. 누더기 괴물이던 시절, 원은 명필의 이름을 흘려들은 적이 있었다. 다른 노선으로 이주를 꿈꾸는 사람들이 반드시 한번씩 거쳐 가는, 외딴집에 홀로 사는 괴짜라고. 몇 년 전까지만 해도 5호선 타투이스트로 활동했던 인물이지만, 돌연 지상인이 되었다는 소문도 있었다.

일행은 터널 끝에 멈춰 서서 눈을 찡그렸다. 햇빛이 비구름에 가려 주변이 어둑했지만 낮은 낮이었다. 가장 먼저 눈을 뜬 하다가 하수 터널 밖으로 발을 내디뎠다. 뒤이어 모두 터널 밖으로 나섰을 때, 남구가 잠시 뒤를 바라보며 낑낑댔다. 철문 아저씨를 기다리는 거구나. 말세는 실망한 듯한 남구의 뒷모습이 측은해 등을 토닥였다.

"남구야, 이제 우리랑 가야 해. 철문 아저씨가 안 계셔서 너를 지켜줄 사람이 없어."

남구는 말세의 말을 알아듣기라도 한 듯 돌아섰다.

톡, 톡- 차가운 빗방울이 피부를 스치고 모든 감각을 일깨웠다. 완전히 다른 세상이 그들 앞에 펼쳐졌다.

낭만의 산책로였던 청계천은 이제 정갈한 도심 속 하천이 아닌, 온갖 생물이 서식하는 야생의 땅이 되었다. 얕은 물이 흘러 두루미와 더위 먹은 서울 시민들이 발을 담그며 쉬어가던 자리엔 거대한 '화단'이 자리 잡았다.

화단은 마치 죽은 것들을 잡아먹고 자라난 성대한 케이크 같았다. 아래쪽은 뭉개진 크림 같은 진흙이 언덕을 이루었고, 그 사이사이로 하얀 잔해가 화이트초콜릿처럼 콕콕 박혀 있었다. 위풍당당하게 솟은 케이크 위쪽엔 분해되다 만 화괴 떼가 꽃다발처럼 장식되어 있었다. 형형색색의 이상 식물은 활기를 완전히 잃어버린 사체 위에서 보란 듯이 아름답게 자라났다.

청계천의 물줄기는 거대한 꽃 케이크를 피해 한쪽으로 졸졸 흐르고 있었다. 마구잡이로 생겨난 작은 화단들이 물길을 막아 웅덩이가 되었고, 그 위로는 쓰레기와 잡초가 뒤엉켜 있었다. 물웅덩이는 화단에 적절한 수분을 공급해주며, 작은 새들의 휴식처가 되었다. 빗물은 화단을 촉촉하게 적시며 꽃가루를 잠재웠고, 말세의 머리에 말라붙은 크림과 혼란스러운 마음도 함께 씻어내렸다.

원은 무기가 될 만한 물건을 찾아 두리번거렸다. 여기엔 뭐가 없군. 얕아 보이는 물웅덩이를 보며 저 안에 누군가가 떨어트린 날붙이가 있을지도 모른다고 확신했지만, 곧 고개를 저었다. 어쩐지 웅덩이에서 영문 모를 불쾌한 기운이 감돌았다.

남구가 수상한 냄새를 맡은 듯 거대한 화단 옆으로 뛰어갔다가 돌아왔다. 지상에서 짖지 않도록 훈련받은 덕분에 남구는 말세의 옷깃을 물어 끌며 저기에 뭔가가 있다고 경고했다. 원은 일행에게 멈추라고 손짓한 뒤, 거대 화단 옆으로 조심스레 이동했다.

까득… 꼴깍, 꼴깍….

통통 불어 터진 화괴의 머리가 물 밖으로 드러나 있었다. 꽃잎이 우아하게 활짝 펼쳐진 생김새로 보아 연꽃 화괴였다. 연꽃 화괴는 고개를 젖혀 하늘을 향해 입을 벌리고 떨어지는 빗물을 받아먹고 있었다. 고개를 젖힐 때마다 연꽃 이파리에 맺힌 물방울이 빗방울과 함께 도르르 흘러내렸다. 다행히 원이 근처에 있는 것도 눈치채지 못한 듯했다. 이대로 조용히 지나가면 될 것이다. 앞쪽에 부서진 계단이 보였다. 계단은 청계천 위쪽 인도로 연결되어 있었다. 저기까지만 가면 된다.

원은 일행에게 돌아가 하다를 번쩍 안아 올렸고, 말세는 남구를 쓰다듬으며 잘 따라오라고 속삭였다. 남구는 말을 알아들었다는 듯 말세의 곁에 바짝 붙어 섰다.

그들은 연꽃 화괴 앞을 지나갔다. 한 발짝, 두 발짝… 뛰는 것도, 그렇다고 걷는 것도 아닌 종종걸음으로 조심스럽게 움직였다. 원에게 안긴 하다는 연꽃을 보고는 눈을 꼭 감았고, 말세는 뒤통수에서 느껴지는 감각에 집중하며 연꽃의 움직임을 주시했다.

거의 다 왔다. 원은 아래쪽이 무너져 내린 계단 위로 올랐고, 말세도 그 뒤를 따르려던 찰나 갑작스레 뒤가 허전함을 느꼈다. 남구가 사라졌다.

끼잉, 끼….

말세는 연꽃 화괴와 얼마 떨어지지 않은 곳에 가만히 선 남구를 발견했다. 왜 저기 있지? 남구야, 이리 와. 말세가 손짓하며 불렀지만, 남구는 곤란한 표정으로 말세를 바라보기만 할 뿐 움직이지 않았다. 남구를 유심히 바라보던 말세의 심장이 철렁 내려앉았다. 남구의 발이 물에 살짝 잠겨 있었다.

"저거, 늪 화단이에요."

말세가 다급하게 말했다. 찰나의 순간, 원의 뇌리에 많은 생각이 스쳤다. 화단과 물의 조합이 치명적인 늪을 만들 수밖에 없다는 것을 왜 미리 생각하지 못했을까. 수없이 지상 작전을 다녔던 원은 본능적으로 웅덩이가 꺼려졌던 이유를 깨달았다. 저런 늪을 본 적이 있었다. 무해해 보이지만, 사실은 깊고 끈질기게 생명체를 집어삼키는 괴물처럼 위험한 웅덩이였다. 연꽃 화괴도 아마 늪에 빠진 거였겠지.

원은 하다를 계단 위에 내려두고 절대 내려오지 말라고 신신당부했다. 말세는 쓸 만한 물건이 있는지 다급하게 주변을 살피며 웅덩이 곁으로 다가갔다. 복자 할머니가 늪 화단에 빠지면 어떻게 하라고 했더라….

"말세 씨도 가만히 있어요."

원은 말세까지 멈춰 세우고는 급하게 윗옷을 벗었다. 조끼에 달린 단추가 후두둑 땅 위로 쏟아졌다. 원이 조끼의 팔 구멍을 잘 잡고 남구의 얼굴을 향해 던지자, 강아지의 몸통까지 쏙 들어갔다. 그것을 본 말세는 원의 한쪽 손을 잡고, 발을 디딘 땅이 단단한지 확인했다. 내가 디딘 땅이 단단해야 둘을 구할 수 있어, 말세는 마음속으로 다짐했다.

원은 말세의 손을 꽉 잡고 웅덩이 속으로 천천히 발을 집어넣었다. 질퍽한 화단 바닥이 발끝에 닿았다. 서서히 발이 잠기기 시작했다. 원은 침착하게 숨을 고르고, 남구를 향해 몸을 기울였다. 팔을 최대한 뻗자 간신히 조끼의 끝에 닿았다. 원은 조끼를 살살 당겨보았다. 남구의 무게가 느껴지자 더 당겼다. 남구의 몸통이 움직일 때까지 조금만 더…. 남구의 몸통이 옆으로 넘어졌다. 조금만 더. 원은 다른 쪽 발까지 웅덩이 속으로 디뎠다. 찰박거리는 물속에 묵직하고 둥근 것이 발등을 휘감는 게 느껴졌다. 원은 아랑곳하지 않고 조끼를 더 끌어당겨 끝내 남구의 몸통을 안아 올렸다.

됐다!

남구는 파르르 떨며 원에게 가만히 안겼다. 묵직한 강아지의 무게가 더해지자, 원은 빠르게 가라앉기 시작했다. 원은 말세의 손을 놓고, 두 손으로 남구를 늪 밖으로 꺼내주었다. 무릎까지 진득한 것이 느껴지고, 어느새 허벅지까지 물속에 가라앉았다. 원은 천천히 늪 위로 누웠다. 그리고 손을 뻗어 발목을 휘감은 것의 정체를 확인했다. 이상 식물의 줄기나 뿌리일 가능성이 컸다. 원은 늪에 닿는 면적을 넓게 유지하며 있는 힘껏 발을 굴렀다. 딱딱하고 둥근 것들이 발밑에 잔뜩 깔려 있었다.

원이 가라앉지 않으려 최선을 다하고 있는 동안, 말세는 길고 단단한 물건을 찾기 위해 헤맸다. 늪의 바닥을 찍어 화단의 주의를 돌려야 했다. 하지만 마음이 조급하니 시야가 좁아졌다. 주변에 각종 생활 쓰레기가 널려 있었지만, 무기로 쓸 만한 물건은 보이지 않았다.

"으아! 아저씨 얼굴이!"

계단 위에서 하다가 발을 동동 구르며 소리쳤다. 말세가 급히 돌아보자, 원의 얼굴이 웅덩이 안으로 잠기며 거품이 올라오기 시작했다. 그 순간 말세의 가시가 요동치며 귀를 찢는 이명이 골에 울려 퍼졌다. 어떤 공포가 총알처럼 말세를 관통했다. 말세는 반사적으로 늪 속으로 뛰어들었다. 주위가 하얗게 변했다. 차갑고 질퍽한 늪이 온몸을 뒤덮었다. 저 깊이 봉인해두었던 기억들이 터져 나왔다.

투명한 유리 너머, 하얀 방역복을 입은 사람들이 앙상한 소년의 다리를 잡고 있었다. 앞에는 출렁이는 커다란 수조가 있고, 그 안에는 기이한 이상 식물이 활개를 치고 있었다. 보랏빛 불가사리를 닮은 꽃 아래에 뱀 같은 뿌리가 붙어 있었다. 무섭다. 저 식물은 이상하다. 꼭 소년을 잡아먹을 것만 같다. 하지 마, 하지 마. 말세는 두려움에 떨며 소리쳤지만, 두꺼운 유리 너머의 사람들에게는 닿지 않았다. 주먹이 아플 때까지 유리를 치고 발을 굴러도 그들은 반응이 없었다.

소년의 다리가 속절없이 허공에 들리더니, 첨벙 수조에 빠졌다. 식물은 소년의 다리를, 팔을, 목을 휘감으며 점점 더 강하게 옥죄었다. 소년은 필사적으로 소리쳤지만, 붉어진 얼굴이 물속에 잠기기 시작했다. 발악하던 눈, 코, 입에 물이 들어갔다. 팔과 다리를 물 위로 올리려 애썼지만, 식물의 줄기가 소년을 더 세게 끌어당겼다. 격렬한 움직임에 수조 밖으로 물이 튀었다.

'그만해! 제발, 제발!'

말세는 소리치고 싶었지만, 목소리가 나오지 않았다. 몇 초 내에 소년의 숨이 끊어질 것만 같았다. 말세의 눈 앞이 흐려졌다. 머리끝까지 차오른 공포감이 온몸을 마비시켰다.

「나도 무서워. 물속이 무서워. 같이 있어줘.」

늪 속에서 흘러나오는 목소리가 말세의 기억으로 침범했다. 말세의 가시가 격렬하게 진동하며 경고했다.

「싫어. 내 친구를 놔줘. 안 그러면 가만히 있지 않을 거야.」

그러자 원의 발목을 옥죄던 힘이 조금 풀어졌다. 원은 공황에 빠진 말세를 수면 아래에서 흔들어 정신을 차리게 했다. 말세의 얼굴이 빠지지 않게 버텨야 하는데, 슬슬 한계가 오고 있었다. 원은 뿌리에 칭칭 엉킨 발을 빼내려 안간힘을 썼지만, 발목을 옥죄던 힘은 더욱 강해져 꼼짝도 하지 않았다. 숨이 가빠지고 온몸이 무겁게 가라앉는 가운데 정신이 흐려져갔다.

원이 정신을 잃기 직전, 말세의 손이 원을 잡았다. 말세의 손에 힘이 실리자 원의 몸이 순간 움찔했지만, 더 이상의 움직임은 없었다. 가까스로 정신을 차린 말세는 미끼를 물어버린 물고기처럼 발악하며 늪에 얼굴을 파묻었다. 그리고 발 아래에서 미끈거리는 둥근 물체를 감지했다. 그 물체는 막대기처럼 단단하고 미끄럽게 손에 잡혔다. 말세는 다급하게 그것을 꽉 쥐고, 늪 바닥을 거칠게 휘저으며 발버둥 쳤다.

 말세는 발목이 바닥에 고정된 틈을 타 막대기를 꽉 쥐고 늪의 바닥을 마구 찔었다. 물이 탁해 시야를 가렸지만, 그 속에서 뱀처럼 꿈틀거리는 형체가 보였다. 늪이 반응하며 몸을 움켜잡는 듯했다.

 「아파, 아프단 말이야…. 가지 마, 가지 마!」

 말세는 온몸의 힘을 모아, 다시 한번 부력을 거슬러 있는 힘껏 바닥을 내리찍었다. 뱀 같은 형체가 성급하게 움직이며 물이 튀었다.

 "헉… 헉……."

 존재의 목소리가 끊어지자, 말세는 빠르게 원의 목에 감긴 뿌리를 풀어내고 원을 끌어올렸다. 원은 기침을 쉴 새 없이 하며, 입속으로 들어갔던 이물질을 모두 뱉어냈다. 말세는 막대기를 지팡이처럼 늪의 가장자리에 짚고, 자꾸만 잠기는 다리를 겨우겨우 올리며 늪에서 간신히 빠져나왔다. 그런 뒤 원의 손을 잡아 끌어 그를 안전하게 건져냈다. 원이 무사하다는 것을 확인한 후에야 말세는 모두를 살린 막대기의 정체를 깨닫고 멀리 던져 버렸다. 그것은 육신의 잔해였다. 다행히 하다는 우느라 제대로 보지 못한 것 같았다. 말세는 오들오들 떨면서도 하다를 안심시키며 달래주었다. 남구는 말세 곁을 빙빙 돌며 끙끙댔다.

 "하다, 남구, 많이 놀랐지. 우리 다 무사해. 반원 씨, 괜찮아요?"

 "내 걱정은 말아요."

 원은 말세가 다친 곳이 없는지 빠짐없이 살폈다. 늪 화단에 숨어 있던 식물이 무엇이었는지는 확실하지 않았지만, 그 힘은 성인 남자에 버금가는 것이었다. 말세의 팔과 발목, 뿌리에 잡힌 곳이 붉게 쓸려 있었다. 원은 파래진 말세의 안색을 보며 걱정스럽게 말했다.

"안 되겠어요. 어디 들어가서 마른 옷부터 찾아봅시다."

그들은 무너진 계단을 올라 정글처럼 얽힌 청계천을 벗어났다. 하다는 말세의 손을 꼭 잡고 종종걸음을 걸었다. 그들이 지나가는 거리에는 망가지거나 깨끗하게 도둑맞았거나, 불에 타 까맣게 변해버린 작은 가게들이 줄지어 있었다. 놀란 마음에 엉엉 울었던 하다는 언제 그랬냐는 듯 두 눈이 휘둥그레졌다.

"우와, 이건 다 뭐예요?"

말세는 궁금해하는 하다에게 예전 이곳에서 빛을 내는 조명과 다양한 물건들을 팔았었다고 이야기해주었다. 복자 할머니가 자신에게 들려줬던 옛날 이야기였다. 비록 지금은 기이한 담쟁이와 이름을 알 수 없는 잡초에 뒤덮여버렸지만, 말세는 이 거리가 예전에 어땠는지 기억이 나는 듯했다. 그곳엔 풀 대신 사람들이 있었고, 오물 대신 신기한 물건들이 가득했었다. 불길한 절규 같은 낙서로 가득한 벽과 처참하게 부서진 유리문 대신, 멋진 그림이 그려진 벽과 깨끗한 문이 사람들의 발걸음을 붙잡았을 것이다. 이제 다시는 그런 거리를 볼 수 없겠지만.

얼마 지나지 않아 앞서 걸어가던 원이 멈췄다. 한 상가 입구에 검붉은 피가 말라붙어 있다. 원은 건물을 빠르게 스캔했다. 2층 유리창 안은 까맣고, 문은 멀쩡했다. 계단 손잡이에는 먼지가 가득 쌓여 있었다. 말세는 핏자국이 신경 쓰였지만, 원은 "여기 누가 머물렀을 거예요."라고 건조하게 답하며 상가 안으로 들어갔다. 유리를 검은 봉지나 천으로 막아 햇빛이 차단된 흔적은, 이곳에 생존자가 머물렀던 증거였다. 수많은 지상전을 겪으며 살아남은 원의 시각에서 그런 상가는 일종의 신호와 같았다. 이곳에서 쉬어가라는, 이곳에서 필요한 것을 찾을 수 있을 거라는 긍정적인 신호.

"여기 잠깐 있어봐요. 아무도 없는지 빠르게 확인하고 올 테니까."

원은 근처에 떨어져 있던 부러진 플라스틱 빗자루를 들고 조용히 2층으로 올라갔다. 익숙한 경계 태세로 빠르게 내부를 둘러봤다. 다행히도 2층 상가의 문은 잠겨 있지 않았고, 햇빛을 차단한 실내는 먼지만 쌓여 있을 뿐 오랫동안 사람의 발길이 닿지 않은 흔적이 역력했다.

말세와 하다, 남구는 원을 따라 2층으로 올라갔다. 그곳에는 사람이 살았던 자취가 고스란히 남아 있었다. 원은 들어가자마자 보물찾기를 하듯 이곳저곳을 뒤지기 시작했고, 신이 난 하다도 그를 따라 물건 찾기에 열중했다. 실내를 샅샅이 뒤진 끝에 마른 담요, 해어진 옷가지, 과도, 손도끼, 모래와 숯이 담긴 간이정수통, 검게 그을린 냄비 등 쓸 만한 물건들을 모아냈다. 잠시 후, 원은 비닐봉지와 냄비를 들고 밖으로 나가더니 냄비 한가득 빗물을 담아왔다.

말세가 비가 그렇게 많이 오냐 묻자, 원은 빗줄기가 세긴 하다며 어깨를 으쓱했다. 혹독한 생존 훈련을 받은 그에게 빗물을 머금은 수풀을 흔들어 식수를 구하는 요령쯤은 별것 아니었다.

그리고 원은 곧바로 불 피울 거리를 찾아낸 뒤, 익숙한 손놀림으로 불을 피우고 빗물을 끓여 정수통에 통과시켰다. 조금만 기다리면 따뜻한 물을 마실 수 있을 것이다. 하다와 남구는 그의 능숙한 움직임을 신기한 듯 지켜보았고, 그사이 말세는 옷더미를 뒤져 입을 만한 옷을 골라냈다.

"자, 다들 옷부터 갈아입자고요."

세 사람은 마른 담요로 젖은 머리를 닦고, 차례로 옷을 갈아입었다. 말세는 그나마 사이즈가 작은 긴팔 옷을 하다의 팔길이에 맞게 잘 접어주었다. 하다는 비에 흠뻑 젖은 남구를 꼼꼼히 닦아준 뒤, 강아지가 춥지 않게 꼭 안아주었다. 남구는 기분이 좋은 듯 하다의 볼을 마구 핥았다. 그 모습을 흐뭇하게 지켜보던 원은 문득 남구가 자신에게는 단 한 번도 살갑게 굴지 않았다는 사실을 깨달았다. 이 녀석, 자기 마음에 드는 사람 말에만 무조건 충성하는 녀석이군.

말세는 몸에 맞지 않는 옷을 억지로 입으려 애쓰는 원을 보며 웃음을 터트렸지만, 곧 웃음을 멈췄다. 원의 뒷목에 선명히 새겨진 사자 표식, 그리고 등에 어지럽게 흩어진 빗줄기 같은 흉터. 그 순간, 말세는 가슴 깊은 곳에서 울컥 솟아오르는 감정을 억누르지 못하고 무심코 말을 내뱉고 말았다.

"…무슨 일을 겪은 거예요?"

뜬금없는 질문에 원은 영문을 모르겠다는 듯 말세를 바라보기만 했다. 비에 젖은 말세의 머리카락이 어쩐지 애처로워 보였다. 한 존재가 다른 존재의 안부를 물었을 뿐이었지만, 원은 이유 모를 감정에 목이 메었다.

"아까, 그… 늪에서 그런 거예요."

원이 말세의 눈을 피하며 읊조리고는 어색하게 머리를 긁적이다가 아무 말 없이 돌아서서 옷더미를 뒤졌다. 말세는 원의 뒷모습을 보며 무언가 말하고 싶었지만, 결국 그럴 수 없었다. 원에게도 말하고 싶지 않은 것이 있을 테고, 나 역시 아무것도 말할 수 없으니까. 말세가 생각했다.

아까 늪 안에서 무슨 일이 있었던 걸까. 분명 어떤 목소리를 들었다. 정확히 소리의 형태는 아니었지만, 들렸다는 표현이 더 맞을지도 모른다. 환승역에서 감염자가 개화할 때와 비슷하게, 어떤 존재의 감정이 보이는 느낌. 하지만 이번엔 그저 목소리를 들은 게 아니라 내 의도를 전달하기도 했다. 그 후에 뿌리의 힘이 약해졌고, 그래서 벗어날 수 있었다. 마치 늪 화단이 겁먹기라도 한 것처럼….

말세는 무언가 단단히 잘못되었다는 것을 비로소 인정했다. 정신이 이상해져서 헛것을 듣는 병이 아니라, 뒤통수에 난 가시부터 잘못된 것이다. 나는 정말 괴인이 되어버린 걸까. 말세는 지금껏 겪었던 비슷한 일들을 떠올렸다. 고궁 안에서 위험한 화괴 떼를 만났을 때도 그랬다. 아니, 지금껏 화괴나 화단을 마주할 때면 자주 그랬다. 아까에 비하면 그 정도가 훨씬 약하긴 했지만. 말세는 이 일을 어떻게 받아들여야 할지 그저 혼란스럽기만 했다. 그렇지 않아도 비정상 표식을 가져서 충분히 이상한데, 이런 증상까지 있으면… 나는 뭐지?

말세가 생각에 잠긴 사이, 원은 옷더미 속에서 가장 깨끗해 보이는 천을 찾아 길게 찢었다. 그리고 그것을 말세에게 건네주며 말했다.
"팔이랑 팔목에 감아둬요. 소독할 수 있는 다른 게 있음 좋았겠지만."

말세는 말없이 천 조각을 받으며 다짐했다. 늪에서 어떤 일이 있었는지를 원이 알아선 안 된다. 절대로. 원은 천을 대충 감는 말세를 바라보다 답답해진 나머지, 말세의 팔목과 발목에 직접 붕대를 감아주었다. 그러고는 정수통에 걸러진 물을 확인했다.

"소나기가 좀 그칠 때까지 따뜻한 물이나 마시죠."

원이 담담하게 말했다. 그들은 옷더미를 깔고 앉아 따뜻한 물을 나눠 마셨다. 물의 온기는 비와 늪이 망가뜨린 체온을 돌려놓았다. 긴장한 탓에 잊고 있었던 갈증이 천천히 채워졌다. 빗소리가 나른하게 들려왔다. 먼지 가득한 실내는 어쩐지 포근했다. 하다와 남구는 서로에게 기대어 잠이 들었다. 원은 그런 둘을 보며 말세에게 "좀 자둬요."라고 말했지만, 말세는 고개를 저었다. 잠이 올 리가 없었다. 빗소리가 울적하게 말세의 마음을 두드린 탓에, 무거운 눈꺼풀을 이기려 애쓰는 원의 모습이 신경 쓰인 탓에.

말세는 창을 막아둔 검은 천을 조금 떼어내곤 창밖을 바라보았다. 원이 편하게 잠들기만을 바라면서, 빗줄기에 흔들리는 화단을 구경했다. 여기까지 올 때는 긴장한 상태라 몰랐는데, 주변 화단에 커다란 클로버가 많이 보였다. 손바닥만 한 토끼풀 이파리에 빗방울이 떨어지는 것을 바라보던 말세의 눈이 서서히 감겼다.

★

사일은 압력으로 붉어지는 백산의 얼굴을 똑바로 쳐다보며 말을 이었다.

"그러니까, 소금쟁이께서 그 커피 상인한테 통행증 발급하신 건 맞다는 거죠."

"커… 크으… 커어."

백산은 숨이 막혀 아무 말도 하지 못했다. 사일은 터지기 일보 직전인 백산의 얼굴을 경멸스럽게 쳐다보더니 그의 목을 조르고 있는 가죽 벨트를 한 단 풀어주었다. 백산은 연신 쿨럭대며 침을 흘렸다. 사일은 지루한 표정으로 부메랑의 칼날 부분을 그의 얼굴에 바짝 가져다 댔다. 칼날이 그의 눈 밑을 누르며 피가 새어 나왔다. 백산은 최선을 다해 뭐라도 말해보려 했으나 입을 막은 양말 때문에 턱을 움직일 수가 없었다.

"소금쟁이님, 감시자들 말 들어보니 아주 가관이던데요. 폭행에, 협박에, 누가 보면 꼭 무법 지대인 줄 알겠네. 멀쩡한 사령관님이 계신데, 감히, 겁도 없이."

백산에게서 몇 발짝 멀어진 사일은 말의 장단에 맞춰 부메랑을 던졌다 받기를 반복했다. 날이 달린 부메랑은 날카롭게 백산의 얼굴을 스쳐 지나갔다. 백산은 부메랑에 닿지 않기 위해 사력을 다해 눈을 굴렸다.

"왜 수호자들이 5호선에만 있는 줄 아십니까? 사람들은 5호선 치안만 지킨다고 불만이지. 근데 그게 아니라, 사령관님이 배려하신 겁니다. 내가 1호선에 있었으면, 당신같이 개념 없는 인간들을 다 없앴을 테니까. 그래서 5호선에만 있는 거죠, 우리가. 당신 같은 인간도 먹고살게 하려고요."

사일의 부메랑이 백산의 허벅지에 정확히 꽂혔다. 백산은 다리를 파르르 떨며 움찔거렸다.

"잘 알겠죠. 폭행은 당신 같은 피라미가 할 수 있는 게 아니에요. 정당하게 훈련받은 사람만 할 수 있는 거지. 제가 얼마나 억울하겠어요. 지금껏 이 악물고 삽질해왔는데, 자격도 없는 파란선 소금쟁이가 감히 힘을 쓰면요. 안 그래요?"

백산은 사일의 상기된 표정을 보며 기이한 이질감을 느꼈다. 조금 전 자신을 찾아왔을 때 느껴졌던 앳된 모습은 온데간데없고, 소름 끼치는 도살자가 서 있었다. 사일은 여유롭게 다가와 백산의 허벅지에 박힌 부메랑을 무심하게 빼버렸다. 피가 솟구치며 바닥에 흩뿌려졌다. 백산은 온몸에 힘이 빠지는 것을 느꼈다. 사일은 또 다른 벨트를 그의 다리에 꽉 감아 지혈했다.

"죽이진 않으니까 걱정하지 마세요. 우리는 규칙을 지키니까. 다만…."

사일이 부메랑을 닦으며 말했다. 백산은 오물이 든 역겨운 양말 냄새를 참으며 침을 삼켰다.

"그 커피 상인이 누군지는 정확히 좀 알아봐주세요. 애초에 소금쟁이가 했어야 할 일이니."

백산은 목을 죄는 가죽 벨트 때문에 움직이지 않는 고개를 간신히 끄덕였다. 사일은 어두컴컴한 방을 나가려다 말고 뒤를 돌아보며 말했다.

"아, 참. 다리는 당분간 좀 불편하실 겁니다. 앞으로 그 다리를 절게 될 수도 있어요."

방을 나온 사일은 밖을 지키던 감시자에게 양해를 구했다. 방이 지저분해져서 죄송하다고 정중히 사과한 후 몸을 씻으러 샤워장으로 향했다. 끈적한 피가 묻은 손을 씻고 있자니, 지긋지긋한 한탄이 몰려왔다.

특임대로 발령만 났어도, 이런 지저분한 일은 하지 않아도 됐을 텐데.

인류의 마지막 보루인 여의도 '시드벙커'를 지키는 특임대가 되기만 했다면…. 사일은 매일 후회했다. '낙화부대'에 속한다는 것은 신체적으로, 정신적으로 누구도 건드릴 수 없는 강한 사람이 되었다는 의미였다. 누구도 무시할 수 없고, 감히 건드릴 수 없는, 그렇기에 아무것도 무서울 게 없는 사람. 사일에게 힘이란 그런 것이었다. 믿을 거라곤 자기 자신뿐인 세상에서 기댈 수 있는 유일한 것이자, 많으면 많을수록 좋은 총알과 같은 것. 없으면 항상 배고프고, 불안에 떨어야 하는 잔인한 것. 그런 이유로 사일은 누구보다 열심히 훈련병 생활을 했다. 비록 특임대로 발령 나지 못했지만, 열심히 한 덕에 한 번의 기회를 더 얻었다. 사일은 그렇게 생각했다. 그렇지 않고서야, 안태오 소령이 고작 상병 계급인 자신에게 특수 임무를 줄 리가 없었다.

특이한 표식이나 증상을 가진 지하인을 찾아서 조용히 생포할 것.

안 소령이 준 정보는 그것이 전부였지만, 사일은 그 이상을 알아보려 하지 않았다. 그것은 상부에 대한 기만이자, 간접적인 명령 불복종이라고 배웠다. 하지만 이번엔 상황이 달랐다. 몇 달을 찾아도 나타나지 않던 타깃을 겨우 발견했나 싶었는데, 까마득한 상급자가 나타나 기회를 날려버렸다. 사일은 반원 대위가 왜 그곳에 있었는지, 왜 급히 도망가야만 했는지 이해가 가지 않았다. 그 커피 상인에 대해서도 제대로 알아야 했다. 어떻게 찾아낸 타깃 후보인데, 그렇게 허무하게 놓쳤다는 게 억울했다. 그렇기에 이번만큼은 맥락을 파악해야 한다. 사일은 그간 여러 역에서 감시자로 위장하며 확보해둔 정보원들에게 연락을 취했다. 그 결과, 재미있는 이야기를 들을 수 있었다.

반 대위가… 방출된 것도 모자라서, 굴거지 신세였다….

그는 군인 신분이 아니었다. 반원에게 허리를 굽힐 이유가 없었던 것이다. 그는 보란 듯이 나를 속였다. 방출된 주제에 선배인 척 나를 찍어 눌러 내 임무를 방해했다.

작은 불씨가 일렁였다. 해 질 녘, 지상으로 올라간 사일은 백산의 피가 튄 옷을 벗어 소각통에 넣었다. 작은 불씨는 비릿한 화풀이의 흔적을 천천히 집어삼켰다. 꽃가루를 머금은 바람이 불씨를 부추기고, 사일의 마음은 소각통을 삼킬 듯 자라난 불씨처럼 뜨거워졌다.

5호선 생도의 이름을 부여받았으면… 후배의 타깃을 가로채고 후배를 속여 통행증을 받아내는 것이 아니라, 특임대로서 최소한의 모범을 보였어야 하는 것 아닌가.

'아무리 생각해도 내가 그런 취급을 받을 이유가 없잖아. 그것도 방출된 낙오자한테!'

며칠간 사일은 무언가 단단히 잘못되었다는 생각에서 벗어나지 못했다. 선배라고 생각했던 사람 앞에서 잔뜩 주눅 들어 고개

숙였던 자신의 모습이 부끄럽고 화가 나서, 그 얼굴을 반복해서 떠올렸다. 그 뻔뻔한 얼굴을, 그 자만한 목소리를. 처음엔 그저 기가 막힌 감정이었지만, 점차 괘씸함으로, 모멸감으로, 그리고 분노가 되었다.

쾅-!

사일의 발에 차인 소각통이 넘어지며 불씨가 옆의 화단으로 번졌다. 화단은 붉은 꽃가루를 내뿜으며 끼익거렸다. 사일은 옆에 놓여 있던 삽을 들어 화단을 마구 내리찍었다. 오므라든 꽃봉오리가 갈기갈기 찢어지고, 탄탄하던 줄기는 처참하게 잘렸다. 불길은 식물의 잔해를 잔잔히 집어삼키며 작아졌다. 사일은 식물의 형상을 알아볼 수 없을 때까지 계속해서 화단을 분해했다. 마침내, 화단이 빛을 잃을 때까지.

"수호자님, 수호자님! 헉, 헉… 여기 계셨군요…."

백산의 아랫사람으로 추정되는 1호선 일꾼이 사일을 향해 뛰어왔다. 사일은 그로부터 더욱 흥미로운 정보를 전달받았다. 그것은 반원의 일행과 커피 상인의 표식에 대한 정보였다. 곧이어 사일의 입가에 희미한 미소가 번졌다.

"원이 형, 그 사람들이 갖고 있는 그 표식 말이야. 무슨 의미인지 알아?"

"아니. 죄수복 같은 거겠지. 아니면 특수 감염자거나."

"그중에 어린애들도 있었어. 그 사람들, 범죄자도 감염자도 아닌 것 같아."

"시우 너는 그게 왜 궁금한 건데? 관심 가져봐야 너한테 도움

될 거 없어."

"형, 진짜 몰라? 난 알아야겠어서 그래."

시우는 호기심이 많은 군인이었다. 유도 선수를 꿈꿨던 고등학생 강시우는 화병 사태가 터지자, 원이 책임져야 할 병사가 되었다. 원은 한 사람이라도 더 구하겠다며 철수 명령을 매번 어기곤 했던 강시우 병사를 처음부터 특별히 아꼈다. 화괴가 되어버린 동생의 자리를 시우가 대신했고, 두 사람은 소대에서 누구나 인정하는 형제 같은 화괴 암살조가 되었다. 시우는 틈만 나면 원에게 유도 기술을 가르쳐주었고, 원은 임무 때마다 시우의 뒤로 몰려드는 화괴 떼를 막아주었다. 그들은 단단한 유대감을 바탕으로 무서울 것 없는 철인으로 거듭났고, 실력과 정신력이 뛰어났던 두 사람을 안태오 소령은 오래도록 옆에 두었다.

꽃 하나가 떨어지면 사람 하나를 살린다.

사령관은 매 연설을 이 문장으로 끝냈고, 원과 시우는 이 문장을 가슴에 새겼다. 하지만 어느 순간부터 시우는 이 문장을 읊조리지 않았는데, 원은 그 시점이 언제였는지 알지 못했다. 강시우는 이병에서 병장이 되고, 중위가 되었다. 진급할 때마다 원은 늘 축하해주었지만, 시우의 낯빛은 축하받는 사람의 것이 아닌, 마치 죽어가는 사람처럼 보였다. 시우가 다른 부대로 발령 난 이후 자주 보지 못한 탓이었을까. 원이 그 낯빛의 심각성을 알아차렸을 때는, 이미 강시우 중위가 여러 임무에서 발생한 일들을 거짓으로 보고했고, 그것을 강 중위의 부하가 낱낱이 상부에 전달한 후였다.

정확히, 그다음 임무가 문제였다.

강시우 중위에게 절대 실패할 수 없는, 일종의 '충성도 시험' 같은 임무가 주어졌다. 원은 '동생'을 살리기 위해 그가 명령에 복종하게 해야 했다. 설령 그 과정에서 이상한 표식을 가진 사람들을 대거 처형하는 한이 있더라도.

"형, 진짜 몰라? 난 알아야겠어서 그래. 대체 왜 그 사람들을 처형해야만 하는 건지. 말이 안 되잖아."

"너 진짜 요즘 왜 그래. 우리가 알아야 할 정보라면 상부에서 미리 알려줬을 거다."

"그 사람들은 그 표식 때문에 죽어야 하는 거잖아. 그럼 중요한 거 아닐까?"

"중요한 건 임무를 성공시키는 거지. 화괴가 사라지는 그날까지."

"…형은 궁금하지도 않아?"

"시우, 너는 사령부에서 그냥 생존자를 처형하라 했다고, 그렇게 믿고 싶은 거야?"

"정말 그런 거라면, 우리는 그러면 안 되잖아. 누구는 살 가치가 있고, 누구는 없다는 걸 사령부가 판단하면 안 되는 거잖아."

"사령부는 멀쩡한 생존자를 어떻게든 이용하려 하지, 죽이지 않아. 그건 생존에 도움이 안 되니까."

"멀쩡한… 생존자라고. 형은 그 사람들 못 봤잖아."

"봤다고 치자. 사령부를 못 믿는다고 치자. 그래서, 시우 네가 명령 개무시하면 꽃가루가 사라져? 우리가 지상을 탈환할 수 있는 건가? 아무것도 안 하면, 저절로 그렇게 돼?"

"형까지 왜 괴물이 됐어."

강시우 중위는 그 임무를 보란 듯이 실패한 후, 탈영했다.

반원 대위는 탈영한 강 중위를 찾는 임무를 처음으로 거부했고, 안태오 소령은 반 대위에게 아무런 징계 처분을 하지 않았다. 그저 다음 임무를 주었을 뿐이었다.

"반원 씨, 일어나요. 일어나 봐요!"

원은 말세의 다급한 속삭임에 부스스 일어났다. 말세의 표정이 심각했다. 원은 말세를 따라 창가로 갔다. 비구름 사이로 저녁노을이 새어 나왔다. 비는 그친 것 같았다. 원은 잠에서 덜 깬 표정으로 창밖을 내다봤다.

"언제 저렇게 됐지."

비 개인 을지로의 골목 가운데, 보송보송한 토끼 꼬리를 닮은 꽃들이 한 아름 피어 있었다. 토끼풀 화괴 떼였다. 사람 얼굴만 한 토끼풀 꽃들이 산만하게 움직이자 클로버 이파리가 기이한 패턴을 이뤘다. 화괴 떼는 상가 건물 사이로 들어오는 햇빛을 조금이나마 맞으려, 좁은 골목 사이를 이리저리 부딪치며 지나갔. 말세는 바깥을 내다보며 깊은 수심에 잠겼다. 도대체 어디서 나타난 화괴들일까. 말세는 그들의 움직임을 살피더니 조심스럽게 입을 열었다.

"이대로 있다간 여기 갇힐지도 몰라요."

원은 곧 말세의 말이 맞다는 것을 깨달았다. 해가 지면 화괴 떼는 가수면 상태에 빠져 잘 공격하지 않겠지만, 골목이 좁아 섣불리 나갔다가는 화괴 떼에 둘러싸이게 될 것이다. 그중 하나라도 가수면 상태에서 깨어나면 목숨이 위험해진다. 그렇다고 화괴 떼가 저절로 흩어질 때까지 먹을 것 하나 없는 이곳에서 기다릴 수도 없다. 에너지가 고갈되면 더 빠져나가기 힘들어질 거다.

"근처에 명필의 집이 있을 거예요. 약도는 물에 젖어버렸지만, 내 기억이 맞다면 조금만 더 이동하면 돼요."

원이 창가에서 눈을 떼지 않은 채 말했다. 말세는 원의 팔을 잡아 세우며 물었다.

"어떻게 하게요? 저도 같이 가요."

"퇴로를 확보해야죠. 이런 건 내가 그냥 하면 돼요."

말세가 무어라 대답하기도 전에, 원이 말세의 얼굴에 마스크를 씌워주었다. 그러더니 말세에게 "내가 신호를 주면 하다와 남구를 데리고 나와요."라고만 했다. 말세는 원이 뭘 하려는 건지 재차 물었지만 원은 속 시원하게 답해주지 않았다. 건물 밖으로 나가기 전, 원은 말세를 돌아보며 말했다.

"내가 위험해 보여도, 이번엔 절대 나서지 마세요. 절대."

선인장에게

누군가의 안녕을 진심으로 바란다는 거,
나는 그게 단지 내 장난을 받아주는 까마귀나
비 오는 날 찾아오는 고양이, 혹은 빨간 열매를 맺는 커피나무,
그 모두가 무사하길 바라는 마음쯤이라고 생각했어.
그런데 너를 다시 만났던 그날,
그게 전혀 같은 마음이 아니었다는 걸 알았어.
나는 그저 네가 잘 있기만을 바라는 게 아니라
세상 모든 것들이 스러져도 우리 둘만은 살았으면 좋겠다고,
마침내 마지막이 오면
지는 해를 바라보며 너와 차 한잔 마실 거라고,
그런 구차하고 이기적인 마음이었다는 걸 깨달았어.

네 기억에 내가 없다는 걸 알았을 땐 온몸이 아팠어.
겨우 만났는데, 너무 서운해서 네 얼굴을 제대로 볼 수도 없었어.
그런데 생각해보니 다행이더라.
그 기억을 지워서 네가 온전한 너일 수 있다면
나는 그걸로 만족할래.

실은 너를 다시 만나기까지
오래 걸릴지도 모른다는 느낌이 들어.
무서운 군인들이 나를 찾고 있는 것 같아.

그래도 너를 기다리기로 했어.
초록은 연결되어 있는 거니까,
꽃이 있다면, 바람과 열매가 있다면
너는 내 흔적을 찾을 수 있을 테니까.
너만이 나를 찾을 수 있을 테니까.

9장

 창백한 손은 어둠 속에서 '선인장에게'로 시작하는 편지를 접었다. 읽고 또 읽어 끄트머리가 닳아버렸지만 창백한 손은 이 편지들을 가장 아꼈다. 편지를 쓴 그가 어떤 마음이었는지, 그 간절함이 어떤 것인지 온전히 이해하진 못하지만 이 편지를 읽을 때면 강렬한 열망이 솟구쳤다. 꼭 그를 찾고 싶다는 열망.
 모든 꽃의 신이자, 화괴와 화단의 인도자이며,
 꽃가루의 벌을 받은 인류의 구원자인,
 '화신'을.
 창백한 손이 환기구 청소를 하던 시절, 온갖 이유로 차별받고 멸시받던 동료들은 소속된 역에서 탈출해 화신교 집단에 들어갔다. 딱 한 번, 창백한 손도 동료들의 손에 이끌려 화신이 사라진 곳이라는 '성지'에 간 적이 있었다. 창백한 손은 화신교에 들어갈 생각은 없었지만, 어쩐지 그곳에서 벗어나기가 싫었다. 모조리 불에 타서 회색빛 재만 남은 모양이 꼭 자신과 닮았다는 생각이 들었다. 생명력 넘치던 것들이 깡그리 불타 연기만 피어오르는, 그래서 평온한 땅. 그날 이후 창백한 손은 매일 성지를 찾아갔다. 화신의 존재를 믿지 않다가도, 까맣게 타버린 정원을 보면 누군가의 흔적이 강렬하게 느껴졌다. 바람에 흩날리는 잿가루를 보며 '당신은 무슨 마음이었나요? 이렇게 모든 것이 불탔을 때, 무슨 생각을 했나요?' 혼자 상상하곤 했다. 그럴 때면 화신의 목소리가 들리는 것 같기도 했다.

'사람들은 당신을 신이라 불렀겠지만, 왠지 당신은 그 누구보다 인간이었을 것만 같네요. 이 정원에서 당신은 무엇을 꿈꿨던 거죠?'

어느 날, 창백한 손이 여느 때와 같이 혼잣말처럼 던진 질문에 화신이 바람으로 화답했다. 바람에 휘날린 잿더미 속에서 철제 상자 하나가 드러났다. 그 안엔 손상되지 않은 여러 개의 편지가 들어 있었다. 창백한 손은 그것을 일종의 계시라고 여겼다. 자신만이 아는, 자신만이 할 수 있는, 고귀한 진실을 밝혀내는 일.

그 이후, 창백한 손은 그림자가 되어 편지 속 내용을 추적했다. 처음엔 화신의 수수께끼 같은 말들을 해석하려고 노력했으나, 편지에 등장하는 '미역 머리'나 '금빛 가루' 같은 표현이 무엇을 의미하는지 도무지 감이 오지 않았다. 편지의 내용대로라면 화신은 지하인들이 말하는 괴인에 가까웠는데, 창백한 손은 화신의 실체가 그것과는 전혀 다를 것이라 판단했다. 그래서 뿔뿔

이 흩어진 화신교도들을 찾아 그들의 말을 들으며, 화신과 관련된 지하 괴담을 모아갔다.

화신교 사람들은 모든 인간을 '학살자'라 칭했다. 인간은 환경을 짓밟고 동물과 타인을 죽이는 죄를 지었고, 보라색 꽃가루는 그런 인류를 단죄하기 위해 세상에 나타났다는 것이 그들의 논리였다. 그러니 화괴가 되는 것은 '유일한 속죄의 길'이며, 고통 속에서 화괴로 피어나면 죗값을 치를 수 있다. 자연의 섭리에 따라 화괴가 된 이후에는 화신이 그들을 평화로 인도한다. 화신교 사람들에게 화신은 속죄를 마친 이들이 더 이상 괴로워하지 않도록 평화로 이끄는 구원자였다. 그렇게 생각한다면, 더 이상 두려워할 것이 없네. 창백한 손은 생각했다. 화괴가 되는 것이 당연하고, 화신이 구원해줄 거라 믿는다면…. 모든 것을 내려놓고 여생을 편안하게, 해를 보며 살 수 있겠다. 그들은 그저 그렇게 살기로 선택한 사람들일 뿐이다. 창백한 손은 화신교 사람들을 조금이나마 이해할 수 있게 되었다.

모든 정보를 모아봤을 때, 창백한 손은 화신이 일종의 돌연변이였을 것이라 결론지었다. 화신은 인간과 비슷한 외형을 가졌지만, 머리카락은 식물을 닮아 지하인과 뚜렷이 구분되었다. 또한 성난 화괴 떼를 잠재울 수 있는 특별한 능력을 가졌다.

창백한 손은 편지를 읽고 또 읽었다. 내가 만약 돌연변이가 됐다면 무슨 마음으로 그 편지를 썼을까, 생각하며.

'너만이 나를 찾을 수 있다… 라.'

그건 무슨 뜻일까. 선인장만이 그를 찾을 수 있고, 그를 이해할 수 있다…. 그것은 선인장이 화신과 비슷한 존재라는 뜻일까? 창백한 손은 무엇보다도 수신자를 지칭하는 '선인장'을 찾고 싶었다. 선인장이야말로 화신을 찾는 데 가장 중요한 단서이자 풀어야 할 수수께끼였다. 지금껏 선인장일 가능성이 있는 몇몇 후보를 찾아보았지만, 별다른 성과는 없었다. 하지만 최근에 본 그 커피 상인은 달랐다.

환승역에서 감염자가 개화했을 때, 그 여자는 분명 화괴를 잠재웠다. 정신없이 도망치기 바빴던 사람들은 눈치채지 못했지만, 환기구 틈에서 모든 상황을 지켜본 창백한 손은 그 장면을 똑똑히 목격했다. 막 개화한 화괴는 보통 옆에 있는 사람을 보자마자 죽일 정도로 공격적이다. 하지만 그 화괴는 공격적인 태도는커녕 커피 상인을 바라보기만 했다. 마치 대화라도 나누는 듯 서로를 가만히 응시하고 있었다.

창백한 손은 편지들을 떠올렸다. 다른 내용을 보면, 화신은 까마귀 같은 동물뿐 아니라 화괴와 화단에서 나오는 물질도 감지할 수 있는 존재로 짐작된다. 그렇다면 그 커피 상인은 지금껏 본 사람들 중 선인장에 가장 가까운 존재다. 더군다나 5호선 수호자마저 그 커피상을 찾고 있으니….

내가 먼저 찾을 거야.

그것은 자존심의 목소리였다. 창백한 손은 3호선 위수단의 영역으로 숨어들어 대화를 엿들었다. 그 커피상이 위수단과 함께 환승역을 통과했다는 것은 분명한 목적이 있다는 뜻이었다. 하백과 위수단원 몇몇의 대화, 통신원의 무전까지 도청하는 일은 어렵지 않았다. 얼마 지나지 않아, 창백한 손은 커피차 일행의 목적지를 알아냈다.

다른 노선 사람이 유일하게 방문할 수 있는, 동대문역사문화공원역 지하 카페.

창백한 손은 그곳에 가기 위해 치밀한 계획을 세웠다. 민트 이끼와 터널 조명을 관리하는 터널 미화원들이 주기적으로 순찰하는 5호선 터널에 숨으려면, 만반의 준비가 필요했다.

원은 손도끼 하나를 들고 1층으로 내려갔다. 지는 해가 발악하듯 낮은 상가의 그림자를 길게 늘어뜨리고 있었다. 낙화부대에게 퇴로를 만드는 것은 기본 중의 기본이었다. 해 질 녘에는 그리 많은 힘을 들이지 않아도 토끼풀 같은 잡초 화괴 정도는 쉽게 유인할 수 있다. 하나를 각성시키면, 이동력이 떨어진 다른 화괴들이 서서히 붉은 꽃가루의 진원지로 모여들 것이다. 그렇게 화괴 떼를 골목 한구석에 몰아넣으면 다른 길이 뚫릴 것이다.

원은 반대편 교차로에 홀로 서 있는 토끼풀 화괴를 목표로 정했다. 손도끼를 쥔 손에 힘이 바짝 들어갔다. 토끼풀 화괴는 햇빛이 비치는 곳을 찾으려 불안하게 서성였다. 원은 재빠르게 화괴 근처로 다가가 머리를 공격했다. 토끼풀이 한 번에 죽지 않을 정도의 힘이었다. 하얀 꽃잎이 후드득후드득 새 깃털 빠지듯 흩날렸다. 화괴는 몸을 비틀며 외마디 괴성을 내질렀다. 뇌 깊숙이 자리 잡은 뿌리가 흔들린 탓이었다. 원은 화괴의 머리에서 붉은색 꽃가루가 퍼지는 것을 확인하고, 화괴가 그 자리에서 움직이지 못하게 넘어뜨렸다.

붉은 꽃가루를 감지한 다른 토끼풀들이 다가왔다. 건물의 그림자가 골목을 가득 채운 그들의 속도를 늦췄다. 토끼풀 화괴 떼는 마치 길을 비켜주는 행인처럼 한쪽으로 비켜섰고, 원은 별다른 이상이 없는지 확인하며 익숙하게 그 구역을 빠져나왔다. 창밖으로 원을 지켜보던 말세는 이질감을 느꼈다. 원의 움직임은 물 마실 때 컵을 기울이는 행위처럼 자연스럽고 쉬워 보였다. 그의 표정은 신중한 동시에 평온했다. 저런 일을 얼마나 많이 해온 걸까? 그는 어떤 삶을 살아온 걸까? 일순간 말세의 머릿속에 수많은 물음표가 지나갔다.

'내려와요.'

원이 창을 바라보며 손짓했다. 말세는 잠이 덜 깬 하다와 남구를 데리고 계단을 내려갔다. 그들이 도착하자, 원은 조금 더 가까이 다가온 토끼풀 화괴들을 손쉽게 처리했다. 발을 걸어 넘어뜨리고, 서로의 발이 엉키게 하고, 팔을 잡아 종잇장 뒤집듯 넘겨버렸다. 그들은 원이 만든 길을 따라 다 같이 전력으로 뛰었다. 남구는 토끼풀 화괴를 피해 능숙하게 앞서갔다. 거의 다 왔다. 이제 다음 골목을 돌면 철문이 그려준 약도에 있던 목적지가 나올 것이다. 드디어 명필을 만날 수 있을 것이다.

주변 건물을 돌아보던 원의 눈에 'X' 표시가 보였다. 약도에 그려져 있던 그 표시였다. 명필의 집은 이 근처에 있을 게 분명했다. 원이 생존자의 흔적을 찾는 동안, 남구는 간판이 다 떨어져 나간 허름한 가게 앞에 멈춰 서곤 일행을 돌아보았다. 여기에 누가 있다고 말하는 듯 꼬리를 흔들며. 원과 말세는 서로를 쳐다봤다.

"저기가 명필의 집인가 봐요. 내가 앞장설게요."

말세가 앞으로 나서며 말했다. 만에 하나 위험한 기운이 느껴지면 뒤통수의 가시가 먼저 반응할 거다. 원은 하다를 번쩍 안고 "이상한 낌새가 보이면, 저쪽으로 뛰어야 해요."라고 신신당부했다. 말세는 고개를 끄덕여 대답하곤 가게 앞으로 다가갔다. 창문도 없어서 안이 하나도 안 보이는 작은 가게였다. 페인트칠이 벗겨진 벽에는 돌이나 뾰족한 물건으로 긁어 남긴, 왔다 간 사람들의 이름이 쓰여 있었다. 원은 철제 미닫이문 옆에 쓰인 낙서 하나를 발견했다.

'커피향은 명필도 춤추게 한다.'

말세는 안을 기웃거리며 조심스럽게 노크했지만 아무런 인기척도 들리지 않았다. 옆에 서 있던 원이 미닫이문을 조심스럽게 밀자 스륵 문이 열렸다. 안은 텅 빈 공간이었다. 바닥에는 쓰레기가 나뒹굴고 희미하게 화학약품 냄새가 났다. 원은 누군가가 화괴들이 싫어하는 농약을 뿌려둔 것이라 짐작했다. 죽은 식물의 잔해와 함께 나뒹구는 먼지 더미, 새까맣게 그을린 가구, 더러운 비닐봉지, 깨진 병 조각들, 검붉게 굳은 핏자국…. 여느 가게와 다름없이 처참한 모습이었다.

"계십니까?"

원이 특유의 낮은 목소리로 물었으나, 대꾸는 없었다. 그때 남구가 무언가 발견한 듯 넘어져 있는 의자와 테이블 사이로 총총 걸어가더니 이내 뒤를 돌아보며 꼬리를 흔들었다. 뒷문이었다. 말세가 뒷문 쪽으로 가까이 다가가려는 순간, 정체 모를 소리가 났다.

"크흠, 거래할 건 있는가?"

쉰 목소리가 울리자, 하다는 깜짝 놀라 원의 품에 안긴 채 고개를 푹 파묻었다. 어디서 난 소리지? 말세와 원의 눈이 마주쳤다. 폐허가 된 가게 안을 두리번거리는데, 벽 쪽에 팔뚝만 한 파이프가 눈에 띄었다. 녹슨 배관 끝이 뚫려 있었다.

"있습니다."

원이 파이프 근처로 다가가 대답했다. 그러고는 주머니 속 실탄을 꺼내 말세에게 보여주었다. 말세가 이걸로 될까 싶어서 걱정스러운 표정을 지었지만, 원은 조용히 고개를 끄덕였다. 곧이어 파이프 너머에서 뒷문으로 들어오라는 답변이 들려왔다. 뒷문을 열고 나가자, 옆쪽에 계단이 나타났다. 원은 말세를 멈춰 세우더니 혼자 좁은 계단을 올라갔다. 남구는 끙끙대며 주위를 맴돌았다.

위층으로 올라가자, 허술한 나무문 위쪽에 달린 창문이 열리며 충혈된 눈이 나타났다. 원은 창문 앞으로 실탄을 들어 보였다. 눈꺼풀이 느리게 껌벅이더니, 이내 끼익거리며 나무문이 열렸다. 말세는 원이 나무문 안으로 들어가는 것을 지켜보며 뒤통수의 감각에 온 신경을 집중했다. 혹시 다른 위협이 느껴질까 봐 긴장했지만, 뒤통수는 평온했다.

"당신이 명필입니까?"

원이 물었다. 안은 어둑했고, 마른 가지가 검게 그을린 촛대에 꽂혀 타오르고 있었다. 나무 타는 냄새와 퀴퀴한 냄새가 뒤섞여 코를 찔렀다. 푹신해 보이는 소파에는 어지러운 문양의 담요가 덮여 있었고, 왜소한 체격의 중년 남자가 숱 없는 단정한 머리를 쓸어 넘기며 들어오라 손짓했다. 그의 팔에는 형체를 알아볼 수 없는 문신들이 가득했고, 충혈된 눈은 마치 모든 것이 귀찮다는 듯 느긋하게 움직였다.

"먼 길을 오셨군. 일행은 안 오는가?"

"일단 저와 먼저 얘기하시죠."

원이 실탄 몇 개를 보여주며 말했다. 그러자 명필은 그런 것엔 관심 없다는 듯 느리게 고개를 돌렸다. 그건 됐으니 일행을 불러오라고 침착하게 말하곤 새 나뭇가지를 꺼내 불을 붙였다. 방 안이 더욱 환해졌다. 원은 아늑하면서도 어딘가 쓸쓸한 분위기의 실내를 빠르게 돌아봤다. 손때 묻은 잡동사니만이 가득한 실내를 보며 생각했다.

'이 사람은 어떻게 지상에서 이렇게 살 수 있는 거지? 화괴는 농약으로 대충 쫓아낸다 쳐도, 햇빛도 막지 않고 위험한 지상인을 대비한 무기도 없어 보이는데.'

원은 진심으로 궁금해하며 일행을 불러왔다. 하다와 말세는 입을 쩍 벌린 채 비슷한 표정으로 방 안을 둘러보았다. 한쪽 벽에 신기한 물건들로 가득한 책장이 눈에 띄었다. 명필이 하다에게 구경해도 된다고 허락하자, 하다와 남구는 책장에서 이런저런 물건을 꺼내 들여다보기 시작했다.

"저 아이에게 표식을 새겨주실 수 있을까요?"

말세가 운을 뗐다. 명필은 반쯤 감은 눈으로 하다와 말세를 번갈아 보더니, 아무 말 없이 허리를 굽혀 소파 밑에서 낡은 장부를 꺼냈다. 그 행동은 마치 거절을 암시하는 듯 보였다. 그는 장부를 펼쳐 뭔가가 빼곡히 쓰인 페이지를 차르륵 넘기더니, 다시 말세를 뚫어져라 쳐다보며 천천히 입을 열었다.

"내가 그런 표식은 새긴 적이 없군. 누가 어디서 마음대로 그런 걸 그렸나."

 명필은 말세의 옆 목을 빤히 보며 느리게 말을 이어갔다. 누가 새긴 건지는 몰라도 선도 삐뚤고 모양을 대충 그려서 이상하다면서 말세가 설명할 때까지 기다렸다. 말세는 괜히 뒤통수를 긁적이다 입을 열었다.

 "저도 어디서 이렇게 된 건지 몰라요."

 "그랬구먼. 운명이란 원래 그런 것 아니겠나. 누구는 5로 시작하는 숫자 덕에 어딜 가나 대접받고, 자네 같은 사람은 어딜 가든 고생길을 걷고. 고작 그 글씨 하나 때문에 말일세."

 명필의 태도는 어딘가 쓸쓸했지만, 동정이나 연민이 아니었다. 그저 있는 그대로를 이해하려는 관심이었다. 말세는 그의 말에 긴장이 풀린 듯 자세가 느긋해졌다.

 "별일이 다 있긴 했지만요, 그래도 재밌는 일도 많았어요. 제 이름이 된 것도 있고…."

 "그래서 그걸 지울 생각은 안 했구나."

 명필의 말에 말세는 어쩐지 목이 메었다. 표식을 지운다는 생각은 한 번도 해본 적 없었다. 표식을 없애려다 살을 베어냈다는 끔찍한 소문은 들어봤다. 만약 지울 수 있다면, 정말 지울 수 있다면 어떻게 하지. 말세는 진지하게 고민에 빠졌다.

 "표식을 지운다는 게 무슨 말이죠? 그게 가능한 겁니까?"

 한 발 떨어져서 듣고 있던 원이 끼어들었다. 명필은 입꼬리를 어색하게 올리고는 "승급한 자들이 원래 있던 표식에 줄을 긋고, 새 표식을 새기지 않던가." 대답했다. 원은 "아, 그건 지우는 게 아니라 새로 새기는 것에 가깝죠."라고 대꾸하고는 말세의 눈치를 봤다. 말세가 실망하지 않길 바라는 마음이 담겨 있었다.

"저는… 만약 지울 수 있다고 해도 그렇게 못 할 것 같아요."

말세가 작게 말했다. 희미한 기억 속 소년의 얼굴과, 같은 옷을 입은 사람들이 떠올랐다. 표식을 지운다는 것이 그들을 배신하는 것만 같아서, 어쩐지 지우고 싶지 않았다.

명필은 이유를 묻지 않았다. 그저 잡동사니를 열심히 구경하는 하다를 돌아보며 저 아이는 표식이 없는 편이 나을 거라고 말했다. 원이 이유를 묻자, 명필은 찬찬히 설명했다.

"요즘 새로 태어난 아이들에게 새기는 표식은 더욱 복잡해졌어. 팔에도 특정 코드를 새기고, 위조가 드러나면 받는 처벌은 더 강해졌지. 차라리 아무 표식이 없는 게 낫다네."

"아이의 엄마가 5호선에 있으니, 아이에게도 5호선 표식이 있어야 하지 않겠습니까?"

원의 반문에 명필은 천천히 고개를 저었다.

"자네는 여의도 바깥 사정은 하나도 모르는군. 그런 표식을 가진 자네는 모든 게 쉬워 보일 거야. 하지만 그깟 표식 때문에 제 삶을 혹사하고, 남을 배신하는 사람이 얼마나 많은지 아는가? 그 좁아터진 지하에서, 다 같이 죽어가는 걸세…."

"…그래서 어르신은 여기 계신 겁니까?"

원이 조용히 묻자, 명필은 대답 대신 자리에서 비틀거리며 일어났다. 하다가 물고기 모양 장난감을 빤히 보고 있는 것을 본 그는 떨리는 손으로 장난감을 하다에게 건네주었다. 원은 잘게 떨리는 명필의 손을 보고 건강 상태가 좋지 않음을 눈치챘으나, 굳이 언급하지 않았다. 아마 명필은 이곳에서 삶의 마지막을 기다리는 걸지도 모른다. 지하의 소음과 악취가 없는 이 평온한 장소에서, 자신의 도움을 필요로 하는 이들을 도우며, 언제든 떠나도 좋은 날들을 하루하루 버티는 것일지도. 원은 그의 얼굴에 어둠이 드리워져 있지 않은 이유를 그제야 이해할 것 같았다.

"저건 뭐예요? 먹는 거예요?"

하다가 책장 위쪽을 가리키며 물었다. 신이 난 아이의 목소리에 남구마저 꼬리를 살랑살랑 흔들며 관심을 보였다. 책장 위쪽에 통통한 유리병들이 쌓여 있었다. 명필은 여기 왔던 사람들이 주고 간 것이라며 병들을 하나씩 꺼내 보여주었다. 바짝 말린 잎, 둥글게 뭉친 누런 가루 덩어리, 푸른빛이 감도는 끈적한 액체까지. 명필은 이것들이 찻잎과 유통기한이 한참 지나 변해버린 커피 프림, 최근에 구한 벌집에서 딴 꿀이라 설명하고는 꽃가루 때문에 꽃들도 다 변했는지 꿀색이 이렇다며 혀를 찼다.

명필을 돕기 위해 다가간 원은 책장 안쪽에 있는 다른 병들을 발견했다. 병에는 갈색 커피콩이 들어 있었고, 각각 '우울한 맛', '잔잔하게 평온한 맛', '신나서 춤추는 맛'이라는 레이블이 붙어 있었다.

"어르신, 설마 이거 커피콩인가요?"

원의 말에 깜짝 놀란 말세가 고개를 휙 돌려 바라봤다.

"신기하지? 어떤 손님이 준 원두라네. 그걸로 커피를 내려 마시면 진짜 그런 기분이 든다더군."

눈을 빛내는 말세를 본 명필이 희미하게 미소 지었다. 명필은 커피콩이 든 병을 열어 말세에게 건넸다. 병 안에서 고소한 냄새가 훅 올라와 콧속을 휘젓는 것 같았다. 어느새 남구와 하다도 말세 옆에서 함께 커피 냄새를 맡았다. 볶은 보리의 냄새와는 다른, 견과류 향처럼 고소하면서도 은은하게 달큰한 꽃 냄새를 머금은 향기. 볶은 지 오래된 원두가 머금은 눅눅한 기름 냄새까지. 말세는 그 향기를 기억했다. 전설의 바리스타가 내려준 커피의 향이었다.

"어르신! 혹시 이 커피콩을 준 사람이 누구인지 기억하세요? 그 사람이 어디서 구했는지 아시나요?"

말세가 다급히 물었지만, 명필은 고개를 저으며 기억이 나지 않는다고 대답했다. 원이 혹시 5호선 사람들은 아니냐고 물으니, 명필은 이곳에 온 5호선 사람은 자네가 처음이라고 했다. 말세는 잠시 망설이다가 '전설의 바리스타'를 언급했지만, 명필은 고개를 갸웃할 뿐 특별히 기억나는 것은 없다고 했다.

"아, 이건 기억나네. 무슨 유명한 정원인지 뭔지 사라지기 전에 어렵게 구해둔 거라고 했었네. 하여튼 사연이 많아 보였어. 그러고 보니 커피는 5호선에만 있는 줄 알았는데 의외였지. 그 이후에는 커피 가져오는 사람은 못 봤네."

말세는 명필의 말에 고개를 끄덕이며 커피콩 냄새를 한 번 더 깊게 들이마셨다. 그러자 명필은 '잔잔하게 평온한 맛'이라는 레이블의 콩 몇 알을 천 조각에 싸서 말세에게 건네주었다. 말세는 진심 어린 감사 인사를 전했다.

"그런데 어르신, 이 커피에서 정말 그런 맛이 나요? 잔잔하게 평온한 맛이?"

말세의 물음에 명필은 껄껄 웃더니 어깨를 으쓱했다.

"글쎄. 나도 먹어본 적이 없어서 말이지."

"왜요? 왜 안 드셨어요?"

"5호선에서 일할 때 마셨던 커피가 썩 좋은 기억이 아니라서 말이야. 처음엔 그냥 커피였는데, 나중엔 꼭 쓸데없는 생각이 났지…."

말세는 명필의 대답을 듣고 더 이상 묻지 않았다. 대신 꼭 5호선의 카페에서 커피를 마셔보겠다고 결심했다. 원은 오랜만에 활기를 되찾은 말세의 표정을 보며 흐뭇해했다.

그들을 바라보던 명필은 평소라면 하지 않을 말을 내뱉었다.

"기껏 여기까지 왔는데, 내가 표식을 새겨줄 수 없으니 어쩌나. 저녁이나 먹고 하룻밤 자고 가게."

원과 말세는 놀라 명필을 쳐다봤다. 한창 남구와 함께 목각인형을 갖고 놀던 하다만이 씩씩하게 외쳤다.

"배고파요! 맛있는 거 먹고 싶어요!"

사일은 코안에 정교하게 끼워둔 고무마개를 빼냈다. 곧바로 민트 이끼의 푸릇하고 상쾌한 향이 은은하게 퍼져 콧속을 채웠다. 지하의 불빛만으로 살아가는 이 이상 식물은 5호선의 상징과도 같은 존재였다. 아, 드디어 5호선에 도착했다. 이제야 숨을 제대로 쉴 수 있겠구나. 지린내를 참거나, 상대방의 냄새에 구역질을 삼킬 필요가 없다. 잘 정돈된 터널은 또 어떤가. 터널 미화원이 수시로 관리하는 민트 이끼가 터널 벽을 뒤덮고, 그 사이로 유려한 벽화와 부드럽게 빛나는 가로등이 어우러져 있었다. 부산스럽게 찰칵거리는 궤도택시의 마찰음마저 사일을 반기는 듯했다. 이윽고 검은색 궤도택시가 사일 앞에 멈췄다. 운전사는 계급에 맞춘 깔끔한 유니폼을 입고 있었다. 사일은 자연스럽게 검은색 궤도택시에 올라탔다.

"수호자님, 어디로 모실까요?"

운전사가 철로를 빠르게 확인하며 물었다. 궤도택시는 가벼운 철골 구조에 플라스틱 의자를 달아 모노레일을 닮은 형태였다. 철로에 장애물이 있으면 운행이 어려운 만큼, 그는 확인을 게을리하지 않았다.

사일은 대답 대신 안주머니에 손을 넣어 탄피 한 움큼을 집어 운전사의 돈통에 던져 넣었다. 카랑카랑, 탄피들이 연이어 떨어지며 경쾌한 금속음이 울렸다. 예상치 못한 소리에 운전사는 놀란 얼굴로 사일을 돌아보았다.

"어우, 이렇게나 많이…."

"나랑 드라이브 좀 갑시다. 여기저기 들를 때가 많아."

사일이 싱긋 웃으며 말했다. 운전사는 거듭 감사를 표하며 페달에 발을 얹었다. 환승역이 밀집된 구간에서 반원이 선택할 수 있는 길은 몇 개 없을 것이다. 2호선이나 4호선으로 가면 감시자가 기다리고 있을 테니, 당연히 지상으로 빠져나갔겠지. 사일은 그렇게 추측했다. 그러나 애까지 데리고 위로 올라갔다면 오래 버티지 못하고 다시 지하로 돌아올 수밖에 없을 것이다. 결국 종로3가역을 기준으로 동그라미를 그리면 된다. 그것이 사일의 손바닥이고, 반원은 그 안에서 맴돌 것이다. 사일이 할 일은 간단했다. 침착하게 주변 역들을 차례로 둘러보는 것, 그것뿐이었다.

"어, 수호자다."

"얼른 비켜드려."

을지로4가역에 내려 행인을 둘러보던 사일은 어느 순간 사람들이 자신을 피하고 있다는 것을 깨달았다. 하위 계급을 통제할 때는 너무나 자연스러웠던 수호자 복장이 지금은 눈에 띄는 장애물이었다. 사람들 틈에 자연스럽게 섞이기 위해 사일은 근처 상점으로 발길을 돌렸다. 허름한 옷가지를 고르던 중, 익숙한 목소리가 들려왔다.

"이게 누구야. 41번, 오랜만이다."

사일이 돌아보자 낡은 녹색 전투복을 입은 남자가 서 있었다. 사일은 순간 그의 번호를 떠올렸다. 26번… 두식이었나, 이육이었나. 사일과 같은 기수 출신이지만, 특임대에 발령받아 떠났던 사람이 왜 2호선 방위군들이나 입는 전투복을 입고 있는 걸까.

"야, 그런데 너 옷이 왜 그래? 누가 보면 영락없이 2호선 방위군인 줄 알겠는데."

사일이 장난스럽게 말하자, 26은 머리를 긁적이며 오랜만에 만났으니 어디 가서 이야기나 나누자고 했다. 사일은 거절하려다 특임대 출신인 26번에게서 반 대위에 대한 단서를 얻을 수 있을지도 모른다는 생각에 그를 따라갔다.

이야기를 나누던 중, 흥미로운 사실이 하나둘 드러났다. 26번의 본명이 두식이라는 것, 그의 좌천 사유에 '반원'이 연관되어 있다는 점이었다.

"반 대위 그 새끼가 날 2호선으로 좌천시킨 거 아냐."

"재배치 사유는?"

"무책임한 상관을 있는 그대로 윗선에 보고했다는 거."

"그게 왜? 누구였는데?"

"49번 강시우. 반 대위가 강시우를 친동생처럼 아주 아꼈거든. 그런데 강시우 그 새끼가 마지막엔 통신까지 끊고 완전히 독단으로 움직였어. 결국 탈영까지 하고."

두식은 반원과 강시우의 이야기를 하면서 얼굴이 단숨에 굳어졌다. 눈썹 사이에 깊은 주름이 잡히며 분노가 스쳐 지나갔고, 이내 씁쓸함이 그의 입가를 무겁게 내리눌렀다. 그때의 기억이 머릿속에 되살아난 듯했다.

"두식아, 너는 왜 여기로 왔어?"

"예, 소대장님. 연구 벙커를 지키는 일이 제일 중요하지 말입니다."

"실험 폐기물 처리반. 우리 소대를 다들 그렇게 부르지?"

"예? 아닙니다."

"두식아, 만약에 말이야. 항생제 연구고 뭐고 다 소용이 없다면, 아무리 애써도 꽃가루 없는 삶이 불가능하다면, 그래도 너는 이딴 임무에 자원했을까?"

"예? 저는…."

"죽어라 노력해도 평생을 지하에서 배고프고 춥게 살아야 한다면, 그래도 넌 지금과 같을까? 물불 안 가리고 명령이라면 무조건 복종하고, 산 사람을 폐기물이라 부르며 아무렇지도 않게 죽이고. 그게 가능하겠냐고."

"…잘 모르겠습니다."

"다 희망이 있으니까 그러는 거지. 누군가를 희생시키면 결국 모두가 잘 살 수 있을 거라고 착각하는 거야."

 그것이 두식이 강시우 중위와 나눈 마지막 대화였다. 두식이 아직까지도 그 대화를 잊지 못하는 이유는, 그날의 임무가 그의 뇌리에 깊은 인상을 남겼기 때문이었다. 처형 임무를 맡은 군인들에게 지급된 색 차단 고글을 착용하고, 연구 벙커로 들어섰을 때 느꼈던 섬뜩함은 아직도 선명했다.

 머리를 밀어버린 건지 감염 때문인지 알 수 없는 정수리, 군데군데 점투성이가 된 몸. 색 차단 고글 때문에 점들의 색은 보이지 않았지만, '폐기물'로 불리던 그들의 몸은 마치 점박이처럼 보였다. 그들의 목에 새겨진 알 수 없는 표식까지, 모든 것이 낯설고 기이했다. 하지만 두식이 느꼈던 섬뜩함의 진짜 이유는 따로 있었다. 바로 그들의 표정이었다. 울분을 토하려다 멈춘 것 같은, 그러나 기이할 정도로 밝아 보이는 얼굴들. 대부분은 희망으로 가득 차 있었다. 마침내 이곳을 벗어날 수 있다는 희망에.

 연구 책임자는 제7소대의 임무를 '마지막 실험'이라고 불렀다. 연구원들은 군인들과 함께 두 손이 결박된 폐기물들을 벙커 밖으로 이끌어냈다. 하지만 그들 중 누구도 저항하거나 도망치려 하지 않았다. 폐기물들의 발걸음은 가벼웠다. 온몸이 점으로 덮인 한 소녀만이 땅을 내려다보며 묵묵히 걸었다.

 구덩이 여러 개가 파인 공터에 도착했을 때, 그제야 폐기물들은 무언가 잘못되었다는 것을 알아차렸다. 그들 중 한 사람이 도망치려 했고, 연구 책임자는 발포 명령을 내렸다. 하지만 강시우 중위는 아무런 지시도 내리지 않았다. 대신 무거운 표정으로 상황을 지켜볼 뿐이었다. 그때 한 연구원이 근처 병사의 총을 빼앗아 도망자를 쏘아 죽이자 주변은 아수라장이 되었다. 폐기물들은 구덩이로 밀려 들어갔다. 한번 빠지면 혼자 힘으로는 올라올 수 없는 깊은 구덩이였다. 연구원들은 그 안에서 벌어지는 모든 것을 꼼꼼히 기록했다. 분노를 표출하는 폐기물들을 끌어내 그들의 신체 변화까지 빠짐없이 관찰했다.

연구 책임자는 폐기물들을 한 명씩 처형하며 다른 폐기물들의 반응을 살피길 원했다. 세 번째 처형자가 나오자, 잠자코 있던 강시우 중위가 연구 책임자의 머리에 총구를 겨누었다.

"그만. 다들 무기 내려. 7소대는 여기서 철수한다."

강시우 중위는 연구원들을 결박하고, 통신병의 무전기를 부숴버렸다. 병사들에게 무기를 버리라 명령하고는, 폐기물들을 하나씩 구덩이에서 끌어냈다.

두식은 임무를 수행해야 한다고 설득했지만, 강 중위는 단호히 그의 말을 묵살했다. 결국 강 중위는 땅만 바라보며 걸었던 소녀를 포함해 살아남은 폐기물들을 전부 구덩이 밖으로 꺼내주었다. 두식은 아무것도 할 수 없었다.

"…미안하다. 그동안 고마웠다."

병사들에게 마지막 인사를 건넨 강 중위는 결국 탈영했다. 병사들은 서로의 눈치를 보며 어정쩡하게 그를 추격했지만, 곧이어 들이닥친 까마귀 떼 때문에 멈출 수밖에 없었다. 탈영하는 소대장을 잡겠다고 굳이 위험한 꽃가루 비를 맞을 이유는 없었으니까.

두식은 그날의 장면을 애써 두루뭉술하게 전했다. 사일은 이야기를 듣던 중 문득, 그 일 이후 반원 대위가 어떻게 됐는지 물었고, 두식은 반 대위에 대한 욕설로 대답을 대신했다. 다만 반 대위가 자신을 2호선으로 좌천시켰을 때, 몰래 안심했었다는 사실은 굳이 말하지 않았다. 사일은 마지막으로 궁금한 점을 대수롭지 않게, 최대한 가벼운 투로 물었다.

"네 임무 대상자였던 사람들의 표식, 숫자가 뭐였는데?"

"숫자가 아니라, 알파벳 서너 개였던 것 같은데."

두식은 사일의 눈치를 살폈다. 더 이야기하면 안 된다는 이성의 목소리와 말하고 싶어서 근질거리는 입이 싸우는 중이었다. 사일은 일부러 더 캐묻지 않았다. 묻지 않으면 더 말하고 싶어지는 법이니까.

"음, 정확히 기억은 안 나. 무슨 뜻인지도 모르고."

"그렇겠지."

"그 이후에 임무 대상자들이 감염자였고, 안락사 대상이었다는 보고가 올라간 건 기억해."

"그래?"

"확실히 감염자는 맞는 것 같았어."

사일은 아무런 대꾸도 하지 않았다. 그렇게 생각하는 편이 두식에게 좋을 것이라 판단했다. 사일이 본 알파벳 표식을 가진 커피 상인은 감염자가 아니었다는 정보도 굳이 공유하지 않았다.

사일은 두식과 헤어진 뒤, 지금까지 수집한 정보를 정리했다. 강시우 중위는 연구 벙커에서 감행된 실험에 대해 뭔가를 알고 있었을 것이다. 강 중위를 아꼈던 반 대위는 그 실험과 관련된 타깃을 데리고 있다. 그들의 상관인 안태오 소령은 실험과 관련된 타깃을 회수하려 한다. 사일은 한 가지 분명한 사실을 깨달을 수 있었다.

그 커피 상인은 타깃이 확실하다. 임무는 완수한 것과 다름없었다.

사일은 그길로 역사 내 '통신국'으로 발걸음을 옮겼다. 통신 교육을 받은 5호선 생도만이 사용할 수 있는 군용 유선 통신기에 안 소령과 자신만 아는 코드를 입력했다. 그리고 얼마 지나지 않아 답신이 도착했다.

'41번 대기 바람. 코드 알파 105 파견 예정이다. 다시 한번 말한다, 41….'

충성. 사일은 비실비실 터져 나오려는 웃음을 참으며 거수경례했다. 아무도 보는 사람은 없었지만 'A105'라는 코드명만 들어도, 여의도 특임대를 호령하는 안태오 소령이 눈앞에 선명히 그려졌기 때문이다.

해가 진 후, 원과 남구는 명필을 따라 옆 건물에 있는 저장실로 향했다. 명필은 그곳이 몸이 불편해지기 전에 틈틈이 식량을 모아둔 창고라고 설명했다. 건물 앞에는 기다란 간판이 떨어지고 부서져 스산한 분위기를 자아냈다. 하지만 뒤쪽으로 돌아가자 지하로 내려가는 수상한 계단이 보였고, 계단 아래 보일러실을 지나자 반지하 공간이 나타났다. 명필은 벽을 더듬어가며 구석에 놓인 긴 캐비닛을 찾아 손전등을 꺼냈다. 손전등을 켜자 차곡차곡 정돈된 실내가 드러났다.

"와…."

오래전 이곳은 음악과 칵테일이 어우러진 공간이었을 것이다. 손전등 빛이 스산함을 더했지만, 크게 훼손되지 않은 실내는 고요하고 아늑한 느낌이 들었다. 커다란 자루에 고구마와 당근이 담겼고, 불이 꺼진 냉장고에는 콩과 곡물이 종류별로 들어 있었다. 빈 통 여러 개가 한쪽에 쌓였고, 그 옆으로는 누군가가 먹다 남긴 고급 주류가 종류별로 진열되어 있었다. 신이 난 남구는 고구마 자루 주위를 맴돌며 헥헥거렸다.

"고구마가 먹고 싶으냐."

명필은 휘청거리며 고구마 몇 개를 집어 들었다. 원은 "어르신, 제가 하겠습니다."라고 말하며 명필을 옆에 있는 의자에 앉히고, 그의 제안에 따라 콩과 당근 몇 개를 챙겼다. 원은 그에게 어떻게 이 많은 물자를 다 모았냐 물었다. 명필은 원래는 혼자가 아니었다는 말만 씁쓸히 전했다. 그러더니 잊은 게 있다며 반쯤 남은 양주 두 병을 양손에 챙겼다.

"간만에 손님이 왔으니, 제대로 대접하겠네."

그사이 말세는 하다와 함께 주변을 뒤져 불을 피울 재료를 찾았다. 하다는 어떤 나뭇가지가 잘 타는지, 마른 잎은 어떤 걸 골라야 하는지를 재잘재잘 설명했다. 그러다 문득 말세를 빤히 쳐다보며 물었다.

"누나, 우리 몸에 그림은 안 그려요?"

말세는 하다와 눈높이를 맞추며 설명했다. 표식을 그리는 게 더 위험하며, 목에 표식이 있든 없든 엄마를 찾을 거라고. 그러니 달라지는 건 없다고 말했다. 하다는 화병 시대에 태어난 아이답게 덤덤히 고개를 끄덕였다. 안 되는 건 빠르게 잊는 편이 낫다는 걸 아이는 잘 알았다. 하다가 작은 목소리로 말했다.

"만약에요, 우리 엄마 못 찾아도 어쩔 수 없어요. 그럴 때는 그냥 받아들이랬어요, 엄마가…."

말세는 하다의 말을 듣고는 잠시 멈칫했다. 아이의 담담한 목소리 속에서 안쓰러운 감정이 솟구쳤다. 말세는 "그렇구나."라고 덤덤히 대답했지만, 아이의 눈빛을 살피며 애써 무겁지 않게 다가가려 애썼다.

얼마 지나지 않아 원과 명필, 남구가 돌아왔다. 그들은 3층 옥상으로 올라가 철통에 불을 피웠다. 발바닥만 한 고구마를 불 속에 집어넣고, 그 위에 철판을 깔아 콩과 당근을 구웠다. 타닥타닥 장작 타는 소리와 엄지손가락만 한 강낭콩이 볶아지는 냄새, 당근이 노릇하게 구워지는 모양에 군침이 돌았다. 명필은 젓가락에 당근 조각과 큰 콩을 번갈아 꽂아 꼬치를 만들고는 소금 열매로 만든 가루를 솔솔 뿌려 짠맛을 더했다. 말세도 명필을 따라 콩과 당근으로 꼬치를 만들어 하다와 원에게 나눠주었고, 콩 한 줌을 호호 불어 남구에게도 건넸다. 그들은 얼마간 아무 말 없이 저녁을 먹었다. 말캉하게 씹히는 당근과 퍼석한 듯 고소한 콩의 맛이 한데 어우러져 빈속을 든든하게 채워주었다.

오랜만에 배부른 식사를 마친 말세가 흡족한 마음을 느끼며 주변을 정리하려 하자, 명필이 목장갑을 끼며 다시 앉으라고 손짓했다.

"자, 이제는 디저트 만드는 걸 도와주게나."

명필은 꼬치로 배를 채운 모두에게 디저트를 제안하고는, 철통 안 고구마가 잘 익었는지 확인하기 위해 조심스레 철판을 거

됐다. 그러자 원은 옷소매까지 걷어붙이고 나서서 고구마를 모두 꺼냈고, 명필이 시키는 대로 냄비에 물을 끓이고 '우유 맛이 나는 술'을 부어 휘휘 저었다. 그사이 명필은 고구마를 호호 불어가며 껍질을 벗겼다.

달큰하고 싸한 알코올 향이 날아가자, 원은 폭 익힌 고구마를 냄비에 넣고 숟가락으로 마구 짓이겨 잘 섞었다. 노란 고구마의 속살이 뽀얀 물에 어우러져 빙글빙글 녹아들었고, 약간 뻑뻑해질 만큼 졸였다. 마지막으로 거품이 일 때까지 휘젓자, 고구마 덩어리가 마치 수제비처럼 동동 떠올랐다. 원은 그 덩어리를 잘게 자르고 뭉개기를 반복했다. 어느새 그의 이마에 땀이 흘렀다. 말세가 돕겠다고 제안했지만, 원은 혼자 하겠다고 고집을 부렸다. 말세에게 계속 신세를 졌으니 이번엔 본인이 뭔가 해주고 싶다는 속마음은 말하지 않았다. 하다와 남구는 얌전히 앉아 원이 요리하는 것을 구경했다. 하다는 점점 완성되어 가는 음식을 보며 물었다.

"이거 무슨 죽이에요?"

"고구마 라테라는 거다."

명필이 대답했다. 원은 말세와 하다의 그게 뭐냐 묻는 듯한 표정을 보며 괜히 뿌듯함을 느꼈다. 그러고는 알코올이 충분히 날아갈 때까지 기다리다가 불을 서서히 껐다. 냄비가 식기를 기다린 후, 그릇에 '고구마 라테'를 퍼담았다. 달콤하면서도 약간 알싸한 향기가 첫인상을 각인시켰다. 말세는 '구름 같은 맛'일 거라고 생각했다. 그릇에 담긴 뽀얗고 몽글몽글한 음료를 후후 불며 한 모금 마셔봤다. 연한 달콤함이 부드럽게 목뒤로 넘어가고,

고구마 알갱이가 입안에 남아 어서 먹어보라고 유혹했다. 고구마 알갱이는 씹지도 않았는데 이에 닿자마자 녹아버렸다. 마치 인어공주의 거품처럼, 그곳에 있었던 것도 까마득하게 느껴졌다. 고소한 맛이 맴돌고, 은은하게 씁쓸한 알코올의 흔적이 느껴지려 할 때쯤 고소함은 사라졌다. 한 모금 더 마시자, 따뜻하고 부드러운 고구마 라테가 모두를 위로했다.

배가 따뜻해지자 하다는 원의 무릎에 앉아 잠이 들었고, 원은 아이와 강아지를 실내에 조용히 눕혔다. 명필은 불씨를 정리하며 무심하게 이야기를 꺼냈다.

"고맙네. 같이 먹을 사람이 있으니 좋군그래. 무슨 생일 같아."

말세는 어쩐지 뒤통수가 간지러웠다. 가시에 와닿은 감각이 가슴 한편을 두드리는 듯했다. 명필은 불필요한 말을 하지 않았다. 그저 말세와 함께 꺼져가는 불씨를 지켜보며 떨어진 재를 쓸어 담고, 유난히 밝게 빛나는 별을 잠시 바라보았다. 말세는 그 침묵 속에서, 그와 함께 씁쓸한 밤공기를 삼켰다. 지하 생활을 청산하고 꽃 괴물이 되어버린 사람들만 남은 이곳에서 무언가를 기다리는 밤을, 잠깐이나마 함께 견뎠다.

그 밤, 명필은 아주 오랜만에 깊은 잠에 빠졌다. 담담하고 고요한 잠이었다.

선인장에게

선인장?

어째서 네가 여기에 있어? 아… 이건 아마도 꿈이겠지. 분명 그럴 거야. 꿈에서라도 너에게 편지를 쓸 수 있어서 다행이야.

네가 모든 걸 포기했던 내 손을 잡아주었을 때, 나는 사실 너를 원망했어. 아무것도 느낄 수 없는 상태가 좋았는데, 네가 나를 자꾸만 일깨웠으니까. 분노를, 원망을, 작은 기쁨을 다시 알게 만들었으니까. 친구라고 불렀던 사람들이 한 명 한 명 폐기물이 되어가는 과정을 고스란히 겪어야만 했으니까. 너를 원망할 수밖에 없었어. 무감각은 일종의 방어막 같은 거였거든.

왜 너는 포기하지 않았을까.

이미 나는 익숙했는데. 그들이 하라는 모든 걸 하고서도 괜찮았는데. 끝이 있다는 걸 알았으니까. 숨을 쉬지 않으면 끝났을 테니까. 하지만 너는 포기하지 않았어. 빠져나갈 수 있다고 믿었어.

그 트럭 안에서, 우주복을 입은 연구원들이 너를 막아도 너는 그만두지 않았어. 네 손이 트럭 밖으로 나를 밀어냈을 땐 뭐랄까, 아직도 그 감각이 생생해. 구불구불한 미끄럼틀을 내려가며 시원한 물을 맞는 것 같았거든. 실제로 비가 오던 날이긴 했지만, 오랜만에 살아 있는 감각을 느꼈어.

또 보자.

네가 한 마지막 말이었어. 주변이 온통 화괴 떼라 연구원들은 굳이 나를 잡진 않았어. 어차피 나는 얼마 못 가서 폐기물이 될 거였으니까. 다행이라고 해야 하나. 화괴 떼는 나를 거들떠보지도 않았어. 이유는 모르겠어. 그때는 머리에서 미역이 자라지도 않았는데 말이지.

풀밭이 포근해서 며칠간 누워만 있었어. 가만히 있다가 문득 나를 구해준 너는 무사할까, 생각이 나더라. 너는 괜찮았을까? 아마도 그렇지 않았겠지. 너는 또 다른 지옥을 경험해야 했겠지. 그 말도 안 되는 실험을 견디면서.

그 이후로 하루도 너를 잊은 적 없어. 이유를 말하자면 끝도 없지만, 아무튼 난 너를 계속 찾아다녔어.

너는 약속을 꼭 지키는 친구니까.

마침내 너를 만났던 그날. 아니, 정확히 말하면 너에게 나를 드러냈던 날.

실은 내 의도는 아니었어. 너에게 내 모습을 들키기 싫었거든. 하지만 네 신호를 감지하고도 모른척하기가 쉽지 않았어. 하필 바람이 나를 향해 불어서, 너의 금빛 신호가 내 미역 머리에 닿았던 것 같아. 너는 네가 어떤 존재인지 모르는 것 같았지만.

네가 할머니라 부르던 그 노인, 이름은 기억 안 나지만 굉장히 강한 분이셨던 건 기억이 나. 너를 지키려고 자신을 희생하려 했던 거잖아. 나는 그 마음에 공명했을 뿐이었어. 너는 내가 그 자아 잃은 공격자들에게 커피를 나눠줘서 상황이 해결된 거라 믿었겠지만, 아니야. 나는 그 노인의 힘을 전달한 것뿐이었어. 미역 머리로. 금빛 가루로.

네가 맛있게 커피 마시는 모습을 기억할 수 있어서 다행이야.
그 기억엔 기쁨과 호기심과 놀라움과 짜릿함 그리고 행복 그 모든 감정이 다 담겨 있거든.

너는 알까? 그 기억이….

영원할 것만 같은 이 짧은 순간을 견디게 해주는 유일한 환상이라는 것을,

기억 속 네가 지금 나를 살리고 있다는 것을,

그리고 이것은 내가 보낼 수 있는 최선의 경고라는 것을.

10장

검은 하늘. 조각조각 반짝이는 별.
검은 물. 조각조각 떠다니는 누룽지 사탕.
따뜻한 잔. 온기. 빛나는 눈. 바람에 나부끼는 마스크. 서늘하고 차분한 목소리.
"만약에, 누구에게도 말할 수 없는 비밀이 생기면…. 누구나 그럴 수 있잖아요. 자신이 괴물이 되어버린 게 아닐까, 의심하는 순간이. 그때는 꼭 커피꽃을 찾아주세요."
불가사리 모양의 하얀 커피꽃을 그가 전한다. 고소하고 묵직한, 달콤하다 쌉쌀한 커피향이 콧속으로 들어온다. 전설의 바리스타는 마스크를 벗지 않는다. 그의 표정이 궁금하다. 그는 왜 그런 말을 남겼을까. 손을 뻗어본다. 옷깃을 잡으면 그를 멈출 수 있을까. 까마귀가 날아든다. 그의 어깨에 내려앉았다가 힘차게 날아간다. 그는 꽃가루 비를 몰고 오는 녀석들을 무서워하지 않는다. 바람결에, 희미한 감각이 날아와 가시에 닿는다. 그 감각은 친근하고 어딘가 슬프다.

'왜요? 왜 그런 말을 했어요?'

멀어지는 그의 뒷모습은 가까워지지 않는다. 온몸을 가린 천이 펄럭인다. 고고한 위상을 만천하에 드러내는 깃발같이. 누군가의 가슴에 길이 남을 이정표같이.

말세는 최대한 손을 뻗어 펄럭이는 깃발을 잡으려 한다. 잡고, 또 잡아도 빠져나간다….

「잘 있어….」

말세는 창 안으로 들어온 여명에 눈을 찡그렸다. 해가 떠오르고 있었다. 조용한 가운데 규칙적인 숨소리만 들려왔다. 말세는 뒤통수를 만지작거렸다. 분명 무언가가 가시에 와닿은 것 같았는데… 부스스 일어나 주위를 둘러보던 말세는 화들짝 놀라 일어났다.

"어르신!"

명필의 몸이 잔뜩 웅크려져 있었다. 그는 괴로움을 뱉어내듯 밭은 숨을 내쉬며 온몸을 떨고 있었다. 근처로 다가가 어르신을 흔들어 깨우려는데, 가시가 요동치기 시작했다. 잠결에 느꼈던 감각이 또렷하게 다가왔다.

무언가가 빠져나가는 감각. 붙잡으려 애를 써도 붙잡아지지 않는, 후후 불어도 살아나지 않는 불씨와 같은 것이. 마침내 놓치고야 마는 바람과 같은 것이.

공기 중에 머무르던 숨의 온기가 날아갔다. 미약하게 느껴지던 울렁임이 멈추었다. 심장이 뛰기를 멈추듯이. 말세의 가시는 사라져버린 생명의 흔적을 쫓았다.

무언가가 자꾸만 미끄러진다. 괴로워하고 있다.

말세의 가시는 본능적으로 생명의 흔적을 감지했다. 그것은 아직 살아 있는 부분의 마지막 몸부림일 것이다. 심장이 멈추고, 뇌세포가 빠르게 사멸해도 어딘가엔 아직 죽음으로부터 맹렬하게 도망치는 세포가 있다. 말세는 그 괴로움을 함께 견뎠다. 도망치고 저항하다 끝내 빛을 잃어버리는 과정을 지켜보았다. 명필의 표정은 끝끝내 변하지 않았다. 잔뜩 구겨진 채로, 마지막 순간에 그가 느꼈을 고통을 보존하기라도 하듯이.

가시의 떨림이 잦아들었을 때, 말세는 자신의 눈에서 계속 눈물이 흐르고 있었다는 걸 깨달았다.

"지금까지 기다리고 계셨던 걸까요. 누군가와 마지막으로 식사할 날을…."

우는 말세의 곁에서 잠자코 있던 원이 말했다. 이 정도면 편안히 가신 거니, 다행이다 생각하며. 그의 머릿속엔 지금까지 본 무수한 죽음들이 스쳐 지나갔다. 대부분은 지옥 같은 고통 속에서 끝을 맞이했고, 그중 소수만이 이런 사치스러운 죽음을 누릴 수 있었다. 원은 명필의 얼굴을 보며 속으로 말했다. 외롭지 않다 마음을 놓은 순간에 한참을 기다리던 죽음이 찾아온 거였겠죠. 그리고 그가 어젯밤 나눈 친절이 어쩌면 무언의 거래였을 수도 있겠다, 깨달았다. 음식을 나눌 테니 나의 마지막 순간에 함께 있어달라는, 그런 거래. 그러니 마지막은 잘 챙겨드리겠다고.

말세의 훌쩍이는 소리에 잠에서 깬 하다는 명필의 싸늘한 주검을 보고는 굳어버린 그의 손을 잡고 기도했다. 그러고는 말세의 품에 안겨 한참을 가만히 있었다. 작은 꼬마는 이따금씩 숨을 크게 들이마셨다가, 남구를 끌어안았다가, 다시 말세의 품에 안겼다. 원은 그들의 곁에 앉아 하다와 말세가 진정될 때까지 묵묵히 눈을 감고 기다렸다.

원이 눈을 떴을 때, 창문 너머로 들어온 아침 햇살에 말세의 머리카락이 반짝이고 있었다. 뒷머리에서 반짝이는 무언가가 흘러나와 먼지와 같은 모양으로 허공을 떠다녔다. 원은 천천히 손을 뻗어 그것을 잡았다. 손가락에 자잘한 꽃가루의 질감이 느껴졌다. 이것은 먼지가 아니라… 금빛 가루였다. 그것을 깨달은 순간, 원의 얼굴이 창백해지더니 무언가에 쫓기듯 황망하게 밖으로 뛰쳐나갔다.

"크흡, 허억…."

원은 마스크 사이로 들어오는 차가운 아침 공기를 들이마시고 내쉬길 반복하며, 다음 숨이 쉬어지길 간절히 바랐다. 기이한 슬픔과 공포가 한데 뒤섞여 목을 조르는 것 같았다.

크하하하, 금색 꽃가루잖아. 잘 알지?

고층 빌딩 크기가 된 돌덩이가 떨어진다. 피하고 싶어도 피할 수 없는 혼돈이 원의 세계에 들이닥쳤다. 그 기억은 생생하게 재현되며 원을 지배했다.

포탄이 터진다. 멀리에 보랏빛 먼지가 일렁인다. 뭉쳐 있던 화괴 떼가 사방으로 흩어지고 짧은 비명과 낮은 속삭임이 바람을 타고 전해진다. 열린 길 사이에 병사들의 뒷모습이 보인다. 까마귀 떼가 날아오른다. 앞서가던 병사들이 하나둘 주저앉는다.

타오르는 정원에 붉은 시냇물이 흐른다. 토막 난 존재들이 꿈틀대며 눈을 감는다. 바닥에 놓인 푸른 가면들. 벗겨진 가면 사이로 짧은 머리카락이 드러난다. 까마귀가 날아들자 피로 얼룩진 얼굴이 평온하게 웃는다.

타오르는 화단, 푸른 가면, 그리고 시우의 얼굴. 익숙한 얼굴이 하회탈처럼 기이하게 일그러진다. 웃는 듯이, 우는 듯이. 그 순간, 금빛 안개가 피어올라 시야를 가린다. 안개 사이로 갈라진 목소리가 울려 퍼진다. 낯선 냄새가 콧속을 찌르고, 감당하기 어려운 것들이 마구 쏟아져 내린다.

네가 한 짓을 좀 봐. 저런….

숨을 쉬기 어렵다. 금빛 가루가 뒤엉키며 단단한 돌멩이가 된다. 쿵, 쿵, 사정없이 내리찍는다. 금방이라도 죽음이 육신을 깔아뭉갤 것만 같다.

원은 제멋대로 쉬어지는 숨을 통제하려 갖은 애를 썼다. 비릿한 피 냄새가 코끝을 맴도는 것만 같았다. 이것은 진짜가 아니다…. 이것은 임무가 아니다…. 누군가의 다급한 목소리가 들려온다.

"반원 씨, 내 말이 들려요?"

말세였다. 걱정과 초조함이 뒤섞인 얼굴이었다. 그 모습이 묘하게 안도감을 주었다. 원은 벽에 기대어 거친 숨을 몰아쉬며 축축해진 볼을 느꼈다. 말세에게 보이지 않게 슬쩍 눈물을 닦았다.

이건 그때 그 금빛 꽃가루와는 다르다. 슬펐던 건지, 아니면 죽음과 맞닿은 감각 때문에 눈물이 흐른 건지 모르겠다. 원은 혼란스러운 상황을 어떻게든 이해하려 노력했다.

조금 전 원을 발견한 말세는 그저 그가 진정하길 기다릴 뿐이었다. 아무것도 할 수 없었다. 대신 예민해진 뒤통수 가시에 닿는 공포를 묵묵히 견뎠다. 원이 느꼈을 생생한 고통과는 비교할 수 없지만, 그의 상태를 짐작하기에는 충분했다. 어쩌면 원의 증상이 지하 사람들이 말하는 '지하 염병'이 아닐까.

누더기 속에 파묻혀 삶의 의지라곤 하나도 없던 모습과 조금 전의 증상. 지하 사람들은 그 비슷한 증상들이 모두 '해가 없어서' 겪게 되는 병이라고 여겼다. 해를 보고 살아야 하는데, 그러지 못해서 생기는 고약한 병이라고. 사람들은 그것이 전염된다고 믿었기에 기피하고 멸시했다. 하지만 말세는 달랐다. 그가 과거에 어떤 일을 겪었든, 괜찮아졌으면 좋겠다고 진심으로 생각했다.

얼마간 무거운 침묵이 내려앉았다. 점차 진정된 원은 무슨 말을 해야 하나 한참을 고민했다. 머리에서 왜 금빛 꽃가루가 흘러나오는 거냐고, 사실은 고궁 지대에서 투구꽃 화괴를 마주했을 때부터 수상하게 생각했다고 말할까. 예상했으니 전혀 놀라지 않았다고 거짓말을 해야 할까.

너 또한 그 괴물과 같은 존재냐고, 따져야 할까.

"자, 따뜻한 물을 마시면 좀 나아질 거예요."

말세가 모락모락 김이 올라오는 컵을 내밀었다. 원은 컵을 받아 들었다. 깨끗하고 따뜻한 물의 온기가 손끝에 스몄다. 목을 축이자 혼란스러웠던 생각이 조금 잦아드는 것 같았다. 원은 휘몰아치는 생각 가운데서 가장 단순한 결론을 내렸다. 말세의 머리카락에 묻은 것은 오래전 마주했던 그 금빛 꽃가루와 다르다. 말세는 그저 말세일 뿐이다. 원은 햇빛에 반짝이는 말세의 머리카락을 조용히 바라만 보다가, 안으로 들어갔다.

하다는 고인의 곁에서 두 손 꼭 모으고 한참을 기도했다.
"할아버지가 좋은 곳으로 가시게 해주세요. 이제는 더 편하고 배도 안 고픈 곳으로 꼭 데려가주세요. 할아버지, 어제 맛있는 걸 주셔서 정말 감사합니다."
작은 목소리로 조곤조곤 담담하게 읊조렸다.
원은 어제 갔던 건물에서 삽을 찾아 땅을 팠다. 말세와 함께 시신을 묻고 작은 무덤을 만들었다. 그리고 그의 무덤 앞에 꽂아둘 물건을 찾다가 수납장 어딘가에서 작은 철제 상자 하나를 찾았다. 상자 안엔 낡은 장부와 탄피 여러 개가 들어 있었다. 원은 이름과 숫자가 가지런히 적힌 장부를 살펴보았다. 이곳을 다녀간 사람들의 명단일까? 탄피는 5호선을 나오면서 챙겨왔던 걸까? 궁금증을 품은 채 장부를 넘기던 원은 익숙한 이름을 발견하고는 말세를 불렀다.
"이것 봐요."
말세가 다가와 장부에 적힌 이름을 보았다. 말세의 눈이 커지며 믿기지 않는다는 표정을 지었다.
'장하다, 537'.
말세와 원의 눈이 마주쳤다. 하다가 이곳에 와봤을 리는 없고,

혹시 하다와 같은 이름을 가진 다른 누군가가 다녀갔던 걸까. 잠시 생각에 잠겨 있던 말세가 원에게 낮게 속삭였다.

"설마 하다의 어머니… 아니겠죠? 5호선으로 가셨다고 했으니까, 혹시나…."

원은 고개를 끄덕였다. 충분히 가능한 이야기였다. 화신교 사람이라면 지상 어딘가에 몸을 숨기거나, 6호선 어딘가에서 버티고 있을 가능성이 컸다. 게다가 환승 브로커들은 화신교도로 보이는 생존자를 대개 거부했기에, 하다의 어머니는 비정상적인 경로를 통해 이동하려 했을 것이다. 그 과정에서 가장 확실한 방법을 택했으리라. 나중에 하다가 자신을 찾으러 왔을 때를 대비해 흔적을 남기는 것도 잊지 않았을 것이고.

말세는 하다의 이름 옆에 적힌 것이 역 번호냐 물었고, 원은 그 역이 지하 카페가 있는 동대문역사문화공원역 다음 역이라는 것을 기억해냈다.

"청구역일 거예요. 거긴 6호선으로 환승할 수 있는 곳이거든요."

환승역은 보통 사람들이 거주하지 않기에 따로 표식을 새길 일이 드물지만, 6호선과 연결된 곳이라면 사정이 달랐다. 여의도에서 모든 역의 상황을 알 수는 없는 일이었다. 원은 장부에 적힌 이름이 하다 어머니의 흔적일 거라는 의심이 점점 확신으로 바뀌는 것을 느꼈다.

"근데 우리, 거기 들어갈 수나 있을까요? 표식 때문에 문제가 생기진 않을까요?"

말세가 고개를 기웃거리며 물었다. 원은 잠시 생각에 잠긴 채

다양한 경로를 계산해보았다. 말세와 하다, 남구까지 모두 데리고 동대문역사문화공원역에 있는 지하 카페로 안전히 들어갈 방법을 찾는 것이 그에게 남은 과제였다.

"있어요."

"어떻게요?"

"일단 가보면 알겠죠?"

원은 어깨를 으쓱하며 이미 해가 지고 있으니 내일 새벽까지 기다리자고 했다. 말세는 아무 대책도 없지만 긍정적으로 말하는 원이 어쩐지 보기 좋아서 등을 툭, 쳤다. 반면, 팔짱을 끼고 원을 한심하다는 듯 바라보던 하다는 귀엽게 혀를 찼다.

"어른이 그래도 돼요? 무조건 갈 수 있다고 하고."

아이를 바라보던 원은 슬쩍 웃으며 남구의 등을 쓰다듬었다.

"싫으면 말아. 남구는 나랑 갈 거거든. 맛있는 밥도 먹고, 지하 카페도 구경해야지."

남구가 눈을 빛내며 꼬리를 흔들었다. 그러자 하다는 팔짱을 풀고 말세의 손을 잡았다.

"그럼 나는 말세 누나랑 가야지!"

꽃들이 가장 깊은 잠에 빠져든 시각. 꽃가루가 잦아들고, 비를 잔뜩 머금은 화단은 고요한 무채색으로 은은히 빛났다. 발걸음마다 함정을 놓는 이 하나 없는 적막함 속에서, 신중하고 발랄한 네 존재가 을지로의 새벽 공기를 가르며 나아갔다. 질퍽한 화단을 피해 가며, 꽃잎을 오므리고 가수면 상태에 빠진 화괴들을 침착하게 지나쳤다.

얼마나 걸었을까. 아침 해가 구름 사이로 위험한 광휘를 예고

하며 새벽 어스름을 조금씩 걷어냈다. 까맣던 하늘이 어두운 푸른 빛을 띠기 시작했다. 하다를 품에 안고 신중하게 골목을 빠져나온 원은 한 건물의 귀퉁이에서 멈추고는, 아이를 조심스레 아스팔트 바닥에 내려주었다. 하다는 떨고 있는 남구를 쓰다듬으며 진정시켰다. 말세는 저 멀리 펼쳐진 광경에 넋을 잃었다.

"진심으로 저길 들어가겠다는 거예요?"

아름다운 잿빛 건물 앞, 검은 점들이 빼곡하게 줄지어 일렁이고 있었다. 더 가까이 다가서자, 검은 점의 정체가 서서히 드러났다. 구름 사이로 모습을 드러낸 아침 햇살 아래, 해를 향해 고개를 까딱이며 흔들리는 해바라기 화괴 떼였다. 진하디진한 녹빛 피부는 볕에 바짝 말라 있었고, 누렇게 생기를 잃은 해바라기 꽃송이만이 위풍당당하게 서 있었다. 움츠러든 꽃잎이 따스한 아침 햇살을 맞아 활짝 기지개를 켰다. 매끈한 금속으로 무장한 거대한 잿빛 건물 앞에서, 해바라기 화괴 떼는 철제 울타리에 붙어 손에 손을 잡고 다 함께 해를 맞이하고 있었다.

"우와, 해바라기… 진짜 많다."

하다가 말했다. 그러고는 해바라기 화괴의 숫자를 세려다 말고 원의 손을 꼭 잡았다. 말세는 믿기지 않는다는 듯 원을 보며 너털웃음을 지었다. 원은 일행에게 잠시 기다리라 말한 후, 해바라기 화괴들 쪽으로 천천히 발걸음을 옮겼다. 겉으로 보기에 위험해 보이지만, 자세히 보면 그렇지 않을 거라는 믿음을 안고서. 많은 지하인들이 오가는 곳이 이렇게 위협적인 상태로 방치되었을 리 없었다.

원은 사령관을 잘 알고 있었다. 저 해바라기밭은 자연적으로 형성된 것이 아니라 5호선의 부지런한 일꾼들이 관리하는 가장 효율적인 방어막이었다. 동시에 5호선의 힘을 과시하는 수단이자, '우리는 지상의 꽃을 통제할 것'이라는 메시지를 선포하는 일종의 협박과도 같았다.

원은 생각했다. 사람이 많이 방문하는 역은 그만큼 쓰레기도 많이 나온다. 재사용이 불가한 쓰레기, 분뇨, 감염자 처리까지 감당하려면 누군가는 지상을 드나들 수밖에 없다. 건물 위쪽에 붙은 태양열 발전기도 마찬가지다. 매일같이 태양광 패널에 쌓인 꽃가루를 닦고, 환기 시설을 유지하려면 상당한 노력이 필요했을 것이다. 원은 점점 밝아지는 하늘을 올려다보며 천천히 건물 뒤쪽으로 걸어갔다. 해와 달이 교대하는 이 순간이 지상으로 나오기에 최적의 시간이었다.

얼마 지나지 않아 정상적인 속도로 움직이는 점 하나가 보였다. 지하인이었다.

"잠깐 여기 있어봐요. 내가 길을 뚫어볼게요."

원이 해바라기밭 쪽으로 조심스레 걸어갔다. 그를 바라보던 말세는 직감적으로 달려갔다. 저렇게 많은 해바라기 화괴는 혼자 상대할 수 없다는 심마니의 감각이 말세를 움직이게 했다.

원이 가까이 다가가자, 해바라기 대열이 일렁이며 원을 향해 동시에 고개를 돌렸다. 썩어가는 육체 위에 핀 싱그러운 해바라기꽃이 일제히 원과 말세를 응시했다. 커다란 꽃에 표정이 있는 것만 같았다. 말세의 가시가 미세하게 반응하기 시작했다. 이들은 자신들과 다른 냄새를 지닌 침입자를 싫어한다. 해바라기 화괴 하나가 울타리에서 조금 떨어져 원에게 다가왔다. 발목이 밧

줄로 묶여 있긴 했지만, 어느 정도 자유롭게 움직일 수 있었다. 더군다나 이들이 한꺼번에 움직이기라도 한다면 갇힐 위험이 있었다. 원이 잠시 당황하자, 말세가 본능적으로 그 앞을 막아섰다.

"어떻게 해볼 수 있을 것 같으니까, 움직이지 말아봐요."

말세는 원에게 낮게 속삭이고는 앞으로 나섰다. 원은 말세를 돌아보며, 말세의 금빛 꽃가루가 화괴들에게 어떤 영향을 미칠지 예의주시했다.

해바라기 화괴 떼 가까이에 다다르자 불쾌한 냄새가 코를 찔렀다. 말세는 가시의 감각에 집중하며 침착함을 유지했다. 그러자 희미하게나마 자신이 아닌, 다른 존재의 감각이 전해졌다. 말세의 가시는 해바라기 꽃가루에 반응하며 미세하게 떨리고 있었다.

「너는 왜 해를 바라보지 않아. 속을 비우면 햇살이 네 안을 가득 채워줄 거야. 오직 햇살이, 단 하나의 찬란한 빛이, 생의 전부인걸. 받아들여. 목이 마른 만큼 해를 향해 손을 흔들어. 그래야 언젠가 저 햇살이 내 것이 될 수 있어. 해를 열심히 바라보면, 언젠가는 해가 될 수 있어.」

해바라기들의 강렬한 갈망이 말세에게 전해졌다. 그들은 끝없이 해를 갈망했다. 해처럼 찬란하게 빛나기 위해, 해가 되기 위해, 육신이 썩고 따가운 햇빛에 타들어가도 그 시선을 거두지 않았다. 말세는 해바라기의 욕망이 자신의 가시를 스치도록 놔두었다. 가시는 일정한 리듬으로 해바라기 떼의 갈망에 공명하며 떨렸다. 천천히, 말세의 감각이 해바라기들의 분위기에 스며

들었다. 그러자 강렬한 목마름이 느껴졌다.

「나도 목이 마른걸…. 너희와 같아.」

이제 해바라기들은 말세의 존재를 위협으로 느끼지 않았다. 해바라기 하나의 고개가 흔들리자, 옆의 해바라기가 동요하고, 또 그 옆의 해바라기가 파도 타듯 울렁였다. 그들은 경쟁하듯 서로의 이파리로 그늘을 만들며 햇살을 독차지하려 흔들거렸다. 같은 욕망을 가진 존재는 공격의 대상이 아니라, 은근한 과시의 대상일 뿐이었다.

원의 냄새를 맡고 고개를 돌린 꽃들이 일제히 해를 향해 고개를 돌렸다. 찰랑, 찰랑 화괴의 목에 달린 유리 조각들이 흔들리며 햇빛을 반사했다. 주위가 온통 반짝이는 빛으로 물들었다. 말세는 해바라기 대열에서 천천히 빠져나와 정신을 차렸다.

말세가 해바라기 대열에서 빠져나오는 것을 지켜본 원은 울타리를 단숨에 뛰어넘어 5호선 일꾼에게 달려갔다. 이 기회를 놓쳐선 안 된다고 판단한 원은 재빠르게 움직여 일꾼의 어깨를 잡았다. 일꾼은 개조한 방독면을 쓰고 점프슈트를 입고 있었다.

"이봐. 너."

"어, 어어! 여기 어떻게 들어왔…."

일꾼은 뻣뻣한 자세로 자신을 내려다보는 원의 위압감에 화들짝 놀랐다가, 그의 표식이 '52'로 시작되는 것을 보고 경계를 풀었다. 원은 명령하는 일이 당연한 상관의 자세로, 표정 하나 바뀌지 않고 담담하게 말했다.

"너, 이거 좀 빌려줘야겠다."

원은 일꾼의 옷을 가리키며 실탄 하나와 탄피 두 개를 내밀었다. 일꾼은 실탄과 원의 얼굴을 번갈아 쳐다보더니, 주위에 보는 눈은 없는지 살폈다. 원이 어디에서 왔고, 왜 역으로 들어가려 하는지는 일꾼에게 중요하지 않았다. 지상 작전에서 살아남은 여의도 특임대원에게 호의를 베풀었다는 점과, 원이 그 대가를 지불했다는 점이 중요했다. 오늘 땡잡았다. 일꾼은 싱글벙글 웃으며 점프슈트 안에 입고 있던 얇은 겉옷까지 원에게 내주었다.

"참, 저 쓰레기 버리던 중이었어요. 하던 일은 마저 하고 들어가려고…."

"내가 할게. 줘."

원은 일꾼이 들고 있던 커다란 플라스틱 쓰레기통까지 받아 들고 그를 안으로 들여보냈다. 그 장면을 본 말세는 하다와 남구를 데려왔고 단숨에 일꾼과 옷을 바꿔입은 원을 보며 혀를 내둘렀다. 혹시 일꾼에게 무력을 썼을까 싶어 원의 주먹을 살폈지만, 원은 사람을 뭐로 보는 거냐고 너스레를 떨며 말세에게 점프슈트와 방독면을 건넸다.

"하다랑 남구는 어떡하죠?"

"여기. 일단 이걸로 이동하죠. 안으로 들어가면 숨을 수 있는 곳이 있을 거예요. 하다야, 거기서 얌전히 있을 수 있지?"

원이 쓰레기통을 가리키며 말하자 하다는 풀이 죽은 얼굴을 했다. 말세가 하다도 함께 다닐 수 없냐고 물었지만, 원은 단호하게 안 된다고 못 박았다. 작은 아이가 돌아다니면 눈에 띌 위험이 크다는 이유였다. 원은 남구에게 악수하듯 손을 내밀며 "안에서 잘 부탁한다. 너는 지금부터 나만 따라다니는 군견인 거야."라고 비장하게 말했다. 남구는 그가 내민 손을 잠깐 킁킁거리더니 이내 말세에게 찰싹 붙었다. 그러자 말세는 남구의 눈을 보며 달래듯 말했다.

"저 인간이 마음에 안 들어도, 네가 좀 봐줘."

남구는 짧게 낑낑대더니 말세의 볼을 핥고는, 원의 곁에 무심하게 섰다.

바깥은 초소나 경계근무자 한 명 보이지 않을 정도로 한산했다. 방독면을 쓴 말세와 '군견'을 대동한 원, 그리고 덜컹거리는 쓰레기통은 철제 셔터와 바리케이드로 꽉 막힌 곳에서 유일하게 열린 입구를 찾았다. 그곳은 지하 카페가 있는 동대문역사문화공원역 안으로 이어지는 문이었다. 원이 문에서 멀찍이 떨어진 지점에 멈춰 서더니 말세에게 신신당부했다.

"내가 먼저 들어가서 상황을 좀 볼게요. 신호를 줄 테니까 그때 들어와요."

창백한 손은 이끼 냄새 밴 카디건 대신 5호선 일꾼들이 많이 입는 점프슈트 비슷한 멜빵 바지에 빛바랜 실크 스카프를 목에 둘렀다. 사일의 방에서 훔친 통행증을 주머니에 챙기고, 기름진 머리는 왁스를 바른 듯 깔끔하게 뒤로 넘겼다. 조용하고 담담하게 동대문역사문화공원역의 게이트를 향해 걸어갔다.

게이트를 통과한 순간, 창백한 손은 고장 난 듯 거칠게 뛰는 심장을 간신히 진정시켰다. 관광객처럼 보이기 위해 억지로 밝은 미소를 지으며, 무서운 5호선 문지기에게 인사를 건넸기 때문이다.

"안녕하세요."

평범한 인사였지만, 자신의 목소리가 매우 낯설게 느껴졌다. 어둠 속으로 숨고 싶었지만, 몸에 숨겨둔 준비물들이 옷 속에서 무겁게 느껴지며 창백한 손을 현실로 끌어당겼다. 창백한 손은 그림자처럼 사라지고 싶다는 생각을 억누르며 잠시 눈을 감았다. 눅눅하면서 상큼한 민트 이끼 향기, 궤도차의 둔탁한 쇳소리, 사람들의 부드러운 웅성거림, 잘 씻은 지하인의 조촐한 누린내, 코끝을 스치는 희미한 원두 향, 그리고 환한 전등불이 내뿜는 안온한 열기. 이 공간은 숨을 곳이 많지 않았다. 만약 그림자 상태로 환기구나 벽에 붙어 5호선으로 넘어왔더라면, 숨을 곳이 없어 위험했을 것이다. 어쩔 수 없지. 창백한 손은 주위를 둘러보며 사람들의 행동을 훔쳐보고, 머릿속으로 따라 했다. 어둠 속에 숨을 수 없다면, 군중 속에 숨으면 된다. 커피차 일행에게 접근하기에도 이 방식이 더 유리할 것이다.

"전설의 바리스타-! 전설의 바리스타가 내린 커피를 어서 맛보세요!"

귀가 따갑게 울릴 정도로 큰 소리가 들려왔다. 고개를 돌리니, 키 작은 소녀가 넓은 나무판을 들고 이리저리 흔들고 있었다. 나무판에는 이렇게 적혀 있었다.

전설의 바리스타와 함께하는 승급식!

(입장 무료)

승급식이라는 게 뭔지는 몰라도 중요한 행사인 것 같았다. 이런 건 딱 질색이었다. 창백한 손은 사람이 바글거리는 구간을 벗어나려 주변을 살피며 정신을 집중했다. 멋들어진 표지판을 단 간이 상점 몇 개를 지나자, 영롱하게 빛나는 LED 장미꽃밭이 나타났다. 지하에 이런 걸 만들어두다니. 전기가 아깝지도 않은가. 창백한 손은 괜히 속이 거북해졌다. 자신이 본 수많은 역에서 전기를 아끼기 위해 안간힘을 쓰던 사람들이 떠올랐기 때문이었다. 뭐, 어차피 나랑 상관없는 일이다.

장미꽃밭 옆으로 카페 입장을 기다리는 지하인들이 길게 줄을 늘어뜨리고 있었다. 동대문역사문화공원역은 최고의 인구 밀도를 자랑하는 역답게 많은 사람으로 북적였다. 창백한 손은 줄 맨 뒤에 조용히 섰다. 사람들 사이에 가만히 있으려니 온 신경이 곤두섰다. 줄 선 사람들이 주고받는 대화 한 마디 한 마디가 선명하게 귀에 꽂혔다.

너 승급식 갈 거야? 글쎄, 거기 가면 짜증만 나. 나는 언제 5로 시작하는 표식 새겨보냐. 승급하는 사람들을 보면 희망이 보인다니까? 그 사람들도 하는데 우리라고 못 할 게 뭐야. 몰라, 그냥 커피나 마셨으면 좋겠어. 솔직히 이 정도로 인기가 있으면 카페 하나 더 만들어줘야 하는 거 아닌가. 아니면 다른 노선 애들은 출입을 금지시키든지. 아무튼, 나는 승급식 간다. 전설의 바리스타도 보고 재밌을 것 같아. 지금 이 카페에 수급하는 원두도 전부 그 사람이 구해 온 거라잖아. 그래? 그렇대. 그 바리스타가 직접 커피도 내려주는 건가….

주변의 말소리는 끝도 없이 이어졌다. 카페 입장 줄이 조금씩 줄어들자 내부의 모습이 드러났다. 매끈하게 빛나는 철제 테이블과 장난스러운 조각품 같은 의자들이 아담하게 배치되어 있고, 앞치마를 두른 사람들이 손님들을 차례차례 자리로 안내했다. 사람들의 얼굴은 기대와 흥분으로 한껏 상기되어 있었다. 그리고 그들 위로, 누군가의 머리가 비죽 솟아 있었다.

커피차와 함께 있던 위수단 단원이잖아.

그는 전혀 다른 옷을 입고 있었지만, 범상치 않은 체격과 독특한 생김새 덕분에 단번에 알아볼 수 있었다. 그런데 선인장은 어디에 있지?

조금 전, 원은 늠름한 강아지를 번쩍 안아 들고 출입문 안으로 들어갔다. 그 일꾼이 안에서 출입문을 잠가두지 않은 덕이었다. 안으로 들어가자 텅 빈 공간이 나타나며 위쪽에서 강한 바람이 내리쳤다. 지상을 드나드는 일꾼들의 몸에 묻은 꽃가루를 털어내기 위한 장치였다. 깜짝 놀란 남구가 원의 품에서 뛰어내렸다. 원은 익숙하게 온몸을 털고, 앞에 놓인 또 다른 문을 주시했다. 대부분의 5호선 출입구에는 총기를 소지하고 비상 알람을 관리하는 수호자들이 상주한다. 이들의 경계망을 뚫으려면 교대 시간을 노리거나, 다른 곳에 한눈팔게 해야 한다. 하지만 지금은 계산할 시간이 없었다. 원은 자신의 직감을 믿기로 했다. 단숨에 문을 벌컥 열고 들어가 익숙한 수신호를 보냈다.

'여기 생존자가 있다.'

5호선 생도가 되었을 때 가장 먼저 배우는 수신호였다. 수많은 훈련을 통해 몸에 각인된 이 신호는 모두가 지쳐 나가떨어질지라도 결국 사람을 지키기 위해 싸운다는 것을 상기시키는 상징이자 희망이었다.

시커먼 복장의 수호자들은 원의 수신호를 보자마자 일제히 일어서서 경례했다. 수호자 하나가 다가와 원의 표식을 확인했고, 원은 흔들림 없는 매서운 눈으로 명령을 내렸다.

"쉬어. 여의도 보병여단 특수임무대대 3중대 중대장이다. 작전 중 들렀다."

"충성! 괜찮으십니까? 의무실 안 가보셔도 되겠습니까?"

"보고는 내가 알아서 해. 지금은 필요한 걸 가져와야겠다."

원은 자신의 손길을 애써 피하는 남구를 억지로 쓰다듬으며 말을 이었다.

"군견용 하네스. 좋은 걸로. 강아지 간식도."

"예? 아, 예 알겠습니다! 잠깐만 기다려주십시오."

수호자 한 명이 황급히 뛰어갔고, 원은 남아 있는 수호자에게 시선을 돌렸다. 뜨끔한 표정을 짓던 그는 다급히 물었다.

"더 필요한 건 없으십니까?"

그렇지. 원은 망설임 없이 길고 긴 리스트를 한 번에 쏟아냈다.

"옷. 내 사이즈 맞는 걸로. 식수랑 수건. 마스크도 두 개."

초짜로 보이는 수호자는 심부름 리스트를 외우기 위해 중얼거리며 문밖으로 달려갔다. 휴. 처리했군. 원은 재빨리 바깥 출입문을 열어 일꾼으로 변장한 말세와 하다가 든 커다란 쓰레기통을 안으로 들여왔다. 그들은 하다를 안전하게 숨길 장소를 찾기 위해 신속하게 움직였다. 다른 일꾼들이 분주히 드나드는 복도로 나가 두리번거리던 순간, 말세와 비슷한 복장의 일꾼 하나가 그들을 멈춰 세웠다.

"너 뭐 하냐? 나갔다 왔으면 승급식 준비해야지."

갑작스러운 목소리에 말세가 당황해 얼어붙자, 옆에 있던 원이 빠르게 나서서 "제가 남는 마스크 좀 달라고 했습니다."라고 설명했다. 그러자 일꾼은 원의 목을 슥 확인하더니 창고에 있으니까 가져가라고 퉁명스럽게 대꾸하고는 창고 문을 열어주었다.

"너, 유니폼 갈아입고 빨리 올라와. 시간 없다."

말세에게 명령조로 말을 던진 일꾼은 서둘러 발길을 돌렸다. 일꾼은 걸음을 옮기며 문득, 저렇게 작은 키의 직원이 있었나? 싶었지만, 옆에 워낙 체격 좋은 군인이 서 있어서 더 작아 보였겠거니 하고 대수롭지 않게 넘겼다.

말세는 어색한 동작으로 창고 안으로 들어갔다. 퀴퀴한 냄새가 코를 찌르는 창고 안에는 여분의 쓰레기통과 도구함, 그리고 크기가 제각각인 작업복이 어지럽게 쌓여 있었다. 원은 쓰레기통에서 하다를 조심스럽게 꺼내주고 숨길 곳을 찾아 둘러보다가, 아래쪽 선반에서 수상한 물건들을 발견했다. 철제 인두 몇 개와 복잡한 영문이 적힌 약병들이었다. 뭐에 쓰려는 거지? 원은 일단 카페를 최대한 빨리 둘러보고 다시 돌아와야겠다고 판단했다.

말세는 창고 구석에 쌓여 있는 큰 상자들 사이로 눈길을 돌렸다. 먼지가 쌓인 걸 보니 이 상자들은 거의 열어보지 않은 듯했다. 말세는 상자 하나를 빼내 틈을 만들어서 하다를 그 안에 숨기고는 신신당부했다.

"답답하겠지만 여기서 조금만 기다려. 미안해⋯."

하다는 상어 인형을 꼭 끌어안은 채 뾰로통한 얼굴로 고개를 끄덕였다. 아까부터 계속 가만히 기다리라는 말세 누나의 말이 마음에 들지 않은 탓이었다. 말세는 원이 찾아준 마스크로 얼굴과 목을 가리고, 아까 마주쳤던 일꾼과 똑같은 작업복으로 갈아입었다. 원은 하다가 잘 숨었는지 다시 한번 확인한 후, 말세의 뒤를 따라 창고를 빠져나왔다.

빳빳하게 각진 작업복을 매만지며, 말세는 문득 심장이 몸 밖으로 튀어나온 게 아닌지 의심했다. 심장이 이렇게 격렬하게 뛰는 이유가 하다가 걱정되어서인지, 그토록 바라던 지하 카페에 드디어 온 설렘 때문인지, 아니면 옆 목에 뚜렷하게 새겨진 표식이 들킬까 봐 두려워서인지 알 수 없었다.

아니었다. 어디선가 고소하고 오묘한 향기 때문인 게 분명했다. 말세는 무언가에 홀린 듯 창고가 있는 복도를 지나 나선형의 벽을 따라 걸음을 옮겼다. 얼마 지나지 않아 사방이 검은 천으로 둘러싸인 공간이 나타났다. 말세의 발걸음이 멈췄다. 검은 천은 높은 벽 아래로 우아하게 늘어지며 바깥의 햇빛을 차단했고, 장스탠드 여러 개가 차가운 빛깔의 탁자를 은은하게 밝혀 세련된 분위기를 더했다.

천 사이로 보이는 둥근 유리벽은 드넓은 카페를 두 공간으로 나누고 있었다. 한쪽에는 5호선 일꾼 유니폼을 입은 사람들이 질서 있게 움직였고, 다른 한쪽에는 그들보다 훨씬 부산스럽고 다양한 표정을 가진 사람들이 탁자를 중심으로 모여 앉아 이야기꽃을 피우고 있었다. 크고 작은 말소리가 카페 중앙의 장대한 그랜드 피아노에서 울려 퍼지는 풍성한 음색과 어우러져 말세의 마음을 사로잡았다. 더 안쪽으로 걸음을 옮기자, 카운터 안에서 분주히 움직이는 사람들이 눈에 들어왔다.

앞치마를 두른 사람들이 분주히 커피를 내리고 있었다.

드르르륵, 시끄러운 기계 소리가 멈추면 치익, 치익- 처음 보는 번쩍번쩍한 기계에서 하얀 김이 피어오르며 진한 검은 액체가 흘러나왔다. 그러면 앞치마를 두른 사람들이 그 검은 액체를 깨끗한 물이 담긴 유리잔에 쇄르륵 쏟아부었다. 땡! 카운터 앞을 지키던 사람이 종을 치자, 일꾼 복장의 손님들이 커피를 받아 갔다. 말세는 생경한 광경을 넋을 놓고 지켜보다가 문득 깨달았다.

저 사람들은 바리스타다.

진짜 바리스타!

말세의 가슴이 두근거렸다. 벅찬 감정에 눈물이 날 것 같았다. 이 향기, 바로 이 향이었다. 전설의 바리스타가 내린 커피를 마셨을 때 느꼈던 그 진한 커피의 향기. 말세는 설레는 마음으로 바리스타들의 움직임을 지켜보았다. 진짜 바리스타는 저렇게 커피를 내리는구나. 그들의 손길에 빠져들어 자신도 모르게 카운터 쪽으로 천천히 다가갔다. 그러나 말세의 빛나는 눈빛이 부담스러웠던 바리스타 중 한 명이 당황스레 손을 흔들며 말했다.

"저기요, 주문은 저쪽에서 하셔야 돼요."

말세는 흠칫 놀라 정신을 차리곤 바리스타들의 얼굴을 재빨리 살폈다. 그러나 이곳에 전설의 바리스타는 없는 것 같았다. 혹시 다른 곳에 있으려나? 흥분을 주체하지 못한 말세는 무심코 질문을 내뱉었다.

"혹시, 혹시! 전설의 바리스타도 여기 있나요?"

말세를 무미건조하게 바라보던 바리스타는 손가락으로 위를 가리켰다.

"위층에서 승급식이 열려요. 그때 나올 거예요."

말세의 시선이 위층으로 향하는 사람들의 행렬을 따라갔다. 아름다운 나선형 계단이 그들을 위로 이끌고 있었다. 말세는 무언가에 홀린 듯 자연스럽게 그들 틈에 섞여 계단을 오르기 시작했다.

"아, 어디로 간 거야."

원은 말세를 뒤따라가려다, 심부름을 시켰던 수호자 두 명을 마주쳤다. 그 덕에 그들이 가져온 물건을 성심성의껏 사용해야 했다. 5호선 상위 계급이 입는 셔츠와 각 잡힌 바지를 입고, 긴 머리를 깔끔하게 넘긴 원은 남구에게 간식을 주고 하네스까지 채우느라 시간이 약간 지체되었다. 말세가 복도를 빠져나가 자신을 기다리고 있을 거라 예상한 원은, 카페에 가득한 일꾼 복장의 사람들을 보며 한숨을 내쉬었다. 사람이 많아 말세가 눈에 띄지 않는 점은 좋았으나, 문제는 원의 눈에도 잘 보이지 않는다는 것이었다. 원은 남구에게 간식 하나를 더 주며 말세를 찾아달라 했지만, 배고팠던 남구는 말세를 찾기는커녕 간식만 맛있게 먹었다.

어쩔 수 없이 말세를 찾아 카페 안을 돌아다니던 원은, 곧 누군가의 창백한 눈길을 느꼈다. 그것은 유리벽 바깥에 있는 '관광객들' 때문이라는 것을 깨달았다. 유리벽 안에서 유니폼을 입고 커피를 천천히 홀짝이는 사람들의 얼굴에는 평온한 미소와 생동감, 그리고 우월감이 감돌았다.

  카페를 두 구역으로 나누는 유리벽은 커피를 마실 자격이 있는 사람과 아닌 사람을 철저하게 가르고 있었다. 5호선으로 이주해 일꾼이 아닌 단순 방문객들은 커피를 마실 수 없었다. 커피는 자신의 몫을 해낸 일꾼들에게 주어지는 '특권'이었다. 그 특권을 누리는 자들은 유리벽 밖의 사람들을 평가하고 비하하며, 때로는 비웃기까지 했다. 원은 그들의 얼굴을 보며 사령관을 떠올렸다.

  두통이 몰려왔다. 그들은 웃고 떠들며 진정으로 행복한 표정을 짓고 있었다. 마치 커피를 마실 자격이 있는 사람처럼. 원은 관자놀이를 꾹 눌러가며 그곳을 빠져나왔다.

  "승급식이 곧 시작합니다! 전설의 바리스타를 보러 오세요!"

  누군가의 쩌렁쩌렁한 목소리가 원의 귓가를 때렸다. 저기로 갔겠군. 원은 남구와 함께 계단을 올랐다.

  곧이어 우레와 같은 박수 소리가 울려 퍼지며 삽시간에 주위가 어두워졌다.

선인장에게

너에게 전해야 할 말이 너무 많은데
이게 마지막 편지가 될 것 같아.
사령관의 군인들이 곧 들이닥칠 거야.
누군가가 이 편지를 발견한다면 너에게 전해주길,
너만은 진실을 알았으면 좋겠어.
두서가 없어서 미안. 시간이 없어.

이 모든 건 다 내가 커피나무를 훔쳐서 그런 거야.
사령관의 땅에서.
처음엔 그저 사람들을 도와주고 싶었어.
미역 머리가 생긴 뒤로 누가 아파하거나 그러면
나도 괴로워졌거든.
다른 사람을 공격하거나 자기 자신을 공격하거나,
아예 움직이지 않거나.
그런 사람들이 잃어버린 것을 되찾아주고 싶었어.
무언가를 잃어버려서 사람들이 다 같이
병들어버린 게 아닌가 싶었거든.
희망… 그런 거창한 거 말고. 어차피 사람들은 다 알아.
이제 노란 햇빛은 그저 위험할 뿐이고,
평생을 지하에서 살아야 한다는 걸.
치료제 따위는 없고
언젠가 대수롭지 않은 죽음을 맞이할 뿐이라는 걸.

인류의 생존이고 뭐고 대의고 나발이고
그저 하루라도 그럭저럭 괜찮은 날을 보내고 싶을 뿐이라는 걸.
쓰고 보니 사람들이 잃어버렸다는 게 정확히 뭔지는 모르겠어.
그때 난 그저 사람들에게 커피 한 잔씩 나눠주며,
조금이라도 다정한 사람과 공명했어. 그게 다야.
어차피 너를 찾으러 여기저기 돌아다녀야 했으니까,
겸사겸사 한 일이었지.
그 뒤로 당분간은 괜찮았어.
사람들은 더 이상 싸우지도, 우울해하지도 않는 것 같았어.
심지어, 사람들은 비실비실 웃었어.
의외로 따스한 생각은 간지럼처럼 잘 퍼질 수 있더라.

문제는 내 정체를 알아버린 사람들이 생겼다는 거야.
그들은 나처럼 변하고 싶다고,
간절히 기도하면 머리에서 미역 머리가 자랄 거라고 믿었어.
나는 신이 아니라고 했지만, 그들은 내 말을 듣지 않았어.
그래서 거리를 둬야 했는데,
막상 그 사람들을 알고 나니… 그럴 수 없었어.
난 그들을 막을 수도, 통제할 수도 없을 거야.
그렇다고 그들이 죽게 내버려둘 수도 없어. 군인들이 그들을
꼭 나를

11장

'꼭 나를… 뒤이어 하려던 말이 뭐였을까.'

 창백한 손은 편지지 속에 있던 나뭇잎을 조심스럽게 다시 끼워 넣었다. 나뭇잎 끝에 불에 그을린 자국이 있었다. 창백한 손은 그가 이 나뭇잎을 편지 속에 소중하게 끼워둔 데에는 중요한 이유가 있을 거라 짐작했다. '성지'에 갔을 땐 모든 것이 재가 되어 있었다. 아마도 그는 정원이 다 타버리기 전에 이파리 하나를 건졌을 것이다. 그 간절함을 선인장이 알아야 했다.

 그래야 화신을 찾을 수 있다.

 드높은 돔형 천장에 달린 샹들리에가 번쩍이더니 이윽고 천둥 같은 박수 소리가 울려 퍼졌다. 약간씩 다른 점프슈트를 입은 사람들, 목을 가린 타 노선 방문객들, 그들이 데리고 온 노인과 아이들, 군중 사이를 다니며 그들의 소란을 잠재우는 수호자들.

빼곡하게 들어찬 공간 가운데엔 돌과 흙으로 쌓은 무대가 완만하게 솟았고, 붉은 벽돌로 된 길이 뒤쪽에 난 문과 연결되어 있었다. 박수 소리가 잦아들자, 검은 제복을 입은 수호자가 무대 위에 올라섰다.

"지금부터 승급식을 시작하겠습니다. 5호선의 가족이 되실 승급 대상자분들, 무대 위로 올라와주세요!"

흉터 하나 없는 깨끗한 이미지의 수호자가 유쾌하게 외쳤다. 곧이어 뒤쪽에서 각양각색의 일꾼 몇 명이 올라왔다. 푸석하고 어딘가 노랗게 뜬 얼굴들이 환하게 웃었다. 그들의 눈 밑은 그림자가 졌으나 눈동자는 묘하게 생기가 돌았다. 몇몇은 어깨가 심하게 구부러졌고, 몇몇은 5호선 거주인답지 않게 야위었다. 그들은 무대에 깔린 흙과 모래를 자랑스럽게 밟고 꼿꼿하게 서서 아래를 내려다보았다. 너희와 달리 나는 이곳에 올라 마땅한 사람이다, 말하듯.

창백한 손은 숨 막히는 공기를 견디며, 절대 비키지 않으려는 사람들 사이를 간신히 비집고 필사적으로 원의 뒤를 쫓았다. 그리고 마침내 멈춘 곳에, 마스크로 얼굴과 목을 가린 일꾼이 있었다. 창백한 손은 그 일꾼의 뒷모습을 알아보았다. 그 커피차… 아니, 선인장이었다. 창백한 손은 은밀하게 말세의 뒤쪽에 섰다. 어떻게 말을 걸어야 하지, 고민하며.

무대 위, 수호자는 승급 대상자 한 사람 한 사람에게 승급 소감을 물어보았다. 다른 노선 표식을 갖고 있지만, 5호선의 일꾼이 되어 열심히 일한 결과 진짜 5호선 거주민이 된 소감이 어떤

지를 물었다. 더러운 점프슈트를 입은 사람은 자신이 얼마나 열심히 일을 했는지 구구절절 따분하게 자랑했고, 작업복 대신 구하기 어려운 하얀 티를 입은 사람은 자신에 찬 목소리로 여러분도 할 수 있다며 희망을 전했다. 아무리 일이 힘들어도 포기하면 안 되고, 열심히 하는 만큼 대가를 받는 거라고. 그러니 당신들도 더 노력해서 이곳에 올라오길 바란다고도.

무대 아래 군중의 분위기가 아슬아슬하게 식었다. 말세는 등 뒤에서 인기척을 느끼고 슬쩍 뒤를 돌아 보았다. 남구가 다리에 찰싹 붙으며 꼬리를 흔들었다. 그 뒤엔 멀끔한 복장의 원이 할 말이 많은 눈으로 말세를 뚫어져라 보고 있었다. 간신히 찾았으니 봐준다는 듯이. 뜨끔한 말세는 어설픈 미소를 흘리곤 고개를 돌렸다.

마지막 차례가 되자, 너덜너덜하지만 단정한 작업복을 입은 사람이 잠시 머뭇거리더니 입을 열었다.

"저는… 솔직히 승급하고 싶지 않습니다. 콜록, 그냥 다른 노선으로 가서 쉬고 싶어요. 이제 커피도 울렁거려서 마실 수가 없어요. 그냥 모든 게 다 부질없고, 언젠가 지상으로 나갈 수 있을 거라는 생각도 들지가 않아요. 그러니까 저는 승급 취소를…."

나이가 많아 봐야 30대일 것 같은 그 사람은 다른 승급자들이 뿌듯한 표정으로 소감을 말하는 것과는 달리, 불안한 기색이 역력했다. 승급하면 무엇이 달라지는 걸까? 지하 카페에서 일하는 바리스타들도 승급한 걸까? 승급하면 더 좋은 곳에서 살 수 있는 걸까?

말세는 원에게 승급에 대해 물어보려 몸을 기울였지만, 수호자가 승급자의 말을 끊으며 급히 무대 위로 올라오는 바람에 기회를 놓쳤다. 원은 무언가에 홀린 듯한 관중과 구석구석을 지키는 수호자들을 차분히 관찰하다가, 익숙한 얼굴을 발견하고 조용히 말세에게서 멀어졌다.

"잘 들었습니다! 오늘 승급자분들을 축하하러 특별한 손님이 오셨는데요."

수호자의 말이 끝나기도 전에 어디선가 위잉, 위잉 소리가 울려 퍼졌다. 드륵- 모터 돌아가는 소리와 무언가 갈리는 소리가 청중의 이목을 집중시켰다. 화려한 전등불이 어지러이 깜박이더니, 검은 망토를 뒤집어쓴 '특별한 손님'이 무대 위로 등장했다.

"커피 마실 사람?"

검은 망토를 푹 눌러쓴 특별한 손님은 두 손에 믹서기를 들고 위이잉- 돌렸다. 믹서 안에 담긴 검은콩들이 갈리면서 황홀한 향이 퍼져 나갔다. 그것은 잘 볶아진 원두만이 낼 수 있는 고소하고 달콤하며 적당히 신 풍미가 살아 있는, 진짜 커피의 향이었다. 그는 믹서기를 청중을 향해 높이 들어 올렸다가 빙 돌리며 과장된 퍼포먼스로 원두를 갈았다. 와라라락 시끄러운 모터 소리조차 음악처럼 들렸다. 그러고는 믹서기를 탁탁- 현란하게 치더니 누군가를 향해 손가락을 까딱하자, 무대 옆쪽에서 대기하던 바리스타 조수가 쪼르르 올라와 간이 테이블을 그의 앞에 놓았다. 그는 고급스러운 드리퍼에 잘 갈린 원두를 담고, 팔팔 끓여 김이 모락모락 나는 물을 주전자에 담아 유선형의 물줄기를 점점 높이 올려 커피가 부풀어 오르게 따랐다. 진한 커피향이 청중의 후각을 압도했다. 그는 섬세한 손길로 드리퍼와 서버를 살포시 잡고 무대 위를 우아하게 활보하며 앞에 있는 청중 모두가 커피향을 맡을 수 있도록 했다. 마침내 커피가 다 내려지자, 그는 긴장감을 고조시키며 검은 망토를 벗어 던졌다. 촤라락. 불이 모두 켜지고 그의 얼굴이 훤히 드러났다. 시원하게 자른 머리에 뚜렷한 이목구비, 완벽한 신체 비율과 현란한 손놀림까지 겸비한 그는···.

"전설의 바리스타를 소개합니다!"

수호자의 함성에 이어 군중의 환호와 박수 소리가 가득 차며 공간을 압도했다. 말세는 손이 떨리기 시작했다. 갑자기 누군가가 뒤통수를 세게 때린 듯한 따끔한 통증이 느껴졌다.

저 사람은 전설의 바리스타가 아니었다.

저 사람은 그와는 전혀 다른, 모르는 사람이었다. 말세는 확신했다.

누군가가 차가운 물로 따귀를 때린 것 같았다. 말세는 순간적으로 흥분된 상태에서 벗어나게 되었다. 그러자 말세의 가시는 주변의 공기를 제대로 인식하기 시작했다. 공간은 익명의 감정으로 가득 차 있었고, 화학 정보는 사람 수만큼 넘쳐흘렀다.

환호, 흥분, 기쁨, 뚜렷하게 긍정적이고 각성된 감각들이 설탕 비가 되어 말세에게 쏟아져 내렸다. 예상치 못한 감정의 소나기를 맞은 듯, 차갑고도 달콤한 기운이 피부에 스며들었다. 마치 설탕물이 천천히 흘러내리는 것처럼, 끈적한 단내가 주위를 가득 채웠다. 말세의 뒤통수에 돋아난 가시는 본능적으로 그 소용돌이 속에서 자신이 공명할 만한 감정을 찾으려 애썼다. 실망감은 축축한 곳이라면 어디서든 피어나는 터널 곰팡이처럼 퍼져

나갔다. 말세의 가시는 그 감정에 닿아 기묘한 떨림을 느꼈다. 그리고 곧, 익숙하면서도 낯선 감각이 스쳐 지나갔다.

「너희는 이런 걸 마실 자격이 없어. 이 패배자들. 부럽지?」

「저렇게 좋은 커피는 대체 무슨 맛일까. 지금은 무대 아래에 있지만, 이건 임시일 뿐이야. 나도 언젠가는 저 커피 마실 수 있겠지? 열심히 하면 된다니까. 몰라, 일단 죽어라 하고 보자.」

「승급자 너희들, 얼마나 잘 사나 보자. 어차피 지상으로 나가게 되면 다 똑같아지는데, 뭐 하러 열심히 하지. 멍청이들.」

「공짜로 커피 마시고 싶다. 쟤도 하는데, 나라고 못 할 거 있어?」

우월감, 녹진한 패배감, 막연한 희망, 뒤틀린 의욕, 그리고 방향이 없는 갈망…. 이 자잘한 감정들이 모여 하나의 형상을 이루었다. 그 형상을 보고 있자니 말세는 설명할 수 없는 갈증에 휩싸였다. 목이 마른 걸까, 아니면 목이 마르도록 무언가를 원하게 된 것일까. 혼란스러운 와중에도 그 형상은 점차 부풀어 올라 허공을 촘촘히 채웠다.

끈적한 솜사탕 같으면서도 먹구름 같은 형상.

그것은 전설의 바리스타가 반짝이는 별 같은 누룽지 사탕을 커피에 띄워주던 그날의 감각과는 전혀 달랐다. 진짜 전설의 바리스타라면 이런 형상을 만들어두지 않았을 것이다. 누군가가 커피를 원한다면 그저 묵묵히 내려주었을 것이다.

말세는 속으로 되뇌었다. 어서 이곳을 빠져나가자.

말세는 황급히 군중을 헤치며 무대와 반대 방향으로 나아갔다. 곧이어 간신히 사람이 드문 일꾼용 출구를 통해 빠져나왔다.

출구 바깥은 다행히 한산했다. 숨을 고르던 말세는 원과 남구를 두고 왔음을 깨달았다. 다시 들어가야 할까, 아니면 원이 나오기를 기다릴까 망설이는 사이, 어디선가 가냘픈 목소리가 들려왔다.

"저, 저기… 이거, 이거요. 떨어트리셨어요."

전등 빛이 닿지 않은 어둠 속에서 창백한 피부를 가진 왜소한 지하인이 불쑥 나타났다. 여자는 고개를 숙인 채 성큼 다가와 말세의 손에 종잇조각을 쥐여주었다. 어딘가 낯익은 느낌이 들었다. 내가 이 사람을 알았던가.

"그, 그거 보시면 아, 아실 거예요. 저건 진, 진짜 전설의 바리스타가 아니라는 거."

왜소한 지하인이 다짜고짜 말했다. 적잖이 당황한 말세는 잠시 넋을 놓았다.

"네?"

"궁금하시면, 그, 카페 근처 벼, 변소로."

말세가 그게 무슨 말이냐고 되묻기도 전에, 여자는 아래로 뛰어갔다. 말세는 구겨지고 너덜너덜한 편지지를 펼쳤다. 편지의 첫머리에는 '선인장에게'라고 시작해서 글자가 빼곡하게 적혀 있었다. 꼬깃한 편지지를 다 펼치자마자 끝이 까맣게 그을린 마른 나뭇잎 한 장이 종이 사이에서 떨어졌다.

"뭐야…"

말세는 무심코 나뭇잎을 들어 냄새를 맡았다. 나뭇잎 표면에 미세하게 묻어 있던 금빛 가루가 콧속으로 들어오며 재채기가 터졌다. 에취! 시원한 재채기와 함께 금빛 가루들이 자유로이 허공으로 흩어졌다. 가루는 어지럽게 날아다니다가 안착했다.

말세의 볼에, 머리에, 뒤통수에, 가시에.

뒤통수의 가시가 파르르 떨려왔다. 곧이어 누군가의 간절한 신호가 전해졌다.

「꼭 나를 찾아줘.」

가시는 금빛 가루의 주인을 단숨에 떠올렸다. 차가운 밤, 따뜻한 커피잔을 건네주던 누군가를. 그 밤하늘의 별과 같은 꿈을 선사하고, 마지막엔 쓸쓸함을 남기고 떠났던 누군가를.

전설의 바리스타를.

나뭇잎에서 떨어진 금빛 가루는 그가 커피를 건네주었을 때 어렴풋이 닿았던 흔적과 같은 것이었다. 말세는 스스로도 설명할 수 없는 강렬한 확신에 사로잡혔다. 이 흔적은 분명 그의 것이다.

구석진 곳으로 자리를 옮긴 말세는 조심스럽게 편지를 펼쳤다. 빼곡히 적힌 글을 모두 이해할 수는 없었지만, 편지를 쓴 사람의 마음만은 뚜렷이 전해졌다. 이 편지가 꼭 '선인장'이라는 사람에게 닿길 바라는 간절한 염원이 느껴졌다. 그리고 그 선인장이 자신을 찾아주길 바라는 마음 또한 절실했다. 이 편지를 전해준 지하인을 다시 찾아야 했다. 여자에게 물어봐야 할 것이 많았다.

꿉꿉하고 퀴퀴한 창고 안, 작고 여린 숨소리가 들려왔다. 누군가 버린 더러운 유니폼과 수건이 쌓인 빨래 카트 아래 칸에, 하다가 몸을 웅크린 채 곤히 자고 있었다. 아이는 그나마 깨끗한 수건을 골라 이불처럼 덮고 있었다.

말세와 원이 떠난 후, 하다는 3호선에 숨어들었던 때처럼 어른들의 눈에 띄지 않을 안전한 공간을 찾아냈다. 화신교의 아이로 지내며 나름대로 산전수전을 겪어온 하다에게 이런 숨바꼭질은 익숙한 일이었다. 다만 그들이 올 때까지 기다리는 일이 고역이었다. 낯선 환경을 관찰하다가, 간헐적인 걱정에 빠졌다가, 갖고 놀 수 있는 장난감을 찾다 지친 하다는 결국 잠이 들었다. 잘 자던 하다는 별안간 얼굴을 찡그리며 이불로 덮은 수건을 꼭 쥐었다.

"엄마… 어디 가…."

엄마들과 아빠들의 얼굴이 스쳤다. 그중에서도 하다가 가장 믿고 의지하며 사랑했던 엄마의 얼굴이 떠올랐다.

엄마는 가면을 벗은 채 어딘가를 응시하고 있었다. 그곳은 잿빛 땅이었다. 아직 꺼지지 않은 불씨가 바람에 타올랐다가 꺼졌다. 엄마는 그 잿빛 땅에서 무언가를 찾고 있었다. 혹시라도 살아 있는 나무가 남아 있지는 않을까, 다 타버린 땅을 맨손으로 후벼파며 시꺼멓게 변한 손과 날아오르는 재를 견디면서도 계속 찾았다.

"하다야, 나무는 뿌리가 죽으면 죽는 거야."

엄마는 사람들의 이름을 부르며 울었다. 하다는 엄마를 꼭 안아주고 싶었지만, 엄마는 하다가 잿빛 땅에 들어오지 못하게 했다. 그곳은 쓸쓸하고, 무서웠다.

"엄마… 여기서 무슨 일이 있었어?"

"여기엔 원래 커피나무가 있었어. 그런데 나쁜 사람들이 다 불태웠어."

"왜?"

"어떤 사람들은, 다른 사람들의 희망을 통제하려 하거든. 자기들만의 논리로 무엇을 희망해야 옳은지를 정하고, 다르게 살아가려는 사람들을 짓밟으면서 그것을 성공이라 부르거든."

"그건 나쁜 거지?"

"응. 하지만 사람들은 자신이 피해를 입지 않으면 나쁘다고 생각하지 않아. 그 논리 안에 있으면 그건 정당화되거든. 계급을 만들고, 착취하고, 다른 생명을 몰살해도 근사한 이유가 있다면 그건 당연한 것이 돼. 자신들이 믿는 가치가 세상의 전부니까. 아무도 질문하지 않아."

엄마는 평소와 달리 쉬운 말로 설명해주지 않았다. 하다는 그 말들을 이해하고 싶었지만, 더 묻지는 않았다. 왜인지, 엄마가 화난 것처럼 보였기 때문이다.

엄마는 투명한 하다의 눈을 바라보다가, 하다를 꼭 안고 작게 흐느꼈다. 하다는 엄마가 많이 슬퍼하고 있다는 걸 알았지만, 그런 엄마를 위해 무엇을 해야 할지는 알 수 없었다. 그저 엄마가 자신에게 해주던 것처럼 등을 토닥이며 괜찮다고 말할 뿐이었다.

"하다야, 엄마는 이제 이렇게 살 수가 없을 것 같아. 엄마가 미안해…."

엄마는 하다에게 제대로 작별을 고했다. 하다가 잠든 사이 비겁하게 떠나버린 다른 엄마, 아빠들과는 달랐다.

"엄마는 보라 선으로 가서 해야 할 일이 있어."

"왜? 왜 가야 돼?"

"그들이 뺏어간 신을 찾아야 해. 그래야 하다가 다시 안전해질 수 있어."

하다에게는 이해할 수 없는 이야기였다. 하지만 떼를 써가며 엄마를 붙잡지는 않았다. 이후 아빠가 우는 하다를 안아주고 달래주었지만, 아빠는 곧 병들었다. 아빠마저 하다의 곁을 떠난 날, 하다는 엄마를 직접 찾겠다고 결심했다.

'엄마가 날 찾아올 수 없다면, 내가 엄마를 찾을 거야.'

하다가 잠든 창고 안, 어디선가 부스럭거리는 소리가 들려왔다. 하다는 조용히 눈을 뜨고 소리가 나는 쪽으로 주의를 돌렸다. 틈 사이로 보이는 건 점프슈트를 입고 커다란 통을 메고 있는 사람들이었다. 하다는 본능적으로 숨을 죽이며 그들의 대화를 엿들었다.

"곧 승급식 막바지네. 아, 나는 도장 찍는 게 제일 귀찮아."

"야, 수호자 애들보다 우리가 더 많이 번다는 거 기억해. 끝나면 커피도 마실 수 있고."

"몰라. 커피 냄새도 이젠 질려. 오늘은 내가 카트 끌게."

그들은 캐비닛을 닮은 철제 카트에 각종 도구를 챙기며 부스럭대다가 잠시 창고 밖으로 나갔다. 그 틈을 타 하다는 빨래 카트에서 잽싸게 나와 그들이 정리하던 카트의 아래 칸을 열었다. 그곳은 텅 비어 있었다.

'모든 상황은 하다가 생각하기 나름이야. 아무것도 하지 않으면, 아무것도 얻을 수 없어.'

언젠가 엄마가 잠들기 전 해주었던 이야기가 불쑥 떠올랐다. 몇 초간 망설이던 하다는 카트 아래 칸으로 들어가 몸을 숨겼다.

여기서 언제까지 누나와 아저씨를 기다릴 순 없어. 나가서 말세 누나를 찾을 거야. 하다는 생각했다.

잠시 후, 일꾼들이 돌아와 하다가 숨은 카트를 끌고 창고 밖으로 나섰다. 카트 위 물건들이 덜그럭거리며 쇳소리를 냈다. 하다는 차가운 문틈으로 바깥을 살폈다. 비슷한 모양의 장화들이 분주히 오갔다. 어디선가 고소하고 맛있는 냄새가 났다가, 곧 어두운 복도로 들어서자 화학약품 냄새가 희미하게 풍겼다. 한 사람이 뛰어가 뭔가를 확인하고 오더니 다시 카트를 밀고 견고한 빗장이 걸린 문 앞에 멈췄다. 카트를 밀던 일꾼이 동료를 보며 물었다.

"오늘 리스트 어때? 연구 벙커는 너무 멀어서 귀찮은데."

"다행히 실험 쥐는 없음. 대신 굴거지 작업이 하나."

굳게 걸린 빗장을 풀고 문을 열자, 열기가 카트 안으로 들어왔다. 하다는 몸을 잔뜩 웅크리고 틈으로 상황을 주시했다. 창고 같은 방 한쪽에는 화로가 타오르고, 발에 단단한 쇠고랑을 찬 사람 대여섯 명이 보였다. 누군가는 허리도 제대로 못 펼 정도로 구부정했고, 누군가는 얼굴이 노랗게 변했으며, 다른 누군가는 연신 기침을 해댔다. 그들은 공통적으로 무언가를 상실한 얼굴이었다. 한 줄로 서 있는 그들에게 일꾼이 다가갔다.

"자, 승급자 여러분. 우선 여러분의 건강 상태가 좋지 못한 것에 대해 심심한 위로를 전합니다. 잘 아시겠지만, 여러분의 경우에는 제대로 승급할 수가 없습니다. 5호선에선 기여하지 않으면 존재할 자격이 없으니까요. 하지만 실망하지 마십쇼. 두 가지 대안이 있습니다."

몸에 치명적인 이상이 생겨 더 이상 일할 수 없게 된 사람들에게 두 가지 선택지가 주어졌다. 다른 노선으로 이주하거나, 5호선의 번영에 기여하는 기밀 일터에 배정받거나. 대부분 후자를 선택했다. 5호선에서 벗어나면 더 고통스러운 삶을 살아야 하므로, 남는 것이 유일한 선택지였다.

한 일꾼이 카트에서 길고 뾰족한 쇠꼬챙이를 꺼내더니 화로에 집어넣었다. 불을 만난 인두가 급속도로 뜨겁게 달아올랐다.

"그럼 동의하신 분들께 새 표식을 찍겠습니다."

일꾼들은 화로에서 충분히 달군 인두를 꺼내, 승급자들의 팔에 도장 찍듯 찍었다. 치익 고기 굽는 냄새와 신음 소리가 뒤섞였다. 누구도 비명을 지르거나 거부하지 않았다. 다른 노선으로 쫓겨나는 것은 더 지옥 같을 것이다. 5호선에서 쫓겨났다는 이유로 받을 멸시와 폭력을 견뎌가며 먹을 걸 구하고, 심한 경우 구걸하며 살아야 할 것이다. 그러니 팔에 도장 정도 찍히는 것쯤이야 아무것도 아니었다. 그런데 마지막 순서가 되자, 맨 끝에 서 있던 사람이 일꾼을 멈춰 세웠다.

"저, 저는 승급하고 싶지 않았어요. 죽기 전까지 사령관의 노예로 살고 싶지 않다고, 그러니까 그냥 다른 노선으로 가겠다고 했는데…."

일꾼이 들고 있던 리스트를 확인하더니, 동료에게 손짓했다. 이 사람이 추방 대상이야, 말하듯. 동료는 고개를 끄덕이며 웃더니 그 사람을 잠시 대기하게 했다. 그때 팔에 표식 도장을 찍은 누군가가 "저희는 어디서 일하게 되는 걸까요?"라고 묻자, 일꾼은 "그건 저희도 모릅니다. 워낙 기밀인지라. 엄청 중요한 일을 하는 곳이라고만 들었어요."라고 무미건조하게 답했다.

잠시 후, 새로운 표식을 찍은 사람들이 차례로 나갔다. 각자의 표식에 맞는 궤도차를 타고 이동할 예정이었다. 방 안에는 일꾼들과 마지막 승급자 한 사람만 남았다. 하다는 흐르는 땀이 눈으로 들어가도 꾹 참았다. 움직이면 안 돼. 언제 나갈 수 있을까. 말세 누나가 나 없어진 거 알면 걱정할 텐데. 하다는 타이밍이 좋지 않다는 것을 본능적으로 알았다. 저 무서운 아저씨들이 나가면 도망가야지, 마음먹고 때를 기다렸다.

마지막 승급자는 안절부절못하며 문 쪽을 바라봤다. 일꾼들은 카트에서 부스럭거리며 뭔가를 준비하고 있었다.

"소독 먼저 하겠습니다."

"싫습니다. 5호선을 떠날 건데 무슨 소독이 필요한…."

치익- 일꾼이 수상한 액체가 든 분무기를 승급자의 얼굴에 분사하자, 그는 발작을 일으키듯 기침하며 주저앉았다. 뭐라고 말하려는 듯 얼굴을 찡그렸다가, 금세 온몸의 힘이 빠져 팔다리를 축 늘어뜨렸다. 일꾼은 그 사람의 팔에 주사를 놓았다.

"편하게 있다가 쫓겨나시면 됩니다. 용쓰지 마시고요. 정신 차리고 나면 마약성 이파리에 중독된 굴거지가 되어 있을 테지만."

"꼭 이렇게 해야 되나? 귀찮게. 그냥 이 사람도 다른 사람들이랑 똑같이 염전이나 정원, 뭐 화괴 시체 처리반 이런 거 시키면 되잖아."

주사기를 대충 닦고 뒷정리하던 동료가 의문을 제기했다.

"멍청아, 아직도 모르겠어? 5호선을 나쁘게 말한 승급자가 나중에 환승역에서 굴거지로 발견되면 어떨 것 같아? 그걸 본 사람들이 그럴 줄 알았다며 비웃겠지. 다른 노선으로 가겠다고 하더니 역시 나약한 패배자일 뿐이라고 말이야."

"그걸 위해 우리가 며칠 동안이나 개고생을 해야 된다고?"

"사령관님의 치밀한 계획을 모르다니. '주먹은 복수를 부르지만, 커피는 복종을 부른다'는 말, 몰라?"

"그게 무슨 뜻인데?"

"와, 노선 간 서열 분쟁 정리하면서 사령관님이 한 명언인데, 좀 외워. 이 자식 어떻게 합격했지?"

"모르겠고 너나 많이 알아두세요. 아, 맞다. 보디백을 두고 와 버렸네."

그렇게 말하며 일꾼 둘은 급히 뛰어나갔다. 하다는 그 틈을 타 카트 캐비닛 문을 열고 밖으로 빠져나왔다. 그들이 나간 문을 열려는데, 뒤에서 인기척이 느껴졌다. 뒤를 돌아보니 아까 그 승급자가 주저앉은 채로 침을 흘리고 있었다. 팔다리는 축 늘어져 죽은 동물 같았지만, 눈동자만은 간절하게 하다를 부르는 것 같았다. 하다는 발을 동동 구르다 승급자에게 쪼르르 달려가 그 사람의 어깨를 마구 흔들었다.

"일어나요!"

하지만 승급자의 몸은 기대앉은 자세에서 점점 미끄러지기만 했고, 하다는 어쩔 줄 몰라 하다가 급히 문 쪽으로 달려갔다. 나중에 말세 누나랑 아저씨한테 말하면 저 사람을 구할 수 있을 거야, 생각하며. 하다가 문고리를 잡은 순간, 문은 기다렸다는 듯이 활짝 열렸다. 하다의 얼굴에 길고 어두운 그림자가 드리웠다.

사일은 두근거리는 가슴을 진정시키며 검은 막대 세 개를 연결했다. 타깃 생포 작전을 수행할 때만 지급받을 수 있는 블로우건을 보고 있자니 흥분이 가라앉질 않았다. 옛날엔 소방관들이 동물을 포획할 때 썼다던 마취총이라 들었으나 얼핏 보면 문지기들이 들고 다니는 곤봉과 비슷해 보인 탓에, 훈련받을 때는 복잡한 구조의 다른 총기에 비해 허접하게 느껴졌다. 하지만 실전에서 쓸 생각을 하니 이보다 더 멋진 도구가 없었다. '자원'이 될 타깃에게 흠집 하나 내지 않고 섬세하게 작전을 수행할 수 있는 물건이었다. 발사체에 지급받은 마취 성분을 투여하고, 꼬리날개를 달아준다. 이 모든 과정을 끝내는 데 1분도 걸리지 않았다.

'타깃은 이곳에 있다. 반원이 지하 카페에 있으니, 커피상도 이곳에 있을 것이다.'

사일은 뱃속 깊은 곳에서 우러나온 수호자의 감을 믿었다. 오랜만에 자기 자신을 믿고 확신하니 두려울 것이 없다.

몇 시간 전, 사일은 안 소령의 직속 부하에게서 블로우건을 지급받고, 지하 카페가 내려다보이는 위층 구석에서 잠복하며 타깃이 나타나길 기다렸다. 그러다 5호선 복장을 하고 있는 반원을 발견했다. 이 역을 담당하는 수호자 애들에게 듣기로 다른 침입자는 없다고 했지만, 역시 그들을 믿을 수는 없었다. 사건사고가 많은 역의 수호자는 매번 배울 게 많고 열정이 가득한 어린 친구들로 구성되며, 그렇기에 빈틈도 더 많다는 것을 반원은 알고 있었을 것이다. 사일은 늪 아래에서 초식동물이 물 마시기를 기다리는 악어처럼 침착하고 차분하게 먹잇감을 기다렸다.

하지만 예상과 달리 타깃은 쉽사리 눈에 띄지 않았다. 승급식이 시작된 후 반원의 움직임을 추적했으나, 그는 빽빽한 군중 사이를 왔다 갔다 할 뿐 커피상과 접촉하지 않았다. 도대체 어디에 있는 거야! 사일의 등에 식은땀이 흐르기 시작했다. 이미 타깃을 찾았다는 보고도 했고 무기까지 지급받았으니, 임무를 완수하지 못하면 진급은커녕 징계를 받을 수도 있다. 거짓 보고를 한 게 되어서는 안 된다. 실패하면 안 된다. 절대로. 주먹을 쥔 손이 아파왔다. 압박감이 천천히 사일을 잠식하기 시작했다.

사일은 승급식이 끝날 때까지 계속 반원을 추적했다. 반원은 사람들이 가장 많이 모여 있는 주변을 맴돌다가 승급식이 끝날 무렵 조명이 꺼지자 사라졌다. 안 돼! 당황한 사일은 건물 안을 미친 듯이 뛰어다녔다. 이게 어떻게 잡은 기회인데, 절대 실패할 수 없어. 절대, 절대 실패해서는 안 돼. 사일의 이성이 서서히 마비되고, 애먼 사람 여럿을 잡아 세운 후에야 가까스로 정신을 차렸다. 수호자 하나가 정신없이 사일에게 뛰어왔기 때문이었다.

"헉, 헉… 아까 말씀하셨던 침입자 말입니다."
"찾았어?"
"예. 그런데 어른이 아니라 아이입니까?"

나선형 건물 구석진 곳, 수호대 감금실 안에서 잔뜩 겁먹은 채 딸꾹질하는 아이가 보였다. 사일은 아이를 향해 누구보다 인자한 미소를 지었다. 분명 종로3가 환승역에서 본 그 아이가 맞았다. 표식이 없는 줄은 몰랐지만. 아이는 분명 타깃과 함께 기어들어 왔을 것이다. 사일은 "많이 놀랐지? 이제 괜찮아." 하며 아이를 안심시켰다. 아이의 축축해진 바지를 갈아입히고, 시원한 물을 마시게 했다. 그러고는 조심스럽게 물었다.

"얘. 너 이름이 뭐지? 누구랑 같이 왔어?"

하지만 아이는 물을 마시지도 않고 손을 꼼지락거리기만 했다.

"잘못했어요… 내보내주세요… 잘못했어요…."

사일은 아이를 보고 피식 웃더니 문을 지키는 다른 수호자에게 고개를 까딱했다.

"보내줘. 문 열라고."

사일은 문밖으로 달려 나가는 꼬마의 뒷모습을 바라보며 흐뭇하게 웃었다. 옳지, 꼬마야. 어른들한테 가야지. 어서 누나를 찾으러 가렴.

"저기요…. 그런데 누구세요? 누구신데, 그리고 왜 저한테 이 편지를 주신 거예요?"

세련된 공간과 전혀 어울리지 않는 푸세식 변소 안에서, 말세는 코를 마구 찌르는 악취를 애써 참아가며 환기구를 향해 속삭였다. 편지를 전달하고 사라졌던 장본인은 얼굴을 드러내지도 않고, 자신이 누구인지 설명도 하지 않은 채 더듬거리며 말했다.

"차, 찾아주세요. 그, 그거, 쓴 사람."

"…편지 쓴 사람, 전설의 바리스타 맞죠."

"그, 그 편지는 화신의 성소에서 발견된 건데… 화신이 커피를 훔친 것도 맞고……."

환기구에서 들려오는 중얼거림은 점점 더 알아듣기 어려웠다. 말세는 더 잘 들으려고 더러운 변기 위로 올라가 까치발을 들었다.

"뭐라고요?"

"화, 화신을 찾으라고요. 선인장이, 그쪽이, 맞잖아."

이 사람이 도대체 무슨 말을 하는 거지? 무슨 뜻인지 이해하기 어려웠다. 위태로운 자세로 환기구 속 사람에게 다시 한번 물었지만, 돌아오는 대답은 같은 말뿐이었다.

"화신을 찾아주세요."

그러니까, 이 사람은 지금 전설의 바리스타가, 화신이라고 말하는 건가? 아니면 내가 착각한 건가? 이 편지를 전설의 바리스타가 쓴 거라고 어떻게 확신할 수 있는 거지? 말세는 혼란에 빠졌다. 그곳이 변소라는 사실을 잊을 정도의 혼란에 빠졌다.

환기구 안에서 말세를 지켜보던 창백한 손은 잠시 머뭇거리더니 무언가를 결심한 듯 환기구 틈으로 나머지 편지들을 하나씩 떨어트렸다.

"이, 이걸 보시면 뭐라도, 알 것 같은데, 그게 아니면 다, 다시 돌려주세요…."

말세의 기억을 깨운 것은 편지의 내용이나 글씨체가 아니었다. 두려움에 떨었던 어느 밤, 유일한 위로가 되어주었던 친구의 다정함이었다. 생각의 흐름과 말투, 그 모든 것이 어렴풋이 누군가를 떠올리게 만들었다.

"어… 그러니까 이걸 어디서 찾았다고요?"

"화신의 성지… 화신이 낙화부대에 잡혀갔던 거, 거기요."

말세의 가시가 간질거렸다. 어렴풋한 누군가의 얼굴이 머릿속을 어지럽혔다. 깊은 곳에 묻어뒀던 기억이 서서히 넘실거리며 떠오르는 듯했다. 하지만 말세가 환기구에 무어라 대답을 하기 전에, 변소 바깥에서 익숙한 목소리가 들려왔다.

"말세 누나! 누나! 어디에 있어?"

말세는 환기구에서 들려온, 가지 말라는 경고를 무시하고 잽싸게 바깥으로 나갔다. 땀 범벅이 된 하다가 바깥에서 열심히 두리번거리고 있었다. 말세는 아이를 향해 달려갔다. 하다는 뛰어오는 말세를 알아보고 "누나아…." 하며 눈물을 터뜨렸다. 드디어 마음 놓고 안길 수 있는 보호자를 찾았다. 하다는 말세를 꼭 끌어안고 참았던 눈물을 터트렸다.

"흐어엉… 누나, 무서운 아줌마 아저씨가 저기서, 흐끅, 막, 흐끅…."

말세를 꼭 끌어안고 울던 하다는 말세가 이상하다는 것을 느꼈다.

"누나, 왜 힘이…."

하다를 끌어안은 팔이 스르르 내려갔다. 털썩. 말세가 쓰러졌다. 붉은 주사기 같은 것이 말세의 목에 꽂혀 있었다. 뒤쪽에서 블로우건을 든 사일이 하다를 향해 걸어 나왔다.

"꼬마야, 너도 같이 갈래?"

한편, 승급식이 진행되는 동안 사일이 자신을 지켜보고 있다는 것을 알아챈 원은 최대한 말세에게서 떨어져야 했다. 말세는 일꾼 복장을 하고 있는 만큼 쉽게 눈에 띄지는 않을 것이다. 드넓은 공간을 가득 채운 사람들 대부분이 일꾼 복장이니까. 원은 군중 속을 헤치고 나아가며 빠르게 계산했다. 이곳에서 나가야 한다. 사일이 여기까지 올 거라곤 생각하지 못했다. 말세와 하다에게 집중하느라 사일이 왜 말세를 붙잡았었는지, 무슨 임무를 수행 중이었는지 생각조차 못 했다. 왜 그랬지. 왜 사일의 임무가 심각한 것이라고 생각하지 못했을까. 단순히 감염 의심자를 잡아들여 딴지를 거는 일쯤으로 왜 멋대로 치부해버렸을까. 쿵, 돌덩이가 가볍게 그를 내리쳤었다.

그야 넌 원래 그렇게 허술한 놈이니까.

강시우도 네가 허술해서 뒈진 거 아니야?

원은 무겁게 내려앉는 감각을 무시하며 빽빽한 군중을 뚫고 남구를 데리고 나가느라 진땀을 뺐다. 사일에게 들키지 않고 이곳을 빠져나가려면… 여러 개의 문 중에서 어디로 나가야 할까. 우선 사일의 눈을 피해서 이곳을 벗어나야 한다.

원은 커피쇼가 시작되기를 기다려 군중 안으로 숨어들었다. 사각지대를 찾고, 그곳에서 가장 가까운 출구로 나간 후 어떻게 하면 이 역을 무사히 빠져나갈 수 있을지를 계산했다. 한번 들어온 이상 다시 지상으로 나가긴 어려울 것이다. 수호자가 모인 구간을 피해서, 최대한 빠르게 궤도택시를 타야 한다. 말세와 하다를 데리고 와야 하는데….

"아이 잃어버리신 분! 아이가 보호자를 애타게 찾아요!"

누군가의 외침을 들은 순간, 원은 갑자기 멈춰 섰다. 나무판을 든 안내원 소녀가 손에 무언가를 들고 열심히 외치고 있었다. 원은 안내원의 손에 들린 인형을 한눈에 알아보았다. 하다의 상어 인형이었다. 쿵, 돌덩이가 떨어졌다. 뭔가가 단단히 잘못됐다. 원은 안내원에게 다급히 물었다.

"그 아이, 어디에 있습니까?"

원은 정신없이 뛰어갔다. 인파가 몰린 구간을 지나, 역과 이어지는 통로를 지나고, 궤도차 승강장 근처에 있다는 수호자 집합소로 달렸다. 사람들의 목소리도, 궤도차의 쇳소리도 들리지 않았다. 곧이어 원의 눈 앞에 수호자 표식이 달린 문이 나타났다. 문 중앙에 달린 주먹만 한 렌즈에 누군가의 눈이 나타났다 사라지더니 문이 열렸다. 원이 오길 기다렸다는 듯이.

"대위, 아니, 아니지. 뭐라고 불러야 할까."

사일이 블로우건을 정리하며 말했다. 원은 온몸이 뒤틀리고, 머리가 터질 것만 같았다. 사일은 원을 뚫어져라 구경하며, 원이 입을 열기를 기다렸다. 원은 사일의 여유로운 웃음을 보고 직감했다. 수호자 최사일은 하다를 잡았을 뿐만 아니라, 말세까지 찾았을 거라고. 어떻게 하면 이 상황을 타개할 수 있을까. 어떻게 해야 이곳에서 말세와 하다를 무사히 데리고 나갈 수 있을까. 방 안을 빠르게 훑었지만, 누군가를 가둬둘 만한 곳이 딱히 보이지 않았다. 작은 수납장과 커다란 보드, 수호자 복장 여러 벌이 걸린 옷걸이, 플라스틱 의자 몇 개가 놓여 있을 뿐이었다. 이곳은 평범한 작전실 같았다.

"이봐요, 낙오자 양반. 뭘 그렇게 생각해요. 그 여자랑 어린애가 멀쩡하길 원한다면 여기 얌전히 앉아서 기다리는 게 좋을 겁니다."

사일이 활짝 웃으며 말했다. 묵은 체증이 씻겨 내려가는 후련한 웃음이었다. 원은 처절한 마음으로 주먹을 꽉 쥐었다 펴며,

사일에게 중요한 게 무엇일지를 생각했다. 그러다 주머니 속에서 무언가를 꺼내 사일의 손에 쥐여주었다. 사일이 손바닥을 펴자, 올려진 물체가 반짝였다.

"실탄? 뭐 어쩌라는 거죠?"

사일이 비웃으며 말했다. 원은 더 자세히 보라고 일러주었고, 사일은 의구심 가득한 눈빛으로 원이 준 탄알을 주의 깊게 살펴보았다. 맨질맨질한 금속 덩어리를 이리저리 돌리며 살펴보자, 탄알 아래쪽 탄피에 울퉁불퉁하게 파인 무언가가 느껴졌다. 자세히 보니 누군가가 꼼꼼하게 새겨둔 이니셜이 보였다.

'B01'.

원의 코드명이 새겨져 있다. 사일은 이것이 무엇을 의미하는지 모르겠다는 듯 고개를 갸웃했다.

"내 목숨이다. 원래는 그걸 썼어야 했어."

원이 진지하게 말했다. 사일은 탄알을 만지작거리다 원을 쏘아보았다. 그걸 왜 지금 말하는 거지. 지금 이 낙오자가 무슨 수를 쓰려는 걸까, 사일은 슬슬 불안해졌다.

"이걸 보여주는 이유가 뭐죠? 어설프게 잔머리 굴려도 소용없다니까요. 내 말이 말 같지 않나?"

"너도 이렇게 될 거다. 지금은 이해하지 못하겠지만, 너 같은 애가 사령관 밑에 있으면 언젠가는 망가져. 애써서 진급하지 말라는 거다."

원의 말에 사일은 흠칫 놀랐다. 나를 기억하는 건가. 그때 잠깐 훈련소에서 본 게 다였는데, 설마… 생각하다 돌연 웃음을 터트렸다.

"와, 그래서 이번 임무를 일부러 실패하기라도 하라는 말은 아니죠? 진짜 웃긴 양반이네."

사일은 들고 있던 실탄을 바닥에 떨어트렸다. 실탄은 청아한 소리를 내며 문 쪽으로 굴러갔다. 그 소리를 들은 사일은 마음이 뿌듯해졌다. 내 앞에서 의기양양하게 나를 속였던 반원이, 같잖게 실없는 소리를 해가며 나를 설득하려 하고 있다. 묵직한 승리감이 목까지 차올랐다.

"뭐라고 지껄이든 저는 관심 없습니다. 그보다 저한테 이런 말까지 하는 걸 보니, 진짜 절박한 모양이네요. 설마, 그 사람들을 소중하게 생각하시는 건… 아니죠?"

사일이 원의 표정을 살피며 물었다. 그리고 원의 표정이 구겨지는 것을 보며 만족스럽게 웃었다. 원은 사일을 설득하려는 시도가 쓸데없는 짓이었다는 걸 깨달았다. 그렇다면 이제 남은 방법은 하나뿐이다.

원은 사일이 방심한 틈을 타 사일의 주머니에 달린 무전기를 뽑아 들었다. 당황한 사일이 팔을 뻗어 원을 저지하려 하자, 원은 사일의 주먹을 가볍게 막고 빠르게 사일의 발을 밀어내듯 공격했다. 사일이 휘청거리며 바닥에 닿기도 전에, 원은 문을 열어젖혔다. 무전으로 다른 수호자들의 위치를 알아내야만 한다. 분명 그들이 하다와 말세를 데리고 있을 것이다.

원이 실낱같은 희망을 품고 문을 열었을 때, 묵직한 비구름과 같은 존재가 원을 기다리고 있었다. 원은 그 자리에 얼어붙었다.

"오랜만이다, 원아."

찢어진 눈이 말했다. 날카로운 광선을 쏘아대는 것만 같은 눈이었다. 눈앞에 어떤 상황이 펼쳐지든, 그 광선으로 모두 해결할 것만 같은, 꺾이지 않는 의지를 담은 눈. 여의도 특임대에서 그런 눈을 가진 사람은 단 한 사람뿐이었다.

뛰어난 지략과 발 빠른 판단으로 무수한 지상 작전을 성공으로 이끌었을 뿐만 아니라, 벙커에 필요한 각종 자원을 공수하는 작전까지 완벽하게 이끌었던 끈질긴 지휘관. 인류의 보전을 위해 만들어진 여의도 시드벙커를 지키는 보병여단의 단장이자, 사명으로 들끓는 5호선 생도들의 실질적인 리더.

알파 105, 안태오 소령이었다.

12장

"…단장님."

원은 반사적으로 거수경례하려던 손을 멈추고 주먹을 꽉 쥐었다. 안 소령은 원의 코드명이 새겨진 총알을 주워 주머니에 넣었다. 원은 고장 난 로봇처럼 뻣뻣하게 굳었다. 안 소령의 뒤로 모르는 얼굴들이 보였다. 보랏빛 특임대 정복을 갖춰 입은 그들은 아마 안 소령의 눈에 든 살벌한 생도들일 것이다. 이 상황에서 쉽게 빠져나가긴 어려워 보였다. 안 소령은 적잖이 당황한 원을 뚫어져라 보더니 입을 열었다.

"얼굴이 더 좋아졌네."

안 소령의 목소리에는 어떤 감정도 실려 있지 않았다. 표정 또한 오랜만에 만난 부하에 대한 반가움이나 원망 같은 해묵은 감정이 드러나지 않았다. 그저 이곳에 꼭 와야 할 이유가 있어서 온 지휘관의 얼굴이었다. 마지막에 봤던 모습과는 전혀 다른, 감정이 배제된 얼굴. 원은 그의 마지막 얼굴을 떠올렸다.

"원아, 너 이렇게 아무 노력도 하지 않을 거면… 그냥 여의도를 떠나. 나가서 아무도 안 보는 데서, 알아서 죽어. 그게 네 마지막 임무라고 해두자."

기대하고 실망하길 반복하다 지쳐서, 결국 포기해버린 얼굴. 너 따위에게 아무런 기대가 되지 않는다는, 한탄과 답답함이 뒤섞인 표정. 안 소령의 마지막 표정은 그랬지.

쯧. 마지막 임무를 못 지켜서 어째. 원래 그 총알로 생을 마감해야 했는데, 참.

돌덩이의 목소리가 원의 뇌리에 울렸다. 안 소령은 지금 마지막 임무를 완수하지 못한 탈영병을 마주하고 있다. 임무를 거역한 군인은….

"쫄 것 없어. 난 네가 정신 차린 걸 확인하러 온 거니까."

원은 고개를 들어 안 소령을 똑바로 쳐다봤다. 안 소령은 무슨 말을 해야 할지 몰라 머뭇거리는 원에게 뜻밖의 말을 건넸다.

"강시우가 저지른 일, 깔끔하게 수습했더라."

"그게 무슨 말씀이십니까."

안 소령은 안주머니에서 빛바랜 사진 한 장을 원에게 내밀었다. 누군가의 목에 새겨진 표식을 크게 찍어둔 사진이었다.

MA/CE

원의 눈빛이 흔들렸다. 말세의 목에 있는 표식과 같은 것이었다. 사진 속 사람은 말세가 아니었지만, 원은 무언가 단단히 잘못되었다는 것을 한눈에 알아챘다.

"강시우가 마지막 임무 말아먹었을 때, 이 표식을 가진 '자원'들이 도망갔었지. 그걸 네가 회수했다길래 기특하다고 생각했다."

"자원… 이라고요?"

"그럼. 원래는 폐기물이었지만, 이젠 연구 자원이지. 나는 네가 돌아올 줄 알았어."

안 소령은 속내를 알 수 없는 표정으로 계속해서 원의 얼굴을 관찰했다. 원은 안 소령의 짧은 설명에서 한꺼번에 많은 것을 깨달았다. 말세를 처음 봤을 때 왜 뜬금없이 시우가 떠올랐는지. 말세의 표식을 봤을 때 왜 마음 한구석이 무거웠는지. 그리고 자신은 왜 말세의 곁을 떠날 수 없었는지. 돌덩이는 서서히 원을 잠식하기 시작했다.

사실은 알고 있었지? 그 여자 목에 있는 표식이 어떤 의미인지. 알면서 모른다고 스스로를 속여왔던 거잖아?

강시우가 목숨 걸어가며 살린 '자원'을, 너는 지키고 싶었던 거야. 그러면 나를 치워버릴 수 있을 줄 알았겠지. 풉, 푸흐흡….

원은 지끈거리는 머리를 부여잡고 실소를 터트렸다. 돌덩이가 뭐라고 하든, 원은 안 소령이 하는 말이 이해가 가지 않았다.

"하, 하하… 단장님. 누가 사람한테 그런 말을 씁니까. 자원은 물건을 말할 때 쓰는 말 아닙니까."

원의 말에 안 소령의 얼굴이 굳어졌다. 그의 얼굴에 그럴 줄 알았다는 실망감이 스쳤다.

"역시, 괜한 기대를 했나."

안 소령이 뒤에 서 있던 부하에게 손짓하자, 한 사람이 황급히 주머니에서 무언가를 꺼냈다. 원은 반사적으로 그것이 무기라 생각하고 손을 올렸다. 안 소령은 그런 원의 팔을 잡아 손에 뭔가를 쥐어주었다.

금빛 가루가 담긴 투명한 유리병이었다.

소령이 무어라 설명하기도 전에 원은 한눈에 그것의 정체를 깨달았다. 화신의 머리에서 나온 금빛 꽃가루였다. 쨍그랑- 원은 유리병이 뜨겁기라도 한 듯 손에서 놓치고 말았다. 바닥으로 떨어진 유리병은 산산조각 났고, 금빛 꽃가루가 공중으로 흩날렸다. 처참한 기억이 폭풍처럼 몰아칠 것이다.

원은 숨을 가쁘게 들이마시며 뒤로 물러났다. 천천히 숨 쉬며 정신을 차리려 했지만, 이미 모든 게 뒤틀리고 있었다. 소령과 부하들은 침착하게 가벼운 방역 마스크를 썼다.

"이렇게 바로 반응할 줄은 몰랐네."

안 소령이 다른 사인을 보내자, 부하 하나가 원의 목에 투명한 액체가 든 주사기를 꽂았다. 순간, 소령과 부하들의 얼굴이 아득히 멀어지고, 강렬한 감각이 원을 압도했다. 바닥 없는 구덩이로 떨어지며 곧 죽음을 맞이할 것만 같은, 그것이 영원히 지속될 것이라 선포하는 공포의 감각이. 그것은 원을 처참하게 무너뜨린 기억을 몰고서, 당당하게 휘몰아쳤다.

여의도 특수임무대대의 주된 임무는 시드 벙커를 지키는 일이었지만, 사실상 그들은 '인류 보전과 지상 탈환'을 위해 필요한 일이라면 뭐든지 하는 특전사 집단이었다. 여의도에 위협이 되는 세력을 제거하는 것은 물론이거니와 치료제 연구나 화괴를 대상으로 한 무기 실험이 잘 진행될 수 있도록 보조하는 일까지 모두 특임대의 역할이었다.

반원 대위는 그중 제일 혹독하고 어려운 임무를 도맡곤 했다. 강시우 중위가 탈영한 이후에도 그는 강 중위를 추격하는 임무를 거절한 것 외에는 특별히 임무 일정을 미루거나 쉬지 않았다. 냉철하기로 둘째가라면 서러운 안 소령이 보기에도 반원은 기계와 다름없었다. 동생처럼 여겼던 녀석이 탈영했는데도 불구하고 흔들림 없이 임무를 완수했고, 의구심을 품거나 딴짓을 하기는커녕 게으름 한 번 피우지 않았다. 안 소령은 그런 반원에게 경외심마저 느낄 지경이었다.

최소한, '그 임무' 전까지는 그랬다. 반원은 멀쩡했다.

"타깃은 무조건 생포한다. 죽이는 것도, 놓치는 것도 용납할 수 없다."

임무는 간단했다. 5호선을 위협하는 '화신교' 세력의 수장을 생포할 것. '화신'이라 불리는 괴인을 찾아서 데려오기만 하면 되는 일이었다. 화신교도들이 지하인을 납치해 위험천만한 지상에 살게 하고, 그들을 감염시킨다는 것이 그 이유였다.

원은 신속하게 임무에 착수했다. 원의 정찰병들은 6호선을 따라 형성된 화신교 구역을 찾아냈다. 화신교도들은 지하철역과 가까운 건물 여러 개에 흩어져 살고 있었다. 보고를 바탕으로 화신이 있을 만한 곳을 추정한 원의 부대는 남산 기슭에서 '화신의 정원'을 발견했다. 정찰병들은 화신의 정원이 한적한 2층짜리 식당 건물로, 스무 명도 안 되는 사람들이 거주하는 곳이라고 보고했다. 꽃가루로 인해 신체가 기형적으로 변해버린 괴인을 숭배하는 정신 나간 집단이 조직적일 리 없으며, 자신을 신이라 믿는 사기꾼 하나 생포하는 것이 어렵지 않을 거라고 판단한 원은 단 하나의 소대만 이끌고 화신의 정원 가까이 접근했다.

해 질 녘이 되자 침투조는 반 대위의 명령에 따라 신속하게 경사진 언덕을 올라 외딴 건물 안으로 잠입했다. 화신교도들은 무장한 군인을 보고도 겁을 먹거나 저항하지 않았다. 그저 소 닭 보듯 싸늘하게 그들을 피할 뿐이었다. 원은 침투조와의 반복된 별 소득 없는 무전 끝에 화신이 없다 판단했고, 대원들에게 지도나 일지 같은 정보를 찾으라고 명령했다. 잠시 후 한 대원이 무언가를 발견하며 소란이 일었고, 이내 총성이 울렸다. 원은 지원병을 보냈지만, 동시에 작전 구역 반대편에서 망을 보던 군인의 무전이 들려왔다.

'베타 구역 전방 500미터 지점에 화괴 무리 보입니다. 산 위쪽에서 내려옵니다. 오버.'

무전이 끝나기가 무섭게 까마귀 떼가 날아올랐다. 원은 건물 안의 상황을 파악하지 못한 채 망원경을 들여다보았다. 수풀이 우거진 비탈길에서 화려한 점들이 미끄러지더니, 산 위로 이어지는 도로에 와르르 모여들었다. 그 위로 검은 새 무리가 후드득 꽃가루 비를 뿌리며 전속력으로 돌진해 왔다.

저녁임에도 이 정도의 활동성을 보이는 화괴 떼는 무조건 진압해야 한다. 그러지 않으면 전 대원이 화신교 구역에 갇히거나 화괴의 밥이 될 것이다. 생각할 시간이 없었다. 반 대위는 지상

전 프로토콜에 따라 미리 설치해뒀던 박격포에 포탄을 장전하고 주변에 농약을 살포했다. 박격포 소리를 듣고 다른 지역에서 화괴 떼가 몰려오지 못하게 막는 조치였다.

발사.

쾅! 콰쾅! 포탄은 바글거리는 화괴 떼를 팝콘 튀기듯 날려버렸다. 하나, 둘, 포탄은 확실하게 화괴 무리를 흩트렸다. 까마귀가 날아오르며 화괴 떼가 다시 움직이나 싶다가, 연이어 포탄이 터지자 화괴 무리는 속절없이 붕괴되었다. 탄이 내뿜은 연기가 사라지자, 관측병은 성공적으로 화괴 무리를 제압했다는 신호를 보냈다. 곧이어 초토화된 산의 모습이 드러났다. 다 자란 나무와 올망졸망 피어난 꽃들, 그 사이를 달리던 화괴 떼가 한데 엉켜 처참히 꺾이고 잘려 나갔다.

안전이 확인되자, 반 대위는 건물에 잠입했던 침투조가 얻은 새로운 정보를 이용했다. 화신의 거처는 포탄이 떨어진 지점과 멀지 않은 곳에 있으며, 그곳에 더 큰 '정원'이 있다는 내용이었다. 방독면에 총검을 든 병사들은 무서운 속도로 목적지를 향해 돌진했다. 경사가 완만해지자 진짜 화신의 정원이 모습을 드러냈다. 사방에는 잘려 나간 화괴 시체가 널려 있었지만, 그런 광경은 흔히 보던 것이었다. 흐린 눈으로 지나칠 만한 풍경이었지만, 뭔가 이상했다.

꽃으로 만든 가면, 붉은 피, 썩지 않은 팔과 다리, 멀쩡한 머리들. 망원경으로 봤을 땐 다 화괴 떼였는데, 화괴의 잔해 사이에 산 사람의 시체가 뒤섞여 있었다. 반 대위는 커다란 이상 식물의 꽃잎으로 만든 가면을 주워 들었다. 바람을 타고 어떤 속삭임이 들려왔다.

"죄를 짊어진 자여, 씨앗을 품어라. 그리하여 마침내 고통을 이겨내고 꽃을 피워라."

그 순간 하반신이 잘려 나간 생존자가 시체들 사이에서 기어 나왔다. 그 자리에 얼어버린 반 대위는 생존자를 피해 뒷걸음질 쳤다. 주변에서 속삭임이 하나둘 늘어났다. 그들은 선혈의 물줄기가 흐르는 땅 위를 기어, 피투성이 가면을 들어 올렸다.

"세상 모든 꽃의 신이여, 고통 속에서 평온을 찾게 하소서."

박격포가 터트린 건 화괴뿐만이 아니었다. 멀쩡한 사람들도 팝콘 터지듯 살상당했다. 정원에 들어간 병사들은 잔혹한 광경에 넋을 잃고 너 나 할 것 없이 주저앉았다. 작은 열매와 하얀 꽃을 피워낸 나무들이 불길에 휩싸였다. 화염은 흰 꽃을 바짝 말려 날려 보내고, 나무의 겉껍질을 굴복시켜 연약한 속살까지 집요하고 야멸차게 집어삼켰다. 섬뜩한 잿가루가 반 대위의 눈 앞에 흩날렸다. 아직 생명이 꺼지지 않은 얼굴들은 고통 속에서 일그러졌다.

곧이어 정원 반대편에서 까마귀가 날아들었다. 반 대위는 까마귀를 피하려다 무언가에 걸려 넘어졌다. 까마귀가 스쳐 지나간 자리에 익숙한 얼굴이 있었다. 이렇게 마주할 거라고는 생각조차 하지 못한, 어딘가에서 잘 살아남았을 거라고 무책임하게 믿었던, 동생과도 같은 존재. 시우였다. 그러나 시우의 몸은 잘려 나가 있었고, 그의 얼굴은 고통과 평온이 동시에 서린 기묘한 미소를 짓고 있었다.

원은 방독면을 벗었다. 시야가 제대로 확보되지 않아 잘못 본 거라고, 환각일 거라고 스스로를 속이며 숨이 끊긴 시체의 존재를 부정했다. 그러나 그 순간이 뇌리에 깊이 각인될 것임을 그는 미처 알지 못했다. 결국 원은 그곳에서 도망쳤다.

저건 환각일 뿐이다. 어쨌든 임무를 끝내야 한다.

그때 어디선가 외마디 비명이 들렸다. 정원의 끝에는 오두막 집이 있었다. 금빛 안개 때문에 시야가 흐렸다. 원은 총을 꺼내 들고 금빛 안개 속으로 걸어 들어갔다.

안개 사이에서 기이한 형체가 나타났다. 어느 순간 축축한 식물 줄기가 원의 목을 감쌌다. 원은 총구를 앞으로 겨눈 채, 의문의 존재와 마주했다. 머리를 축 늘어뜨린 사람, 아니, 작은 버드나무를 닮은 존재였다. 아래로 길게 늘어뜨린 축축한 줄기에서 금빛 가루가 새어 나왔다. 투명한 연둣빛 손이 햇빛에 반짝였다. 원은 그것의 눈을 마주했다. 그 눈은 정원을 삼킨 화염보다 뜨거운, 분명 사람의 눈이었다. 원은 숨이 잘 쉬어지지 않았다. 금빛 가루에 목이 막히는 것만 같았다. 안개 사이로 갈라진 목소리가 들려왔다.

"몇몇은 아직 살아 있습니다. 천천히 고통 속에서 죽어가겠죠. 당신은… 이들을 영원히 기억하게 될 겁니다."

불쾌한 무언가가 콧속을 침범했다. 그러자 들리지 않던 것이 들렸다. 귀를 찢는 비명이, 살려달라는 절박한 호소가, 그리고 공포에 질린 숨소리가. 그것은 들린다기보다 느껴지는 것에 가까웠지만, 원은 그것이 죽어가는 사람들의 흔적이라는 걸 알았다. 팔이 잘려 나가고 의식이 흐려지는 순간, 날카로운 재앙처럼 덮쳐 오는 두려움. 그것은 끝까지 죽음을 거부하고 삶을 갈구한 이들이 느꼈던 마지막 감각이었다. 금빛 가루는 그 진실을 원에게 전달했다. 그리고 착실하게 원의 안에서 뒤엉켰다. 단단한 돌덩이가 될 때까지.

쾅! 박격포의 포탄 같은 돌덩이가 원의 마음 한가운데 떨어졌다. 그것은 반 대위가 버드나무를 닮은 화신교 수장을 생포하고, 병사들과 무사히 복귀한 후에도 사라지지 않았다. 얼굴에 묻은 피를 씻어내고, 끊임없이 떠오르는 시우의 얼굴을 부정하고 또 부정할 때조차도 그 돌덩이는 제자리에 남아 있었다. 돌덩이는 집요하게 원의 존재를 부정했다. 반원의 의견도, 선호도, 기본적인 욕구도 부정했다. 그리고 그가 그토록 염원했던 보랏빛 꽃가루가 없는 세상에 대한 꿈마저 부정했다. 돌덩이는 반원이라는 존재를 천천히, 완전하게 무너뜨렸다.

짝, 퍼억- 안태오 소령이 무어라 소리치며 팔을 내렸다. 소령의 얼굴이 붉게 일그러졌다. 돌덩이는 모든 징계를 묵묵히 받아냈다. 쿵. 사정없이 내리쪽어 무감각을 선사했다. 그 어떤 것도 뭔가를 느끼게 하지 못했다. 그저 커다란 허무만이 곁에 내려앉았다. 돌덩이는 그 허무를 마음껏 지껄였다.

어떻게 되든 상관없잖아. 동생이 죽든, 네 몸이 찢어지든, 뭐가 어떻게 되든. 사실 결말은 정해져 있는 거잖아?

너 설마… 네가 세상을 구하고 있는 줄 알았어?

살인자 주제에.

너는 편히 죽어서도 안 돼. 영원히 고통받아야 해. 그게 네 존재 이유야.

마침내 원은 스스로 삶을 끝내고 싶어질 때까지 무너졌다. 하지만 쉽사리 생을 마감할 수가 없었다. 그럴 때면 금빛 가루가 각인시킨 공포가 다시 찾아왔기 때문이었다. 그 공포는 원의 의지를 꺾고, 온몸을 마비시켰다. 원은 죽지도, 그렇다고 제대로 살지도 못한 채 그 사이에 갇혔다.

"이제 좀 정신이 드나."

원은 따가운 눈꺼풀을 애써 들어 올렸다. 이마에서 식은땀이 흘러내렸다. 휴대용 전등불이 타오르는 어두운 공간. 반대편에 앉은 안 소령의 입가에 묘한 미소가 지어졌다.

"역시, 내 가설이 맞았군. 그 금색 꽃가루가 너를 그렇게 만들었던 거구나."

안 소령은 어쩐지 후련한 표정이다. 원은 팔다리에 저릿한 압박을 느꼈다. 발을 움직여보지만 어딘가에 단단히 고정되어 있었다. 아래에 바퀴가 보이는 걸로 봐선 휠체어에 묶여 있는 것 같았다. 머리가 제대로 돌아가지 않았다. 그저 이 상황을 빨리 이해하고 싶었다.

"그 임무 후에 네가 그 꼴이 되고 나서 생각해봤다. 왜 피도 눈물도 없는 자식이 반송장이 됐을까. 아무리 곱씹어봐도 마지막 임무에서 무슨 일이 있었던 것 같은데, 너는 정신 나가서 제대로 말도 안 해줬고."

원의 시야가 서서히 어둠에 적응하며 주변의 모습이 눈에 들어왔다. 이곳은 터널 안이었다. 철로는 없지만, 벽을 타고 이어지는 전선과 깔리다 만 바닥 자재, 공사용으로 구비해둔 장비들을 보니 지하철역이나 터널 공사를 하다 버려진 곳임이 분명했다. 조금 떨어진 곳에 소령의 부하 두 명이 보였다.

"여기, 어딥니까?"

원이 소령을 똑바로 쳐다보며 물었지만, 소령은 "곧 알게 될 거다."라고 말하며 미소만 지었다. 그러더니 원을 묶어둔 휠체어를 앞으로 밀기 시작했다.

"너 마지막 임무 때 타깃인 화신 기억하지? 그 돌연변이를 잡아다가 연구 좀 했거든. 재밌는 건, 이번에 네가 데려온 자원이랑 같은 표식을 갖고 있다는 거다."

원의 몸이 움찔거렸다. 말세와 하다의 얼굴이 스쳤다. 말세가 잡혔다는 상상만으로도 내장이 뒤틀리는 느낌이 들었다.

"그 여자 어디로 데려갔어."

원의 목소리가 낮게 떨렸다. 소령은 원의 어깨를 토닥이듯 꽉 누르며 타일렀다. 그의 손길엔 묘한 압박감이 실려 있었다.

"지금 그 괴물들 보러 가잖아. 그 전에, 너도 알 건 알아야지."

안 소령의 눈이 번득였다. 꼭 해내야만 한다는 절박함과 광기 어린 의지가 가득한 눈. 원은 그의 눈을 보며 단 하나의 목적을 파악했다. 안태오는 오랜만에 만난 부하에게 장난치려는 것이 아니다. 그는 진지하게 설득하려 할 것이다.

원은 익숙한 가면을 쓰기로 결심했다. 상관의 지시에 귀 기울이는 군인의 태도를 취하며 조용히 자세를 가다듬었다. 소령은 수그러진 원의 표정을 보며 흡족한 듯 말을 이어갔다.

"해오름 프로젝트. 대충은 알지?"

지하방위군의 사명은 인간적인 삶을 되찾는 것이었다. 해를 보고 사는 것이 그 출발점이기에, 지상을 탈환하는 것은 제1목표가 되었다. 화병 창궐 초기, 사령관은 화괴 떼를 모두 없애면 보라색 꽃가루도 자연스레 사라질 것이라 예상했다. 하지만 꽃가루 속 박테리아 군집은 은밀하게 다른 꽃들에까지 영향을 미쳤다. 충분한 돌연변이가 일어나도록, 다 같이 보라색 꽃가루를 내뿜도록. 결론적으로 화괴를 없애도 보라색 꽃가루가 줄어드는 기적은 일어나지 않았다. 오히려 흙에서 자란 식물의 꽃가루마저 보라색으로 변했다. 모든 식물이 변이하진 않았지만, 돌연변이가 나타나기 시작했다는 것은 지구상의 모든 식물을 불태워버리지 않는 이상 보라색 꽃가루를 완전히 없앨 수 없다는 것을 의미했다.

사령관은 다른 방법을 찾아야 했다. 꽃가루를 없앨 수 없다면, 꽃가루를 이길 방법을. 연구원들은 화병의 주범이 보라색 꽃가루 속 박테리아 군집이라는 가설을 세우고, 장기 연구에 착수했다. 이 과정에서 연구원들은 몇 가지 흥미로운 사실을 발견했다. 꽃가루 박테리아가 생존하기 위해서는 햇빛이 필요하다는 것과, 이것이 영장류의 뇌에 침투해 변이를 일으킬 때 특정 호르몬이 촉매제 역할을 한다는 것이었다. 그 호르몬이 무엇인지 정확히 특정할 수는 없었지만, 연구원들은 그것이 분노와 관련된 호르몬이며, 한꺼번에 다량이 분비되면 위험하다는 결론을 내렸다.

무슨 짓을 해도 좋으니, 감염을 막는 방법을 찾을 것.

사령관의 전폭적인 지지를 등에 업은 연구원들은 '해오름 프로젝트'라 불리는 인체 실험에 착수했다. 프로젝트의 목적은 꽃가루 박테리아를 박멸할 항생제와 감염 예방을 위한 백신을 동시에 개발하는 것이었다.

초기 감염자를 대상으로 온갖 항생제를 테스트했고, 그 결과 효과가 있는 항균물질을 발견했다. 하지만 얼마 지나지 않아 그들은 꽃가루 박테리아가 빠르게 항생제에 적응한다는 사실을 발견했다. 결국 지상에서 계속 항생제를 먹고 살 수는 없었다. 사령관은 연구원들이 만든 소량의 항생제를 모두 여의도 벙커에 공급했고, 연구원들은 백신 연구에 사활을 내걸었다. 보호자가 없는 아이와 노인을 대상으로 백신 연구를 감행한 것이다. 그들은 실험 대상의 그룹을 나눠 표식을 새겼고, 그 표식은 대부분 알파벳 조합이었다.

"결국 백신을 만들긴 했어. 거의 최종 단계까지 갔었는데, 문제는 백신 효과가 있다고 생각했던 실험군이 실험 종료 직전에 결국 감염됐다는 거였다. 모든 걸 걸었던 실험이 망한 거야. 거기서 살아남은 그 알파벳 표식은 '우리 망했어요' 하고 증명하는 꼴이 됐고."

안 소령은 "아, 그게 무슨 약자였더라⋯."라며 잠시 생각에 잠기더니, 'MA/CE' 표식이 연구원들이 쓰던 약어라고 설명했다.

Major Abnormality / Condition Expired (심각한 이상증상 / 조건 만료됨).

그것은 백신 실험의 특정 조건에서 이상 반응을 보이고, 결국 감염되어 조건이 무효화된 연구 대상자를 의미했다. 안 소령은 자신들이 임무에서 쓰던 말인 '폐기물'이 정확한 명칭이라고 요약했다. 실패한 실험의 부산물이었기 때문이다.

"원래 계획이라면, 강시우가 폐기물을 깨끗하게 없앴어야 했어. 폐기물의 존재 자체가 '지상 탈환은 불가능하다'를 광고하는 꼴이니까. 참 웃기지, 존재 자체가 절망이라는 게."

말을 마친 안 소령이 우뚝 멈춰 섰다. 승강장이 있어야 할 텅 빈 지하 공간에 수상한 집이 있었다. 하얀 벽 사이로 붉은빛이 새어 나왔다. 마치 지상에 있어야 할 것만 같은, 집이라기에는 높고 건물이라기에는 작은 임시 건축물이었다. 그 앞엔 보초병 둘이 서 있고, 하얀 벽 위쪽에 난 구멍에는 총구가 얼핏 보였다.

원은 주변에 숨은 보초병이 더 없는지를 살폈다. 보이지 않는 곳에 다른 보초병이 있을 수도 있었다. 이곳은 철저하게 관리되는 공간이라고 원은 판단했다. 기회를 노려 손과 발을 푼다고 해도, 무사히 빠져나가기는 어려워 보였다. 다른 수를 써야 했다. 안 소령이 원을 데리고 문 쪽으로 다가가자, 보초병이 문을 열어주었다. 안으로 들어가자 꽉 막힌 공간에 캐비닛이 놓여 있었다. 소령은 방독면 두 개와 권총 하나를 꺼냈다. 원은 그 틈을 타 조심스럽게 입을 열었다.

"형, 나한테 뭘 바라는 건데?"

원의 말에 안 소령이 재밌다는 표정으로 돌아보았다. 도무지 속을 읽을 수 없는 표정이었다. 원은 안 소령의 판단력을 뒤흔들기 위해 무엇이 필요한지 잘 알았다.

"알면서 뭘 물어."

안 소령이 가까이 다가오며 답했다.

"아니, 모르겠는데. 시우가 처리하지 못한 폐기물을 지금 처리하자는 거야?"

안 소령은 휠체어에 묶인 원에게 방독면을 씌워주며 웃었다. 활기와 살기가 어우러진 웃음이었다. 원의 등에 소름이 돋았다.

"내 입으로 직접 말하라는 거지? 그래, 좋다."

안 소령이 웃음기 사라진 얼굴로 말을 이었다.

"복귀해. 여의도로 돌아와. 강시우가 그 실험 대상들을 풀어준 덕에 돌연변이가 나왔고, 그 돌연변이를 연구하면 많은 걸 바꿀 수 있다. 제대로 된 백신을 만들든 다른 방식으로 이용하든 말이야. 네가 그렇게 원했던 기회가 온 거라니까."

안 소령은 사뭇 진지했다. 그는 진심이었다. 원은 그의 말 하나하나가 역겨웠지만, 내색하지 않으려 애써 감정을 억눌렀다. 원래 그런 사람이었으니 놀랄 건 없었다. 문제는 그의 말대로라면 말세를 영영 잃을지도 모른다는 것이었다. 그것만은 막아야 했다. 원은 애써 태연한 표정을 지으며 입을 뗐다.

"돌연변이? 널린 게 괴인인데, 대단할 거 없지 않나."

안 소령은 대꾸 없이 속을 알 수 없는 미소를 지었다. 그러고는 휠체어에 묶여 있던 원의 발을 풀어주고 두 손을 몸 앞쪽으로 결박했다. 원은 그의 섬뜩한 미소를 보며 이것이 일종의 시험임을 짐작했다. 5호선 생도라면 앞으로 묶은 매듭 따위야 얼마든지 풀 수 있으며, 안 소령이 그 사실을 모를 리가 없기에. 만약 원이 매듭을 풀면, 소령의 명령에 불복종하는 것이 된다. 그러면 뒤따르는 소령의 부하들이 즉시 그를 제압할 것이다.

원은 안 소령이 방독면을 쓰고, 리볼버를 장전하는 모습을 침착하게 지켜보았다. 그의 군복 여기저기에 달린 칼과 연장이 보였다. 안 소령은 원을 앞장세워 반대편 문을 열어젖혔다. 문틈으로 새어 나온 붉은빛이 그들을 집어삼켰다.

「선인장….」

번쩍. 눈이 부셨다. 말세는 눈을 뜨자마자 다시 감았다. 어디선가 감미로운 노랫소리가 들렸다. 숨을 크게 들이마시자 퀴퀴하고 푸릇한 나무 냄새와 함께 암모니아가 섞인 악취가 희미하게 풍겨왔다. 손목과 발목의 이물감. 손발이 움직여지지 않았다. 등에 차갑고 딱딱한 벽이 닿았다. 움직일 수 있는 모든 근육을 움직여봤다. 자유롭게 움직일 수 있는 것은 눈꺼풀뿐이지만, 정면으로 강하게 내리쬐는 빛 때문에 눈을 뜨기가 어려웠다. 위이잉- 모터 돌아가는 소리가 잔잔하게 들렸고, 볼에 약한 바람이 스쳤다. 가시의 감각이 깨어났다. 공기 중에 익숙한 물질이 떠다녔다. 꽃가루였다. 아주 많은 양의 꽃가루가, 특정 식물의 흔적이 가까이에 느껴졌다. 가시는 주변의 존재들이 내뱉는 화학 물질을 감지했다. 마치 여러 사람의 웅성거림이 귓가에 울리는 것만 같았다.

「…싶어. …원해.」

몸에 열이 올라 입이 마르는 느낌이 들었다. 물이 마시고 싶었다. 온몸의 세포가 예민하게 깨어나 욕망하는 것만 같았다. 말세는 지하 카페에서 느꼈던 감각을 떠올렸다. 승급식에서 느꼈던, 방향 없는 갈망이 더욱 강렬하게 전해졌다. 어딘가 부자연스러운, 채워지지 않는 욕구가 소나기처럼 말세의 마음에 쏟아졌다. 가시는 최대한 그 감각에 젖어 들지 않으려 저항했다. 감각의 홍수에 떠내려가지 않기 위해, 정신을 잃지 않으려 애를 썼다.

이곳에 아는 사람이 있어.

열심히 주변 상황을 읽던 가시는 꽃가루 사이에서 익숙한 흔적을 감지했다. 말세는 정신을 잃기 전에 받았던 편지를 떠올렸다. 같은 존재임이 틀림없었다. "그때는 꼭 커피꽃을 찾아주세요."라고 말하며 커피를 건넸던 사람. 꿈속에 자주 등장했다가 사라지길 반복했던 사람. 지금껏 그토록 찾아 헤맸던 사람.

전설의 바리스타?

이곳에 그가 있는 것 같은데… 아닌가. 말세는 자신의 직감을 의심했다. 설명할 순 없었지만, 이 공간 어딘가에 그가 있다는 것이 느껴졌다. 확인해야 한다. 그리고 이곳에서 벗어나야만 한다. 말세는 붉은빛을 애써 무시하며 힘겹게 눈을 떴다. 믿기 힘든 광경이 눈 앞에 펼쳐졌다.

작은 나무들이 붉은빛을 가득 받아내고 있었다. 기다란 단들이 층층이 놓여 있고, 각 층마다 작은 나무가 빼곡하게 심겨 마치 녹차밭을 연상케 했다. 그러나 작은 나무의 뿌리 쪽엔 사람의 형상을 한 존재들이 자리하고 있었다. 상반신만 내놓은 화괴들이 욕조에 들어앉은 듯, 네모난 철제 상자 안에 늘어서 있었다. 화괴의 머리에 자라난 작은 나무들은 우글우글한 잎사귀와 불가사리처럼 생긴 하얀 꽃, 그리고 붉은 열매를 달고 있었다. 말세는 그 작은 나무들의 정체를 단번에 알아봤다.

이곳은 커피나무 정원이었다.

정원의 한가운데 거대한 기둥에 누군가가 묶여 있었다. 분명 사람의 몸인데, 머리는 화괴를 닮았다. 그는 축 늘어진 버드나무처럼 머리카락을 길게 늘어뜨린 채 힘없이 처져 있었다. 멀리서 보면 꼭 정원의 수호수처럼 보였다.

그의 머리에서는 긴 연둣빛 줄기가 반짝이며 자라고 있었고, 그 끝에는 앙증맞은 잎사귀들이 흩어져 있었다. 얼굴은 상자처럼 생긴 안대로 가려져서 표정을 알 수 없었지만, 버드나무의 입에서는 희미한 미소가 엿보였다.

그 모습에 말세는 알 수 없는 아릿한 감정을 느꼈다. 비쩍 마른 몸으로 햇빛도, 비도 맞지 못한 채 붉은빛만 가득한 공간에 놓인 그 모습이 처연하고 안쓰러웠다. 그러자 말세의 가시가 잔잔하게 진동했다. 갈증처럼 타오르는 목마름과도 같은 갈망. 그것이 기둥에 묶인 이 버드나무 존재의 것이라는 사실을, 말세는 깨달았다.

「무언가를 원하고, 또 원해서… 결국 메말라버린 건가요.」

가시가 얕게 공명했다. 그러자 말세의 머리에서 금빛 가루가 새어 나와 주변으로 흩어졌다. 주변에 있던 커피나무 화괴 몇몇이 미묘하게 동요하는 기색을 보였다. 기둥에 묶인 버드나무의 머리카락도 살짝 흔들리는 듯했다. 말세가 그 움직임을 알아차리기도 전에, 정원 구석에 있는 문이 철컥 소리를 내며 열렸다.

끼이익, 철컥.

사일은 숨이 턱턱 막히는 방독면을 단단히 눌러쓰고, 일꾼을 따라 지하정원 안으로 들어갔다. 일꾼은 사일에게 절대 방독면을 벗지 말라고 신신당부했고, 사일은 일꾼의 잔소리를 듣는 둥 마는 둥 하며 정원 안쪽으로 걸어갔다. 5호선에서 파는 커피가 사실 화괴 밭에서 채집된 거였다는 사실에 충격을 받았지만, 그런 건 아무래도 상관없었다. 사일에게 중요한 것은 오직 임무를 해냈다는 사실뿐이었으니. 이제 안 소령이 올 때까지 타깃을 잘 살려두기만 하면 된다.

사일이 가까이 다가가자, 말세는 필사적으로 몸부림쳤다. 사일을 본 순간, 하다가 떠올랐기 때문이었다. 분명 하다가 찾아왔을 때 저 사람이 뒤에 있었다는 걸 기억해낸 말세는 웅얼거리기 시작했다. 사일은 그 간절한 웅얼거림이 무슨 뜻인지 궁금해진 나머지, 말세의 입을 막은 천을 살짝 풀었다.

"하다는? 아이는 어디에 있죠? 왜 이렇게…."

말세가 사일을 노려보며 외쳤으나, 말이 끝나기도 전에 사일이 다시 입을 틀어막았다. 시끄러웠다. 타깃과 엮여서 변수를 만들고 싶지 않았다.

사일은 말세의 손을 더욱 단단히 묶었다. 말세는 있는 힘껏 몸부림쳤지만, 훈련받은 군인의 강한 악력을 이길 수 없었다. 부러질 만큼 팔을 꺾어보고, 끊어질 만큼 발목에 힘을 줘도 결과는 똑같았다. 아무리 악을 써도 소용없었다. 그것을 깨달은 순간, 까맣게 잊고 있던 감각이 스멀스멀 되살아났다.

복자 할머니를 만난 후로는 깨끗이 사라진 줄 알았던,

나는 아무것도 바꿀 수 없는 힘없는 인간이라는 그 감각.

무력감이었다.

그 소름 끼치는 감각은 마치 몸에 밴 습관처럼 너무도 자연스러웠다. 말세는 버둥거리기를 멈추었다. 뒤통수의 가시는 죽은 벌레처럼 미동도 하지 않았다.

사일은 갑자기 잠잠해진 타깃에게 별문제가 없는지 확인하곤, 발걸음을 돌려 버드나무를 관리하는 일꾼에게 다가갔다. 일꾼은 주사기와 물 한 컵이 든 트레이를 버드나무 가까이 내려두었다. 그리고 버드나무에게 씌워진 플라스틱 기계를 벗기고, 물수건으로 버드나무의 눈 아래에 고인 이물질을 닦아냈다.

"뭐 하는 겁니까?"

사일이 일꾼에게 물었다. 일꾼은 무덤덤한 표정으로 "자원 관리 중입니다. 주기적으로 이 작업을 해줘야 하거든요."라고 답하더니, 버드나무의 입에 물 한 컵을 조심스럽게 부었다. 버드나무는 초점 없는 동공으로 물을 받아 마셨다. 사일은 그런 버드나무가 신기하다는 듯 관찰하다, 일꾼에게 다시 물었다.

"그러니까 왜 굳이 그런 작업을 하는 걸까요? 세 번 여쭙긴 싫은데요."

일꾼은 겁먹은 듯, 줄줄 대답을 이어갔다.

"커피콩 재, 재배 방법이… 이 기계를 씌우고 약물을 주사하면 여기, 이 자원의 머리카락에서 금색 꽃가루가 제대로 나오고요. 그게 커피나무밭에 전달되면 사령관님이 원하시는 특수한 커피를 수확할 수 있지요. 5호선에 유통하는 커피는 무조건 이렇게…"

그 말을 듣자 사일은 먹잇감을 문 사자처럼 질문을 이어갔다.

그들이 한참 이야기를 나누는 사이, 버드나무의 머리가 살짝 기울었다. 그 순간 말세는 버드나무 인간의 얼굴을 제대로 볼 수 있었다. 앙상한 줄기 사이로 초점을 잃고 흐리멍덩했던 눈이 순간 반짝였다.

「선인장?」

시각을 차단하고 거짓 현실을 강요하던 기계가 사라지자, 버드나무는 아주 오랜만에 꿈에서 깨어나 가까스로 정신을 차렸다. 그의 앞에 진짜 현실이 있었다. 꿈속에서 선인장을 본 줄 알았는데, 그의 눈앞에 진짜 선인장이 나타나 있었다. 자신과 함께 아픈 시간을 견뎠던 오랜 친구가 바로 눈앞에 있었다.

「선인장, 진짜 너 맞구나! 어째서, 어째서 네가 여기에…….」

금빛 신호가 더 또렷하게 말세의 가시에 전해졌다. 버드나무의 표정은 흐릿했지만, 그가 혼란스러워하고 있다는 것이 느껴졌다.

동시에, 말세는 그 버드나무가 전설의 바리스타라는 것을 직감했다. 예전에 그를 만났을 때 정작 얼굴을 보지는 못했지만, 말세는 확신할 수 있었다. 이유는 설명할 수 없지만, 그렇게 느껴졌다. 말세는 어떻게든 이 모든 상황을 파악하려 노력했다. 말세의 가시는 금빛 신호에 공명하며 혼란스러운 감각을 공유했다.

「전설의 바리스타 맞죠…. 나를 기억해요?」

버드나무는 말세의 눈을 똑바로 마주했다. 너는 여전히 나를 기억하지 못하는구나. 너는 아마 나를 전설의 바리스타로 알고 있겠지. 버드나무는 묘하게 안도했다.

「이러려고 커피꽃을 찾으라 한 건 아니었는데. 네가 여기까지 오면 안 되는 거였는데….」

버드나무가 고개를 숙였다. 말세는 후회와 혼란, 절망이 뒤섞인 복잡한 신호를 감지했다. 더 분명하게 느껴지는 그의 신호는 너무도 낯설고 기이했다. 이런 적이 한 번도 없었는데, 드디어 내가 미쳐가는 걸까. 더 큰 혼란과 두려움이 말세를 뒤흔들었다.

그사이 일꾼은 사일의 질문에 답변을 끝내고, 버드나무 인간에게 주사할 약물을 준비했다. 버드나무는 뻣뻣해진 몸을 움직여 주사를 피하기 위해 꿈틀댔다. 그러자 머리카락이 이리저리 흔들리며 잎사귀가 떨어졌다. 사일이 자꾸만 움직이는 버드나무의 목을 잡으려는 순간, 뒤쪽 문이 열리며 원과 안 소령이 모습을 드러냈다.

"충성."

사일이 안 소령에게 경례했다. 두 손이 묶인 반원을 보고 있자니, 웃음이 터져 나오려 했다. 사일은 입꼬리를 억지로 내리며 통쾌함을 만끽했다. 원은 붉은빛 아래 기이한 광경에 넋을 잃고 바라보다, 정원 한가운데에 솟아오른 기둥을 발견했다. 안 소령은 그 기둥에 묶인 존재를 가리키며 입을 열었다.

"오랜만에 보겠구나, 네가 잡은 괴물. 지금은 소중한 자원이 됐지만."

원은 둥근 기둥에 봉인된 괴물을 마주했다. 한때 화신이라 불리며, 금빛 안개로 원의 죗값을 각인시켰던 돌연변이를. 그것은 한 그루 버드나무처럼 위풍당당하게 원을 내려다보았다. 심장이 쿵 내려앉고, 숨이 턱 막혔다. 화신은 생포 당시의 모습과는 사뭇 달랐다. 많이 여위고 어두워졌지만, 여전히 원에게는 두려움 그 자체였다. 버드나무를 보는 순간, 발밑으로 흘러내리던 피와 몸이 잘려 나간 사람들의 얼굴이 생생하게 떠올랐다.

이제 때가 된 것 같네? 속죄할 기회가 왔어.

돌덩이가 머릿속을 울렸다. 등에서 식은땀이 흘렀다. 안 소령이 하는 말이 하나도 들리지 않았다. 정원 가득히 자라난 커피나무 화괴의 머리가 모두 시우의 얼굴로 보였다. 시우의 표정이 뒤틀리고 왜곡됐다. 원은 지하 정원을 둘러보는 척하며 화신을 지나쳤다.

화신의 피폐해진 모습을 볼수록, 원은 바닥이 없는 아득한 늪으로 빨려 들어가는 기분이었다. 발을 한 발짝 더 내딛는 순간, 정원을 가득 메운 시우의 얼굴들이 바닥으로 와르르 떨어질 것만 같았다. 위태로웠다.

원이 무너지려는 순간, 반대편에서 자신을 간절히 부르는 듯한 누군가의 얼굴이 눈에 들어왔다.

'반원….'

말세의 절박한 표정이 원을 일깨웠다. 수많은 밤을 괴롭혔던 악몽도, 이름을 새긴 총알을 쥐고 망설였던 시간도 모두 허탈하게 녹아내렸다. 그리고 피폐해진 화신의 모습을 바라보며, 원의 생각은 더욱 분명해졌다. 다시는 비슷한 일이 일어나게 해선 안 된다. 그게 지금 내가 할 수 있는 최선이다. 돌덩이가 원의 마음속에서 발악했지만, 원은 처음으로 돌덩이를 단호히 무시했다. 어떻게든 말세와 하다를 데리고 이곳에서 빠져나갈 것이다. 가능하다면, 저 버드나무 인간까지.

원은 주변을 조용히 살폈다. 출입문 앞뒤로 보초병들이 서 있었다. 바깥에서 봤던 인원까지 합산하면 열 명이 넘었다. 그들을 모두 제압하기엔 변수가 너무 많았다. 원은 냉정하게 동선을 계산하며 손목을 조이는 끈을 아무도 눈치채지 못하게 풀기 시작했다. 안 소령의 눈에는 원이 내심 감탄하며 정원을 둘러보는 것처럼 보였다.

"예전에 커피나무 찾으러 다녔던 부대 애들 기억나지? 걔네가 이걸 봤어야 하는데. 걔네라면 이게 무슨 의미인지 금방 알았겠지."

안 소령의 알쏭달쏭한 말이 무엇을 의미하는지 원은 단번에 알아챘다. 그의 말은 곧 이 지하 정원이 사령관에게 어떤 의미인지 말해보라는 퀴즈였다.

"…화괴를 정복했다는 거겠지. 어떤 화학 물질을 써도 화괴를 이렇게 억제하는 건 불가능하니까. 형이 낙관하는 걸 보면, 조만간 지상 탈환이 가능할지도 모르고. 그래서 화신 같은 돌연변이를 무리해서라도 찾는 거겠지. 직접 와서 보니 실감이 좀 나네."

원은 아무렇지 않은 얼굴로 그가 듣고 싶어 하는 말을 기꺼이 내뱉었다. 소령은 만족스러운 표정으로 원의 어깨에 손을 얹었다.

"정확해. 이건 일종의 컨트롤 타워 같은 거다. 저 머리줄기에서 채취한 금가루로 많은 걸 바꿀 수 있어. 이걸, 직접 보여줘야겠네."

안 소령이 뒤에 있던 부하에게 손짓하자, 부하는 문 옆의 패널을 조작했다. 우우우웅- 기둥 뒤편의 공기 순환용 팬이 빠르게 회전하기 시작했다. 그리고 부하는 군용 칼을 뽑아 근처에 있던 커피나무 화괴 중 하나를 찔렀다. 완전히 숨통을 끊지 않을 만큼만.

화괴는 외마디 괴성을 내지르며 붉은 꽃가루를 뿜어냈다. 화괴 하나가 각성하면 주변 화괴들이 떼로 각성할 것이다. 사일은 잔뜩 긴장해서 주변을 둘러보았으나 화괴들은 잠잠했다. 붉은 꽃가루를 발산한 화괴도 금세 가라앉았다. 소령은 이 모든 것이

금가루의 작용이라고 설명했다.

"너를 그렇게 만든 금가루가 화괴들한테는 약이 돼. 그리고 커피콩에도 영향을 미친다더군. 그래서 5호선 일꾼들이 커피를 마시겠다고 목숨 걸고 일하는 거지. 커피를 마시면 희망이 보인다나? 그러니 연구가 절실한 거야. 아직 우리가 모르는 게 너무 많거든."

안 소령의 말에 원은 진지한 표정으로 공감한다는 듯 고개를 끄덕였다. 정말 그 말을 믿는다는 표정으로. 안 소령은 흡족한 미소를 지으며 사일에게 고개를 까딱했다.

"그 녀석을 데려와."

사일은 돌아가는 상황이 마음에 들지 않았지만, 어쩔 수 없이 말세의 발을 풀어 소령 앞으로 데려갔다. 말세는 원의 눈을 뚫어지게 쳐다보며 그의 의도를 읽으려 애썼지만 그 뜻을 쉽게 알 수 없었다.

"네가 확보한 자원도 마찬가지다."

안 소령이 말세의 뒤 머리카락을 잡아 올리며 말했다. 그 순간 말세의 뒤통수에 난 가시가 적나라하게 드러났다. 짧은 녹색 가시는 붉은빛 아래 검게 보였고, 잘못 자른 머리카락 같기도 했다. 당황한 말세가 소령의 손아귀에서 벗어나려 움직이자, 잔잔하게 누워 있던 가시들이 빳빳하게 변했다.

가시에 두꺼운 굳은살이 닿자, 안 소령의 손가락에서 피가 떨어졌다. 후두둑. 놀란 안 소령은 말세의 머리카락을 놓쳤고, 사일은 급히 주머니에서 붕대 조각을 꺼냈다. 잠시 허둥대는 틈이 생겼다. 그 순간 원은 정확히 그 틈을 파고들었다.

원은 묶인 척하고 있던 손목의 끈에서 손을 빼내 안 소령이 차고 있던 리볼버를 낚아챘다. 그 모든 과정이 너무도 순식간에 일어난 탓에 아무도 제대로 대응할 수 없었다. 철컥. 원은 리볼버를 안 소령의 머리에 겨누고, 사일에게 명령했다.

"이 사람 손, 풀어."

소령의 부하들이 원을 향해 소총을 겨누며 다가왔다. 사일은 원을 노려보며 말세의 목에 칼날이 달린 부메랑을 가져다 댔다. '네가 안 소령을 쏘면, 이 여자도 죽는다'라고 말하기라도 하듯이. 안 소령은 원을 무심하게 돌아보며 코웃음을 치더니 부하들에게 명령했다.

"다들 총 내려. 커피나무 다치면 손실 나는 거다. 41번, 그 여자도 자원이야. 무기 내려."

안 소령의 명령에 부하들이 천천히 총을 내려놓았다. 사일 또한 천천히 부메랑을 바닥에 내려놓고, 말세의 손을 풀어주려는 듯 허리를 숙였다. 하지만 순식간에 원에게 달려들어 총구를 잡아챘고, 원은 반사적으로 사일의 공격을 막았다.

탕!

귀를 찢는 총성에 이어 괴성이 울려 퍼졌다. 잘못 발사된 총알에 날아간 화괴의 뇌가 바닥에 흩뿌려졌다. 찰나의 순간, 원은 공기가 달라졌다는 것을 깨달았다. 정확히 말하자면, 공기 중에 떠돌던 꽃가루의 농도가 달라졌다는 것을.

「하나도… 바뀐 게 없잖아…….」

버드나무의 몸이 떨렸다. 말세를 알아본 순간부터 차곡차곡 쌓여왔던 분노가 터지기 일보 직전이었다. 군인이 말세의 머리카락을 움켜잡았을 때, 버드나무는 과거의 감옥에 갇혔다. 수없이 화내고 발버둥 쳤던, 유리문 안의 소년이 되었다. 그의 몸에 흐르는 수분이 버드나무의 머리카락으로 모였다. 버드나무 잎을 닮은 머리카락 끝이 촉촉이 젖어 들더니, 금빛 꽃가루를 머금은 연기가 아득히 피어올랐다. 오랜만에 맨정신을 찾은 버드나무는 온 힘을 다해 금빛 꽃가루를 내보냈다.

「가짜 현실이라도… 간절히 원하고 희망하면, 변하는 게 있을 줄 알았는데….」

금빛 안개가 버드나무를 감싸며 흘러넘쳤다. 안개는 바람을 타고 커피나무 화괴 사이로 번져 흘렀다. 정원을 가득 채운 커피나무 화괴 떼가 파도처럼 동요하기 시작했다. 그들은 하나둘 기이한 소리를 내며 흥분했고, 철제 상자에 사정없이 몸을 부딪쳤다.

원은 리볼버를 높이 올려 안 소령의 방독면을 내리쳤었다. 소령은 원의 팔을 막으며 뒤엉켰다. 뒤쪽에서 소령의 부하들이 원을 막으려 뛰어들었지만, 원은 안 소령의 방독면만을 노렸다. 시야가 급속도로 흐려졌다. 방독면에 꽃가루가 끼기 시작했다. 화신이 안개를 만들면 승산이 있다. 화신의 안개 속에서 군인들이 혼란에 빠지면, 그때 말세와 하다를 찾아 나설 것이다.

원이 마침내 소령의 방독면을 벗긴 순간, 뒤쪽에서 누군가의 외침이 들려왔다.

"레버 잡아! 탈출한 화괴 잡아!"

덜컹, 덜컹덜컹- 커피나무 화괴들이 동시에 움직이자, 철제 상자가 격하게 흔들렸다. 상자의 앞쪽이 벌어지고 닫히길 반복하더니, 결국 위쪽에 있던 상자 하나가 활짝 열렸다. 그 안에 있던 커피나무 화괴들이 아래로 굴러떨어지며, 아래쪽 화괴들과 부딪혀 도미노처럼 풀려났다. 화괴 떼는 단 아래로 구르고 엉켰다가, 보초병과 일꾼들을 덮치고, 군인들이 쏜 총에 맞아 나가떨어졌다. 그 소리를 들은 다른 화괴가 공격을 시작하고, 누군가는 피를 흘리고 쓰러졌으며, 누군가는 무기를 쥐고, 누군가는 소리를 지르며 굴러떨어졌다.

말세는 아수라장 속에서 부메랑을 찾았다. 부메랑에 달린 칼날로 손목의 끈을 풀고, 뛰어다니는 화괴를 피해 안개 속에서 원의 흔적을 찾으려 안간힘을 썼다. 하지만 말세의 발걸음은 점차 느려졌다. 혈관이 타들어가는 것만 같은 고통이 골을 울리고, 머릿속에서 무언가가 뜨겁게 치솟았다.

울컥- 토할 것 같은 화가 가슴을 두드렸다. 그 감각은 생각할 시간도 주지 않고 들끓어 행동하게 했다. 말세의 눈앞에서 커피나무가 부러지고, 화괴는 제 몸이 부러지는 줄도 모르고 돌격했다. 분노는 또 다른 분노를 먹고 자라나 끔찍한 형상을 만들어냈다. 그 형상은 말세를 짓누르며, 매서운 소용돌이처럼 모든 것을 집어삼켰다. 극도의 분노 상태에 빠져 아무것도 할 수 없을 때까지. 방독면을 벗은 군인들은 온몸이 마비되듯 쓰러졌고, 도망치던 군인들은 화가 난 화괴들에게 잡혔다.

말세는 폭풍우 속 나뭇잎처럼 형상에 휘말렸다. 분노는 모든 감정을 집어삼켰다. 그러자 끔찍한 무력감이 밀려왔다. 너무 익숙해서 불쾌한 그 감각. 까맣게 잊었던 기억이 홍수처럼 밀려오며, 말세는 물에 빠진 사람처럼 숨을 헐떡였다.

겁을 집어먹은 눈. 투명한 유리창 너머, 병원복을 입은 소년의 얼굴이 일그러졌다. 살려달라고 소리치는 눈. 그러나 그 눈은 곧 텅 비어버릴 것이다. 우주복 입은 사람들이 소년을 밀치고, 곤봉을 뽑아 들어 소년을 구타했다. 소녀는 그것을 뚫어져라 바라봤다. 소녀는 고개를 돌릴 수 없었다. 머리에 연결된 기계가 따가웠다. 손이 떨리기 시작하고, 소녀의 두 눈에서 뜨거운 눈물이 흘러내렸다.

"화를 내. 울지 말고 화를 내야 우리가 살아…."

소년이 부탁했었다. 소녀는 화를 내기 위해 노력했다. 화난 척하며 발을 구르고, 소리치며 유리창을 작은 주먹으로 내리쳤다. 하지만 우주복을 입은 연구원은 유리창 너머를 슥 보기만 할 뿐, 폭력을 멈추지 않았다. 소녀 옆에 놓인 모니터에 불규칙적인 곡선이 그려졌다. 소녀가 충분히 분노하지 않고 있음을 보여줬다.

무서웠다. 소녀는 그저 공포에 질려 있을 뿐이었다. 소중한 친구에게 가해지는 폭력이 멈추길 기다릴 뿐이었다. 소년이 커다란 곤봉에 맞을 때마다, 소녀의 눈이 깜박였다. 얼마나 아플까. 얼마나 힘들까. 소녀는 분노할 힘이 없었다.

"제발, 화가 나야 해. 네가 분노해야…."

소년은 결국 쓰러졌다. 소녀는 소년이 있는 곳으로 갈 수도, 약을 발라줄 수도, 눈물을 닦아줄 수도 없었다. 그저 화를 내기 위해 최선을 다할 뿐이었다. 하지만 모니터엔 초록불이 들어오지 않았다. 소녀는 충분히 분노하지 못했다. 실패작일 뿐이었다. 연구원들은 실망했다. 백신이 제대로 작용하는지를 확인하려면,

소녀가 분노해야 했다. 그래야 소녀의 몸 안에 있는 꽃가루 박테리아가 활성화되고, 백신의 효과도 알 수 있었다. 그런 이유로 소녀는 친구가 고통받는 모습을 보고, 희망을 가졌다가 잔인하게 빼앗겼다.

그들은 화를 낼 수 있는 모든 상황에 소년과 소녀를 노출시켰다. 백신 실험의 본래 목적은 그런 게 아니었지만, 연구원들은 그들의 이상 반응에 집중했다. 다른 연구 대상들은 백신 프로토타입을 맞고도 화괴로 변했는데, 소녀와 소년은 왜 화괴로 변하지 않는지 궁금해했다. 연구원들은 그들과 비슷한 생존자들을 최대한 끌어모아 장기적인 실험을 진행했다. 그들에게 표식을 새기고 그들이 친해지도록 만들었다. 그러곤 그들을 찢어놓았다. 분노를 유발하기 위해 최적화된 실험이었다.

소녀는 머리끝까지 치솟는 분노를 느꼈지만, 그것을 감당할 수 없었다. 오히려 너무 자주 절망하고 분노해서 더 이상 할 수 없어진 것뿐이었다. 좁은 방 안에 갇혀 분노만 하는 소녀는 곧 자신이 아무것도 할 수 없는 나약한 존재라는 진실을 뼈저리게 깨달았다. 그 진실은 소녀를 서서히 길들였다. 영원히 무력하도록. 결국 소녀는 아무것도 바꿀 수 없으니, 아무것도 시도하지 않도록.

결국 소녀는 무력감에 빠져, 아파하는 소년을 보며 눈물만 흘렸다. 화내고 싶어도 더는 화를 낼 수 없게 되었다. 소녀는 소년의 얼굴을 보며 사과하고, 또 사과했다.

"미안해. 화를 내지 못해서, 정말 미안해."

소년은 그런 소녀를 위로했다. 아파서 몸을 일으킬 수 없어도, 소녀를 위로할 수 있었다. 소년은 시시한 농담을 잘했다.

"있잖아, 그런 말이 있대. 터널이 무너져도, 솟아날 구멍은 있다."

"음, 그런 말은 없어. 너는 지금 그런 말을 왜…."

소녀는 허탈한 표정을 지었고, 소년은 그런 친구를 보며 마음을 놓았다. 그래서 소년은 없는 속담과 격언, 개그를 만들어냈다. 실험의 대상이 자신이 되고, 당하는 사람이 소녀가 되었을 때도 소년은 시시한 이야기를 들려주었다.

"있잖아, 터널이 무너지는데 왜 나갈 구멍을 찾아야 할까?"

어느 날, 소년은 평소와 다른 질문을 했다. 그날 소녀는 소년을 구하겠다고 결심했다. 오랜 무력감이 아무리 소녀의 발목을 잡아도, 소녀는 오랜만에 힘을 내서 소년을 트럭에서 밀쳐냈다. "또 보자."라는 말과 함께. 다행히 방역복으로 무장한 연구원들은 소년을 쫓아가지 않았다. 그날 소녀는 오랜만에 웃었다. 당해선 안 될 일을 당했음에도 웃을 수 있었다. 소년은 나갔으니까. 터널이 무너져도, 솟아날 구멍은 정말 있었으니까.

하지만 소녀에게는 솟아날 구멍을 만들 힘이 남아 있지 않았다. 다시 품은 희망은 더 깊은 절망을 불러왔다. 소녀는 탈출을 시도했다가 더 큰 벌을 받았다. 친구를 구하는 방법은 알았지만, <u>스스로를 구하는 방법은 알지 못했다.</u>

'어차피 못 할 거였어.'

소녀는 체념했다. 그리고 퍼져가는 무력감을 내버려두었다. 어차피 안 돼. 안 하는 게 나아. 못 해. 소녀는 점점 무력감이 편안해졌다. 무력감은 물 위로 올라가려는 발을 끝없이 끌어내리는 무거운 돌 같았지만, 소녀는 차츰 그것을 받아들였다. 싸우기를 포기하면 더 이상 실망하거나 슬퍼할 일이 없었다.

　소녀는 모든 것이 끝나기만을 기다리는, 힘없는 실험 쥐가 되었다. 연구원들이 실험에 실패할까 봐 두려워서 감염 유도제를 과다 투입해도, 약물 부작용으로 옆방 사람들이 죽어 나가도, 소녀는 아무런 반응을 보이지 않았다. 연구원들은 고장이 나버린 소녀를 '폐기물'이라 명명하며 이름과 같이 대했다. 마침내 감염 증상이 나타났을 때, 소녀는 끝이 얼마 남지 않았다며 스스로를 위로했다. 마침내 소녀는 바닥 없는 구덩이로 떨어졌다. 폭풍 같던 형상은 커다란 손이 되어 소녀를 건져 올렸다.

　「이제 기억이 나? 네가 왜 선인장이 되었는지….」

　형상이 흐릿하게 뭉치고 흩어지더니 소녀의 모습이 되었다. 비쩍 마르고 귀여운 여드름이 난 앳된 얼굴엔 희미한 미소가 서려 있었다. 말세는 형상이 된 소녀에게 다가갔다. 그 모습이 어쩐지 낯설었다. 분명 나인데, 내가 아닌 것만 같았다. 소녀는 말세가 아닌 다른 대상을 향하듯 입술을 달싹였다.

　"언젠가 꽃이 되어야 한다면… 나는 가시가 있는 꽃이 되고 싶어."

　"왜?"

　"멋있잖아. 이왕이면 사막에서도 살아남는 강한 선인장이 좋겠어."

　소녀의 모습을 한 형상이 씩씩하게 웃었다. 그러나 점차 웃음을 잃고 몸을 웅크렸다. 고개를 떨군 얼굴에는 그 어떤 표정도 남아 있지 않았다.

　'내가 바꿀 수 있는 건 아무것도 없어. 실험에 도움이 될 수도

없고, 탈출할 수도 없고, 죽어가는 사람들을 살려낼 수도 없어. 그냥 실패작일 뿐이야.'

소녀가 스스로에게 속삭였다. 그러자 말세의 가시가 요동쳤다. 가시는 마치 '나 여기 있어.'라고 말하듯 처절하게 흔들렸다. 말세는 지금껏 외면했던 어린 말세를 마주했다. 어린 말세의 눈이 동그랗게 커졌다.

'그렇지 않아. 너는, 너는….'

말세는 소녀에게 해주고 싶은 말이 많았지만 목이 메어 목소리가 나오지 않았다. '너는 근사한 선인장인걸. 그들이 멋대로 기대하고, 실망했던 것뿐이야.'

말세는 생각하고 또 생각했지만, 그 말은 소녀에게 닿지 못했다. '나를 잊었으면서… 다 잊어버렸으면서….'

소녀의 형상이 무너져 내리고 있었다. 말세는 있는 힘껏 달려가 소녀를 끌어안았다.

'미안해… 너를 잊어선 안 되는 거였는데….'

형상은 말세의 품 안에서 점점 희미해졌다. 복자 할머니를 만나기 전 무슨 일이 있었는지, 말세가 회피하고 부정했던 기억들이 해일처럼 몰려왔다. 두려움에 떨었던 수많은 밤, 비명을 지르는 소년, 화내기 위해 애썼던 시간, 잔잔한 소년의 위로, 그리고 소년이 떠난 후 견뎌야 했던 절망까지. 괴물 같은 기억들이 말세의 마음을 짓누르며 지나갔다. 그러나 말세는 그 무게와 아픔을 꿋꿋이 견뎠다. 어린 소녀를 위해서, 그리고 소녀와 함께 잊었던 소년을 위해서.

말세의 손끝에 차갑고 견고한 바닥의 감촉이 느껴졌다. 볼이 축축하게 젖어 있었다. 화들짝 놀라 몸을 일으키니, 안개 속에서 버드나무의 모습이 보였다. 주변에 있던 군인들은 모두 쓰러져 바닥을 기며 신음하고 있었다. 말세는 망설임 없이 버드나무에게 달려갔다.

「선인장, 미안해…. 너에게 제대로 경고하려 했는데, 그랬어야 했는데….」

버드나무의 얼굴에 소년의 앳된 모습이 남아 있었다. 잔인함 속에서도 견뎌내고, 좌절하며, 또 누군가를 위로했던 그 지치고 슬픈 눈. 그 눈에서 맑은 물줄기가 천천히 흘러내렸다. 달팽이가 기어가듯 느릿하게 흐르는 눈물이 버드나무의 뺨을 타고 내려갔다. 말세의 볼에도 뜨거운 눈물이 흘렀다. 그 순간, 말세의 가시가 떨리며 공명했다. 가시 끝에서 금빛 꽃가루가 조용히 빠져나갔다.

「살아 있었구나. 복자 할머니와 있던 때, 네가 나를 찾았던 거구나. 꿈에 가끔 나왔던 그 사람이, 그 편지를 쓴 사람이, 화신이라 불린 사람이, 내게 커피를 내려준 전설의 바리스타가, 다 너였구나.」

모든 퍼즐 조각이 맞춰졌다. 황급히 읽었던 편지와, 뒤엉켜 있던 기억이 하나둘 제자리를 찾아갔다. 말세는 흐르는 눈물을 손등으로 대충 닦아내고 주변을 둘러보았다. 버드나무를 묶고 있는 족쇄를 풀어줄 무기를 찾아야 했다. 더 지체할 수 없었다. 어서 모두를 데리고 이곳을 빠져나가야 했다.

「선인장, 애쓰지 마…. 어서 여기서 도망쳐.」

"다 같이 나갈 거야. 일단 이것부터 풀고."

말세가 힘겹게 속삭였다. 목이 쉬어서 목소리가 제대로 나오지 않았다. 버드나무는 희미하게 웃으며 말세와 눈을 맞췄다. 그의 어깨가 가늘게 떨리고 있었다. 그는 마지막 남은 힘을 짜내 안개를 만들어내고 있었다. 통제를 벗어난 안개가 시야를 가리며 피어올랐다. 그 순간, 가시에 강렬한 신호가 들이닥쳤다. 말세는 그 자리에 얼어붙은 듯 멈춰 섰다.

「그들이 보여준 가짜 세상 속에서 나는, 그저 작은 것들을 염원했어.

배고프고 싶지 않다고,

적당히 따뜻한 햇볕을 쬐고, 선선한 바람을 마시고 싶다고,

깨끗한 하늘을 올려다보며 소풍 같은 걸 가보고 싶다고,

이러면 저러면 어떡하지 걱정 없이, 처음 본 카페에서 커피 한 잔을 마시고

아무 생각 없이 평범한 거리를 걷고 싶다고,

누구도 죽임당하지 않는, 누구도 배고프고 힘들어서 쓰러지지 않는,

그런 세상에서 살고 싶다고.

무언가를 바라는 것조차 지쳐 잠깐 제정신이 돌아올 때면, 너를 떠올렸어.

너와의 기억은 진짜니까. 그 기억만이 나를 잃지 않게 만드는 유일한 거니까.

이곳에서 주사를 맞고 꿈꿨던 것들이 다 가짜라는 걸, 사실은 계속 알고 있었어.

그런 좋은 세상 따위는 원래 없는 거잖아.

알면서도 바랐던 거야. 가짜인 걸 다 알면서.

그러니까…

원래 그런 세상 따위 없다면,

우리가 아무리 바라고 노력해도 영원히 나아지지 않는 것들이 있는 거라면,

그게 세상의 진리라면,

억지로 희망이라는 걸 품을 필요가 있을까.

결국 희망도 진실을 외면하는 거 아닐까.

우리는 모두 비참하게 죽을 거라는 진실 말이야.

여기 이 군인들처럼.

정원처럼.

끝까지, 비참하게.」

버드나무가 만들어낸 분노의 안개 끝엔 허무만이 남았다. 말세는 이것이 자기 자신의 안개 속에 갇혀버린 버드나무의 유언이라는 것을 본능적으로 알아차렸다. 그는 남은 수분과 에너지를 모두 불태워 꽃가루를 뿜어내고 있었다. 이대로 두면 모두가 질식할 것이다. 버드나무 또한 마찬가지였다.

「네가 무슨 생각을 하는지 알아. 하지만….」

말세는 어떻게든 그에게 닿으려 했지만, 이미 너무도 자욱해진 금빛 안개 속에서 말세의 작은 가시가 내뿜는 금빛 신호가 전해질 리 없었다. 말세는 겨우 정신을 붙들며 버드나무에게 다가갔지만, 그는 급속도로 메마르고 있었다. 말세의 가시는 식물의 본능으로 버드나무에게 가장 필요한 것을 떠올렸다. 그러자 기적

처럼, 안개 사이로 무언가가 반짝였다. 분해된 화괴의 육신 사이에 배수관에 연결된 호스의 끝부분이 보였다. 말세는 바닥을 열심히 더듬으며 딱딱하고 차가운 금속을 찾아냈다. 권총이었다. 말세는 권총을 주워 위를 향해 방아쇠를 당겼다.

탕!

배수관을 정확히 맞출 때까지, 총알이 다 떨어질 때까지 말세는 방아쇠를 당겼다.

쾅! 푸쉬익- 쏴아-.

마침내 배수관 하나가 터지며 차가운 물이 뿜어져 나왔다. 차가운 물줄기는 세차게 내리는 소나기처럼 커피나무 화괴의 꽃에, 버드나무의 이파리에, 원의 볼에 내려앉았다. 물줄기는 금빛 꽃가루 안개를 점차 걷어냈다. 푸르죽죽하던 버드나무의 이파리가 마음껏 물을 머금고 서서히 생기를 되찾았다.

물줄기가 조금씩 약해졌다. 말세는 버드나무 가까이 다가가 그를 깨우려 애썼지만 깨어나지 않았다. 텅 비어버린 버드나무를 깨울 수 있을까. 가시는 간절하게 금빛 신호를 내뱉기 시작했다.

「우리가 모두 비참하게 죽을 거라는 게 진실이면…

나무는 물이 있으면 살아나고,

돌덩이는 계속 부딪히면 작게 부서지고,

감정의 소용돌이는 언젠가 지나간다는 것 또한

세상의 이치가 아닐까.

그러니 이것도 공평하게 받아들여 줘.

네가 말한 그 비참한 진실만큼이나,

우리가 물을 마셔야 한다는 단순한 진실도 말이야.

그리고 이왕 물을 마실 거라면,

근사하게 커피든 차든 코코아든 좋아하는 걸로 마시자.

어차피 다 오줌이 될 운명이고,

어차피 다 죽을 운명이라 해도,

바깥에 꽃가루가 가득해서, 우리가 바꿀 수 있는 게 거의 없더라도,

막연한 좌절과 불안, 죄책감을 가져야 할 수천, 수만 가지 이유가 있더라도…

지금은 물을 마실 시간이니까.

다 같이 좋아하는 물을 마시자.

네가 내려준 커피를 다시 한번 마셔보고 싶어.

네가 없는 동안 나도 나만의 커피를 만들었으니까,

같이 바리스타 대결이라도 하자.

이긴 사람이 진 사람에게 커피를 내려주는 거야.

어때?」

찰나의 순간, 버드나무는 친구의 신호를 읽었다. 어둠뿐인 창가에 따스한 볕이 스며드는 듯, 콘크리트 사막 한가운데에서 홀로 지저귀는 작은 새를 만난 듯, 버드나무에게 금빛 위로가 내려앉았다. 끊임없이 거짓을 갈구해야만 했던 황량한 사막에서, 버드나무는 마침내 선인장을 발견했다.

「그러니까… 나랑 같이 이곳에서 나가자.」

선인장의 신호가 닿았다. 버드나무는 가까스로 정신을 차렸다. 꽃가루 안개가 걷히고, 드디어 앞이 보이기 시작했다. 말세는 그

의 눈을 바라보며 괜찮은지를 확인했다. 공허했던 눈동자에 작은 빛이 반짝였다. 말세가 알고 있던 오랜 친구가 돌아왔다.

말세는 버드나무의 상태를 확인한 후, 급히 원에게 달려갔다. 원은 움직이지 않는 커피나무 화괴 사이에 쓰러져 있었다. 방독면을 벗은 얼굴은 꽃가루와 피가 뒤엉켜 엉망이 되어 있었다. 말세는 서둘러 원의 몸을 살폈다. 다행히 총상은 없었다.

말세는 원을 흔들어 깨웠다. 원은 머리가 깨질 듯한 두통을 견디며 눈을 떴다.

"반원 씨! 정신이 들어요? 괜찮아요?"

말세의 얼굴을 본 원의 표정이 묘하게 일그러졌다. 반가움과 울컥함이 뒤섞인 복잡한 표정이었다. 금빛 안개가 온몸을 마비시켰을 때, 원은 또다시 말세를 잃은 줄만 알았다. 정신을 잃어가는 순간, 그의 머릿속에 과거의 잔상이 끊임없이 되풀이되었기 때문이다.

말세는 원의 눈가를 조심스럽게 닦아주었다. 이제 다 지나갔어, 말하듯이. 원은 정신을 가다듬고 주변을 둘러보았다. 아직도 군인들이 쓰러져 있었다. 그들이 깨어나기 전에 이곳을 빠져나가야 했다.

원은 버드나무를 묶고 있는 쇠사슬 가운데 자물쇠를 발견했다. 자물쇠를 파괴하자 쇠사슬이 느슨해졌고, 버드나무가 바닥으로 힘없이 쓰러졌다. 금빛 꽃가루를 너무 많이 내보낸 탓에, 버드나무는 이미 기력이 없었다. 마른 줄기가 시들듯 힘없이 늘어졌다. 원은 버드나무를 조심스럽게 부축했다. 버드나무의 머리가 그의 어깨 위로 축 늘어졌다.

"하다! 하다를 찾으러 가요!"

말세는 총을 바짝 쥐고 정원 밖으로 이어지는 문을 열었다. 문 너머에는 또 다른 좁은 공간이 나타났다. 원은 그곳에 버드나무를 내려두고, 말세가 들고 있던 총을 건네받았다. 문 반대편에서 아이 울음소리가 들렸다. 원은 말세에게 '쉿' 하고 손짓한 후, 문 옆에 바짝 붙어 섰다. 안에서 낮은 목소리가 들렸다. 원은 직감적으로 그것이 안 소령의 목소리임을 알아차리고, 문을 활짝 열어젖히며 총을 겨누었다.

안 소령이 하다의 손을 잡고 있었다. 총구와 함께 원이 나타나자, 소령이 허탈하게 웃었다. 피와 꽃가루가 뒤엉킨 그의 얼굴이 주름지며 꺼림칙하게 일그러졌다. 하다는 말세와 원을 보자, 더 크게 울기 시작했다.

"놔줘."

원이 총의 안전장치를 풀며 말했다. 안 소령은 피곤하다는 듯 한숨을 쉬며 관자놀이를 짓눌렀다. 금빛 꽃가루의 영향을 받은 탓이었다. 그는 원을 걱정스러운 눈빛으로 바라보며 입을 열었다.

"너 앞으로 어떡하려고. 도망가서… 행복하게 살 계획인가?"

원은 그의 눈을 진지하게 마주 보았다. 한때 믿고 의지했던, 반원 병장을 대위로 이끌어주었던 '형'의 얼굴이었다.

"아이, 놔주십시오."

"내 질문에 먼저 대답해. 이렇게 도망가면 모든 게 해결될 거라 생각해? 네가 어떤 놈인지 아는데, 가만히 숨어 산다고 네 마음이 편할 거 같아?"

안 소령의 목소리가 다시 날카로워졌다. 원은 곁눈질로 하다를 보며 잠시 생각에 잠긴 뒤 입을 열었다.

"영원히 편할 수 없을 겁니다. 그래야 맞고요."

"그러니까. 아직 지상 탈환도 못 했잖아. 세상이 망해가는데, 손 놓고 있을 수는 없잖아."

안 소령이 울분을 터트렸다. 원은 그의 말에 숨겨진 의도가 없다는 것을 본능적으로 알았다. 소령은 단지 자신과 사명을 나누었던 후배가 그리웠을 뿐이었다. 잔뜩 긴장한 채 그 모습을 지켜보던 말세는 천천히 원에게 다가가, 그의 팔을 천천히 끌어 내렸다. 원은 안 소령의 손에 아무런 무기가 없다는 것을 확인하고는 묵직하게 총을 내리며, 조심스럽게 입을 열었다.

"예전으로 돌아가려 애쓰지 말고… 앞으로 나아가면 안 되는 겁니까?"

"그럼, 다 같이 지하에서 썩자는 거야? 그게 앞으로 나아가는 거고?"

"지상은 포기해도… 사람이길 포기하진 말자는 겁니다."

원의 대답에 안 소령은 입을 달싹거리다 한쪽 입꼬리를 올리며 쓸쓸하게 웃었다. 원은 그가 화난 것인지, 아니면 슬픈 것인지 혼란스러웠다. 고개를 떨구고 얼마간 웃던 소령은, 마침내 하다를 잡고 있던 손을 놓아주었다. 하다는 울음을 터뜨리며 원에게 달려가 안겼다.

말세는 참았던 숨을 내뱉었다. 그리고 놀라서 우는 하다를 조심스럽게 자신의 뒤로 이끌어 숨겼다. 하다의 작은 몸이 위협에서 조금이라도 멀어지길 바라는 듯, 팔로 감싸듯 보호했다. 짧은 순간, 원과 말세의 눈이 마주쳤다. 두 사람의 시선 속에는 이루

말할 수 없는 감정들이 교차했다. 하다가 무사하다는 사실에 대한 안도, 끝나지 않은 위험에 대한 긴장감, 그리고 이 작은 생명을 지켜내야 한다는 결연함.

안 소령은 침착하게 아이를 숨기는 말세를 뚫어져라 바라보더니, 다시 입을 열었다.

"나가서 당신이랑 똑같은 사람들을 찾아요. 분명 더 있을 테니까."

말세는 안 소령의 차가운 눈동자 속에서 모든 의미를 읽어냈다. 그의 눈빛에는 선의도, 악의도 없었다. 그것은 태어날 때부터 차가움을 지닌, 뱀 같은 냉혹한 번득임이었다. 먹잇감이 나타날 때까지 똬리를 틀고 침착하게 기다리다가, 기회를 놓치지 않고 한 번에 집어삼키는 뱀.

원은 말세와 하다를 감싸 안고 조용히 뒤돌았다. 그때 등 뒤에서 소령의 나지막한 목소리가 들려왔다.

"원아, 조심해라. 또 보자."

아마도 소령의 의지와는 상관없이, 반 대위는 사령관의 사냥개들에게 쫓겨 사냥당할 것이다. 소령은 거기까지 생각하고 뱉은 말이겠지, 원은 어렴풋이 짐작했다.

"…꽃가루 조심하십시오."

말세, 원, 버드나무, 그리고 하다는 조심스럽게 지하 정원의 어두운 통로를 빠져나왔다. 말세는 앞장서서 길을 인도하면서도 절대 하다의 손을 놓지 않았다. 원은 버드나무를 부축하며 그들의 뒤를 따랐다. 어둠 속에서 감춰졌던 길들이 서서히 드러났다.

주변은 고요했고, 정원을 지키던 보초병들의 흔적은 어디에도 보이지 않았다. 아마 상황을 수습하러 들어갔다가 쓰러졌을 것이다.

말세는 3호선으로 돌아가자고 제안했다. 버드나무는 이곳에 갇힐 당시 실려 왔던 길을 기억해냈다. 그의 기억대로 지하 정원을 돌아 뒤쪽으로 가자 사다리 하나가 보였다. 원은 이곳으로 온 것이 맞는지 재차 물었고, 버드나무는 고개를 끄덕였다. 사령관은 정원의 존재를 철저히 비밀에 부쳤고, 심지어 일꾼들조차 지하로 나다니지 못하게 했다고도 덧붙였다.

사다리를 오르자 또 다른 지하 통로가 나타났다. 그리고 길고 긴 통로를 지나자 또 다른 사다리가 나타났다. 하다는 "여기는 대체 뭐 하는 곳이에요?"라고 물었지만, 아무도 제대로 대답하지 못했다. 버드나무는 표식이 없는 아이의 얼굴을 유심히 살펴보더니 슬픈 표정을 지었다. 그는 생각에 잠긴 듯 말없이 걷기만 했다. 말세는 버드나무에게 묻고 싶은 게 많았지만, 그저 묵묵히 그의 곁을 지켰다.

마침내 위로 향하는 덮개를 열자, 시원한 공기가 콧속으로 들어왔다. 노을이 지고 있었다. 일행은 거북이처럼 느리게 움직이는 화괴 무리와 말랑해진 화단을 넘어 3호선 입구를 찾았다.

얼마나 걸었을까, 멀리 3호선 입구가 나타났다. 멀리서 작은 점 하나가 빠르게 달려오고 있었다. 하다도 그걸 보자마자 재빨리 뛰어갔다. 원은 그 모습을 지켜보며 자신의 과오를 뒤늦게 깨달았다. 아, 남구를 생각 못 했네.

궤도차 승강장에서 안 소령을 마주쳤을 때, 남구를 놓쳤던 것이다. 충성스럽고 똑똑한 진돗개는 안 소령을 본능적으로 피해 익숙한 냄새를 찾았고, 그 결과 창백한 손과 마주쳤다. 말세가 쓰러지는 것을 목격한 창백한 손은 남구를 데리고 급히 3호선으로 돌아갔다. 그리고 용기를 내어 그림자 밖으로 나와 위수단에게 도움을 청했다. 하백과 위수단 단원들은 흩어져서 말세와 일행을 찾고 있었던 것이다.

"남구야!"

하다가 풍실한 강아지를 품에 안았다. 멀리서 푸른 제복을 입은 위수단 단원들이 손을 흔들고 있었다. 그 모습을 본 원과 말세도 손을 흔들어 응답했다. 그러나 말세가 버드나무를 소개하려 뒤를 돌아봤을 때, 버드나무는 어디에도 보이지 않았다.

그 자리에는 길 잃은 반딧불이 한 마리만이 말세의 어깨에 내려앉았다가 날아올랐다. 연약한 날개에 묻어 있던 금빛 가루가 바람에 흩어졌다.

에필로그
차, 마실, 사람

    위수단 단장 하백은 흙과 벽돌로 막아둔 가마 입구를 조심스럽게 허물었다. 지옥불처럼 붉은 가마 안이 드러나자, 투명한 연기가 보는 이의 얼굴을 뜨겁게 덮혔다. 하백이 까맣게 그을린 쇠막대를 가마 속에 집어넣자, 가마는 황금빛 불꽃을 드러내며 붉은 숯덩이들을 뱉어냈다. 가마 근처에 꽂힌 위수단 깃발에 미세한 불꽃이 튀었다.
    가마 근처를 서성이며 마스크를 고쳐 매던 창백한 손은 하백을 도와야 할지, 하백이 말을 꺼낼 때까지 기다려야 할지 망설였다. 하백은 흐르는 땀을 닦으며 붉은 불꽃을 머금은 숯덩이를 늘어놓고는 차가운 흙을 끼얹으며 말했다.
    "편히 앉아 있어요. 원래 이 작업은 나 혼자 하니까."
    창백한 손은 더러운 옷깃에 손을 슥슥 문지르며 가마 앞 평상에 걸터앉았다. 위수단과 안면을 튼 이후 굴을 오가며 한두 번 인사를 나눈 것이 전부인데, 하백이 자신을 이곳으로 부른 이유를 알 수 없었다. 하백은 안절부절못하는 창백한 손을 잠깐 돌아보곤, 계속해서 뜨거운 숯을 꺼냈다.

"말세를 도와주셨다고 들었습니다."

"아, 아, 제가 한 건 별로 없고요. 저는⋯."

창백한 손이 말을 더듬었다. 그러자 하백은 하던 일을 멈추고 다가왔다. 화상 자국 가운데 번뜩이는 호랑이 눈을 마주하자니, 창백한 손은 위장이 뒤틀리는 것만 같았다. 하백은 어리숙한 그 모습을 보며 의미심장한 미소를 지었다.

"이게 겉은 까맣고 더러워 보여도, 실은 진짜 더러운 걸 정화하는 물질이라는 게 신기하죠."

하백은 흙 속에서 식은 숯덩이 하나를 집게로 들어 관찰했다. 뜨거운 지옥불을 견딘 나무는 밤보다 까맣게 변했다. 하백은 자신의 배낭에서 물통과 컵을 꺼내어 호기심 가득한 눈으로 숯덩이를 바라보고 있는 창백한 손의 곁에 앉았다. 그러고는 다 식어 버린 차를 대충 컵에 따라 창백한 손에게 건넸다. 창백한 손은 공손하게 두 손으로 컵을 받아 들고 한 모금 마셨다. 구수한 향이 코를 휘감았다. 차게 식어 단맛이 더 강하게 느껴지는 보리커피였다.

"저⋯ 그런데요, 왜 저를⋯."

하백은 말없이 커피를 음미했다. 그 모습을 본 창백한 손은 자신이 그 순간을 방해한 것은 아닐지 괜스레 머쓱해졌다. 그래서 질문하려던 입을 꾹 닫고, 하백과 같은 자세로 타오르는 가마

불을 바라보며 조용히 커피를 마셨다. 차가운 커피가 가마 앞에서 타들어간 목을 시원하게 축여주었다.

"지하 생활이 당신한테는 저 불구덩이 같았겠죠."

하백의 담담하고 차분한 목소리가 창백한 손의 가슴을 파고들었다.

"사람들은 그림자들을 쓸모없고 나약한 존재로 여길지 모르지만, 원래 세상에서 섬세함으로 살아온 사람들에게 지하는 더 잔인한 곳일 테니까요."

창백한 손은 혼란스러워 괜히 커피만 홀짝였다. 화병이 창궐하기 전에 내가 어떤 사람이었는지 알고 말하는 걸까, 아니면 그냥 넘겨짚는 걸까. 하백의 의중을 알 수가 없었다. 하지만 이내 고개를 숙였다가 눈 앞에 놓인 붓과 물감 꾸러미를 보고 심장이 멎는 줄 알았다. 까맣게 잊고 살았던 평화롭던 시절이, 지금과는 전혀 다르게 세상의 아름다움을 찾아 그렸던 그때가 떠오른 탓이었다.

"이, 이걸 왜…."

"옛날에 좋아했던 일, 다시 해보는 게 어때요?"

하백이 웃으며 말했다. 창백한 손은 목까지 울컥 솟아오르는 감정의 이유를 알지 못한 채, 물감을 받았다. 좋아했던 일. 내가 아주 오래전 좋아했던 일. 붓끝에 맑은 색을 묻혀 깨끗한 종이에 그려내던 일. 무언가를 자세히 관찰하고 상상했던 일. 몇 시간이고 앉아서 고요하게 세상을 담아냈던 그 일. 하백은 창백한 손의 떨리는 눈을 보며 말을 이었다.

"당신이 진실을 그려줬으면 합니다."

창백한 손은 하백을 똑바로 쳐다보았다. 하백의 올곧은 눈빛에는 어쩐지 선한 진심이 담겨 있는 것만 같다.

창백한 손은 한참 동안 대답을 하지 못했다. 말세와 일행이 돌아온 이후, 하백이 얼마나 경계하며 신경을 곤두세우고 있는지를 누구보다 잘 알고 있었기 때문이다. 하백은 5호선 감시자들이 들락거리는 상황에서도 말세와 일행이 눈에 띄지 않도록 보호해왔다. 어둠 속에서 그 모든 모습을 지켜본 창백한 손은, 하백을 존경하지 않을 수 없었다. 자기 사람을 묵묵히 보호하는 지도자라면, 믿어도 되지 않을까.

창백한 손은 하백이 건넨 커피를 끝까지 마시고 나서야 결심한 듯 입을 열었다.

"제가 뭘 도와드리면 될까요?"

하백은 대답 대신 숯 검댕이 묻은 손을 내밀었다. 창백한 손은 망설이다가 조심스럽게 그 손을 잡았다. 시퍼렇게 하얀 손에, 잿가루가 묻었다.

반딧불이 한 마리가 꾸벅꾸벅 졸고 있던 아이의 머리카락에 살포시 앉았다가 이내 날아올랐다. 하다는 눈을 비비며 기지개를 켰다. 어여쁜 반딧불이가 빛으로 그림을 그리고 있었다. 눈을 동그랗게 뜨고 반딧불이를 구경하니 잠이 달아났다.

"말세 누나는 언제 오는 거야…."

하다는 입술을 뾰로통하게 내밀고 혼잣말을 중얼거리다가, 엉덩이를 툭툭 털고 일어났다. 어두컴컴한 곳에서 홀로 말세를 기다리자니 어쩐지 조금 무서워졌다. 이곳은 무악재역과 홍제역

사이, 말세가 매번 커피차를 세워두던 심마니의 통로였다. 말세는 "혼자 다니면 위험하니까, 꼭 박 씨 아주머니랑 같이 와!"라고 신신당부했지만, 하다는 말세와 자신만 아는 비밀 장소에 다른 어른을 데리고 오고 싶지 않았다. 그래야 말세 누나와 재미있게 놀 수 있을 것이라 생각했다. 하지만 막상 혼자 어두운 하수구 터널을 앞에 두고 앉아 있자니, 깜깜한 터널 저편에 자꾸 무언가가 보이는 것만 같아 덜컥 겁이 났다. 빛이 깜박이는 것이, 처음엔 반딧불이인 줄 알았다가, 그다음엔 사람인 것도 같았다가….

"앗! 깜짝이야!"

깜짝 놀라 뒤로 넘어진 하다의 머리 위로 반딧불이 떼가 포르르 날아올랐다. 이렇게나 많은 반딧불이가 어떻게 여기까지 왔지? 하다는 터널 저편을 응시했다. 반딧불이들은 원을 그리며 그 자리에서 빙글 날아올랐다가, 다시 어두운 터널 속으로 사라졌다. 하다는 무언가에 홀린 듯 반딧불이들을 따라갔다.

얼마쯤 갔을까, 반딧불이들이 깜박이며 위로 올라갔다. 그곳에는 희미한 빛이 새어드는 사다리가 있었다. 덜컹. 하다가 사다리를 오를지 말지 고민하는 사이, 위쪽에서 뚜껑이 서서히 열리는 소리가 났다. 곧 누군가의 얼굴이 나타났다.

"너는… 그때 그 꼬마?"

하다가 고개를 있는 대로 젖혀 위를 올려다보았지만, 반딧불이의 불빛 때문에 그 사람의 얼굴이 잘 보이지 않았다.

"누구세요?"

한편, 하다와의 약속 시간에 늦어버린 말세는 허둥지둥 장사를 마무리하고 터널로 향했다. 터널 입구에서 맴돌던 반딧불이들이 말세의 길을 밝혀주었다. 말세는 하다가 터널로 나갔을 거라 직감하고, 하다의 뒤를 따라나섰다. 같이 노을을 보러 나가자고 했으니, 하다가 시간에 맞춰 나갔을 것이라 생각하며.

심마니의 길 끝에 다다르자, 옅은 빛이 들어왔다. 누군가가 이미 뚜껑을 연 흔적이 있다. 시원한 가을 공기가 마스크 안으로 스며들었다. 해를 따라 고개를 기울이는 화단과 붉게 물든 나뭇잎들이 하나둘 떨어지는 풍경이 말세를 맞이했다. 멀지 않은 곳에서 두런두런 말소리와 웃음소리가 들렸다.

"그럼… 아저씨가 모든 꽃의 신이 아니에요?"

하다의 또랑또랑한 목소리가 들렸다. 야무지게 마스크를 쓰고 눈을 반짝이는 꼬마 옆에는 푸릇한 머리 줄기를 늘어뜨린 버드나무가 앉아 있었다. 그들은 한쪽이 부서진 공원 벤치에 나란히 앉아 이야기를 나누고 있었다. 말세는 꼬마와 오랜 친구의 대화를 방해하고 싶지 않아, 다시 안으로 들어가 그들에게 줄 차를 준비했다. 잘 씻어 말린 국화를 뜨거운 물에 우려내고, 꼬마의 찻잔에는 단맛이 나는 대추 크럼블을 동동 띄웠다.

버드나무는 하다의 호기심 어린 눈을 들여다보며 친절하게 설명했다. 어째서 사람들은 '화신'이라는 존재를 만들었으며, 조금 다르게 변했다는 이유로 신이 되어선 안 되는지를. 하다는 턱을 괴고 곰곰이 생각하더니, 알겠다는 듯 고개를 끄덕였다.

"그래도 엄마는 아저씨를 화신이라고 했어요. 엄마는 그렇게 부르고 싶었나 봐요."

버드나무는 묵묵히 아이의 머리를 쓰다듬었다. 공기 중에는 쏠쏠함과 순수한 그리움이 감돌았다. 버드나무의 긴 머리는 아이의 작은 몸에서 스며 나오는 감정에 은은하게 공명했다.

"엄마도 하다를 많이 보고 싶어 할 거야. 어디에 있든."

버드나무는 하늘에 번진 선홍빛 노을을 바라보며 말했다. 자신을 구하러 왔다가 커피나무가 되어버린 아이의 엄마를, 버드나무는 분명하게 기억하고 있었다. 하지만 그 진실을 아이에게 모두 말해줄 수는 없었다. 그저 지금처럼 잔잔하게, 이따금 엄마를 그리워하는 게 나을 것이라고 버드나무는 생각했다. 하다는 버드나무의 손을 꼭 잡으며 말했다.

"괜찮아요. 엄마가 떠난 사람은 기다리는 게 아니라고 했어요. 그래서 찾으러 갔는데도 못 찾았지만…."

"못 찾아서 속상하지."

"사실은요, 그럴 것 같았어요."

덤덤한 아이의 말에, 버드나무는 아이의 손을 더 꼭 잡아주었다. 그들은 잠시 말없이 노을을 바라보았다.

얼마 지나지 않아 바스락거리는 낙엽 소리와 함께 말세가 나타났다. 말세는 김이 모락모락 피어오르는 따뜻한 찻잔을 하다와 버드나무에게 나눠주었다. 버드나무는 신기하다는 듯 국화차를 맛있게도 마셨다. 말세는 오랜만에 자신을 찾아온 친구에게 그동안 어디서 지냈는지, 잘 지냈는지 물어보고 싶은 말이 많았지만 어쩐지 옆에 있기만 해도 친구의 마음을 알 것만 같았다. 예전의 모습과는 많이 달라졌지만, 마음만은 그 어느 때보다 건강해 보이는 친구의 모습이 보기 좋았다.

말세가 그저 미소 지으며 둘을 번갈아 바라보고 있자, 버드나무가 장난스럽게 웃으며 물었다.
"내가 보낸 반딧불이 만났어?"
버드나무의 말에 하다는 눈을 동그랗게 뜨고 그를 바라보았다. 말세는 웃으며 고개를 끄덕였다.

"C41, 나와. 오늘부로 격리 해제다."
중후하고 날 선 목소리가 사일의 선잠을 깨웠다. 곧이어 두꺼운 철제문이 열리며 방독면을 낀 생도 두 명이 안으로 들어와 사일을 향해 소독약을 분사했다. 미세한 물방울이 볼에 닿자, 사일은 얼굴을 찌푸렸다. 그들은 사일의 얼굴에 두꺼운 천을 씌우고, 사일을 그곳에서 끌어내 어디론가 데려갔다. 비릿한 철 냄새와 암모니아의 악취가 섞인 락스 냄새가 은은하게 풍겨왔다.
'이제 나는 어떻게 되는 걸까. 징계를 받긴 하겠지. 무슨 징계를 받게 될까….'
몇 주 동안 빛조차 거의 허용되지 않는 격리실에 갇혀 온갖 가능성을 생각해봤지만, 사일은 앞으로의 처분에 대한 일말의 확신도 할 수 없었다. 기밀로 취급되는 커피나무 정원을 목격한 것도 모자라 커피나무 화괴들을 모조리 죽여버렸고, 그 지옥 같은 아수라장에서 살아남았으니 말이다. 화괴를 지키다 전사하는 편이 더 나았을지도 모른다. 사일은 수도 없이 생각했다. 그 정원을 만들기 위해 얼마나 많은 선배가 지상전을 치렀을지, 그 돌연변이를 생포하려고 얼마나 많은 희생이 따랐을지를 떠올리면, 징계는 당연했다.

'아니면… 반원처럼 지하방위군 자격을 박탈당하게 될까?'
생각은 꼬리에 꼬리를 물었지만, 그 무엇도 확실하지 않았다.
눈을 가린 천 사이로 희미한 빛이 새어들었다. 밝은 곳으로 나온 것 같았다. 아까와는 다른 상큼한 민트 향과 구수한 음식 냄새가 어렴풋이 났다. 조금 더 걸어가자, 궤도차의 소음이 점점 커지기 시작했다.
"지금 어디로 이동하는 겁니까?"
사일이 넌지시 물었지만, 사일의 양팔을 잡고 있던 생도들은 아무런 대꾸도 하지 않았다. 대신 궤도차가 덜컹거리는 소리만이 그들의 침묵을 채웠다. 몇 개의 역을 지난 걸까. 사일은 머릿속으로 계산했다. 몸이 계속 앞으로 쏠리고, 승강장 소음이 몇 번 반복된 것을 종합해보니, 이 궤도차는 강남 방향으로 향하는 듯했다. 그 사실을 깨닫는 순간, 사일의 심장이 고장 난 듯 격하게 뛰기 시작했다. 대부분의 군사 재판은 여의도 근처 역에서 열린다. 만약 이 사건이 군사 재판에 회부된다면, 단순 징계로 끝나지 않을 수도 있었다. 최악의 경우, 처형에 이르는 결과도 배제할 수 없었다. 사일은 손바닥에 맺힌 땀을 꽉 쥐었다.
마침내, 귀를 찢는 마찰음과 함께 궤도차가 완전히 멈추었다. 이상하리만큼 조용한 역이었다. 주변에서 말소리조차 들리지 않았다. 생도들은 사일의 팔을 단단히 결박한 뒤 수상한 방으로 끌고 갔다. 다른 5호선 역과 다르게, 악취를 가리기 위한 민트 이끼나 인위적인 방향제 냄새가 나지 않았다. 심지어 모든 역에서 느껴지던 퀴퀴한 곰팡내조차 없었다. 이 공간은 그냥 깨끗한 공간이었다. 그 점이 사일의 심장을 더욱 요동치게 만들었다.

"뭘 이렇게 심각하게 묶어놨어. 풀어."

익숙한 목소리가 들렸다. 곧이어 사일의 눈을 가리고 있던 천이 벗겨졌다. 갑작스러운 밝은 빛에 사일은 고개를 숙이며 눈을 찌푸렸다. 옆에 서 있던 생도들은 일제히 거수경례한 후 밖으로 나갔다. 방 안에는 나무 타는 냄새와 깨끗한 비누 향이 어우러져 퍼져 있었다. 잘 관리된 지휘관의 방에서만 맡을 수 있는 향기였다.

서서히 눈을 뜨자, 비로소 방의 주인이 눈에 들어왔다.

"충성! 광역수호대 최사일!"

사일이 황급히 손을 올려 경례했다. 찢어진 눈이 휘어지며 기이한 눈웃음을 만들었다. 편안한 반팔 티셔츠에, 무기 하나 넣을 곳 없는 트레이닝복 차림을 한 안 소령이 사일에게 손짓했다.

"뭐 해, 앉아."

안 소령은 그 어느 때보다 건강해 보였다. 사일은 그의 편안한 표정을 보며 왜인지 모를 불편함을 느꼈다.

"격리실에서 고생 좀 했다고 들었다. 괜한 녀석들이 이것저것 캐묻고 그랬다며."

"아닙니다. 고생하지 않았습니다."

사일의 다급한 대답에, 소령의 입꼬리가 올라갔다. 사일이 격리실에 갇히기 전, 커피나무 정원에서 일어난 일에 대한 심문이 있었다. 다소 거친 심문이었지만, 사일은 꿋꿋이 버텨냈다. 심문관 앞에서 사일은 반원을 즉각 처리하지 못한 자신의 책임을 소상히 밝혔고, 거짓말 탐지기와 최면 약물 검사를 통과해 무사히 격리실에서 풀려났다. 물론 사일은 그저 자신이 다량의 꽃가루에 노출되어 격리되었다고 믿고 있었지만, 그 배경에는 다른 진실이 있었다. 안 소령은 사일의 심문 과정 덕분에 가벼운 징계만 받고 복귀할 수 있었다. 지하 정원에서 일어난 사건은 핵심 인사 몇몇만 아는 비밀로 묻히고 마무리됐다.

"다 본인 불찰이라고 답했다던데, 왜 그랬지?"

"예, 맞습니다. 그건 제가 제때 반원을 제압하지 못해서 일어난 일이고, 또…."

"됐고. 정말 네 탓이라고 생각하는 거야? 진심으로?"

안 소령의 눈빛이 번득였다. 사일의 등에 소름이 돋았다. 방 안 어디선가 한기가 도는 것 같았다.

"예, 그렇습니다. 제 불찰이지 말입니다."

안 소령이 의미심장하게 미소 지었다. 사일은 그가 자신을 가소롭게 보는 것인지, 아니면 재미있어하고 있는 것인지 헷갈렸다.

"내가 왜 반원을 하필 거기로 데려갔을까? 사일아. 반원이 어떤 놈인지 누구보다 잘 아는데, 나는."

"…돌연변이를 보여주고 싶으셨던 것 아닙니까."

"그럼 돌연변이만 잡아서 데려오면 되잖아. 굳이 중요한 자원을 모아둔 정원을 노출시킬 게 아니라."

긴장한 사일의 머릿속이 복잡하게 돌아가기 시작했다. 평소에는 생각지도 못한 의문들이 빠르게 떠올랐다. 안 소령의 진짜 의도가 무엇일까? 왜 굳이 반원을 그곳으로 데려가신 걸까…. 조용히 고뇌하던 사일의 눈빛이 흔들렸다. 유독 편안하고 후련해 보이는 안 소령의 표정. 건강한 혈색. 생각보다 호의적인 반응…. 갑자기, 번개처럼 번뜩이는 생각이 사일의 머릿속을 스쳤다. 혹시 소령님은 처음부터 모든 걸 계획하셨던 건 아닐까? 지하 정원을 없애기 위해, 처음부터 이 모든 걸!

지도를 보고 있던 안 소령은 무언가 생각났다는 듯 책상 서랍을 열었다.

"이건 네 임관식 때 정식으로 주려고 했는데. 뭐, 상관없겠지."

안 소령은 보라색 베레모를 꺼내더니, 사일에게 정성스럽게 씌워주었다. 당황한 사일의 눈빛이 마구 흔들렸다. 보라색 베레모라니. 꿈인지 생시인지 모를 얼떨떨한 느낌이 들었다. 그토록 원했던 보라색 베레모를, 여의도 특임대만이 쓸 수 있는 보라 베레를 쓰다니. 사일은 입술을 꾹 깨물며, 마치 울음을 참는 사람처럼 얼굴을 구겼다. 안 소령은 사일의 어깨를 토닥이며 낮은 목소리로 말했다.

"지금부터 C41은 여의도 보병여단 특수임무대대 4중대 소속 분대장으로서, 지상 임무에 성실히 임한다."

"충성! 감사합니다! 열심히 하겠습니다!"

사일이 잠긴 목소리로 있는 힘껏 소리쳤다. 안 소령은 다시 앉으라 손짓하고는 책장 가운데서 말끔히 접힌 종이 꾸러미를 꺼냈다. 그가 종이를 펼치자, 서울의 지도가 한눈에 들어왔다. 군데군데 붉은 유성펜으로 표시가 되어 있다.

"보이지? 여기가 네가 앞으로 보물찾기를 할 구역이다."

"예? 보물찾기 말입니까?"

사일이 의아한 마음을 감추며 되물었다. 안 소령은 진지한 표정으로 지도를 뚫어져라 보며 답했다.

"그래. 이제야 사령관님이 제대로 돌연변이 확보 작전을 명령하셨거든."

"커피 정원에 있었던 돌연변이 말씀입니까? 아니면 화괴를 말씀하시는 겁니까?"

"이제 커피나무 화괴 따위 말고, 진짜 중요한 걸 찾을 때가 됐다. 그 괴물과 비슷한 다른 돌연변이들이 분명히 있을 거다. 너는 찾기만 하면 돼."

사일은 그제야 안 소령의 진짜 뜻을 조금이나마 헤아릴 수 있었다. 그는 반원을 진짜 아껴서 그곳에 데려간 게 아니라, 그를 이용한 것이었다. 커피나무 지하 정원을 없애야 사령관이 비로소 다시금 지상 작전에 눈을 돌릴 테니까. 안 소령은 그런 의미에서 충직한 부하이자, 사명을 위해 봉사하는 진짜 리더였다. 그것을 깨달은 순간, 사일의 눈이 반짝였다.

똑똑. 누군가가 소령의 방문을 두드렸다. 보랏빛 전투복을 입은 병사가 고급스러운 컵 두 잔이 든 쟁반을 들고 들어왔다. 그가 옆을 지나치자, 고소하고 향긋한 커피향이 훅 스쳤다.

"자, 이거 마시면서 천천히 봐둬. 마지막 커피니까 아껴 마시도록 하고."

안 소령이 사일에게 커피잔을 건넸다. 사일은 그것을 두 손으로 공손히 받아 들고, 조심스럽게 마지막 커피를 음미했다.

지도 위 선명하고 붉은 선이 사일의 동공에 비쳤다.

'반원에게

~~잘 지내요? 어떻게 지내는지 너무 궁금해서 편지를~~

~~실은 저번에, 다른 곳으로 간다고 했을 때 너무 아쉬워서,~~

미안해요. 편지는 익숙하지가 않네요! 어쨌든 언제 오려나 궁금해서 편지라도 써요.

　이제 낙엽이 많이 떨어지고 날씨도 추운데… 몸은 괜찮나요?

　건강했으면 좋겠어요. 어디에서 무슨 일을 하든, 무리하지 말고 잠도 잘 자고요.

　저는 재밌게 잘 지내고 있답니다. 요즘에는'

　말세는 편지를 쓰다 말고 뒤통수를 만지작거렸다. 간지러운 느낌이 들었다. 어쩐지 가시가 조금 자라난 느낌도 들었다. 그다음에 무슨 말을 써야 할지 한참을 고민하던 찰나, 어디선가 귀여운 발소리가 들려왔다. 뒤를 돌아보니 하얀 강아지가 혀를 내밀고 말세에게 다가왔다.

　"남구야! 왜 벌써 왔어? 설마, 오늘도 벌써?"

　남구의 눈이 초롱초롱 빛났다. 앞발을 들어 말세의 무릎을 탁탁 쳤다. 말세는 남구를 쓰다듬으며 안아준 후, 물과 밥을 그릇에 나눠주었다. 남구는 시원하게 물을 마시고, 말세가 만들어준 말린 버섯과 보리 주먹밥을 맛있게 잘도 먹었다. 그사이 마음이 급해진 말세는 근처 연신내역으로 갈 채비를 했다. 나무로 만든 선반에 차곡차곡 정리해둔 각종 마른 잎과 작은 주전자, 그리고 하다가 선물해준 선인장 모양의 인형을 배낭에 넣으면 준비는 끝난다. 더 필요한 것들은 '말세커피'에 있을 테니.

　말세는 판잣집 문에 붙여둔 별 모양 야광 스티커를 한 번 꾹 누르고 깜깜한 터널로 나왔다. 하백의 만류에도 불구하고 굳이 터널에 새집을 만든 후, 지하의 습기 때문에 야광 스티커가 떨어지지 않게 붙여두다가 생긴 습관이었다. 말세가 빠른 걸음을 걷자, 신이 난 남구는 후다닥 앞으로 뛰어갔다. 꼬리를 반갑게 흔드는 걸 보니 누군가의 냄새를 맡은 것 같았다.

역에 도착하자, 미리 도착해 있던 남구가 빨리 오라는 듯 말세를 돌아보았다. 3호선과 6호선이 만나는 환승역인 연신내역 승강장에는 벌써부터 사람들이 왁자지껄했다. 지상에 올라갔다 온 심마니들, 숯을 만들어 온 위수단 단원들, 위생을 관리하는 일꾼들, 장에서 물건을 팔러 온 상인들. 역으로 들어가기 위해 줄을 선 사람들 가운데서 큰 소리가 들렸다.

"누나! 말세 누나! 여기야, 여기!"

"하다야!"

하다는 한쪽 손에 무악재역 박 씨 아주머니의 손을 잡고, 다른 손은 말세를 향해 흔들었다. 말세는 양손을 흔들며 옆에 있던 박 씨에게 깍듯이 인사했다. 박 씨는 흐뭇하게 웃으며 말세의 안부를 물었다. 볼이 통통해진 하다는 말세에게 "누나, 오늘도 사람들이 많이 기다릴걸!" 하며 겁을 주었다. 말세는 "아냐, 설마. 아닐 거야."라고 계속해서 부정하며 대합실로 올라갔다.

아니나 다를까, 말세커피 현판 앞에 사람들이 옹기종기 모여 있다.

큰일 났다. 가게 문을 열지도 않았는데, 사람들이 벌써 줄을 서 있다니.

말세는 헐레벌떡 간이 가판대 안으로 들어가 불을 켜고, 작은 아궁이에 불을 땠다. 하다는 가판대 앞에 선 사람들에게 "조금만 기다리세요! 아직이에요, 아직!"이라고 씩씩하게 외치며 남구와 함께 접이식 의자를 옮겼다. 아이가 의자를 옮기자, 앞에 서 있던 사람들이 하나둘 의자 펴는 것을 도와주었다. 알록달록 제각각으로 생긴 접이식 의자들이 간판대 앞에 놓이자, 남구가 메뉴판을 물고 왔다. 사람들은 메뉴판을 들여다보며 무엇을 마실지 고민했다. 하다와 남구는 손님들과 대화를 나누며 예쁨을 받느라 정신없었다. 그러다가 하다가 가게 앞에 놓아둔 바둑판을 가져와 알까기 놀이를 시작하자, 손님들이 하나둘씩 더 몰려들었다.

"자, 주문받겠습니다!"

다닥다닥 붙은 밥집 사이, 향긋한 커피향을 풍기며 지나가던 지하인을 돌아보게 만드는 카페 말세커피가 문을 열었다!

말세는 정신없이 주문을 받고, 음료를 만들었다. 갈색빛이 나도록 잘 구운 보리를 정성스럽게 갈고, 지하인의 기력을 보충해줄 말린 연근을 우려낸 물을 끓여 커피를 내렸다. 묵직하고 쓴 커피를 좋아하는 손님에게는 말린 도라지를 살짝 우려낸 물을 추가해주고, 신맛이 나는 커피를 좋아하는 손님에게는 히비스커스 우린 물을 추가했다. 다른 약초나 재료가 들어가도 고소한 커피향이 살아 있도록 작은 절구로 갈아낸 보릿가루를 위에 뿌렸다. 또 단 커피를 좋아한다면 스테비아 이파리를 말려 갈아 만든 가루를 한 꼬집 넣어 잘 섞어주었다. 그 외에도, 큰 콩으로 만든 꾸덕한 두유 라테와 차가운 물로 장시간 우려낸 냉커피, 그리고 소금열매를 추가해 염분을 보충해주는 달고 짠 쑥차까지 만들어냈다.

말세가 바쁘게 음료를 제조하는 사이, 하다와 남구는 말세를 도와주기도 하고, 손님들과 놀기도 했다. 땀을 흘리며 탈수 상태에 있던 손님도, 일을 나가기 직전 우울해하던 손님도, 불면증에 시달리며 겨우 아침을 맞은 손님도 모두 말세커피에 들러 정성스럽게 만들어진 커피를 마셨다. 말세의 커피가 진짜 원두로 만들었는지 아닌지를 따지는 사람은 아무도 없었다. 그저 가판대 안에서 부산스럽게 움직이는 말세를 구경하고, 새로 나온 메뉴에 대한 설명을 찬찬히 듣고, 따스한 온기 어린 찻잔을 받아 드는 것만으로 위안을 얻었다.

"어, 손님! 주문하셔도 됩니다. 여기 메뉴 보시면…."

환승역에 복작거리던 인파가 잦아들었을 때쯤, 한 사람이 카페 앞을 서성거렸다. 말세는 가판대 창문 밖으로 메뉴판을 내밀었다. 멍! 멍멍! 복슬복슬한 강아지 두 마리를 데리고, 지상에서 활동하는 사람처럼 마스크와 망토 같은 우비를 두른 손님과 눈이 마주쳤다. 크지 않은 키에, 범상치 않은 눈빛을 가진 손님이다. 그 눈엔 많은 이야기가 담겨 있는 듯 보였다.

"얘들아, 쉿."

그는 남구에게 꼬리를 흔들며 인사하는 강아지들을 진정시키며 메뉴판을 한참 들여다보았다. 그러더니 말세에게 대뜸, "돈은 뭐로 내면 되나요?" 하고 물었다. 말세는 "이 장터는 물물교환 위주라 보통은 먹을 걸 많이들 주세요."라고 답했고, 손님은 낡은 배낭을 뒤지더니 주사위 장난감과 종이에 싸인 무언가를 꺼내주었다. 말세는 손님이 건넨 물건을 우선 받아 들고, 주문을 받았다.

"혹시, 그것도 있어요? 핫초코. 그걸 먹어보라고 하던데."

순간 놀란 말세는, 핫초코는 메뉴판에 없다고 말하려다가 안쪽에 숨겨둔 재료통을 열었다. 언제든 한 사람이 먹을 수 있는 핫초코 재료를 남겨두는데, 이걸 그냥 써야겠다 마음먹으며.

말세가 맛있는 핫초코를 만드는 사이, 하다는 손님에게 "우와, 얘네는 남구보다 작다. 아저씨, 강아지 만져봐도 돼요? 근데 아저씨는 이름이 뭐예요?" 잘도 물었다.

"그럼. 나는 진이라고 하는데. 너는?"

하다는 활짝 웃으며 "저는 장하다요!"라고 씩씩하게 외쳤고, 말세는 때맞춰 핫초코를 건넸다. 손님은 핫초코를 맛있게 마시더니, 강아지들 간식을 챙겨주고는 컵을 반납했다.

"가끔 들르겠습니다. 그럼, 수고하세요."

손님이 인사했다. 말세도 그 손님에게 밝게 인사한 후, 슬슬 카페 문 닫을 준비를 했다. 어쩐지 가슴 한편에 아쉬움이 가득 차는 것만 같았다. 핫초코를 맛있게 마시던 다른 누군가가 떠오른 탓이었다. 사령관의 지하 정원에서 빠져나온 후, 본인과 함께 머물면 위험하다며 홀로 떠났던 반원. 그 모습이 여전히 마음에 남아, 말세는 잠시 손을 멈추고 그 기억을 되새겼다.

쓸데없는 생각 그만해야지.

말세는 손님들이 주고 간 물건들을 정리하기 시작했다. 마지막으로 다녀간 손님이 주고 간 물건도 그중 하나였다. 숫자가 적힌 작은 조약돌 같은 장난감은 기념으로 둬야지, 생각하며 종이에 싸인 물건을 확인했다. 처음엔 단순한 종잇조각인 줄 알았는데, 그 안에는 야광 별 스티커가 들어 있었다.

"뭐야…."

말세는 물건들을 마저 정리하고는 가게 문을 닫기 시작했다. 그런데 어딘가 모르게 마음이 급해졌다. 뭔가 놓친 것 같다는 느낌이 들었다. 결국 밖으로 나가야 할 것 같은 강한 충동에 휩싸여, 서둘러 마무리를 했다. 야광 별 스티커를 준 사람이 밖에 있을지도 몰랐다.

"하다야, 누나 잠깐 지상에 좀 다녀올게. 곧 박 씨 아주머니 오실 거니까 남구랑 기다려!"

말세는 황급히 마스크를 쓰고 역 출구로 달려갔다. 연신내역 출입대장에게는 재료를 구해야 한다고 둘러댄 후 급히 밖으로 나갔다.

신선한 공기가 마스크 안으로 스며들었다. 차가운 바람에 낙엽이 흩날리고, 보라색 꽃가루가 낙엽을 따라 회오리 춤을 추며 스러지는 햇빛을 즐겼다. 태양은 초록으로 덮인 회벽 뒤로 사라지고, 온기가 남은 그 자리에 익숙한 그림자가 보였다.

그 그림자는 어쩐지 컵을 들고 있었다. 그림자가 다가왔다. 말세는 그 자리에 멈춰 서서 그림자의 얼굴을 확인하려 눈을 찌푸렸다. 모자와 검은 천으로 얼굴을 가리고 있어 잘 보이지 않았지만, 장벽 같은 형상은 단 한 사람을 연상시켰다.

그 사람이 머리를 가리던 모자를 내리자, 익숙한 얼굴이 나타났다.

"반원…."

원의 눈이 휘어지며 미소를 지었다. 말세는 심장이 내려앉는 듯한 기분을 참으며 고개를 숙였다. 원은 뚜껑이 닫힌 보온병을 말세에게 내밀었다. 말세는 아무 말 없이 그것을 받아 들고 뚜껑을 열었다. 포근한 쑥 내음이 코를 간지럽혔다.

"아직 차 못 마셨죠? 바쁘다고 들었어요."

원은 어제 만난 친구처럼 친근하게 말세의 안부를 물었다. 하지만 말세는 여전히 아무런 말을 할 수가 없었다.

원은 말세를 데리고 근처의 건물로 들어갔다. 몇 층을 오르자, 미리 놔둔 의자와 주먹밥이 놓인 탁자가 보였다. 원은 그 주변은 안전하니 의자에 앉으라 권했지만, 말세는 여전히 선 채로 입을 열었다.

"어디 있었어요? 어디서 뭘 했길래…."

창문 안으로 해가 들어오고 있었다. 햇빛에 말세의 얼굴이 빛났다. 머리카락 사이로 은은한 금빛 가루가 새어 나왔다. 원은 말세의 머리를 가만히 토닥여주며, 한참을 말없이 서 있었다. 말세의 가시는 잔잔한 슬픔과 후련함, 그리고 빛나는 감정을 받아들였다. 원은 오랜만에 만난 말세가 어떤 반응을 할지 수없이 상상만 하다가, 지금 눈앞에서 말세를 보고 있다는 사실이 믿기지 않았다. 잘 지내고 있었구나, 여전히 씩씩하게.

"해야 할 일들이 있었어요. 앞으로도 계속해야 하고."

원이 말세에게 쑥차를 따라주며 말했다. 따끈한 김이 폴폴 올라왔다. 말세는 그가 준 컵을 받아 들고 냄새만 맡았다.

"그게 무슨 일인데요? 위험한 일은 아니겠죠?"

말세가 묻자, 원은 씩 웃으며 어깨를 으쓱했다. 그러자 말세는 그럴 줄 알았다는 듯이 쑥차를 벌컥벌컥 들이켰다. 적당히 따뜻한 찻물이 내내 갈증이 났던 목을 축여주었다. 원은 말세의 표정을 보며 소리 내 웃더니, 진지하게 말세의 눈을 마주했다.

"내가 죽인 만큼 살릴 예정이에요. 아, 그보다 훨씬 많이. 그게 내 숙제예요."

말세는 원이 떠나기 전, 그와 나누었던 이야기를 떠올렸다. 그날 그들은 각자의 마음속에만 담아두었던 과거의 기억들을 털어놓았다. 화신과의 일도, 버드나무와 실험실에서 있었던 일들도, 사령관을 섬기며 있었던 일들도, 모두. 누더기 괴물이 되도록 만들었던 과거를 마주한 원을 보며, 말세도 끔찍했던 일들을 마주하기로 마음먹었다.

"숙제 다 하려면 힘들겠는데…."

말세가 장난스럽게 대꾸했다. 그러고는 지금껏 원이 어떻게 사람들을 도와주고 다녔는지를 자세히 이야기해달라 졸랐다. 원은 다른 역과 지상에서 있었던 일들을 이야기해주었다. 눈을 빛내며 말하는 원의 모습을 보며, 말세는 문득 그가 누더기 괴물이었던 때를 떠올렸다. 생기라고는 찾아볼 수 없었던 그의 눈이 이렇게 빛나게 되어서 다행이다. 그의 눈이 계속해서 이렇게 빛났으면 좋겠다, 말세는 염원했다.

하지만 원은 그런 말세를 보며 마음속에서 작은 돌멩이가 떨어지는 감각을 견뎠다.

너는 행복해선 안 돼, 살인자니까.

돌멩이는 영원히 원의 마음속에서 사라지지 않을 것이었지만, 원은 돌멩이를 그저 초연하게 받아들이기로 했다. 그것을 견뎌야 하는 것이 앞으로의 삶이라면, 기꺼이 살아내겠다고 결심했다. 과거를 바꿀 수도, 결과를 바꿀 수도, 자신이 살인자라는 진실을 바꿀 수도 없겠지만, 그 안에서 최선을 다하겠다고. 그렇게 결심한 후, 원은 6호선에 숨어든 화신교 사람들을 찾아다니며 사망한 이들과 친밀했던 사람들을 찾아 그들을 도왔다. 가끔은 지상으로 나가서, 식량을 구하러 나왔다가 위험에 처한 사람들을 구하기도 했다. 그렇게 원은 속죄하며 살아갈 작정이었다.

"근데 우리 동료 아니었어요? 그것도 같이하는 거 아니었나."

말세가 장난스럽게 원의 옆구리를 찌르며 말했다.

"어. 맞긴 한데, 안 돼요. 위험해요."

"허? 자현이한테 다 일러야지, 생존자가 괴인 무시했다고."

말세가 팔짱을 끼며 받아쳤다. 그러자 원은 눈썹을 씰룩이며 "자현이? 자현이가 누군데?"라고 물었고, 말세가 답했다. "아, 몰랐구나. 버드나무 친구 이름이 자현이에요. 류자현."

원이 없는 사이 버드나무가 자신을 찾아왔고, 그는 훨씬 건강해졌다고 근황을 전했다. 원은 "그랬군, 다행이네." 하며 고개를 끄덕이다가, 무언가 생각난 듯 말세를 똑바로 쳐다보며 물었다.

"잠깐, 그럼 말세 씨 진짜 이름은 뭔데요?"

"반원 씨는 뭔데요?"

"내가 먼저 물어봤잖아요."

"저는 사실 이름이 기억이 잘 안 나요. 그냥 말세가 진짜 이름 같죠."

말세가 어깨를 으쓱하며 대답했다. 원은 팔짱을 끼며 의아해했지만, 곧 말세가 초등학생 정도의 어린 나이에 화병이 창궐했고, 그 이후 힘든 일들을 겪어왔다는 걸 떠올리며 그럴 수도 있겠다 결론 내렸다.

"반원의 진짜 이름은 뭔데요? 반원이 낙화부대에서 준 코드명인가 뭔가 그거라면서요."

"나도 예전 이름은… 내가 아닌 것 같아요. 그 이름을 불러줬던 사람들, 지금은 다 없기도 하고. 반원으로 불린 게 오래되기도 했고요."

"거봐요."

"근데 이제 나는 반원도 내가 아닌 것 같아요. 더 이상 대위도 아니고요."

"그러면? 뭐라고 불러줄까요?"

말세가 진지한 얼굴로 묻자, 원은 한참을 고민하다 말했다.

"정해줘요. 나는 이름 같은 거 잘 모르겠어요."

"진짜요?"

말세는 눈을 빛내며 원을 쳐다봤다. 원은 그런 말세를 웃으며 찬찬히 바라보았다. 이 모습을 눈에 담아가고 싶다는 듯이. 말세는 원의 이름을 진지하게 고민하기 시작했다. 어떤 이름으로 불러야 그가 편안할까, 어떤 단어가 좋을까.

"무슨 이름이 좋아요? 어떤 사람들은 강이나 하늘 같은 단어로 이름 짓기도 하고, 또 색깔로 이름 짓는 사람들도 봤고."

"글쎄. 말세 씨가 부르기 편한 걸로 해요."

말세는 창밖의 노을을 보며 쑥차를 홀짝 마셨다. 혼자 고개를 갸웃거리다, 생각났다는 듯 원을 돌아보고, 고개를 저으며 다시 쑥차를 홀짝였다. 원은 너무도 진지하게 고민하는 말세가 우스워 함께 쑥차를 마시다, 넌지시 입을 열었다.

"말세 씨는 이름 바꾸고 싶다고 생각해본 적 없어요?"

말세는 원의 물음을 또다시 진지하게 생각하더니, 들고 있던 컵을 내려놓았다.

"사실 저는… 이걸 제 이름이라 생각하진 않았던 것 같아요."

말세가 덤덤하게 말했다. 어쨌든 '말세'라는 이름은 실험 폐기물이니, 실패작이니, 온갖 기억이 혼란스럽게 엮인 표식 때문에 생긴 이름이었다. 원은 말세가 그렇게 말하는 것이 당연하다고 생각했다.

"그냥 이름 뒤에 숨고 싶었던 것 같아요. 표식이 왜 생겼는지, 그 기억을 모두 부정하면서… 그 표식은 그냥 내 이름이라고, 그것뿐이라고 생각하고 싶었나 봐요."

원은 아무 말 없이 조용히 말세의 이야기를 들었다. 온기가 남아 있는 쑥차가 어쩐지 더 씁쓸해진 것만 같았다.

"그러고 보니… 나도 새 이름을 갖고 싶네요! 서로 지어주기, 어때요?"

말세가 웃으며 원을 돌아보았다. 원은 묵묵히 고개를 끄덕였다. 무슨 이름을 지어줘야 하나, 어떤 이름이 잘 어울릴까. 원도 말세와 같은 고민을 시작했다. 그들은 서로의 이름을 떠올리며 창밖의 노을을 함께 구경했다. 내일은 새로운 이름으로 불리게 될까, 잔잔한 기대가 노을빛과 함께 번졌다.

말세와 원은 느긋하게 쑥차를 다 마셨다. 차가운 가을바람이 그들의 옷깃을 파고들었지만, 그들은 아랑곳하지 않고 함께 웃었다. 쑥차가 전해준 것인지, 반가운 친구가 전해준 것인지 모를 녹녹한 온기 덕분이었다.

〈끝〉

작가의 말

《말세커피》는 5년간의 아포칼립스 탐구의 끝에 소나기처럼 쏟아진 이야기였다. 그 지리멸렬한 탐구의 시초는 '세상에 이런 좀비가 있다면 어떨까?'로 시작한 시답잖은 농담 메들리였다. 그 농담으로 인해 나는 무서워서 못 봤던 각종 아포칼립스 영화와 드라마, 소설에 빠지게 되었고 지난 5년간 꽃가루로 멸망한 세계를 그린 게임과 소설을 썼다. 이렇게 써놓고 보니 그 농담은 나비의 날갯짓과 비슷한 것이었다. (그것을 방금 깨달았다.)

이 소설을 쓰는 과정에서 베론다 L. 몽고메리의 《식물의 방식》(정서진 옮김, 이상북스, 2022), 이나가키 히데히로의 《싸우는 식물》(김선숙 옮김, 더숲, 2018), 스테파노 만쿠소와 알레산드라 비올라의 《매혹하는 식물의 뇌》(양병찬 옮김, 행성B이오스, 2016), 드미트리 글루코프스키의 《메트로 2033》(김하락 옮김, 제우미디어,

2010) 모두의 영향을 받았다. 또한 선인장에게 쓴 첫 번째 편지에 등장하는 '선인장은 사막이 좋아서 사막에서 사는 것이 아니라, 사막이 아직 선인장을 죽이지 않았기 때문에 거기서 사는 거라고.' 부분은 호프 자런의 《랩 걸》(김희정 옮김, 알마, 2017)을 인용하였음을 밝힌다.

또한 이 이야기가 세상에 나오기까지 크고 작은 도움을 주신 많은 분께 진심으로 감사드린다. (이름을 모두 나열하며 감사 인사를 드리고 싶지만, 마음을 제대로 표현하자니 러브레터가 되어버릴 것만 같아 생략하였다.)

멸망한 세계를 그린 이야기들에는 숨겨진 효능이 있다. 그것은 체할 때 마시는 매실차처럼, 모종의 이유로 시끄러워진 속을 다스려준다는 점이다. 정확한 작용 원리는 모르겠으나, 모든 것에 끝이 있다는 상상은 일종의 인지적 거름망이 되어 불순물을 거르고 중요한 질문만을 남긴다. 그 질문, 혹은 감상은 사람에 따라 다를 것이다. 같은 차의 맛과 향을 조금씩 다르게 감각하듯이. 중요한 것은 차를 나눠 마신다는 행위이며, 그저 거름망으로 잘 내린 커피를 마시듯 이 소설이 읽히기를 염원한다.

2025년 9월
수원에서, 김나은

말
세
커
피

초판 1쇄 발행 2025년 11월 11일

지은이 김나은
펴낸이 박은주
디자인 김선예, 이다솔, 이수정
마케팅 박동준

발행처 (주)아작
등록 2015년 9월 9일 (제2015-000140호)
주소 10542 경기도 고양시 덕양구 청초로 19
아이에스비즈타워센트럴 A동 707호
전화 02.324.3945-6 **팩스** 02.324.3947
이메일 arzaklivres@gmail.com
홈페이지 www.arzak.co.kr

ISBN 979-11-6668-880-5 03840

책 값은 표지 뒤쪽에 있습니다.
잘못 만들어진 책은 구입하신 서점에서 교환해 드립니다.